GOLDMANN KLASSIKER
MIT ERLÄUTERUNGEN

VOLTAIRE

CANDIDE
ODER
DER OPTIMISMUS

ROMAN

Französisch und deutsch

Übersetzt und mit einem Anhang versehen
von Jürgen von Stackelberg

GOLDMANN VERLAG

Vollständige Ausgabe von »Candide ou l'optimisme«
Der französische Text wurde dem von R. Pomeau
1980 herausgegebenen 48. Band der »Complete Works of Voltaire«
(herausgegeben von Th. Besterman u. a., Oxford 1968 ff.)
entnommen

Umwelthinweis:
Alle bedruckten Materialien dieses Taschenbuches
sind chlorfrei und umweltschonend.

Der Goldmann Verlag
ist ein Unternehmen der Verlagsgruppe Bertelsmann

Made in Germany · 2. Auflage · 2/94

Umschlagentwurf: Design Team München,
unter Verwendung des Fotos eines Gemäldes von Arturo Ricci
Umschlagfoto: Christie's/Artothek, Peißenberg
Satz: IBV Satz- und Datentechnik GmbH, Berlin
Druck: Presse-Druck Augsburg
Verlagsnummer: 7616
Lektorat: Martin Vosseler
Herstellung: Sebastian Strohmaier
ISBN 3-442-07616-1

Inhalt

Candide
ou
l'optimisme

Candide
oder
der Optimismus

CHAPITRE PREMIER

Comment Candide fut élevé dans un beau château, et comment il fut chassé d'icelui

Il y avait en Vestphalie, dans le château de monsieur le baron de Thunder-ten-tronckh, un jeune garçon à qui la nature avait donné les mœurs les plus douces. Sa physionomie annonçait son âme. Il avait le jugement assez droit, avec l'esprit le plus simple; c'est, je crois, pour cette raison qu'on le nommait Candide. Les anciens domestiques de la maison soupçonnaient qu'il était fils de la sœur de monsieur le baron, et d'un bon et honnête gentilhomme du voisinage, que cette demoiselle ne voulut jamais épouser, parce qu'il n'avait pu prouver que soixante et onze quartiers, et que le reste de son arbre généalogique avait été perdu par l'injure du temps.

Monsieur le baron était un des plus puissants seigneurs de la Vestphalie, car son château avait une porte et des fenêtres. Sa grande salle même était ornée d'une tapisserie. Tous les chiens de ses basses-cours composaient une meute dans le besoin; ses palefreniers étaient ses piqueurs; le vicaire du village était son grand aumônier. Ils l'appelaient tous Monseigneur, et ils riaient quand il faisait des contes.

Madame la baronne, qui pesait environ trois cent cinquante livres, s'attirait par là une très grande considération, et faisait les honneurs de la maison avec une dignité qui la rendait encore plus respectable. Sa fille Cunégonde âgée de dix-sept ans était haute en couleur, fraîche, grasse, appétissante. Le fils du baron paraissait en tout digne de son père. Le précepteur Pangloss était l'oracle de la maison, et le petit Candide écoutait ses leçons avec toute la bonne foi de son âge et de son caractère.

ERSTES KAPITEL

Wie Candide in einem schönen Schloß aufwuchs und wie er aus selbigem vertrieben wurde

Es war in Westfalen, im Schloß des Herrn Barons von Thunder-ten-tronckh, ein junger Mann, dem die Natur das sanfteste Gemüt verliehen hatte. Seine Seele sprach aus seiner Miene. Er war rechtschaffenen Sinnes und hatte einen ziemlich beschränkten Verstand. Deswegen nannte man ihn, glaube ich, Candide. Die älteren Bediensteten des Hauses vermuteten, er sei der Sohn der Schwester des Herrn Barons und eines höchst ehrenwerten Edelmannes aus der Nachbarschaft, den das Fräulein nicht heiraten wollte, weil er nur einundsiebzig Ahnen nachweisen konnte und der Rest seines Stammbaums den Unbilden der Zeit zum Opfer gefallen war.

Der Herr Baron war einer der mächtigsten Herren Westfalens, denn sein Schloß hatte eine Tür und Fenster. Den großen Saal zierte sogar ein Wandteppich. Die Hofhunde bildeten notfalls eine Meute; die Stallknechte waren seine Piköre, der Dorfvikar war sein Schloßkaplan. Alle nannten ihn den »Gnädigen Herren« und lachten, wenn er Witze machte.

Die Frau Baronin wog ungefähr dreihundertfünfzig Pfund und stand daher in höchstem Ansehen; sie machte die Honneurs des Hauses mit einer Würde, die sie noch ansehnlicher erscheinen ließ. Ihre Tochter Kunigunde war siebzehn Jahre alt, rotbackig, frisch, rundlich und verlockend. Der Sohn des Barons schien in jeder Hinsicht seines Vaters würdig. Der Hauslehrer Pangloß war das Orakel des Schlosses, und der kleine Candide folgte seinem Unterricht mit der ganzen Gutgläubigkeit seines Alters und seines Naturells.

Pangloss enseignait la métaphysico-théologo-cosmolonigo-logie. Il prouvait admirablement qu'il n'y a point d'effet sans cause, et que, dans ce meilleur des mondes possibles, le château de monseigneur le baron était le plus beau des châteaux, et madame la meilleure des baronnes possibles.

Il est démontré, disait-il, que les choses ne peuvent être autrement: car tout étant fait pour une fin, tout est nécessairement pour la meilleure fin. Remarquez bien que les nez ont été faits pour porter des lunettes, aussi avons-nous des lunettes. Les jambes sont visiblement instituées pour être chaussées, et nous avons des chausses. Les pierres ont été formées pour être taillées, et pour en faire des châteaux; aussi monseigneur a un très beau château; le plus grand baron de la province doit être le mieux logé: et les cochons étant faits pour être mangés, nous mangeons du porc toute l'année: par conséquent, ceux qui ont avancé que tout est bien ont dit une sottise: il fallait dire que tout est au mieux.

Candide écoutait attentivement, et croyait innocemment; car il trouvait mademoiselle Cunégonde extrêmement belle, quoiqu'il ne prît jamais la hardiesse de le lui dire. Il concluait qu'après le bonheur d'être né baron de Thunder-ten-tronckh, le second degré de bonheur était d'être mademoiselle Cunégonde, le troisième, de la voir tous les jours, et le quatrième, d'entendre maître Pangloss, le plus grand philosophe de la province, et par conséquent de toute la terre.

Un jour Cunégonde en se promenant auprès du château, dans le petit bois qu'on appelait *parc*, vit entre des broussailles le docteur Pangloss qui donnait une leçon de physique expérimentale à la femme de chambre de sa mère, petite brune très jolie et très docile. Comme mademoiselle Cunégonde avait beaucoup de dispositions pour les sciences, elle observa, sans souffler, les expériences réitérées dont elle fut témoin; elle vit clairement la raison suffisante du docteur, les effets et les causes; et s'en retourna tout agitée, toute pensive, toute remplie du désir d'être savante; songeant qu'elle pourrait bien être la raison suffisante du jeune Candide, qui pouvait aussi être la sienne.

Elle rencontra Candide en revenant au château, et rougit; Candide

Pangloß lehrte die metaphysisch-theologische Kosmolonigologie. Er bewies wunderbar, daß es keine Wirkung ohne Ursache gibt, daß in dieser besten aller möglichen Welten das Schloß des gnädigen Herrn Barons das schönste aller Schlösser und daß die Frau Baronin die beste aller denkbaren Baroninnen sei.

»Es ist erwiesen«, sagte er, »daß die Dinge nicht anders sein können, denn da alles für einen Zweck bestimmt ist, ist alles notwendigerweise für den besten Zweck bestimmt. Beachten Sie, daß die Nasen dazu gemacht sind, Brillen zu tragen; daher haben wir auch Brillen. Die Beine sind sichtlich dazu bestimmt, behost zu werden; daher haben wir auch Hosen. Die Steine sind dazu gemacht, behauen zu werden und daraus Schlösser zu bauen; daher hat auch der gnädige Herr Baron ein sehr schönes Schloß. Der größte Herr der Provinz muß am besten logiert sein, und da die Schweine zum Essen gemacht sind, essen wir das ganze Jahr über Schweinefleisch. Folglich haben die, die gesagt haben, alles sei gut, eine Dummheit gesagt: Daß alles zum Besten steht, hätten sie sagen müssen.«

Candide hörte aufmerksam zu und glaubte arglos alles, denn er fand Fräulein Kunigunde überaus schön, obwohl er sich niemals erkühnte, es ihr zu sagen. Er folgerte, nächst dem Glück, als Baron von Thunder-ten-tronckh geboren zu werden, sei das zweithöchste Glück, Fräulein Kunigunde zu sein, das dritte, sie alle Tage zu sehen, und das vierte, Meister Pangloß, dem größten Philosophen der Provinz und folglich der ganzen Welt, zuzuhören.

Eines Tages sah Kunigunde, als sie sich in dem Wäldchen beim Schloß erging, das man Park nannte, wie der Doktor Pangloß der Kammerzofe ihrer Mutter, einer niedlichen und fügsamen kleinen Brünetten, in den Büschen eine Lektion in experimenteller Physik erteilte. Da Fräulein Kunigunde sich sehr für die Wissenschaften interessierte, beobachtete sie atemlos die wiederholten Experimente, deren Zeugin sie war; sie sah deutlich den zureichenden Grund für den Doktor, die Wirkungen und die Ursachen. So kehrte sie ganz erregt, ganz nachdenklich und ganz erfüllt von dem Wunsch, auch gelehrt zu sein, zurück und dachte, sie könnte sehr wohl ein zureichender Grund für den jungen Candide werden, der das Gleiche für sie werden könnte.

Auf dem Rückweg zum Schloß traf sie Candide und errötete. Canrougit aussi; elle lui dit bonjour d'une voix entrecoupée, et Candide lui parla sans savoir ce qu'il disait. Le lendemain après le dîner, comme on sortait de table, Cunégonde et Candide se trouvèrent derrière un paravent; Cunégonde laissa tomber son mouchoir, Candide le ramassa, elle lui prit innocemment la main, le jeune homme baisa innocemment la main de la jeune demoiselle avec une vivacité, une sensibilité, une grâce toute particulière; leurs bouches se rencontrèrent, leurs yeux s'enflammèrent, leurs genoux tremblèrent, leurs mains s'égarèrent. Monsieur le baron de Thunder-ten-tronckh passa auprès du paravent, et voyant cette cause et cet effet, chassa Candide du château à grands coups de pied dans le derrière; Cunégonde s'évanouit; elle fut souffletée par madame la baronne dès qu'elle fut revenue à elle-même; et tout fut consterné dans le plus beau et le plus agréable des châteaux possibles.

CHAPITRE SECOND

Ce que devint Candide parmi les Bulgares

Candide chassé du paradis terrestre, marcha longtemps sans savoir où, pleurant, levant les yeux au ciel, les tournant souvent vers le plus beau des châteaux qui renfermait la plus belle des baronnettes; il se coucha sans souper au milieu des champs entre deux sillons; la neige tombait à gros flocons. Candide tout transi se traîna le lendemain vers la ville voisine, qui s'appelle Valdberghoff-trarbk-dikdorff, n'ayant point d'argent, mourant de faim et de lassitude. Il s'arrêta tristement à la porte d'un cabaret. Deux hommes habillés de bleu le remarquèrent: Camarade, dit l'un, voilà un jeune homme très bien fait, et qui a la taille requise: ils s'avancèrent vers Candide, et le prièrent à dîner très civilement. Messieurs, leur dit Candide avec une modestie charmante, vous me faites beaucoup d'honneur, mais je n'ai pas de quoi payer mon écot. Ah monsieur! lui dit un des bleus, les personnes de votre figure et de votre mérite ne payent jamais rien: n'avez-vous pas cinq pieds cinq pouces de haut?

dide errötete auch. Sie sagte mit stockender Stimme guten Tag, und Candide antwortete, ohne zu wissen, was er sagte. Als man am folgenden Tag vom Essen aufstand, stießen Kunigunde und Candide hinter einem Paravent aufeinander. Kunigunde ließ ihr Taschentuch fallen, Candide hob es auf, sie ergriff voller Unschuld seine Hand, der junge Mann küßte voller Unschuld die Hand der jungen Dame aufs lebhafteste, gefühlvollste und anmutigste, ihre Lippen trafen sich, ihre Blicke erglühten, ihre Knie erzitterten, ihre Hände verirrten sich. Der Herr Baron von Thunder-ten-tronckh lief an dem Paravent vorbei und jagte, als er diese Ursache und diese Wirkung erblickte, Candide mit kräftigen Tritten in den Hintern aus dem Schloß. Kunigunde wurde ohnmächtig. Sobald sie wieder zu sich gekommen war, ohrfeigte die Frau Baronin sie, und alle waren konsterniert in dem schönsten und angenehmsten aller möglichen Schlösser.

ZWEITES KAPITEL

Wie es Candide bei den Bulgaren erging

Aus dem irdischen Paradies vertrieben, ging Candide lange Zeit ziellos vor sich hin. Er weinte, wandte die Blicke gen Himmel und oftmals dem schönsten aller Schlösser zu, in dem die schönste aller Baronessen weilte; ohne Abendbrot legte er sich auf freiem Felde in eine Furche, der Schnee fiel in dicken Flocken nieder. Bebend vor Kälte schleppte Candide sich am folgenden Tag bis zur nächsten Stadt, die Valdberghofftrarbk-dikdorff heißt. Er hatte kein Geld und war halbtot vor Hunger und Erschöpfung. Vor der Tür einer Schenke blieb er traurig stehen. Da bemerkten ihn zwei blaugekleidete Männer. »Kamerad«, sagte der eine, »da ist ein gutgewachsener junger Mann, der die erforderliche Länge hat.« Sie gingen auf Candide zu und baten ihn höflich zu Tisch. »Meine Herren«, sagte Candide mit bezaubernder Bescheidenheit, »Sie tun mir viel Ehre an, aber ich kann meine Zeche nicht bezahlen.« – »Ach, mein Herr«, sprach da einer der Blauen zu ihm, »Personen Ihrer Größe und Ihrer Verdienste brauchen nichts zu bezahlen: Messen Sie nicht fünf

Oui, messieurs, c'est ma taille, dit-il en faisant la révérence. Ah monsieur! mettez-vous à table; non seulement nous vous défrayerons, mais nous ne souffrirons jamais qu'un homme comme vous manque d'argent; les hommes ne sont faits que pour se secourir les uns les autres. Vous avez raison, dit Candide; c'est ce que monsieur Pangloss m'a toujours dit, et je vois bien que tout est au mieux. On le prie d'accepter quelques écus, il les prend et veut faire son billet, on n'en veut point, on se met à table; N'aimez-vous pas tendrement...? – Oh oui! répond-il, j'aime tendrement mademoiselle Cunégonde. Non, dit l'un de ces messieurs, nous vous demandons si vous n'aimez pas tendrement le roi des Bulgares? Point du tout, dit-il, car je ne l'ai jamais vu. Comment? c'est le plus charmant des rois, et il faut boire à sa santé. Oh! très volontiers, messieurs; et il boit. C'en est assez, lui dit-on, vous voilà l'appui, le soutien, le défenseur, le héros des Bulgares; votre fortune est faite, et votre gloire est assurée. On lui met sur-le-champ les fers aux pieds, et on le mène au régiment. On le fait tourner à droite, à gauche, hausser la baguette, remettre la baguette, coucher en joue, tirer, doubler le pas, et on lui donne trente coups de bâton; le lendemain il fait l'exercice un peu moins mal, et il ne reçoit que vingt coups; le surlendemain on ne lui en donne que dix, et il est regardé par ses camarades comme un prodige.

Candide tout stupéfait ne démêlait pas encore trop bien comment il était un héros. Il s'avisa un beau jour de printemps de s'aller promener, marchant tout droit devant lui, croyant que c'était un privilège de l'espèce humaine, comme de l'espèce animale, de se servir de ses jambes à son plaisir. Il n'eut pas fait deux lieues, que voilà quatre autres héros de six pieds qui l'atteignent, qui le lient, qui le mènent dans un cachot. On lui demanda juridiquement ce qu'il aimait le mieux d'être fustigé trente-six fois par tout le régiment, ou de recevoir à la fois douze balles de plomb dans la cervelle. Il eut beau dire que les volontés sont libres, et qu'il ne voulait ni l'un ni l'autre, il fallut faire un choix; il se détermina, en vertu du don de Dieu, qu'on nomme *liberté*, à passer trente-six fois par les baguettes; il essuya deux promenades. Le régiment était composé

Fuß und fünf Zoll?« – »Das ist in der Tat mein Maß«, sagte Candide und verbeugte sich. – »Ach, mein Herr, nehmen Sie Platz. Wir kommen nicht nur für Sie auf, wir dulden nicht, daß es einem Manne wie Ihnen an Geld fehlt. Die Menschen sind dazu da, einander zu helfen.« – »Sie haben recht«, sagte Candide, »eben das hat mir Herr Pangloß immer gesagt, und ich sehe wohl, daß alles zum Besten steht.« Sie bitten ihn, ein paar Taler anzunehmen, er nimmt sie und will es quittieren, sie wollen das nicht, man setzt sich zu Tisch. »Lieben Sie nicht innig...?« – »O ja«, antwortet er, »ich liebe innig Fräulein Kunigunde.« – »Nein«, sagt einer der Herren, »wir wollen wissen, ob Sie nicht den König der Bulgaren innig lieben?« – »Keineswegs«, sagt er, »denn ich habe ihn nie gesehen.« – »Wie das? Er ist der liebenswürdigste König. Wir wollen auf seine Gesundheit anstoßen.« – »Sehr gern, meine Herren!« Und er trinkt. »Das reicht«, sagt man zu ihm, »nun sind Sie Stab und Stütze, Schützer und Held der Bulgaren, Ihr Glück ist gemacht, Ihr Ruhm gesichert.« Auf der Stelle legt man ihn in Eisen und führt ihn zum Regiment. Man läßt ihn rechts- und linksum kehrtmachen, den Ladestock heben, den Ladestock senken, anlegen, schießen, im Geschwindschritt gehen und verpaßt ihm dreißig Stockschläge; am Tag darauf exerziert er schon besser und bekommt nur noch zwanzig Schläge, am dritten Tag gibt man ihm nur noch zehn, und er wird von seinen Kameraden wie ein Wunder bestaunt.

Candide war ganz verwirrt und verstand nicht recht, wie er zum Helden geworden war. An einem schönen Frühlingstag kam es ihm in den Sinn spazierenzugehen, immer geradeaus, in der Meinung, es sei ein Vorrecht von Mensch und Tier, sich nach Belieben seiner Beine zu bedienen. Er hatte noch keine zwei Meilen zurückgelegt, als ihn auch schon vier andere Helden von sechs Fuß ergreifen, fesseln und in ein Gefängnis führen. Man fragte ihn von Rechts wegen, ob er lieber sechsunddreißigmal vor dem ganzen Regiment Spießruten laufen oder auf einmal zwölf Bleikugeln ins Gehirn haben wolle. Vergeblich erklärte er, der Wille sei frei und er wolle weder das eine noch das andere: Er mußte seine Wahl treffen. So entschloß er sich im Namen der Gottesgabe, die man Freiheit nennt, sechsunddreißigmal Spießruten zu laufen. Zwei Gänge stand er durch. Das Regiment bestand aus zweitausend Mann, de deux mille hommes; cela lui composa quatre mille coups de baguette, qui, depuis la nuque du cou jusqu'au cul lui découvrirent les muscles et les nerfs. Comme on allait procéder à la troisième course, Candide n'en pouvant plus demanda en grâce qu'on voulût bien avoir la bonté de lui casser la tête; il obtint cette faveur; on lui bande les yeux, on le fait mettre à genoux. Le roi des Bulgares passe dans ce moment, s'informe du crime du patient; et comme ce roi avait un grand génie, il comprit, par tout ce qu'il apprit de Candide que c'était un jeune métaphysicien, fort ignorant des choses de ce monde, et il lui accorda sa grâce avec une clémence qui sera louée dans tous les journaux et dans tous les siècles. Un brave chirurgien guérit Candide en trois semaines avec les émollients enseignés par Dioscoride. Il avait déjà un peu de peau, et pouvait marcher, quand le roi des Bulgares livra bataille au roi des Abares.

CHAPITRE TROISIÈME

Comment Candide se sauva d'entre les Bulgares, et ce qu'il devint

Rien n'était si beau, si leste, si brillant, si bien ordonné que les deux armées. Les trompettes, les fifres, les hautbois, les tambours, les canons, formaient une harmonie telle qu'il n'y en eut jamais en enfer. Les canons renversèrent d'abord à peu près six mille hommes de chaque côté; ensuite la mousqueterie ôta du meilleur des mondes environ neuf à dix mille coquins qui en infectaient la surface. La baïonnette fut aussi la raison suffisante de la mort de quelques milliers d'hommes. Le tout pouvait bien se monter à une trentaine de mille âmes. Candide qui tremblait comme un philosophe, se cacha du mieux qu'il put pendant cette boucherie héroïque.

Enfin, tandis que les deux rois faisaient chanter des *Te Deum,* chacun dans son camp, il prit le parti d'aller raisonner ailleurs des effets et des causes. Il passa par-dessus des tas de morts et de mourants, et gagna d'adas ergab viertausend Stockschläge, die ihm vom Nacken bis zum Gesäß Muskeln und Nerven bloßlegten. Als man zum dritten Durchgang schreiten wollte, bat Candide, der nicht mehr konnte, um Gnade: Man möge die Güte haben, ihm den Schädel einzuschlagen. Er erlangt die Gunst, man verbindet ihm die Augen, läßt ihn niederknien. In dem Moment kommt der Bulgarenkönig vorbei, erkundigt sich nach der Untat des Delinquenten und erkennt, als großer Geist, der er war, daß Candide ein junger Metaphysiker ist, der von den Dingen dieser Welt nichts versteht. Mit einer Großmut, die in allen Zeitungen und allen Jahrhunderten gepriesen werden wird, gewährt er ihm Gnade. Ein wackerer Feldscher heilte Candide in drei Wochen mit den Linderungsmitteln, die Dioskorides überliefert hat. Schon war ihm die Haut wieder einigermaßen gewachsen und er konnte gehen, da lieferte der König der Bulgaren dem König der Abaren eine Schlacht.

DRITTES KAPITEL

Wie Candide den Bulgaren entfloh und was weiter aus ihm wurde

Nichts war so schön, so behende, so glanzvoll und so wohlgeordnet wie die beiden Heere. Die Trompeten, Pfeifen, Oboen, Trommeln und Kanonen brachten einen Wohlklang zuwege, wie man ihn nicht einmal in der Hölle gehört hatte. Die Kanonen streckten zuerst ungefähr sechstausend Mann auf jeder Seite nieder; die Musketen schafften dann an die neun- bis zehntausend dieser Schelme aus der besten aller Welten, die deren Oberfläche verunzierten. Das Bajonett wurde zum zureichenden Grund für den Tod von noch ein paar tausend Mann. Das Ganze mochte sich auf rund dreißigtausend Seelen belaufen. Candide, der zitterte wie ein Philosoph, versteckte sich während dieser heldenhaften Schlächterei, so gut er konnte.

Als schließlich beide Könige, ein jeder in seinem Lager, ein Tedeum anstimmen ließen, entschloß sich Candide, anderswo weiter über die Wirkungen und die Ursachen nachzudenken. Er schritt über Haufen bord un village voisin; il était en cendres: c'était un village abare que les Bulgares avaient brûlé selon les lois du droit public. Ici des vieillards criblés de coups regardaient mourir leurs femmes égorgées, qui tenaient leurs enfants à leurs mamelles sanglantes; là des filles, éventrées après avoir assouvi les besoins naturels de quelques héros, rendaient les derniers soupirs; d'autres à demi brûlées criaient qu'on achevât de leur donner la mort. Des cervelles étaient répandues sur la terre à côté de bras et de jambes coupés.

Candide s'enfuit au plus vite dans un autre village: il appartenait à des Bulgares; et les héros abares l'avaient traité de même. Candide toujours marchant sur des membres palpitants, ou à travers des ruines, arriva enfin hors du théâtre de la guerre, portant quelques petites provisions dans son bissac, et n'oubliant jamais mademoiselle Cunégonde. Ses provisions lui manquèrent quand il fut en Hollande: mais ayant entendu dire que tout le monde était riche dans ce pays-là, et qu'on y était chrétien, il ne douta pas qu'on ne le traitât aussi bien qu'il l'avait été dans le château de monsieur le baron avant qu'il en eût été chassé pour les beaux yeux de mademoiselle Cunégonde.

Il demanda l'aumône à plusieurs graves personnages, qui lui répondirent tous que, s'il continuait à faire ce métier, on l'enfermerait dans une maison de correction pour lui apprendre à vivre.

Il s'adressa ensuite à un homme qui venait de parler tout seul une heure de suite sur la charité dans une grande assemblée. Cet orateur le regardant de travers, lui dit: Que venez-vous faire ici? y êtes-vous pour la bonne cause? Il n'y a point d'effet sans cause, répondit modestement Candide, tout est enchaîné nécessairement, et arrangé pour le mieux. Il a fallu que je fusse chassé d'auprès de mademoiselle Cunégonde, que j'aie passé par les baguettes, et il faut que je demande mon pain, jusqu'à ce que je puisse en gagner; tout cela ne pouvait être autrement. Mon ami, lui dit l'orateur, croyez-vous que le pape soit l'Antéchrist? Je ne l'avais pas encore entendu dire, répondit Candide; mais qu'il le soit, ou qu'il ne le soit pas, je manque de pain. Tu ne mérites pas d'en manger, dit l'autre; va, coquin; va, misérable, ne m'approche de ta vie. La femme de l'oravon Toten und Sterbenden hinweg und gelangte zunächst in ein benachbartes Dorf. Es lag in Schutt und Asche: Es war ein Abarendorf, das die Bulgaren nach Gesetz und Recht niedergebrannt hatten. Hier sahen von Schüssen durchsiebte Greise zu, wie ihre niedergemetzelten Frauen, die ihre Kinder an die blutende Brust hielten, starben, dort gaben Mädchen mit aufgeschlitzten Bäuchen, die den natürlichen Bedürfnissen einiger Helden gedient hatten, ihren Geist auf, andere waren halb verbrannt und schrien danach, daß man ihnen den Rest gebe. Neben abgeschnittenen Armen und Beinen war Gehirn über den Boden verspritzt.

Candide floh schnellstens in ein anderes Dorf. Es gehörte den Bulgaren, und die abarischen Helden hatten es genauso zugerichtet. Candide marschierte über zuckende Glieder oder durch Trümmer hin und entkam endlich dem Kriegsschauplatz. In seinem Beutel hatte er etwas Proviant, und nie vergaß er Fräulein Kunigunde. Als er nach Holland kam, gingen ihm die Vorräte aus. Aber er hatte gehört, daß in diesem Land alle reich und christlich seien, und zweifelte nicht daran, daß er dort ebenso gut behandelt werden würde, wie man ihn im Schloß des Herrn Barons behandelt hatte, ehe er wegen der schönen Augen von Fräulein Kunigunde daraus vertrieben worden war.

Er bettelte mehrere würdige Personen an, die ihm alle sagten, wenn er dieses Geschäft weiter betreibe, werde man ihn in eine Besserungsanstalt einsperren, wo er sich zu benehmen lernen werde.

Darauf wandte er sich an einen Mann, der in einer großen Versammlung eine Stunde lang ganz allein über die Nächstenliebe gesprochen hatte. Der Redner sah ihn scheel an und fragte: »Was machen Sie hier? Sind Sie um der guten Sache willen hier?« – »Es gibt keine Wirkung ohne Ursache«, antwortete Candide bescheiden, »alles ist mit Notwendigkeit verknüpft und aufs beste eingerichtet. Es war notwendig, daß ich von Fräulein Kunigundens Seite vertrieben, dann zum Spießrutenlauf verurteilt wurde und zum Betteln gezwungen bin, bis ich mein Brot selbst verdienen kann; es konnte nicht anders sein.« – »Mein Freund«, sprach der Redner, »glauben Sie, daß der Papst der Antichrist ist?« – »Ich habe davon noch nichts gehört, aber ob er es ist oder nicht: Ich habe kein Brot.« – »Du verdienst auch keines«, sagte der andere, »scher dich fort, du Schuft, verschwinde, du Elendskerl, und laß dich nie mehr hier teur ayant mis la tête à la fenêtre, et avisant un homme qui doutait que le pape fût antéchrist, lui répandit sur le chef un plein… O ciel! à quel excès se porte le zèle de la religion dans les dames!

Un homme qui n'avait point été baptisé, un bon anabaptiste, nommé Jacques, vit la manière cruelle et ignominieuse dont on traitait ainsi un de ses frères, un être à deux pieds sans plumes, qui avait une âme; il l'amena chez lui, le nettoya, lui donna du pain et de la bière, lui fit présent de deux florins, et voulut même lui apprendre à travailler dans ses manufactures aux étoffes de Perse qu'on fabrique en Hollande. Candide, se prosternant presque devant lui, s'écriait: Maître Pangloss me l'avait bien dit que tout est au mieux dans ce monde; car je suis infiniment plus touché de votre extrême générosité que de la dureté de ce monsieur à manteau noir, et de madame son épouse.

Le lendemain en se promenant, il rencontra un gueux tout couvert de pustules, les yeux morts, le bout du nez rongé, la bouche de travers, les dents noires, et parlant de la gorge, tourmenté d'une toux violente, et crachant une dent à chaque effort.

CHAPITRE QUATRIÈME

Comment Candide rencontra son ancien maître de philosophie le docteur Pangloss, et ce qui en advint

Candide plus ému encore de compassion que d'horreur, donna à cet épouvantable gueux les deux florins qu'il avait reçus de son honnête anabaptiste Jacques. Le fantôme le regarda fixement, versa des larmes, et sauta à son cou. Candide effrayé recule. Hélas! dit le misérable à l'autre misérable, ne reconnaissez-vous plus votre cher Pangloss? Qu'entends-je? vous, mon cher maître! vous, dans cet état horrible! quel malblicken.« Die Frau des Predigers steckte den Kopf zum Fenster heraus und goß, als sie den Menschen erblickte, der bezweifelte, daß der Papst der Antichrist sei, ihm einen Kübel voll... aufs Haupt. Himmel! Zu welchen Exzessen führt frommer Eifer bei den Damen!

Ein Mann, der nicht getauft war, ein wackerer Wiedertäufer namens Jacques, sah, wie grausam und schändlich man einen seiner Brüder behandelt hatte, ein zweibeiniges, ungefiedertes Wesen, das mit einer Seele begabt war; er nahm ihn bei sich auf, säuberte ihn, gab ihm Brot und Bier, schenkte ihm zwei Gulden und wollte ihm sogar in seiner Manufaktur Arbeit geben, wo man in Holland gefertigte persische Stoffe herstellte. Candide warf sich beinahe vor ihm zu Boden und rief aus: »Meister Pangloß hatte recht, wenn er sagte, alles sei in dieser Welt zum Besten bestellt, denn ich bin von Ihrer außergewöhnlichen Güte unendlich mehr gerührt als von der Hartherzigkeit des Herren im schwarzen Mantel und seiner Frau Gemahlin.«

Am nächsten Morgen ging er spazieren und traf auf einen Bettler, der mit Pusteln übersät war, einen erloschenen Blick, eine angefressene Nasenspitze, einen schiefen Mund und schwarze Zähne hatte, der aus dem Hals krächzte, von einem heftigen Husten geplagt war und bei jedem Anfall einen Zahn ausspuckte.

VIERTES KAPITEL

Wie Candide seinen alten Philosophielehrer, den Doktor Pangloß, wiedertraf und was daraus wurde

Mehr noch von Mitleid als von Abscheu ergriffen, gab Candide dem grauenerregenden Bettler die beiden Gulden, die er von seinem ehrlichen Wiedertäufer bekommen hatte. Das Gespenst betrachtete ihn genauer, vergoß ein paar Tränen und fiel ihm um den Hals. Candide weicht entsetzt zurück. »Ach«, sprach der eine Elende zum anderen, »erkennen Sie Ihren teuren Pangloß nicht wieder?« – »Was hör' ich? Sie, mein teurer Meister? Sie, in diesem traurigen Zustand? Was für ein Mißheur vous est-il donc arrivé? pourquoi n'êtes-vous plus dans le plus beau des châteaux? qu'est devenue mademoiselle Cunégonde, la perle des filles, le chef-d'œuvre de la nature? Je n'en peux plus, dit Pangloss. Aussitôt Candide le mena dans l'étable de l'anabaptiste, où il lui fit manger un peu de pain; et quand Pangloss fut refait: Eh bien, lui dit-il, Cunégonde? Elle est morte, reprit l'autre. Candide s'évanouit à ce mot: son ami rappela ses sens avec un peu de mauvais vinaigre qui se trouva par hasard dans l'étable. Candide rouvre les yeux. Cunégonde est morte! Ah meilleur des mondes, où êtes-vous? mais de quelle maladie est-elle morte? ne serait-ce point de m'avoir vu chasser du beau château de monsieur son père à grands coups de pied? Non, dit Pangloss, elle a été éventrée par des soldats bulgares, après avoir été violée autant qu'on peut l'être; ils ont cassé la tête à monsieur le baron, qui voulait la défendre; madame la baronne a été coupée en morceaux; mon pauvre pupille traité précisément comme sa sœur; et quant au château, il n'est pas resté pierre sur pierre, pas une grange, pas un mouton, pas un canard, pas un arbre; mais nous avons été bien vengés, car les Abares en ont fait autant dans une baronnie voisine qui appartenait à un seigneur bulgare.

A ce discours Candide s'évanouit encore: mais revenu à soi, et ayant dit tout ce qu'il devait dire, il s'enquit de la cause et de l'effet, et de la raison suffisante qui avaient mis Pangloss dans un si piteux état. Hélas! dit l'autre, c'est l'amour; l'amour, le consolateur du genre humain, le conservateur de l'univers, l'âme de tous les êtres sensibles, le tendre amour. Hélas! dit Candide, je l'ai connu cet amour, ce souverain des cœurs, cette âme de notre âme; il ne m'a jamais valu qu'un baiser et vingt coups de pied au cul. Comment cette belle cause a-t-elle pu produire en vous un effet si abominable?

Pangloss répondit en ces termes: O mon cher Candide! vous avez connu Paquette, cette jolie suivante de notre auguste baronne; j'ai goûté dans ses bras les délices du paradis, qui ont produit ces tourments d'engeschick ist Ihnen zugestoßen? Warum sind Sie nicht mehr in dem schönsten aller Schlösser? Und was ist aus Kunigunde geworden, der Perle der Jungfrauen, dem Meisterwerk der Natur?« – »Ich kann nicht mehr«, sagte Pangloß. Da brachte Candide ihn in den Stall des Wiedertäufers und gab ihm etwas Brot zu essen. Als Pangloß sich erholt hatte, fuhr er fort: »Und Kunigunde?« – »Sie ist tot«, sagte der. Bei dem Wort fiel Candide in Ohnmacht. Mit etwas schlechtem Essig, der sich zufällig in dem Stall befand, brachte sein Freund ihn wieder zu sich. Candide öffnet die Augen. »Kunigunde tot! O beste aller Welten, wo bist du? Und an welcher Krankheit ist sie gestorben? Etwa, weil sie mitansehen mußte, wie ich mit kräftigen Fußtritten aus dem schönen Schloß ihres Herrn Vaters vertrieben wurde?« – »Nein«, fuhr Pangloß fort, »ihr ist von bulgarischen Soldaten der Bauch aufgeschlitzt worden, nachdem sie so oft vergewaltigt worden war, wie es nur irgend ging. Dem Herrn Baron, der sie verteidigen wollte, haben sie den Schädel eingeschlagen, die Frau Baronin ist in Stücke gehauen worden, meiner armen Schülerin ist es genauso ergangen wie ihrer Schwester, und was das Schloß anlangt, so ist kein Stein auf dem andern geblieben, keine Scheune, kein Schaf, keine Ente, kein Baum mehr übrig. Aber wir sind gerächt worden, denn die Abaren haben mit einem benachbarten Herrensitz, der einem Bulgaren gehörte, das Gleiche gemacht.«

Bei diesem Bericht schwanden Candide noch einmal die Sinne. Als er wieder zu sich gekommen war und alles gesagt hatte, was zu sagen war, erkundigte er sich nach der Ursache und der Wirkung und nach dem zureichenden Grund, der Pangloß in einen so bemitleidenswerten Zustand versetzt hatte. »Ach«, sagte der, »das war die Liebe. Die zärtliche Liebe, die Trösterin des Menschengeschlechts, die Bewahrerin des Weltalls, die Seele aller empfindsamen Wesen.« – »Oh«, sagte Candide, »ich habe sie wohl erfahren, diese Liebe, die Beherrscherin der Herzen, die Seele unserer Seele, sie hat mir nur einen Kuß und zwanzig Tritte in den Hintern eingebracht. Wie kann eine so schöne Ursache eine so entsetzliche Wirkung haben?«

Pangloß entgegnete mit diesen Worten: »Mein lieber Candide! Sie kannten Paquette, die niedliche Zofe unserer gnädigen Baronin. Ich genoß in ihren Armen die Wonnen des Paradieses, und sie hatten diese fer dont vous me voyez dévoré; elle en était infectée, elle en est peut-être morte. Paquette tenait ce présent d'un cordelier très savant qui avait remonté à la source; car il l'avait eue d'une vieille comtesse, qui l'avait reçue d'un capitaine de cavalerie, qui la devait à une marquise, qui la tenait d'un page, qui l'avait reçue d'un jésuite qui, étant novice, l'avait eue en droite ligne d'un des compagnons de Christophe Colomb. Pour moi, je ne la donnerai à personne, car je me meurs.

O Pangloss! s'écria Candide, voilà une étrange généalogie! n'est-ce pas le diable qui en fut la souche? Point du tout, répliqua ce grand homme; c'était une chose indispensable dans le meilleur des mondes, un ingrédient nécessaire; car si Colomb n'avait pas attrapé, dans une île de l'Amérique, cette maladie qui empoisonne la source de la génération, qui souvent même empêche la génération, et qui est évidemment l'opposé du grand but de la nature, nous n'aurions ni le chocolat ni la cochenille; il faut encore observer que jusqu'aujourd'hui, dans notre continent, cette maladie nous est particulière, comme la controverse. Les Turcs, les Indiens, les Persans, les Chinois, les Siamois, les Japonais, ne la connaissent pas encore; mais il y a une raison suffisante pour qu'ils la connaissent à leur tour dans quelques siècles. En attendant, elle a fait un merveilleux progrès parmi nous, et surtout dans ces grandes armées composées d'honnêtes stipendiaires, bien élevés, qui décident du destin des Etats; on peut assurer que, quand trente mille hommes combattent en bataille rangée contre des troupes égales en nombre, il y a environ vingt mille vérolés de chaque côté.

Voilà qui est admirable, dit Candide, mais il faut vous faire guérir. Eh comment le puis-je? dit Pangloss, je n'ai pas le sou, mon ami, et dans toute l'étendue de ce globe on ne peut ni se faire saigner, ni prendre un lavement sans payer, ou sans qu'il y ait quelqu'un qui paye pour nous.

Ce dernier discours détermina Candide; il alla se jeter aux pieds de son charitable anabaptiste Jacques, et lui fit une peinture si touchante de

Höllenqualen zur Folge, die mich, wie Sie sehen, zerfressen. Sie war angesteckt, vielleicht ist sie daran gestorben. Sie hatte das Geschenk von einem hochgelehrten Franziskanermönch, der es aus erster Quelle hatte, denn er hatte es von einer alten Gräfin, die es von einem Kavalleriehauptmann hatte, der es einer Marquise verdankte, welche es von einem Pagen hatte, der es von einem Jesuiten bekommen hat, welcher es als Novize direkt von einem der Gefährten des Christoph Columbus übernommen hatte. Ich jedenfalls werde es keinem weitergeben, denn mit mir geht es zu Ende.«

»O Pangloß«, rief da Candide aus, »was für eine seltsame Genealogie! Sollte nicht der Teufel an ihrem Ursprung stehen?« – »Keineswegs«, sagte der große Mann, »die Sache war unumgänglich in der besten der Welten, sie war ein notwendiges Ingrediens, denn wenn Columbus nicht auf einer amerikanischen Insel diese Krankheit aufgeschnappt hätte, die die Zeugungskraft vergiftet, oft sogar die Zeugung unmöglich macht, was offensichtlich dem großen Zweck der Natur entgegensteht, dann hätten wir weder Schokolade noch die farbkräftige Cochenille. Zu beachten ist auch, daß diese Krankheit bis heute ein Spezifikum unseres Kontinents ist, genau wie das Disputieren. Die Türken, Inder, Perser, Chinesen, Siamesen und Japaner kennen sie noch nicht, doch gibt es einen zureichenden Grund für die Annahme, daß sie sie ihrerseits in ein paar Jahrhunderten kennen werden. Unterdessen hat sie bei uns die wundersamsten Fortschritte gemacht, vor allem in den aus wackeren, wohlerzogenen Söldnern zusammengesetzten großen Heeren, von denen das Schicksal der Staaten abhängt. Wenn dreißigtausend Mann in geordneter Feldschlacht einer gleich großen Truppe gegenüberstehen, kann man sicher sein, daß auf beiden Seiten ungefähr zwanzigtausend Syphilitiker sind.«

»Das ist bewundernswert«, sagte Candide, »aber wir müssen Sie heilen.« – »Wie soll das gehen?« sprach Pangloß. »Ich habe keinen Pfennig, mein Freund, und auf der ganzen weiten Welt gibt es niemanden, der einen zur Ader läßt oder einem ein Klistier gibt, ohne daß man bezahlt oder daß jemand für einen bezahlt.«

Diese Worte entschieden Candide. Er warf sich seinem wohltätigen Wiedertäufer Jacques zu Füßen und malte ihm den Zustand seines arl'état où son ami était réduit, que le bonhomme n'hésita pas à recueillir le docteur Pangloss; il le fit guérir à ses dépens. Pangloss dans la cure ne perdit qu'un œil et une oreille. Il écrivait bien, et savait parfaitement l'arithmétique. L'anabaptiste Jacques en fit son teneur de livres. Au bout de deux mois, étant obligé d'aller à Lisbonne pour les affaires de son commerce, il mena dans son vaisseau ses deux philosophes. Pangloss lui expliqua comment tout était on ne peut mieux. Jacques n'était pas de cet avis. Il faut bien, disait-il, que les hommes aient un peu corrompu la nature, car ils ne sont point nés loups, et ils sont devenus loups: Dieu ne leur a donné ni canon de vingt-quatre, ni baïonnettes; et ils se sont fait des baïonnettes et des canons pour se détruire. Je pourrais mettre en ligne de compte les banqueroutes, et la justice qui s'empare des biens des banqueroutiers pour en frustrer les créanciers. Tout cela était indispensable, répliquait le docteur borgne, et les malheurs particuliers font le bien général, de sorte que plus il y a de malheurs particuliers, et plus tout est bien. Tandis qu'il raisonnait, l'air s'obscurcit, les vents soufflèrent des quatre coins du monde, et le vaisseau fut assailli de la plus horrible tempête, à la vue du port de Lisbonne.

CHAPITRE CINQUIÈME

Tempête, naufrage, tremblement de terre, et ce qui advint du docteur Pangloss, de Candide, et de l'anabaptiste Jacques

La moitié des passagers affaiblis, expirants de ces angoisses inconcevables que le roulis d'un vaisseau porte dans les nerfs et dans toutes les humeurs du corps agitées en sens contraires, n'avait pas même la force de s'inquiéter du danger. L'autre moitié jetait des cris et faisait des prières; les voiles étaient déchirées, les mâts brisés, le vaisseau entr'ouvert. Travaillait qui pouvait, personne ne s'entendait, personne ne commandait. L'anabaptiste aidait un peu à la manœuvre; il était sur le tillac; un matemen Freundes so anschaulich aus, daß er den Doktor Pangloß unverzüglich bei sich aufnahm und auf seine Kosten behandeln ließ. Die Kur kostete Pangloß nur ein Auge und ein Ohr. Da er gut schreiben und perfekt rechnen konnte, machte der Wiedertäufer Jacques ihn zu seinem Buchhalter. Als er zwei Monate später in Handelsgeschäften nach Lissabon fahren mußte, nahm er seine beiden Philosophen mit an Bord. Pangloß erklärte ihm, wie alles zum Besten stand. Jacques war nicht der Meinung. »Die Menschen müssen die Natur ein bißchen verdorben haben«, sagte er, »denn sie sind nicht als Wölfe geboren und wurden doch zu Wölfen: Gott hat ihnen weder Vierundzwanzigpfünder noch Bajonette gegeben, und sie schufen sich Bajonette und Kanonen, um einander umzubringen. Ich könnte auch noch die Bankrotte in Rechnung stellen und die Justiz, die sich der Güter der Bankrotteure bemächtigt, um sie den Gläubigern vorzuenthalten.« – »All das war unerläßlich«, entgegnete der einäugige Doktor, »denn privates Übel bewirkt das öffentliche Wohl, dergestalt, daß das allgemeine Wohl um so größer ist, je schlechter es den einzelnen geht.« Indes er so argumentierte, verdüsterte sich der Himmel, der Wind blies aus allen vier Himmelsrichtungen zugleich, und das Schiff wurde in Sichtweite des Hafens von Lissabon von einem verheerenden Unwetter überfallen.

FÜNFTES KAPITEL

Seesturm, Schiffbruch, Erdbeben und wie es dem Doktor Pangloß, Candide und dem Wiedertäufer Jacques erging

Die eine Hälfte der Passagiere war geschwächt und hatte, von der unsagbaren Angst gepeinigt, die ein rollendes Schiff in den hin- und hergerissenen Nerven und Säften der Menschen hervorruft, nicht einmal die Kraft, die Gefahr wahrzunehmen. Die andere Hälfte schrie und betete, die Segel waren gerissen, die Masten gebrochen, das Schiff leckgeschlagen. Wer konnte, griff zu, aber keiner hörte den anderen, keiner kommandierte. Der Wiedertäufer half ein wenig beim Steuern, er stand auf lot furieux le frappe rudement et l'étend sur les planches; mais du coup qu'il lui donna, il eut lui-même une si violente secousse qu'il tomba hors du vaisseau la tête la première. Il restait suspendu et accroché à une partie de mât rompue. Le bon Jacques court à son secours, l'aide à remonter, et de l'effort qu'il fait il est précipité dans la mer à la vue du matelot, qui le laissa périr sans daigner seulement le regarder. Candide approche, voit son bienfaiteur qui reparaît un moment et qui est englouti pour jamais. Il veut se jeter après lui dans la mer, le philosophe Pangloss l'en empêche, en lui prouvant que la rade de Lisbonne avait été formée exprès pour que cet anabaptiste s'y noyât. Tandis qu'il le prouvait *a priori*, le vaisseau s'entr'ouvre, tout périt à la réserve de Pangloss, de Candide, et de ce brutal de matelot qui avait noyé le vertueux anabaptiste; le coquin nagea heureusement jusqu'au rivage, où Pangloss et Candide furent portés sur une planche.

Quand ils furent revenus un peu à eux, ils marchèrent vers Lisbonne; il leur restait quelque argent, avec lequel ils espéraient se sauver de la faim après avoir échappé à la tempête.

A peine ont-ils mis le pied dans la ville en pleurant la mort de leur bienfaiteur, qu'ils sentent la terre trembler sous leurs pas; la mer s'élève en bouillonnant dans le port, et brise les vaisseaux qui sont à l'ancre. Des tourbillons de flamme et de cendres couvrent les rues et les places publiques; les maisons s'écroulent, les toits sont renversés sur les fondements, et les fondements se dispersent; trente mille habitants de tout âge et de tout sexe sont écrasés sous les ruines. Le matelot disait en sifflant et en jurant: Il y aura quelque chose à gagner ici. Quelle peut être la raison suffisante de ce phénomène? disait Pangloss. Voici le dernier jour du monde, s'écriait Candide. Le matelot court incontinent au milieu des débris, affronte la mort pour trouver de l'argent, en trouve, s'en empare, s'enivre, et ayant cuvé son vin, achète les faveurs de la première fille de bonne volonté qu'il rencontre sur les ruines des maisons détruites et au milieu des mourants et des morts. Pangloss le tirait cependant par la manche: Mon ami, lui disait-il, cela n'est pas bien, vous manquez à la raison universelle, vous prenez mal votre temps. Tête et sang, répondit der Brücke, wütend versetzt ein Matrose ihm einen Schlag und wirft ihn auf die Planken, aber der Schwung seines Schlages war so groß, daß er selbst kopfüber über Bord ging. An dem herunterhängenden Teil des geborstenen Mastes blieb er hängen und hielt sich fest. Der gute Jacques eilt ihm zu Hilfe und hievt ihn an Deck, aber der Zugriff läßt ihn vor den Augen des Matrosen, den das nicht kümmert, ins Meer fallen. Candide kommt hinzu, sieht, wie sein Wohltäter einen Augenblick auftaucht und dann für immer versinkt. Er will sich hinterherstürzen, aber der Philosoph Pangloß hindert ihn daran, indem er beweist, daß die Reede von Lissabon dazu ausersehen war, den Wiedertäufer darin ertrinken zu lassen. Indes er das apriorisch beweist, bricht das Schiff auseinander, und alle kommen um, außer Pangloß, Candide und dem rücksichtslosen Matrosen, der den tugendhaften Wiedertäufer ertränkt hatte. Der Schurke schwamm glücklich bis ans Ufer, woselbst Pangloß und Candide an eine Planke geklammert angetrieben wurden.

Als sie ein wenig zu sich gekommen waren, gingen sie auf Lissabon zu. Sie hatten noch etwas Geld, womit sie dem Hunger zu entgehen hofften, nachdem sie dem Seesturm entronnen waren.

Kaum sind sie, den Tod ihres Wohltäters beweinend, in der Stadt angelangt, da spüren sie, wie die Erde unter ihren Schritten erbebt. Das Meer wallt auf und zerschlägt die Schiffe, die im Hafen ankern. Feuer und Asche wirbelt empor und überzieht Straßen und Plätze. Die Häuser fallen ein, die Dächer stürzen auf die Fundamente. Dreißigtausend Bewohner jeden Alters und Geschlechts werden von den Trümmern erschlagen. Pfeifend und fluchend sprach der Matrose: »Hier gibt es was zu verdienen!« – »Was mag der zureichende Grund für diese Erscheinung sein?« fragte sich Pangloß. »Der Jüngste Tag ist gekommen!« rief Candide aus. Ohne Zeit zu verlieren rennt der Matrose durch die Trümmer, riskiert den Tod, um Geld zu finden, findet welches, nimmt es, betrinkt sich und erkauft sich, kaum hat er seinen Rausch ausgeschlafen, inmitten der zerstörten Häuser, der Sterbenden und der Toten, die Gunst des nächsten besten gutwilligen Mädchens. Pangloß zupfte ihn am Ärmel: »Mein Freund«, sprach er, »das ist nicht gut: Sie vergehen sich gegen die allgemeine Vernunft. Das ist jetzt nicht der richtige Zeitpunkt!« – »Tod und Teufel«, antwortet der, »ich bin Matrose und in Bal'autre, je suis matelot et né à Batavia; j'ai marché quatre fois sur le crucifix dans quatre voyages au Japon; tu as bien trouvé ton homme avec ta raison universelle!

Quelques éclats de pierre avaient blessé Candide; il était étendu dans la rue et couvert de débris. Il disait à Pangloss: Hélas! procure-moi un peu de vin et d'huile; je me meurs. Ce tremblement de terre n'est pas une chose nouvelle, répondit Pangloss; la ville de Lima éprouva les mêmes secousses en Amérique l'année passée; mêmes causes, mêmes effets; il y a certainement une traînée de soufre sous terre depuis Lima jusqu'à Lisbonne. Rien n'est plus probable, dit Candide; mais pour Dieu, un peu d'huile et de vin. Comment probable? répliqua le philosophe, je soutiens que la chose est démontrée. Candide perdit connaissance, et Pangloss lui apporta un peu d'eau d'une fontaine voisine.

Le lendemain ayant trouvé quelques provisions de bouche en se glissant à travers des décombres, ils réparèrent un peu leurs forces. Ensuite ils travaillèrent comme les autres à soulager les habitants échappés à la mort. Quelques citoyens, secourus par eux, leur donnèrent un aussi bon dîner qu'on le pouvait dans un tel désastre: il est vrai que le repas était triste; les convives arrosaient leur pain de leurs larmes; mais Pangloss les consola, en les assurant que les choses ne pouvaient être autrement: Car, dit-il, tout ceci est ce qu'il y a de mieux; car s'il y a un volcan à Lisbonne, il ne pouvait être ailleurs. Car il est impossible que les choses ne soient pas où elles sont. Car tout est bien.

Un petit homme noir, familier de l'Inquisition, lequel était à côté de lui, prit poliment la parole et dit: Apparemment que monsieur ne croit pas au péché originel; car si tout est au mieux, il n'y a donc eu ni chute ni punition.

Je demande très humblement pardon à Votre Excellence, répondit Pangloss encore plus poliment, car la chute de l'homme et la malédiction entraient nécessairement dans le meilleur des mondes possibles. Monsieur ne croit donc pas à la liberté? dit le familier. Votre Excellence m'excusera, dit Pangloss; la liberté peut subsister avec la nécessité absolue; car il était nécessaire que nous fussions libres; car enfin la volonté détertavia geboren, ich habe auf vier Reisen viermal in Japan das Kruzifix mit Füßen getreten: Mit deiner allgemeinen Vernunft bist du an den Falschen geraten.«

Ein paar Steinsplitter hatten Candide verwundet, unter Trümmern lag er auf der Straße. Zu Pangloß sagte er: »Ach, verschaffe mir doch ein bißchen Wein und Öl, ich muß sterben.« – »So ein Erdbeben ist nichts Neues«, entgegnete Pangloß, »letztes Jahr erlebte die Stadt Lima in Amerika ebensolche Erdstöße: die gleichen Ursachen, die gleiche Wirkung! Sicher gibt es von Lima bis nach Lissabon eine Schwefelspur unter der Erde.« – »Das klingt einleuchtend«, sagte Candide, »aber um Himmels willen, ein bißchen Öl und Wein!« – »Was heißt einleuchtend?« replizierte der Philosoph. »Ich behaupte, daß die Sache erwiesen ist.« – Candide verlor das Bewußtsein, und Pangloß brachte ihm etwas Wasser aus dem nächsten Brunnen.

Am Tag darauf krochen sie durch die Ruinen, fanden einen kleinen Mundvorrat und stärkten sich. Danach bemühten sie sich wie die anderen, den Menschen zu helfen, die dem Tode entronnen waren. Bürger der Stadt, denen sie geholfen hatten, gaben ihnen ein so gutes Abendessen, wie es nur irgend bei einer solchen Katastrophe sein konnte. Die Mahlzeit war freilich traurig. Die Gäste benetzten ihr Brot mit Tränen. Aber Pangloß tröstete sie mit der Versicherung, es könne nicht anders sein. »Denn«, sagte er, »hier steht alles zum Besten; denn wenn in Lissabon ein Vulkan war, so konnte er nirgendwo anders sein. Denn es ist unmöglich, daß die Dinge nicht da sind, wo sie sind. Denn alles ist gut.«

Ein kleiner schwarzer Mann, ein Spion der Inquisition, der neben ihm saß, ergriff höflich das Wort: »Offensichtlich glauben der Herr nicht an die Erbsünde, denn wenn alles zum Besten steht, hat es wohl weder Sündenfall noch Strafe gegeben.«

»Ich bitte Euer Exzellenz demütigst um Vergebung«, antwortete Pangloß noch höflicher, »denn der Sündenfall und die Verdammnis waren notwendige Bestandteile der besten aller möglichen Welten.« – »Der Herr glaubt also nicht an die Willensfreiheit?« sagte der Spion. »Euer Exzellenz werden entschuldigen«, sagte Pangloß, »die Freiheit kann sehr wohl mit der absoluten Notwendigkeit zusammengehen; denn unsere Freiheit war eine Notwendigkeit; denn der Wille der Vorseminée... Pangloss était au milieu de sa phrase, quand le familier fit un signe de tête à son estafier qui lui servait à boire du vin de Porto, ou d'Oporto.

CHAPITRE SIXIÈME

Comment on fit un bel auto-da-fé pour empêcher les tremblements de terre, et comment Candide fut fessé

Après le tremblement de terre qui avait détruit les trois quarts de Lisbonne, les sages du pays n'avaient pas trouvé un moyen plus efficace pour prévenir une ruine totale, que de donner au peuple un bel auto-da-fé; il était décidé par l'université de Coïmbre que le spectacle de quelques personnes brûlées à petit feu en grande cérémonie, est un secret infaillible pour empêcher la terre de trembler.

On avait en conséquence saisi un Biscayen convaincu d'avoir épousé sa commère, et deux Portugais qui en mangeant un poulet en avaient arraché le lard: on vint lier après le dîner le docteur Pangloss, et son disciple Candide, l'un pour avoir parlé, et l'autre pour avoir écouté avec un air d'approbation: tous deux furent menés separément dans des appartements d'une extrême fraîcheur, dans lesquels on n'était jamais incommodé du soleil: huit jours après ils furent tous deux revêtus d'un *san-benito,* et on orna leurs têtes de mitres de papier: la mitre et le san-benito de Candide étaient peints de flammes renversées, et de diables qui n'avaient ni queues, ni griffes: mais les diables de Pangloss portaient griffes et queues, et les flammes étaient droites. Ils marchèrent en procession ainsi vêtus, et entendirent un sermon très pathétique, suivi d'une belle musique en faux-bourdon. Candide fut fessé en cadence pendant qu'on chantait; le Biscayen et les deux hommes qui n'avaient point voulu manger de lard furent brûlés, et Pangloss fut pendu, quoique ce ne soit pas la coutume. Le même jour la terre trembla de nouveau avec un fracas épouvantable.

hung…« Pangloß war mit seinem Satz so weit gediehen, als der Spion seinem Diener, der ihm Portwein oder Oportowein einschenkte, einen Wink gab.

SECHSTES KAPITEL

Wie man ein schönes Autodafé veranstaltete, um Erdbeben zu verhindern, und wie Candide ausgepeitscht wurde

Nach dem Erdbeben, das drei Viertel von Lissabon zerstört hatte, hatten die Weisen des Landes kein wirksameres Mittel gefunden, dem gänzlichen Untergang der Stadt vorzubeugen, als dem Volk ein schönes Autodafé zu bieten. Die Universität Coimbra hatte befunden, daß das Spektakel von etlichen in großem Zeremoniell auf langsamem Feuer verbrannten Leuten unfehlbar weitere Erdbeben verhindern werde.

Folglich hatte man einen Biskayer aufgegriffen, der überführt worden war, seine Patin geheiratet zu haben, dazu zwei Portugiesen, die bei einem Hühnerschmaus den Speck entfernt hatten. Nach dem Abendessen legte man den Doktor Pangloß und seinen Schüler Candide in Fesseln, den einen, weil er geredet, den anderen, weil er mit dem Ausdruck der Billigung zugehört hatte: Sie wurden jeder für sich in überaus kühlen Gemächern untergebracht, wo man von der Sonne nicht belästigt wurde. Acht Tage später wurden sie beide mit einem Sanbenito bekleidet und bekamen papierene Bischofsmützen aufgesetzt. Candides Mütze und sein Sanbenito waren mit umgekehrten Flammen und Teufeln ohne Krallen und Schwänze bemalt, Panglossens Teufel dagegen hatten Krallen und Schwänze, und seine Flammen waren nach oben gerichtet. So ausstaffiert zogen sie in einer Prozession dahin und hörten eine sehr ergreifende Predigt, gefolgt von einem schönen, monotonen Kirchengesang. Candide wurde dazu im Takt ausgepeitscht, der Biskayer und die beiden Leute, die keinen Speck essen wollten, wurden verbrannt, und Pangloß wurde gehängt, obwohl das sonst nicht üblich war. Am selben Tag erbebte die Erde mit furchtbarem Getöse aufs neue.

Candide épouvanté, interdit, éperdu, tout sanglant, tout palpitant, se disait à lui-même: Si c'est ici le meilleur des mondes possibles, que sont donc les autres? passe encore si je n'étais que fessé, je l'ai été chez les Bulgares; mais, ô mon cher Pangloss! le plus grand des philosophes, faut-il vous avoir vu pendre, sans que je sache pourquoi! O mon cher anabaptiste! le meilleur des hommes, faut-il que vous ayez été noyé dans le port! ô! mademoiselle Cunégonde, la perle des filles, faut-il qu'on vous ait fendu le ventre!

Il s'en retournait se soutenant à peine, prêché, fessé, absous et béni, lorsqu'une vieille l'aborda, et lui dit: Mon fils, prenez courage, suivez-moi.

CHAPITRE SEPTIÈME

Comment une vieille prit soin de Candide, et comment il retrouva ce qu'il aimait

Candide ne prit point courage, mais il suivit la vieille dans une masure: elle lui donna un pot de pommade pour se frotter, lui laissa à manger et à boire; elle lui montra un petit lit assez propre; il y avait auprès du lit un habit complet. Mangez, buvez, dormez, lui dit-elle, et que Notre-Dame d'Atocha, monseigneur St. Antoine de Padoue, et monseigneur St. Jacques de Compostelle prennent soin de vous! Je reviendrai demain. Candide, toujours étonné de tout ce qu'il avait vu, de tout ce qu'il avait souffert, et encore plus de la charité de la vieille, voulut lui baiser la main. Ce n'est pas ma main qu'il faut baiser, dit la vieille; je reviendrai demain. Frottez-vous de pommade, mangez et dormez.

Candide malgré tant de malheurs mangea et dormit. Le lendemain la vieille lui apporte à déjeuner, visite son dos, le frotte elle-même d'une autre pommade; elle lui apporte ensuite à dîner; elle revient sur le soir et apporte à souper. Le surlendemain elle fit encore les mêmes cérémonies. Qui êtes-vous? lui disait toujours Candide; qui vous a inspiré tant de bonté? quelles grâces puis-je vous rendre? La bonne femme ne répondait jamais rien; elle revint sur le soir, et n'apporta point à souper: Venez

Verwirrt, verstört und verängstigt sagte sich Candide, blutend und zitternd: »Wenn das hier die beste der möglichen Welten ist, wie sind da die anderen? Verprügelt wurde ich zwar auch schon bei den Bulgaren, aber, o mein teurer Pangloß, mußte ich Sie, den größten Philosophen, hängen sehen ohne zu wissen, warum? O mein lieber Wiedertäufer, bester aller Menschen, mußten Sie im Hafen ertrinken? O Fräulein Kunigunde, Perle der Schöpfung, mußte man Ihnen den Bauch aufschlitzen?«

Mit Predigt, Prügeln, Absolution und Segen versehen ging er, sich kaum noch aufrecht haltend, von dannen, als eine Alte ihn ansprach und sagte: »Nur Mut, mein Sohn, folgen Sie mir!«

SIEBENTES KAPITEL

Wie eine Alte sich Candides annahm und wie er wiederfand, was er liebte

Mut faßte Candide nicht, aber er folgte der Alten in ein baufälliges Gemäuer. Sie gab ihm einen Napf mit Salbe zum Einreiben, gab ihm zu essen und zu trinken und wies auf ein ziemlich sauberes Bett. Daneben lag ein vollständiger Anzug. »Essen Sie, trinken Sie, schlafen Sie«, sagte sie, »und Unsere liebe Frau von Atocha, der heilige Antonius von Padua und der heilige Jakob von Compostela seien Ihnen gnädig. Morgen komme ich wieder.« Immer noch erschüttert von all dem, was er gesehen und erlitten hatte, und mehr noch von der Wohltätigkeit der Alten, wollte er ihr die Hand küssen. »*Meine* Hand müssen Sie nicht küssen«, sagte die Alte. »Ich komme morgen wieder. Reiben Sie sich mit der Salbe ein, essen Sie und schlafen Sie.«

Trotz seines Elends aß und schlief Candide. Am nächsten Tag bringt die Alte ihm ein Frühstück, inspiziert seinen Rücken und reibt ihn selbst mit einer anderen Salbe ein; dann bringt sie ihm ein Mittagessen und abends ein Nachtmahl. Am Tag darauf wiederholte sich das Gleiche. »Wer sind Sie?« fragte Candide. »Wer hat Ihnen so viel Güte eingegeben? Wie kann ich Ihnen danken?« Die gute Alte antwortete nicht. Gegen Abend kam sie wieder und brachte nichts zu essen. »Kommen Sie avec moi, dit-elle, et ne dites mot. Elle le prend sous le bras, et marche avec lui dans la campagne environ un quart de mille: ils arrivent à une maison isolée, entourée de jardins et de canaux. La vieille frappe à une petite porte. On ouvre; elle mène Candide par un escalier dérobé dans un cabinet doré, le laisse sur un canapé de brocart, referme la porte, et s'en va. Candide croyait rêver, et regardait toute sa vie comme un songe funeste, et le moment présent comme un songe agréable.

La vieille reparut bientôt; elle soutenait avec peine une femme tremblante, d'une taille majestueuse, brillante de pierreries, et couverte d'un voile. Otez ce voile, dit la vieille à Candide. Le jeune homme approche; il lève le voile d'une main timide. Quel moment! quelle surprise! il croit voir mademoiselle Cunégonde, il la voyait en effet, c'était elle-même. La force lui manque, il ne peut proférer une parole, il tombe à ses pieds. Cunégonde tombe sur le canapé. La vieille les accable d'eaux spiritueuses; ils reprennent leurs sens, ils se parlent: ce sont d'abord des mots entrecoupés, des demandes et des réponses qui se croisent, des soupirs, des larmes, des cris. La vieille leur recommande de faire moins de bruit, et les laisse en liberté. Quoi! c'est vous, lui dit Candide, vous vivez! Je vous retrouve en Portugal! On ne vous a donc pas violée? On ne vous a point fendu le ventre, comme le philosophe Pangloss me l'avait assuré? Si fait, dit la belle Cunégonde; mais on ne meurt pas toujours de ces deux accidents. Mais votre père et votre mère ont-ils été tués? Il n'est que trop vrai, dit Cunégonde en pleurant. Et votre frère? Mon frère a été tué aussi. Et pourquoi êtes-vous en Portugal? et comment avez-vous su que j'y étais? et par quelle étrange aventure m'avez-vous fait conduire dans cette maison? Je vous dirai tout cela, répliqua la dame; mais il faut auparavant que vous m'appreniez tout ce qui vous est arrivé depuis le baiser innocent que vous me donnâtes, et les coups de pied que vous reçûtes.

Candide lui obéit avec un profond respect; et quoiqu'il fût interdit, quoique sa voix fût faible et tremblante, quoique l'échine lui fît encore un peu mal, il lui raconta de la manière la plus naïve tout ce qu'il avait mit«, sprach sie, »und sagen Sie kein Wort.« Sie faßt ihn unter den Arm und geht mit ihm ungefähr eine Viertelmeile über Land; sie gelangen an ein einsames Haus zwischen Gärten und Kanälen. Die Alte klopft an die Tür. Man öffnet. Sie führt Candide über eine Nebentreppe in ein vergoldetes Gemach, läßt ihn sich auf ein Brokatsofa niedersetzen, schließt die Tür und geht. Candide glaubte zu träumen: Sein ganzes Leben schien ihm wie ein unheilvoller, die Gegenwart wie ein angenehmer Traum.

Bald erschien die Alte wieder. Sie stützte mühsam eine zitternde Frau von majestätischem Wuchs, die von Edelsteinen erglänzte und verschleiert war. »Nehmen Sie den Schleier weg!« sagte die Alte zu Candide. Der junge Mann rückt näher und lüftet den Schleier mit zitternder Hand. Welch ein Augenblick! Welche Überraschung! Er glaubt Kunigunde zu sehen, er hat sie wirklich vor Augen: Sie war es. Seine Kräfte verlassen ihn, er bringt kein Wort heraus, er fällt ihr zu Füßen. Kunigunde fällt auf das Sofa. Die Alte bespritzt sie mit Weingeist, sie kommen zu sich, sie reden miteinander, zuerst sind es nur abgerissene Worte, Fragen und Antworten, die sich überschneiden, Seufzer, Tränen, Schreie. Die Alte empfiehlt ihnen, nicht so laut zu sein, und läßt sie allein. »Wie? Sie sind's?« sagte Candide. »Sie leben! Ich treffe Sie in Portugal! Hat man Sie also nicht vergewaltigt? Hat man Ihnen nicht den Bauch aufgeschlitzt, wie mir der Philosoph Pangloß versichert hat?« – »Doch, schon«, antwortete die schöne Kunigunde, »aber man stirbt nicht immer bei diesen Unglücksfällen.« – »Aber Ihr Vater und Ihre Mutter sind umgebracht worden?« – »Das ist nur zu wahr«, sagte Kunigunde weinend. – »Und Ihr Bruder?« – »Mein Bruder ist auch erschlagen worden.« – »Und wieso sind Sie in Portugal? Und wie haben Sie in Erfahrung gebracht, daß ich hier bin? Und auf welch seltsame Art und Weise haben Sie mich in dieses Haus bringen lassen?« – »Ich will Ihnen das alles sagen«, entgegnete die Dame, »aber zuvor müssen Sie mir sagen, was Ihnen alles zugestoßen ist, seit dem unschuldigen Kuß, den Sie mir gaben, und seit den Fußtritten, die Sie erhielten.«

Candide gehorchte ihr voll tiefer Ehrerbietung, und obwohl er noch fast sprachlos war, obwohl seine Stimme schwach und zitternd klang, obwohl ihn sein Rücken noch ein wenig schmerzte, erzählte er ihr doch ganz treuherzig, was er alles seit dem Augenblick ihrer Trennung erlebt éprouvé depuis le moment de leur séparation. Cunégonde levait les yeux au ciel; elle donna des larmes à la mort du bon anabaptiste, et de Pangloss; après quoi elle parla en ces termes à Candide, qui ne perdait pas une parole, et qui la dévorait des yeux.

CHAPITRE HUITIÈME

Histoire de Cunégonde

J'étais dans mon lit et je dormais profondément, quand il plut au Ciel d'envoyer les Bulgares dans notre beau château de Thunder-ten-tronckh; ils égorgèrent mon père et mon frère, et coupèrent ma mère par morceaux. Un grand Bulgare, haut de six pieds, voyant qu'à ce spectacle j'avais perdu connaissance, se mit à me violer, cela me fit revenir, je repris mes sens, je criai, je me débattis, je mordis, j'égratignai, je voulais arracher les yeux à ce grand Bulgare, ne sachant pas que tout ce qui arrivait dans le château de mon père était une chose d'usage: le brutal me donna un coup de couteau dans le flanc gauche dont je porte encore la marque. Hélas! j'espère bien la voir, dit le naïf Candide. Vous la verrez, dit Cunégonde, mais continuons. Continuez, dit Candide.

Elle reprit ainsi le fil de son histoire. Un capitaine bulgare entra, il me vit toute sanglante, et le soldat ne se dérangeait pas. Le capitaine se mit en colère du peu de respect que lui témoignait ce brutal, et le tua sur mon corps. Ensuite il me fit panser, et m'emmena prisonnière de guerre dans son quartier. Je blanchissais le peu de chemises qu'il avait, je faisais sa cuisine; il me trouvait fort jolie, il faut l'avouer; et je ne nierai pas qu'il ne fût très bien fait, et qu'il n'eût la peau blanche et douce; d'ailleurs peu d'esprit, peu de philosophie; on voyait bien qu'il n'avait pas été élevé par le docteur Pangloss. Au bout de trois mois, ayant perdu tout son argent, et s'étant dégoûté de moi, il me vendit à un Juif nommé don Issacar, qui trafiquait en Hollande et en Portugal, et qui aimait passionnément les hatte. Kunigunde erhob den Blick zum Himmel, sie vergoß Tränen beim Tod des guten Wiedertäufers und Panglossens, danach sagte sie zu Candide, dem nicht ein Wort entging und der sie mit seinen Blicken verschlang, das Folgende.

ACHTES KAPITEL

Kunigundens Geschichte

»Ich lag im Bett und schlief tief, als es dem Himmel gefiel, die Bulgaren über unser schönes Schloß Thunder-ten-tronckh herfallen zu lassen. Sie erstachen meinen Vater und meinen Bruder, und sie hieben meine Mutter in Stücke. Ein sechs Fuß langer Bulgare, der sah, daß mir bei diesem Anblick die Sinne schwanden, machte sich daran, mich zu vergewaltigen. Da kam ich wieder zu mir. Ich raffte mich auf, schrie, schlug um mich, biß, kratzte und wollte dem langen Kerl die Augen ausreißen, weil mir nicht klar war, daß im Schloß meines Vaters nur das Übliche geschah. Der Rohling versetzte mir mit dem Messer einen Stich in die linke Seite. Die Narbe habe ich noch.« – »Ach, hoffentlich kann ich sie sehen«, sagte der treuherzige Candide. »Sie sollen sie sehen«, sagte Kunigunde, »aber erst erzähle ich weiter.« – »Erzählen Sie weiter!« sagte Candide.

Und sie fuhr mit ihrer Geschichte fort. »Ein bulgarischer Hauptmann kam herein und sah, wie ich blutete. Den Soldaten störte das nicht. Der Hauptmann geriet über die Respektlosigkeit dieses Kerls in Wut und tötete ihn auf mir. Dann ließ er mich verbinden und führte mich als Kriegsgefangene in sein Quartier. Ich wusch ihm die wenigen Hemden, die er besaß, und kochte für ihn. Er fand mich sehr hübsch, das muß man sagen. Ich will auch nicht leugnen, daß er sehr gut aussah und daß er eine zarte weiße Haut hatte. Im übrigen: Kein Geist und keine Philosophie. Man merkte schon, daß er nicht von Doktor Pangloß erzogen worden war. Nach drei Monaten verkaufte er mich, weil er all sein Geld ausgegeben hatte und meiner überdrüssig war, an einen Juden namens Don Issachar, der in Holland und Portugal Handelsgeschäfte betrieb und ein femmes. Ce Juif s'attacha beaucoup à ma personne, mais il ne pouvait en triompher; je lui ai mieux résisté qu'au soldat bulgare. Une personne d'honneur peut être violée une fois, mais sa vertu s'en affermit. Le Juif pour m'apprivoiser me mena dans cette maison de campagne que vous voyez. J'avais cru, jusque-là, qu'il n'y avait rien sur la terre de si beau que le château de Thunder-ten-tronckh; j'ai été détrompée.

Le grand inquisiteur m'aperçut un jour à la messe, il me lorgna beaucoup, et me fit dire qu'il avait à me parler pour des affaires secrètes. Je fus conduite à son palais, je lui appris ma naissance; il me représenta combien il était au-dessous de mon rang d'appartenir à un Israélite. On proposa de sa part à don Issacar de me céder à monseigneur. Don Issacar, qui est le banquier de la cour, et homme de crédit, n'en voulut rien faire. L'inquisiteur le menaça d'un auto-da-fé. Enfin mon Juif intimidé conclut un marché par lequel la maison et moi leur appartiendraient à tous deux en commun, que le Juif aurait pour lui les lundis, mercredis et le jour du sabbat, et que l'inquisiteur aurait les autres jours de la semaine. Il y a six mois que cette convention subsiste. Ce n'a pas été sans querelles; car souvent il a été indécis si la nuit du samedi au dimanche appartenait à l'ancienne loi, ou à la nouvelle. Pour moi, j'ai résisté jusqu'à présent à toutes les deux, et je crois que c'est pour cette raison que j'ai toujours été aimée.

Enfin, pour détourner le fléau des tremblements de terre, et pour intimider don Issacar, il plut à monseigneur l'inquisiteur de célébrer un auto-da-fé. Il me fit l'honneur de m'y inviter. Je fus très bien placée; on servit aux dames des rafraîchissements entre la messe et l'exécution. Je fus à la vérité saisie d'horreur en voyant brûler ces deux Juifs et cet honnête Biscayen qui avait épousé sa commère: mais quelle fut ma surprise, mon effroi, mon trouble, quand je vis, dans un san-benito, et sous une mitre, une figure qui ressemblait à celle de Pangloss! Je me frottai les yeux, je regardai attentivement, je le vis pendre; je tombai en faiblesse. A peine reprenais-je mes sens que je vous vis dépouillé tout nu; ce fut là le comble de l'horreur, de la consternation, de la douleur, du désespoir.

leidenschaftlicher Frauenliebhaber war. Dieser Jude verliebte sich sehr in mich, kam aber nicht weit mit mir: Ich habe ihm besser widerstanden als dem bulgarischen Soldaten. Ein anständiges Mädchen kann einmal vergewaltigt werden, aber das festigt seine Tugend. Um mich willfährig zu machen, hat mich der Jude in dieses Landhaus hier gebracht. Bisher hatte ich geglaubt, daß es auf Erden nichts Schöneres gebe als das Schloß von Thunder-ten-tronckh. Das war ein Irrtum.

Eines Tages erblickte der Großinquisitor mich bei der Messe. Er betrachtete mich genau durch sein Glas und ließ mich wissen, er habe in geheimer Angelegenheit mit mir zu sprechen. Ich wurde in seinen Palast geführt, ich sagte ihm, wer ich sei, er erklärte mir, wie sehr es unter meinem Stande sei, einem Israeliten anzugehören. Don Issachar schlug man vor, mich Hochwürden abzutreten. Aber der Jude, der Hofbankier und ein einflußreicher Mann ist, wollte davon nichts wissen. Der Inquisitor bedrohte ihn mit einem Autodafé. Schließlich ging Don Issachar, eingeschüchtert, auf einen Handel ein, demzufolge das Haus und ich ihnen beiden gehöre, ich dem Juden montags, mittwochs und am Sabbat zur Verfügung stehe, während dem Inquisitor die anderen Wochentage zustehen. Diese Übereinkunft ist seit sechs Monaten in Kraft. Die Sache ging nicht ohne Streit ab, denn oftmals war unklar, ob die Nacht vom Samstag auf den Sonntag dem Alten oder dem Neuen Bund zukomme. Was mich angeht, habe ich bis jetzt beiden widerstanden, und ich denke, daß ich eben deswegen immer noch geliebt werde.

Schließlich gefiel es dem hochwürdigen Herrn Inquisitor, um die Geißel der Erdbeben abzuwenden und Don Issachar Angst zu machen, ein Autodafé abzuhalten. Er tat mir die Ehre, mich dazu einzuladen. Ich hatte einen sehr guten Platz. Zwischen Messe und Hinrichtung wurden den Damen Erfrischungen gereicht. Mich packte ein Grauen, als ich die beiden Juden und den wackeren Biskayer brennen sah, der seine Patin geehelicht hatte. Wie überrascht, wie erschrocken, wie verwirrt aber war ich erst, als ich in einem Sanbenito und unter der Bischofsmütze eine Gestalt erblickte, die Pangloß ähnlich sah! Ich rieb mir die Augen, ich sah genau hin, ich sah ihn hängen, da hatte ich einen Schwächeanfall. Kaum war ich darüber hinweg, da sah ich Sie, splitternackt: Das war die Höhe des Schreckens, der Bestürzung, der Pein und der Verzweiflung.

Je vous dirai, avec vérité, que votre peau est encore plus blanche, et d'un incarnat plus parfait que celle de mon capitaine des Bulgares. Cette vue redoubla tous les sentiments qui m'accablaient, qui me dévoraient. Je m'écriai, je voulus dire: Arrêtez, barbares! mais la voix me manqua, et mes cris auraient été inutiles. Quand vous eûtes été bien fessé: Comment se peut-il faire, disais-je, que l'aimable Candide et le sage Pangloss se trouvent à Lisbonne, l'un pour recevoir cent coups de fouet, et l'autre pour être pendu par l'ordre de monseigneur l'inquisiteur, dont je suis la bien-aimée? Pangloss m'a donc bien cruellement trompée, quand il me disait que tout va le mieux du monde.

Agitée, éperdu, tantôt hors de moi-même, et tantôt prête de mourir de faiblesse, j'avais la tête remplie du massacre de mon père, de ma mère, de mon frère, de l'insolence de mon vilain soldat bulgare, du coup de couteau qu'il me donna, de ma servitude, de mon métier de cuisinière, de mon capitaine bulgare, de mon vilain don Issacar, de mon abominable inquisiteur, de la pendaison du docteur Pangloss, de ce grand *miserere* en faux-bourdon pendant lequel on vous fessait, et surtout du baiser que je vous avais donné derrière un paravent, le jour que je vous avais vu pour la dernière fois. Je louai Dieu qui vous ramenait à moi par tant d'épreuves. Je recommandai à ma vieille d'avoir soin de vous, et de vous amener ici dès qu'elle le pourrait. Elle a très bien exécuté ma commission; j'ai goûté le plaisir inexprimable de vous revoir, de vous entendre, de vous parler. Vous devez avoir une faim dévorante, j'ai grand appétit, commençons par souper.

Les voilà qui se mettent tous deux à table, et après le souper ils se replacent sur ce beau canapé dont on a déjà parlé; ils y étaient quand le signor don Issacar, l'un des maîtres de la maison, arriva. C'était le jour du sabbat. Il venait jouir de ses droits, et expliquer son tendre amour.

Ich muß Ihnen wahrheitsgemäß sagen, Ihre Haut ist weißer und von noch vollkommenerer Rosigkeit als diejenige meines Bulgarenhauptmanns. Der Anblick verdoppelte all die niederdrückenden, mich verzehrenden Gefühle. Schon schrie ich, schon wollte ich ausrufen: ›Haltet ein, ihr Barbaren!‹ Aber meine Stimme versagte, und meine Schreie wären vergebens gewesen. Als man Sie ordentlich verprügelt hatte, fragte ich mich: ›Wie kommt es, daß der liebenswürdige Candide und der weise Pangloß in Lissabon sind, der eine, um hundert Hiebe zu bekommen, der andere, um im Auftrag des hochwürdigen Herrn Inquisitors aufgehängt zu werden, dessen Geliebte ich bin?‹ Pangloß hat mich also grausam getäuscht, als er erklärte, es stehe alles zum Besten.

Erregt, von Sinnen, bald außer mir, bald sterbenselend, schwirrte mir der Kopf vom Massaker meines Vaters, meiner Mutter, meines Bruders, von der Unverschämtheit meines elenden Bulgarensöldners, von dem Messerstich, den er mir gab, von meiner Knechtschaft, von meinem Köchinnendasein, von meinem Bulgarenhauptmann, von meinem üblen Don Issachar, meinem verabscheuungswürdigen Inquisitor, von der Erhängung des Doktors Pangloß, von dem großen Miserere, das man so eintönig sang, indes Sie die Prügel bezogen, vor allem aber von dem Kuß, den ich Ihnen hinter einem Paravent gegeben hatte, als ich Sie zum letzten Mal sah. Ich pries Gott, daß er Sie nach so vielen Prüfungen zu mir zurückführte, ich empfahl meiner Alten, sich um Sie zu kümmern und Sie hierherzuführen, sobald sie konnte. Sie hat meinen Auftrag sehr gut ausgeführt, ich habe das unaussprechliche Vergnügen gekostet, Sie wiederzusehen, zu hören und mit Ihnen zu sprechen. Sicher haben Sie einen verzehrenden Hunger, ich habe großen Appetit, essen wir erst einmal zu Abend.«

Da setzten sie sich beide zu Tisch und nach dem Abendessen wieder auf das schöne Sofa, von dem schon die Rede war. Dort saßen sie, als der Signor Don Issachar, einer der Hausherren, erschien. Es war Sabbat, er kam, seine Rechte wahrzunehmen und seine zärtliche Liebe zu erklären.

CHAPITRE NEUVIÈME

Ce qui advint de Cunégonde, de Candide, du grand inquisiteur et d'un Juif

Cet Issacar était le plus colérique Hébreu qu'on eût vu dans Israël depuis la captivité en Babylone. Quoi! dit-il, chienne de Galiléenne, ce n'est pas assez de monsieur l'inquisiteur? il faut que ce coquin partage aussi avec moi? En disant cela il tire un long poignard dont il était toujours pourvu, et ne croyant pas que son adverse partie eût des armes, il se jette sur Candide: mais notre bon Vestphalien avait reçu une belle épée de la vieille avec l'habit complet. Il tire son épée, quoiqu'il eût les mœurs fort douces, et vous étend l'Israélite roide mort sur le carreau aux pieds de la belle Cunégonde.

Sainte Vierge! s'écria-t-elle, qu'allons-nous devenir? un homme tué chez moi! si la justice vient, nous sommes perdus. Si Pangloss n'avait pas été pendu, dit Candide, il nous donnerait un bon conseil dans cette extrémité, car c'était un grand philosophe. A son défaut consultons la vieille. Elle était fort prudente, et commençait à dire son avis quand une autre petite porte s'ouvrit. Il était une heure après minuit, c'était le commencement du dimanche. Ce jour appartenait à monseigneur l'inquisiteur. Il entre et voit le fessé Candide l'épée à la main, un mort étendu par terre, Cunégonde effarée, et la vieille donnant des conseils.

Voici dans ce moment ce qui se passa dans l'âme de Candide, et comment il raisonna: Si ce saint homme appelle du secours, il me fera infailliblement brûler; il pourra en faire autant de Cunégonde; il m'a fait fouetter impitoyablement; il est mon rival; je suis en train de tuer, il n'y a pas à balancer. Ce raisonnement fut net et rapide; et sans donner le temps à l'inquisiteur de revenir de sa surprise, il le perce d'outre en outre, et le jette à côté du Juif. En voici bien d'une autre, dit Cunégonde; il n'y a plus de rémission; nous sommes excommuniés, notre dernière heure est venue! Comment avez-vous fait, vous qui êtes né si doux, pour

NEUNTES KAPITEL

Was Kunigunde, Candide, dem Inquisitor und einem Juden widerfuhr

Dieser Issachar war der jähzornigste Hebräer, den man seit der Babylonischen Gefangenschaft in Israel gesehen hatte. »Was«, sprach er, »galiläische Hündin, ist es mit dem Herrn Inquisitor nicht genug? Muß ich mich auch noch mit diesem Schuft in dich teilen?« Mit diesen Worten zückt er einen langen Dolch, den er immer bei sich trug, und stürzt sich, in der Meinung, sein Gegner sei unbewaffnet, auf Candide. Aber mit dem kompletten Anzug hatte unser wackerer Westfale von der Alten zugleich einen schönen Degen bekommen. Er zieht trotz seines sanften Gemütes den Degen und wirft den Israeliten mausetot auf die Fliesen, seiner schönen Kunigunde zu Füßen.

»Heilige Jungfrau«, rief sie da aus, »was soll aus uns werden? Ein Ermordeter im Haus! Wenn die Justiz kommt, sind wir verloren.« – »Wäre Pangloß nicht erhängt worden«, sagte Candide, »gäbe er uns in dieser Kalamität einen guten Rat, denn er war ein großer Philosoph. Konsultieren wir an seiner Statt die Alte!« – Sie war sehr klug und fing gerade an, ihren Rat zu erteilen, als eine Nebentür aufgeht. Es war eine Stunde nach Mitternacht, der Sonntag begann. Der Tag gehörte dem hochwürdigen Herrn Inquisitor. Er tritt ein und sieht den verprügelten Candide, den Degen in der Hand, und einen Toten auf dem Boden, Kunigunde verstört und die Alte damit beschäftigt, Ratschläge zu erteilen.

Dies nun vollzog sich in Candides Seele, und so argumentierte er: »Wenn dieser heilige Mann Hilfe herbeiruft, läßt er mich unfehlbar verbrennen; das Gleiche könnte Kunigunde geschehen; er hat mich mitleidlos auspeitschen lassen, er ist mein Rivale, ich bin sowieso dabei zu töten, da gibt es kein Zögern.« Diese Überlegung vollzog sich geschwind und klar. Ohne dem Inquisitor Zeit zu lassen, sich von seiner Überraschung zu erholen, durchbohrt er ihn und wirft ihn neben dem Juden zu Boden. »Das wird ja immer schöner«, spricht Kunigunde, »da gibt es keine Gnade, wir sind exkommuniziert, unser letztes Stündlein hat geschlagen! Wie konnten Sie nur in zwei Minuten einen Juden und tuer en deux minutes un Juif et un prélat? Ma belle demoiselle, répondit Candide, quand on est amoureux, jaloux, et fouetté par l'Inquisition, on ne se connaît plus.

La vieille prit alors la parole, et dit: Il y a trois chevaux andalous dans l'écurie avec leurs selles et leurs brides, que le brave Candide les prépare; madame a des moyadors et des diamants: montons vite à cheval, quoique je ne puisse me tenir que sur une fesse, et allons à Cadiz; il fait le plus beau temps du monde, et c'est un grand plaisir de voyager pendant la fraîcheur de la nuit.

Aussitôt Candide selle les trois chevaux. Cunégonde, la vieille et lui font trente milles d'une traite. Pendant qu'ils s'éloignaient, la Ste Hermandad arrive dans la maison; on enterre monseigneur dans une belle église, et on jette Issacar à la voirie.

Candide, Cunégonde et la vieille, étaient déjà dans la petite ville d'Avacéna au milieu des montagnes de la Sierra-Morena; et ils parlaient ainsi dans un cabaret.

CHAPITRE DIXIÈME

Dans quelle détresse Candide, Cunégonde et la vieille arrivent à Cadiz, et de leur embarquement

Qui a donc pu me voler mes pistoles et mes diamants? disait en pleurant Cunégonde; de quoi vivrons-nous? comment ferons-nous? où trouver des inquisiteurs et des Juifs qui m'en donnent d'autres? Hélas! dit la vieille, je soupçonne fort un révérend père cordelier qui coucha hier dans la même auberge que nous à Badajos; Dieu me garde de faire un jugement téméraire, mais il entra deux foix dans notre chambre, et il partit longtemps avant nous. Hélas! dit Candide, le bon Pangloss m'avait souvent prouvé que les biens de la terre sont communs à tous les hommes, que chacun y a un droit égal. Ce cordelier devait bien, suivant ces principes, nous laisser de quoi achever notre voyage. Il ne vous reste einen Prälaten umbringen, Sie, der Sie von Geburt so sanften Gemütes sind?« – »Mein schönes Fräulein«, entgegnete Candide, »wenn man verliebt und eifersüchtig und von der Inquisition ausgepeitscht worden ist, kennt man sich selbst nicht mehr.«

Da ergriff die Alte das Wort und sprach: »Im Stall sind drei andalusische Pferde samt Sattel und Zaumzeug. Der tapfere Candide kann sie fertig machen. Madame besitzen Dublonen und Diamanten: Auf, zu Pferd, wir wollen nach Cadiz, wenn ich mich auch nur auf einer Hinterbacke halten kann. Wir haben das schönste Wetter, es macht großen Spaß, in der Nachtkühle zu reisen.«

Sogleich sattelt Candide die drei Pferde. Kunigunde, die Alte und er legen dreißig Meilen im Flug zurück. Indes sie sich entfernen, erscheint die Heilige Hermandad im Hause. Hochwürden wird in einer schönen Kirche begraben, Issachar auf den Schindanger geworfen.

Candide, Kunigunde und die Alte hatten schon inmitten der Sierra Morena das Städtchen Avacena erreicht. Und so sprachen sie in der Schenke miteinander.

ZEHNTES KAPITEL

In welcher Not Candide, Kunigunde und die Alte in Cadiz anlangen und wie sie sich da einschiffen

»Wer hat mir bloß meine Dublonen und Diamanten gestohlen?« sprach weinend Kunigunde. »Wovon sollen wir leben? Was tun? Wo finde ich Inquisitoren und Juden, die mir neue geben?« – »Ich habe einen hochwürdigen Herrn Franziskaner stark im Verdacht«, sagte die Alte, »er hat in derselben Herberge in Badajoz genächtigt wie wir. Gott bewahre mich vor leichtfertigem Urteil, aber er betrat zweimal unser Zimmer und brach lange vor uns auf.« – »Ach je«, sagte Candide, »der gute Pangloß hat mir oftmals dargelegt, daß die Güter dieser Erde allen gemeinsam sind, daß jeder ein gleiches Anrecht auf sie hat. Nach diesem Grundsatz hätte der Franziskaner uns eigentlich etwas übriglassen müsdonc rien du tout, ma belle Cunégonde? Pas un maravédis, dit-elle. Quel parti prendre? dit Candide. Vendons un des chevaux, dit la vieille; je monterai en croupe derrière mademoiselle, quoique je ne puisse me tenir que sur une fesse, et nous arriverons à Cadiz.

Il y avait dans la même hôtellerie un prieur de bénédictins; il acheta le cheval bon marché. Candide, Cunégonde et la vieille passèrent par Lucena, par Chillas, par Lebrixa, et arrivèrent enfin à Cadiz. On y équipait une flotte, et on y assemblait des troupes pour mettre à la raison les révérends pères jésuites du Paraguai, qu'on accusait d'avoir fait révolter une de leurs hordes contre les rois d'Espagne et de Portugal, auprès de la ville du St Sacrement. Candide ayant servi chez les Bulgares fit l'exercice bulgarien devant le général de la petite armée avec tant de grâce, de célérité, d'adresse, de fierté, d'agilité, qu'on lui donna une compagnie d'infanterie à commander. Le voilà capitaine; il s'embarque avec mademoiselle Cunégonde, la vieille, deux valets, et les deux chevaux andalous qui avaient appartenu à monsieur le grand inquisiteur de Portugal.

Pendant toute la traversée ils raisonnèrent beaucoup sur la philosophie du pauvre Pangloss. Nous allons dans un autre univers, disait Candide; c'est dans celui-là sans doute que tout est bien. Car il faut avouer qu'on pourrait gémir un peu de ce qui se passe dans le nôtre en physique et en morale. Je vous aime de tout mon cœur, disait Cunégonde; mais j'ai encore l'âme tout effarouchée de ce que j'ai vu, de ce que j'ai éprouvé. Tout ira bien, répliquait Candide; la mer de ce nouveau monde vaut déjà mieux que les mers de notre Europe, elle est plus calme, les vents plus constants. C'est certainement le nouveau monde qui est le meilleur des univers possibles. Dieu le veuille! disait Cunégonde; mais j'ai été si horriblement malheureuse dans le mien que mon cœur est presque fermé à l'espérance. Vous vous plaignez, leur dit la vieille; hélas! vous n'avez pas éprouvé des infortunes telles que les miennes. Cunégonde se mit presque à rire, et trouva cette bonne femme fort plaisante, de prétendre être plus malheureuse qu'elle. Hélas! lui dit-elle, ma bonne, à moins que sen für den Rest unserer Reise. Haben Sie denn gar nichts mehr, schöne Kunigunde?« – »Nicht einen Maravedi«, sagte sie. »Was sollen wir tun?« fragte Candide. »Verkaufen wir eines unserer Pferde«, sagte die Alte, »ich setze mich hinter dem Fräulein auf die Kruppe, wenn ich auch nur auf einer Backe sitzen kann, und so kommen wir nach Cadiz.«

In derselben Schenke befand sich ein Benediktinerprior. Er kaufte das Pferd zu günstigem Preis. Candide, Kunigunde und die Alte gelangten über Lucena, Chillas und Lebrija nach Cadiz. Dort rüstete man gerade eine Flotte aus, und es wurden Truppen zusammengezogen, die die hochwürdigen Jesuitenpatres in Paraguay zur Raison bringen sollten. Man beschuldigte sie, unweit der Stadt Sacramento einen ihrer Stämme gegen die Könige von Spanien und Portugal aufzuwiegeln. Candide, der bei den Bulgaren gedient hatte, führte dem General der kleinen Armee das Exerzieren nach bulgarischem Reglement so anmutig, so geschwind, so geschickt, so stolz und so behende vor, daß er das Kommando über eine Kompanie Infanterie erhielt. Da ist er also Hauptmann und schifft sich mit Fräulein Kunigunde, der Alten, zwei Dienern und den beiden andalusischen Pferden ein, die dem Herrn Großinquisitor von Portugal gehört hatten.

Während der ganzen Überfahrt disputierten sie über die Philosophie des armen Pangloß. »Wir ziehen in eine andere Welt«, sagte Candide, »in der ist sicher alles gut. Denn man muß schon zugeben, daß man Grund zum Stöhnen hätte über all das, was sich in der unseren physisch wie seelisch zuträgt.« – »Ich liebe Sie von ganzem Herzen«, sagte Kunigunde, »aber ich bin noch ganz verstört in meiner Seele von dem, was ich gesehen und erlebt habe.« – »Alles wird gut gehen«, entgegnete Candide, »das Meer der Neuen Welt ist schon besser als die Meere unseres alten Europa, es ist ruhiger, die Winde wehen gleichmäßiger. Sicher ist die Neue Welt die beste aller möglichen Welten.« – »Gott gebe es!« sagte Kunigunde. »Aber ich bin so entsetzlich unglücklich gewesen in meiner Welt, daß mein Herz sich der Hoffnung fast verschlossen hat.« – »Sie beklagen sich«, sagte die Alte, »ach, Ihnen sind keine Mißgeschicke widerfahren wie mir.« Kunigunde hätte beinahe zu lachen angefangen. Sie fand die gute Frau wirklich drollig, wenn sie meinte, noch unglücklicher zu sein als sie. »Meine Liebe«, sagte sie, »wenn Sie nicht von zwei vous n'ayez été violée par deux Bulgares, que vous n'ayez reçu deux coups de couteau dans le ventre, qu'on n'ait démoli deux de vos châteaux, qu'on n'ait égorgé à vos yeux deux mères et deux pères, et que vous n'ayez vu deux de vos amants fouettés dans un auto-da-fé, je ne vois pas que vous puissiez l'emporter sur moi; ajoutez que je suis née baronne avec soixante et douze quartiers, et que j'ai été cuisinière. Mademoiselle, répondit la vieille, vous ne savez pas quelle est ma naissance; et si je vous montrais mon derrière, vous ne parleriez pas comme vous faites, et vous suspendriez votre jugement. Ce discours fit naître une extrême curiosité dans l'esprit de Cunégonde et de Candide. La vieille leur parla en ces termes.

CHAPITRE ONZIÈME

Histoire de la vieille

Je n'ai pas eu toujours les yeux éraillés et bordés d'écarlate; mon nez n'a pas toujours touché à mon menton, et je n'ai pas toujours été servante. Je suis la fille du pape Urbain X, et de la princesse de Palestrine. On m'éleva jusqu'à quatorze ans dans un palais auquel tous les châteaux de vos barons allemands n'auraient pas servi d'écurie; et une de mes robes valait mieux que toutes les magnificences de la Vestphalie. Je croissais en beauté, en grâces, en talents, au milieu des plaisirs, des respects, et des espérances. J'inspirais déjà de l'amour. Ma gorge se formait, et quelle gorge! blanche, ferme, taillée comme celle de la Vénus de Médicis; et quels yeux! quelles paupières! quels sourcils noirs! quelles flammes brillaient dans mes deux prunelles, et effaçaient la scintillation des étoiles, comme me disaient les poètes du quartier. Les femmes qui m'habillaient et qui me déshabillaient tombaient en extase en me regardant par-devant et par-derrière, et tous les hommes auraient voulu être à leur place.

Je fus fiancée à un prince souverain de Massa-Carrara. Quel prince!

Bulgaren vergewaltigt worden sind, wenn Sie nicht zwei Messerstiche in den Bauch bekommen haben, wenn man Ihnen nicht zwei Schlösser zerstört, vor Ihren Augen zwei Mütter und zwei Väter erschlagen hat und Sie nicht zusehen mußten, wie man zwei von Ihren Geliebten bei einem Autodafé auspeitschte, sehe ich nicht, wie Sie mich ausstechen können. Dazu kommt, daß ich als Baronesse mit zweiundsiebzig Ahnen geboren wurde und Köchin war.« – »Mein Fräulein«, entgegnete die Alte, »Sie wissen nicht, als was ich auf die Welt kam, und wenn ich Ihnen meine Hinterseite zeigte, würden Sie nicht mehr so reden, wie Sie reden, und mit Ihrem Urteil zurückhaltender sein.« Diese Worte erweckten im Geist Kunigundens und Candides die größte Neugierde. Die Alte sprach zu ihnen folgendermaßen.

ELFTES KAPITEL

Die Geschichte der Alten

»Nicht immer waren meine Augen rotumrändert und blutunterlaufen, nicht immer hing meine Nase auf das Kinn herab, und nicht immer bin ich Dienerin gewesen. Ich bin die Tochter von Papst Urban X. und der Fürstin von Palestrina. Bis zu meinem vierzehnten Lebensjahr wuchs ich in einem Palast auf, dem sämtliche Schlösser eurer deutschen Barone nicht einmal zu Pferdeställen getaugt hätten. Ein einziges meiner Gewänder war mehr wert als aller Prunk Westfalens. Ich nahm an Schönheit, Anmut und Begabung inmitten von Lustbarkeiten, Hochachtung und Hoffnung zu. Schon flößte ich Liebe ein. Mein Busen bildete sich heran, und was für ein Busen! Weiß, fest und geformt wie der der Venus von Medici. Und was für Augen! Welche Wimpern! Welche dunklen Augenbrauen! Welche Gluten erglänzten in meinen Augäpfeln, die das Schimmern der Sterne verdunkelten, wie mir die Hofdichter versicherten. Die Zofen, die mich entkleideten, gerieten in Verzückung, wenn sie mich von vorn und von hinten betrachteten, und alle Männer wären gern an ihrer Stelle gewesen.

Ich wurde mit einem souveränen Fürsten von Massa-Carrara verlobt.

aussi beau que moi, pétri de douceur et d'agrements, brillant d'esprit et brûlant d'amour. Je l'aimais comme on aime pour la première fois, avec idolâtrie, avec emportement. Les noces furent préparées. C'était une pompe, une magnificence inouïe; c'étaient des fêtes, des carrousels, des opéra-buffa continuels, et toute l'Italie fit pour moi des sonnets dont il n'y eut pas un seul de passable. Je touchais au moment de mon bonheur, quand une vieille marquise qui avait été maîtresse de mon prince l'invita à prendre du chocolat chez elle. Il mourut en moins de deux heures avec des convulsions épouvantables. Mais ce n'est qu'une bagatelle. Ma mère, au désespoir, et bien moins affligée que moi, voulut s'arracher pour quelque temps à un séjour si funeste. Elle avait une très belle terre auprès de Gaïette. Nous nous embarquâmes sur une galère du pays, dorée comme l'autel de St. Pierre de Rome. Voilà qu'un corsaire de Salé fond sur nous et nous aborde. Nos soldats se défendirent comme des soldats du pape; ils se mirent tous à genoux en jetant leurs armes, et en demandant au corsaire une absolution *in articulo mortis.*

Aussitôt on les dépouilla nus comme des singes, et ma mère aussi, nos filles d'honneur aussi, et moi aussi. C'est une chose admirable que la diligence avec laquelle ces messieurs déshabillent le monde. Mais ce qui me surprit davantage, c'est qu'ils nous mirent à tous le doigt dans un endroit où nous autres femmes nous ne nous laissons mettre d'ordinaire que des canules. Cette cérémonie me paraissait bien étrange; voilà comme on juge de tout quand on n'est pas sorti de son pays. J'appris bientôt que c'était pour voir si nous n'avions pas caché là quelques diamants. C'est un usage établi de temps immémorial parmi les nations policées qui courent sur mer. J'ai su que messieurs les religieux chevaliers de Malte n'y manquent jamais quand ils prennent des Turcs et des Turques. C'est une loi du droit des gens à laquelle on n'a jamais dérogé.

Je ne vous dirai point combien il est dur pour une jeune princesse d'être menée esclave à Maroc avec sa mère. Vous concevez assez tout ce que nous eûmes à souffrir dans le vaisseau corsaire. Ma mère était encore très belle; nos filles d'honneur, nos simples femmes de chambre avaient plus de charmes qu'on n'en peut trouver dans toute l'Afrique. Pour moi,

Was für ein Fürst! So schön wie ich, durch und durch sanftmütig und reizend, geistsprühend und liebeglühend. Ich liebte ihn, wie man zum ersten Mal liebt: wie einen Abgott und voller Hingebung. Die Hochzeit wurde vorbereitet. Das war ein Pomp und eine Pracht! Feste, Ringelstechen, immerzu Buffo-Opern, und ganz Italien schrieb Sonette auf mich, von denen nicht ein einziges etwas taugte. Ich rührte an den Augenblick meines Glückes, als eine alte Marquise, die die Geliebte meines Fürsten gewesen war, ihn zu einer Tasse Schokolade einlud. Er starb in weniger als zwei Stunden in grauenvollen Zuckungen. Aber das ist nur eine Bagatelle. Voller Verzweiflung und doch weit weniger trostlos als ich, wollte meine Mutter sich eine Zeitlang diesem unheilvollen Ort entziehen. Sie besaß ein schönes Landgut in der Nähe von Gaeta. Wir schifften uns auf einer der landesüblichen Galeeren ein, sie war vergoldet wie der Altar zu Sankt Peter in Rom. Da überfällt uns ein Seeräuber von Salé und entert. Unsere Soldaten verteidigten sich wie päpstliche Soldaten: Sie fielen sämtlich auf die Knie, warfen ihre Waffen fort und flehten den Korsaren um eine Absolution in articulo mortis an.

Alsbald zog man sie nackt aus wie Affen, meine Mutter auch, unsere Ehrendamen auch und mich auch. Es ist wirklich bewundernswert, mit welcher Geschwindigkeit diese Herren alle Welt entkleiden. Was mich aber noch mehr verwunderte, war, daß sie uns allen den Finger an eine Stelle steckten, wo wir Frauen sonst nur Klistiere hineinstecken lassen. Das schien mir ein sonderbares Zeremoniell. So urteilt man nun einmal über die Dinge, wenn man nicht von zu Hause weggekommen ist. Bald erfuhr ich, daß man nur wissen wollte, ob wir da keine Diamanten versteckt hatten. Das ist seit unvordenklichen Zeiten unter den gesitteten Nationen, die zur See fahren, der Brauch. Ich habe in Erfahrung gebracht, daß die geistlichen Malteserritter, wenn sie Türken oder Türkinnen gefangennehmen, sich stets daran halten. Es ist ein Gesetz des Völkerrechts, von dem man nie abgewichen ist.

Wie hart es eine junge Prinzessin ankommt, mit ihrer Mutter als Sklavin nach Marokko entführt zu werden, will ich Ihnen nicht erzählen. Was wir auf dem Seeräuberschiff alles zu erdulden hatten, können Sie sich denken. Meine Mutter war noch sehr schön, unsere Ehrendamen, ja unsere einfachen Kammerzofen besaßen mehr Reize, als in ganz Afrika j'étais ravissante, j'étais la beauté, la grâce même, et j'étais pucelle. Je ne le fus pas longtemps: cette fleur qui avait été réservée pour le beau prince de Massa-Carrara, me fut ravie par le capitaine corsaire. C'était un nègre abominable, qui croyait encore me faire beaucoup d'honneur. Certes il fallait que madame la princesse de Palestrine, et moi, fussions bien fortes pour résister à tout que nous éprouvâmes jusqu'à notre arrivée à Maroc. Mais passons; ce sont des choses si communes qu'elles ne valent pas la peine qu'on en parle.

Maroc nageait dans le sang quand nous arrivâmes. Cinquante fils de l'empereur Mulei-Ismaël avaient chacun leur parti: ce qui produisait en effet cinquante guerres civiles, de noirs contre noirs, de noirs contre basanés, de basanés contre basanés, de mulâtres contre mulâtres. C'était un carnage continuel dans toute l'étendue de l'empire.

A peine fûmes-nous débarquées que des noirs d'une faction ennemie de celle de mon corsaire, se présentèrent pour lui enlever son butin. Nous étions, après les diamants et l'or, ce qu'il avait de plus précieux. Je fus témoin d'un combat tel que vous n'en voyez jamais dans vos climats d'Europe. Les peuples septentrionaux n'ont pas le sang assez ardent. Ils n'ont pas la rage des femmes au point où elle est commune en Afrique. Il semble que vos Européens aient du lait dans les veines; c'est du vitriol, c'est du feu qui coule dans celle des habitants du mont Atlas et des pays voisins. On combattit avec la fureur des lions, des tigres et des serpents de la contrée, pour savoir à qui nous aurait. Un Maure saisit ma mère par le bras droit, le lieutenant de mon capitaine la retint par le bras gauche; un soldat maure la prit par une jambe, un de nos pirates la tenait par l'autre. Nos filles se trouvèrent presque toutes en un moment tirées ainsi à quatre soldats. Mon capitaine me tenait cachée derrière lui. Il avait le cimeterre au poing, et tuait tout ce qui s'opposait à sa rage. Enfin, je vis toutes nos Italiennes et ma mère déchirées, coupées, massacrées par les monstres qui se les disputaient. Les captifs mes compagnons, ceux qui les avaient pris, soldats, matelots, noirs, basanés, blancs, mulâtres, et enfin mon capitaine, tout fut tué, et je demeurai mourante sur un tas zu finden sind. Und ich, ich war hinreißend, ich war die Schönheit und die Anmut in Person, und ich war Jungfrau. Lange blieb ich es nicht: Die Blüte, die dem schönen Fürsten von Massa-Carrara vorbehalten sein sollte, wurde von dem Seeräuberhauptmann gepflückt. Es war ein abscheulicher Neger, der mir viel Ehre anzutun glaubte. Die Frau Fürstin von Palestrina und ich, wir mußten große Kraftreserven haben, um all das zu überstehen, was wir bis zu unserer Ankunft in Marokko durchzumachen hatten. Aber lassen wir das, das sind Lappalien, von denen länger zu reden nicht lohnt.

Marokko schwamm in Blut, als wir dort ankamen. Fünfzig Söhne des Kaisers Muley Ismael hatten jeder seine eigene Partei: Das führte in der Tat zu fünfzig Bürgerkriegen, Schwarze gegen Schwarze, Schwarze gegen Schwarzbraune, Schwarzbraune gegen Schwarzbraune, Mulatten gegen Mulatten, eine beständige Metzelei fand im ganzen Reich statt.

Kaum waren wir an Land, da erschienen Neger von einer Clique, die derjenigen meines Korsaren feindlich gesinnt war, und nahmen ihr die Beute ab. Nächst den Diamanten und dem Gold waren wir das Kostbarste. Ich wurde Zeugin eines Kampfes, wie Sie ihn im milden Klima Europas niemals zu Gesicht bekommen. Das Blut der Nordvölker ist dafür nicht heiß genug. Sie sind auf Frauen nicht so versessen, wie das in Afrika allgemein der Fall ist. Ihr Europäer habt eher Milch in den Adern: In den Adern der Bewohner des Atlasgebirges und der umliegenden Länder ist es Vitriol, ist es Feuer. Man focht mit der Wut der Löwen, der Tiger und der Schlangen dieser Gegend um uns. Ein Mohr packte meine Mutter am rechten Arm, der Leutnant meines Kapitäns hielt sie am linken Arm fest; ein Mohrensoldat faßte sie am Bein, einer unserer Seeräuber am anderen. Unsere Damen wurden im Handumdrehen fast alle ebenso von vier Soldaten auseinandergezerrt. Mein Kapitän hatte mich hinter sich versteckt. Er hielt das Krummschwert in der Hand und machte alles nieder, was sich seiner Wut entgegenwarf. Schließlich sah ich, wie all unsere Italienerinnen und meine Mutter zerrissen, zerstückelt und hingemetzelt wurden von den Ungeheuern, die sich um sie stritten. Meine Mitgefangenen, die, die sie gefangengenommen hatten, Soldaten, Matrosen, Schwarze, Schwarzbraune, Weiße, Mulatten und schließlich auch mein Kapitän waren sämtlich tot, und ich de morts. Des scènes pareilles se passaient, comme on sait, dans l'étendue de plus de trois cents lieues, sans qu'on manquât aux cinq prières par jour ordonnées par Mahomet.

Je me débarrassai avec beaucoup de peine de la foule de tant de cadavres sanglants entassés, et je me traînai sous un grand oranger au bord d'un ruisseau voisin; j'y tombai d'effroi, de lassitude, d'horreur, de désespoir et de faim. Bientôt après mes sens accablés se livrèrent à un sommeil qui tenait plus de l'évanouissement que du repos. J'étais dans cet état de faiblesse et d'insensibilité, entre la mort et la vie, quand je me sentis pressée de quelque chose qui s'agitait sur mon corps. J'ouvris les yeux, je vis un homme blanc et de bonne mine qui soupirait, et qui disait entre ses dents: *O che sciagura d'essere senza c...!*

CHAPITRE DOUZIÈME

Suite des malheurs de la vieille

Etonnée et ravie d'entendre la langue de ma patrie, et non moins surprise des paroles que proférait cet homme, je lui répondis qu'il y avait de plus grands malheurs que celui dont il se plaignait. Je l'instruisis en peu de mots des horreurs que j'avais essuyées, et je retombai en faiblesse. Il m'emporta dans une maison voisine, me fit mettre au lit, me fit donner à manger, me servit, me consola, me flatta, me dit qu'il n'avait rien vu de si beau que moi, et que jamais il n'avait tant regretté ce que personne ne pouvait lui rendre. Je suis né à Naples, me dit-il; on y chaponne deux ou trois mille enfants tous les ans; les uns en meurent, les autres acquièrent une voix plus belle que celle des femmes, les autres vont gouverner des Etats. On me fit cette opération avec un très grand succès, et j'ai été musicien de la chapelle de madame la princesse de Palestrine. De ma mère! m'écriai-je. De votre mère! s'écria-t-il en pleurant. Quoi vous seriez lag sterbend auf einem Leichenhaufen. Ähnliche Szenen spielten sich, wie man weiß, im Umkreis von dreihundert Meilen ab, ohne daß man deswegen von den fünf täglichen Gebeten absah, die Mohammed vorschreibt.

Mit großer Mühe befreite ich mich von der Masse der blutend aufgehäuften Kadaver und schleppte mich bis zu einem Orangenbaum am Ufer eines nahen Flüßchens; an seinem Fuß sank ich vor Grauen, vor Müdigkeit, vor Verzweiflung und Hunger nieder. Alsbald verfielen meine gemarterten Sinne einem Schlaf, der mehr einer Ohnmacht als der Ruhe glich. In diesem Zustand der Schwäche und Fühllosigkeit war ich, zwischen Tod und Leben schwebend, als ich den Druck von etwas fühlte, das sich auf meinem Körper hin- und herbewegte. Ich schlug die Augen auf und sah einen Mann von weißer Hautfarbe und gutem Aussehen, der stöhnte und zwischen den Zähnen hervorstieß: ›O che sciagura d'essere senza c...!‹

ZWÖLFTES KAPITEL

Fortsetzung der Mißgeschicke der Alten

Erstaunt und entzückt, meine Muttersprache zu hören, dazu überrascht über die Worte, die dieser Mann ausgesprochen hatte, entgegnete ich, es gebe Schlimmeres als das, worüber er sich beklagte. Mit wenigen Worten unterrichtete ich ihn über die Schrecknisse, die ich durchgemacht hatte, dann schwanden mir wieder die Sinne. Er führte mich in ein benachbartes Haus, ließ mich zu Bett bringen, gab mir zu essen, bediente und tröstete mich und schmeichelte mir, indem er sagte, er habe noch nie etwas so Schönes wie mich gesehen und noch nie so sehr vermißt, was keiner ihm wiedergeben könne. ›Ich stamme aus Neapel‹, sagte er, ›dort macht man jedes Jahr zwei- bis dreitausend Knaben zu Kapaunen. Die einen sterben daran, die anderen bekommen eine schönere Stimme als Frauen, wieder andere werden Staatsmänner. Mich operierte man sehr erfolgreich, und ich wurde Musiker in der Kapelle der Frau Fürstin von Palestrina.‹ – ›Meiner Mutter!‹ rief ich aus. ›Ihrer Mutter?‹ sprach er cette jeune princesse que j'ai élevée jusqu'à l'âge de six ans, et qui promettait déjà d'être aussi belle que vous êtes? C'est moi-même; ma mère est à quatre cents pas d'ici, coupée en quartiers sous un tas de morts...

Je lui contai tout ce qui m'était arrivé; il me conta aussi ses aventures, et m'apprit comment il avait été envoyé chez le roi de Maroc par une puissance chrétienne, pour conclure avec ce monarque un traité, par lequel on lui fournirait de la poudre, des canons, et des vaisseaux pour l'aider à exterminer le commerce des autres chrétiens. Ma mission est faite, dit cet honnête eunuque; je vais m'embarquer à Ceuta, et je vous ramènerai en Italie. *Ma che sciagura d'essere senza c...!*

Je le remerciai avec les larmes d'attendrissement; et au lieu de me mener en Italie, il me conduisit à Alger, et me vendit au dey de cette province. A peine fus-je vendue, que cette peste qui a fait le tour de l'Afrique, de l'Asie, et de l'Europe, se déclara dans Alger avec fureur. Vous avez vu des tremblements de terre; mais, mademoiselle, avez-vous jamais eu la peste? Jamais, répondit la baronne.

Si vous l'aviez eue, reprit la vieille, vous avoueriez qu'elle est bien au-dessus d'un tremblement de terre. Elle est fort commune en Afrique: j'en fus attaquée. Figurez-vous quelle situation pour la fille d'un pape âgée de quinze ans, qui en trois mois de temps avait éprouvé la pauvreté, l'esclavage, avait été violée presque tous les jours, avait vu couper sa mère en quatre, avait essuyé la faim et la guerre, et mourait pestiférée dans Alger. Je n'en mourus pourtant pas. Mais mon eunuque et le dey, et presque tout le sérail d'Alger périrent.

Quand les premiers ravages de cette épouvantable peste furent passés, on vendit les esclaves du dey. Un marchand m'acheta et me mena à Tunis. Il me vendit à un autre marchand, qui me revendit à Tripoli; de Tripoli je fus revendue à Alexandrie, d'Alexandrie revendue à Smyrne, de Smyrne à Constantinople. J'appartins enfin à un aga des janissaires, qui fut bientôt commandé pour aller défendre Asoph contre les Russes qui l'assiégeaient.

unter Tränen. ›Dann sind Sie also die junge Prinzessin, die ich bis zum Alter von sechs Jahren erzogen habe und die damals schon so schön zu werden versprach, wie Sie jetzt sind?‹ – ›Ich bin dieselbe; meine Mutter liegt vierhundert Schritt von hier gevierteilt unter einem Haufen Toter...‹

Ich erzählte ihm, was mir zugestoßen war; er erzählte mir auch seine Abenteuer, und so erfuhr ich, wie er von einer christlichen Macht zum König von Marokko entsandt worden war, um mit diesem einen Vertrag auszuhandeln, aufgrund dessen man ihm Pulver, Kanonen und Schiffe zu liefern versprach, um den Handel zwischen anderen Christen zu unterbinden. ›Meine Mission ist beendet‹, sagte der ehrenwerte Eunuch, ›ich schiffe mich in Ceuta ein und will Sie nach Italien mitnehmen. Ma che sciagura d'essere senza c...!‹

Ich dankte ihm mit Tränen der Rührung. Anstatt mich nach Italien zu bringen, fuhr er mit mir nach Algier und verkaufte mich dem Dey dieser Provinz. Kaum war ich verkauft, da brach die Pest, die in Afrika, Asien und Europa gewütet hatte, mit voller Wucht in Algier aus. Sie haben Erdbeben erlebt, mein Fräulein, aber haben Sie je die Pest gehabt?« – »Nein, niemals«, antwortete die Baronesse.

»Wenn Sie sie gehabt hätten, würden Sie mir zugeben, daß sie weit schlimmer ist als ein Erdbeben. In Afrika kommt sie oft vor. Ich wurde angesteckt. Stellen Sie sich die Lage einer Papsttochter von fünfzehn Jahren vor, die innerhalb von drei Monaten Armut und Sklaverei kennengelernt hat, die fast täglich vergewaltigt und deren Mutter gevierteilt wurde, die Hunger und Krieg erlebt hat und nun in Algier an der Pest zugrunde gehen sollte. Aber ich ging nicht zugrunde. Nur mein Eunuch und der Dey und fast der ganze Serail von Algier starben.

Kaum hörte das schreckliche Wüten dieser Pest auf, da verkaufte man die Sklaven des Dey. Mich erstand ein Händler, der mich nach Tunis brachte. Er verkaufte mich an einen anderen Händler, der mich in Tripolis wieder verkaufte, von Tripolis verschacherte man mich nach Alexandria, von Alexandria nach Smyrna, von Smyrna nach Konstantinopel. Schließlich gehörte ich einem Aga der Janitscharen, der alsbald nach Asow abkommandiert wurde, um die Stadt gegen die Russen zu verteidigen, die sie belagerten.

L'aga qui était un très galant homme mena avec lui tout son sérail, et nous logea dans un petit fort sur les Palus-Méotides, gardé par deux eunuques noirs et vingt soldats. On tua prodigieusement de Russes, mais ils nous le rendirent bien. Asoph fut mis à feu et à sang, et on ne pardonna ni au sexe, ni à l'âge; il ne resta que notre petit fort; les ennemis voulurent nous prendre par famine. Les vingt janissaires avaient juré de ne se jamais rendre. Les extrémités de la faim où ils furent réduits les contraignirent à manger nos deux ennuques, de peur de violer leur serment. Au bout de quelques jours ils résolurent de manger les femmes.

Nous avions un iman très pieux et très compatissant, qui leur fit un beau sermon par lequel il leur persuada de ne nous pas tuer tout à fait: Coupez, dit-il, seulement une fesse à chacune de ces dames, vous ferez très bonne chère; s'il faut y revenir, vous en aurez encore autant dans quelques jours; le ciel vous saura gré d'une action si charitable, et vous serez secourus.

Il avait beaucoup d'éloquence; il les persuada. On nous fit cette horrible opération. L'iman nous appliqua le même baume qu'on met aux enfants qu'on vient de circoncire. Nous étions toutes à la mort.

A peine les janissaires eurent-ils fait le repas que nous leur avions fourni, que les Russes arrivent sur des bateaux plats; il ne réchappa pas un janissaire. Les Russes ne firent aucune attention à l'état où nous étions. Il y a partout des chirurgiens français; un d'eux qui était fort adroit prit soin de nous; il nous guérit; et je me souviendrai toute ma vie, que quand mes plaies furent bien fermées, il me fit des propositions. Au reste, il nous dit à toutes de nous consoler; il nous assura que dans plusieurs sièges pareille chose était arrivée, et que c'était la loi de la guerre.

Dès que mes compagnes purent marcher, on les fit aller à Moscou. J'échus en partage à un boïard, qui me fit sa jardinière, et qui me donnait vingt coups de fouet par jour. Mais ce seigneur ayant été roué au bout de

Der Aga war ein feiner Mann. Er führte seinen ganzen Serail mit sich und brachte uns in einer kleinen Festung an den mäotischen Sümpfen unter. Zwei schwarze Eunuchen und zwanzig Soldaten bewachten uns. Man tötete massenweise Russen, aber diese rächten sich. Asow wurde in Schutt und Asche gelegt, es wurde weder vor Geschlecht noch Alter haltgemacht, nur unser kleines Fort hielt stand. Die Feinde wollten uns aushungern. Die zwanzig Janitscharen hatten geschworen, sich nicht zu ergeben. Durch Hunger in die äußerste Not versetzt, sahen sie sich gezwungen, zwei unserer Eunuchen zu verzehren, um ihr Wort nicht zu brechen. Nach einigen weiteren Tagen beschlossen sie, die Frauen aufzuessen.

Wir hatten einen sehr frommen und sehr mitleidsvollen Imam. Er hielt eine schöne Predigt, in der er ihnen riet, uns nicht ganz umzubringen. ›Schneidet‹, sagte er, ›jeder dieser Damen lediglich eine Hinterbacke ab, das wird euch sehr gut schmecken. Wenn das nicht reicht, bleibt für die nächsten Tage immer noch ebenso viel übrig. Der Himmel wird euch für eure Nächstenliebe dankbar sein, und ihr werdet errettet werden.‹

Er war sehr beredt, er überzeugte sie. Die gräßliche Operation wurde an uns vollzogen. Der Imam behandelte uns mit dem gleichen Balsam, den man bei den Kindern anwendet, die beschnitten werden. Wir waren alle dem Tode nahe.

Kaum hatten die Janitscharen sich an dem Mahl gestärkt, das wir ihnen geliefert hatten, da rückten die Russen auf ihren flachen Booten heran: Keiner der Janitscharen kam mit dem Leben davon. Die Russen achteten nicht weiter auf unseren Zustand. Überall gibt es französische Wundärzte: Einer von ihnen, der sehr geschickt war, nahm sich unser an. Er heilte uns, und ich werde meiner Lebtag nicht vergessen, daß er mir, sobald meine Wunden verheilt waren, einen Antrag machte. Im übrigen tröstete er uns alle; er versicherte, bei mehreren Belagerungen sei schon dasselbe vorgekommen, das sei Kriegsgesetz.

Sobald meine Gefährtinnen gehen konnten, transportierte man sie nach Moskau. Ich wurde einem Bojaren zugesprochen, der mich zu seiner Gärtnerin machte und mir täglich zwanzig Peitschenhiebe gab. Aber als dieser Herr zwei Jahre später mit dreißig anderen Bojaren, die deux ans avec une trentaine de boïards, pour quelque tracasserie de cour, je profitai de cette aventure; je m'enfuis; je traversai toute la Russie; je fus longtemps servante de cabaret à Riga, puis à Rostok, à Vismar, à Leipsick, à Cassel, à Utrecht, à Leyde, à la Haye, à Rotterdam: j'ai vieilli dans la misère et dans l'opprobre, n'ayant que la moitié d'un derrière, me souvenant toujours que j'étais fille d'un pape: je voulus cent fois me tuer, mais j'aimais encore la vie. Cette faiblesse ridicule est peu-être un de nos penchants les plus funestes: car y a-t-il rien de plus sot que de vouloir porter continuellement un fardeau qu'on veut toujours jeter par terre? d'avoir son être en horreur, et de tenir à son être? enfin de caresser le serpent qui nous dévore, jusqu'à ce qu'il nous ait mangé le cœur?

J'ai vu dans les pays que le sort m'a fait parcourir, et dans les cabarets où j'ai servi, un nombre prodigieux de personnes qui avaient leur existence en exécration; mais je n'en ai vu que douze qui aient mis volontairement fin à leur misère, trois nègres, quatre Anglais, quatre Genevois, et un professeur Allemand nommé Robek. J'ai fini par être servante chez le Juif don Issacar; il me mit auprès de vous, ma belle demoiselle; je me suis attachée à votre destinée, et j'ai été plus occupée de vos aventures que des miennes. Je ne vous aurais même jamais parlé de mes malheurs, si vous ne m'aviez pas un peu piquée, et s'il n'était d'usage dans un vaisseau de conter des histoires pour se désennuyer. Enfin, mademoiselle, j'ai de l'expérience, je connais le monde; donnez-vous un plaisir, engagez chaque passager à vous conter son histoire; et s'il s'en trouve un seul qui n'ait souvent maudit sa vie, qui ne se soit souvent dit à lui-même qu'il était le plus malheureux des hommes, jetez-moi dans la mer la tête la première.

bei Hofe intrigiert hatten, aufs Rad geflochten wurde, nutzte ich die Gelegenheit zu entkommen. Ich durchquerte ganz Rußland, war lange Zeit Kellnerin in Riga, dann in Rostock, Wismar, Leipzig, Kassel, Utrecht, Leiden, im Haag und in Rotterdam. Ich bin im Elend und in der Schande alt geworden, habe nur noch einen halben Hintern und erinnere mich stets, daß ich die Tochter eines Papstes war. Tausendmal wollte ich mich umbringen, aber ich liebe das Leben noch immer. Diese lächerliche Schwäche ist vielleicht eine unserer unseligsten Neigungen, denn gibt es etwas Alberneres, als eine Last immer weitertragen zu wollen, die man immer von sich werfen möchte? Sein Dasein zu verabscheuen und doch daran zu hängen? Die Schlange zu streicheln, die uns verschlingt, bis sie uns das Herz aufgefressen hat?

Ich habe in den Ländern, die das Schicksal mich hat durchqueren lassen, und in den Schenken, wo ich gedient habe, eine Unmenge Menschen kennengelernt, die ihr Dasein verfluchten, aber nur zwölf habe ich erlebt, die ihrem Leben freiwillig ein Ende bereitet haben, drei Neger, vier Engländer, vier Genfer und einen deutschen Professor namens Robek. Schließlich wurde ich Magd bei dem Juden Don Issachar, er hat mich zu Ihnen gebracht, mein schönes Fräulein; ich habe mir Ihr Schicksal zu Herzen genommen und war von Ihren Abenteuern mehr erschüttert als von den meinen. Von meinen Mißgeschicken hätte ich Ihnen nichts erzählt, wenn Sie mich nicht dazu aufgefordert hätten und wenn es nicht auf Schiffsreisen üblich wäre, einander Geschichten zu erzählen, um sich die Langeweile zu vertreiben. Alles in allem, mein Fräulein, ich habe Erfahrungen gemacht, ich kenne die Welt. Machen Sie sich das Vergnügen, jeden Passagier seine Geschichte erzählen zu lassen, und wenn Sie einen einzigen finden, der nicht sein Leben oft verflucht und sich gesagt hätte, daß er der unglücklichste aller Menschen sei, dann werfen Sie mich kopfüber ins Meer.«

CHAPITRE TREIZIÈME

Comment Candide fut obligé de se séparer de la belle Cunégonde et de la vieille

La belle Cunégonde, ayant entendu l'histoire de la vieille, lui fit toutes les politesses qu'on devait à une personne de son rang et de son mérite. Elle accepta la proposition; elle engagea tous les passagers, l'un après l'autre, à lui conter leurs aventures. Candide et elle avouèrent que la vieille avait raison. C'est bien dommage, disait Candide, que le sage Pangloss ait été pendu contre la coutume dans un auto-da-fé; il nous dirait des choses admirables sur le mal physique, et sur le mal moral qui couvrent la terre et la mer, et je me sentirais assez de force pour oser lui faire respectueusement quelques objections.

A mesure que chacun racontait son histoire, le vaisseau avançait. On aborda dans Buenos-Aires. Cunégonde, le capitaine Candide et la vieille allèrent chez le gouverneur don Fernando d'Ibaraa, y Figueora, y Mascarenes, y Lampourdos, y Souza. Ce seigneur avait une fierté convenable à un homme qui portait tant de noms. Il parlait aux hommes avec le dédain le plus noble, portant le nez si haut, élevant si impitoyablement la voix, prenant un ton si imposant, affectant une démarche si altière, que tous ceux qui le saluaient étaient tentés de le battre. Il aimait les femmes à la fureur. Cunégonde lui parut ce qu'il avait jamais vu de plus beau. La première chose qu'il fit, fut de demander si elle n'était point la femme du capitaine. L'air dont il fit cette question alarma Candide: il n'osa pas dire qu'elle était sa femme, parce qu'en effet elle ne l'était point; il n'osait pas dire que c'était sa sœur, parce qu'elle ne l'était pas non plus; et quoique ce mensonge officieux eût été autrefois très à la mode chez les anciens, et qu'il pût être utile aux modernes, son âme était trop pure pour trahir la vérité. Mademoiselle Cunégonde, dit-il, doit me faire l'honneur de m'épouser, et nous supplions Votre Excellence de daigner faire notre noce.

Don Fernando d'Ibaraa, y Figueora, y Mascarenes, y Lampourdos, y Souza, relevant sa moustache, sourit amèrement, et ordonna au capi-

DREIZEHNTES KAPITEL

Wie Candide gezwungen wurde, sich von der schönen Kunigunde und von der Alten zu trennen

Als die schöne Kunigunde die Geschichte der Alten gehört hatte, erwies sie ihr all die Höflichkeit, die man einer Person ihres Standes und ihres Verdienstes schuldet. Sie ging auf den Vorschlag ein und forderte die Passagiere, einen nach dem anderen, auf, ihr ihre Abenteuer zu erzählen. Candide und sie mußten zugeben, daß die Alte recht hatte. »Es ist wirklich schade«, sagte Candide, »daß der weise Pangloß wider Recht und Sitte bei einem Autodafé gehängt worden ist. Er würde uns Wunder was über die seelischen und physischen Übel sagen, die das Land und die See überziehen, und ich fühlte mich stark genug, ihm bei allem Respekt gewisse Einwände zu machen.«

Indes jeder seine Geschichte erzählte, kam das Schiff voran. Man lief in Buenos Aires ein. Kunigunde, der Hauptmann Candide und die Alte gingen zum Gouverneur Don Fernando d'Ibaraa y Figueroa y Mascarenes y Lampourdos y Souza. Dieser Herr war so stolz, wie es sich für einen Menschen mit so vielen Namen schickte. Zu Männern sprach er mit vornehmster Geringschätzung, er kam so hochnäsig daher, erhob so unnachsichtig die Stimme, er sprach und benahm sich derart herablassend, daß alle, die ihn begrüßten, versucht waren, ihn zu verprügeln. Er war versessen auf Frauen. Kunigunde erschien ihm als das Schönste, was er je gesehen hatte. Als erstes fragte er sie, ob sie die Frau des Hauptmanns sei. Die Art und Weise, wie er das fragte, beunruhigte Candide: Er wagte nicht zu sagen, sie sei seine Frau, weil sie es wirklich nicht war; er wagte nicht zu sagen, sie sei seine Schwester, weil sie das auch nicht war; und wenn diese Notlüge auch in alter Zeit sehr im Schwange war und in neuerer Zeit sich erst recht als nützlich erwiesen hat, so war seine Seele doch zu rein, um die Wahrheit zu verleugnen. »Fräulein Kunigunde«, sagte er, »wird mir die Ehre erweisen, mich zu heiraten, und wir bitten Euer Exzellenz gnädigst, unsere Hochzeit auszurichten.«

Don Fernando d'Ibaraa y Figueroa y Mascarenes y Lampourdos y Souza zwirbelte seinen Schnauzbart, lächelte säuerlich und hieß den taine Candide d'aller faire la revue de sa compagnie. Candide obéit; le gouverneur demeura avec mademoiselle Cunégonde. Il lui déclara sa passion, lui protesta que le lendemain il l'épouserait à la face de l'église, ou autrement, ainsi qu'il plairait à ses charmes. Cunégonde lui demanda un quart d'heure pour se recueillir, pour consulter la vieille et pour se déterminer.

La vieille dit à Cunégonde: Mademoiselle, vous avez soixante et douze quartiers, et pas une obole; il ne tient qu'à vous d'être la femme du plus grand seigneur de l'Amérique méridonale, qui a une très belle moustache; est-ce à vous de vous piquer d'une fidélité à toute épreuve? Vous avez été violée par les Bulgares; un Juif et un inquisiteur ont eu vos bonnes grâces. Les malheurs donnent des droits. J'avoue que si j'étais à votre place, je ne ferais aucun scrupule d'épouser monsieur le gouverneur, et de faire la fortune de monsieur le capitaine Candide. Tandis que la vieille parlait avec toute la prudence que l'âge et l'expérience donnent, on vit entrer dans le port un petit vaisseau; il portait un alcade et des alguazils, et voici ce qui était arrivé.

La vieille avait très bien deviné, que ce fut un cordelier à la grande manche qui vola l'argent et les bijoux de Cunégonde dans la ville de Badajos, lorsqu'elle fuyait en hâte avec Candide. Ce moine voulut vendre quelques-unes des pierreries à un joaillier. Le marchand les reconnut pour celles du grand inquisiteur. Le cordelier, avant d'être pendu, avoua qu'il les avait volées. Il indiqua les personnes et la route qu'elles prenaient. La fuite de Cunégonde et de Candide était déjà connue. On les suivit à Cadiz. On envoya sans perdre temps un vaisseau à leur poursuite. Le vaisseau était déjà dans le port de Buenos-Aires. Le bruit se répandit qu'un alcade allait débarquer, et qu'on poursuivait les meurtriers de monseigneur le grand inquisiteur. La prudente vieille vit dans l'instant tout ce qui était à faire. Vous ne pouvez fuir, dit-elle à Cunégonde, et vous n'avez rien à craindre, ce n'est pas vous qui avez tué monseigneur; et d'ailleurs, le gouverneur qui vous aime ne souffrira pas qu'on vous maltraite; demeurez. Elle court sur-le-champ à Candide:

Hauptmann Candide seine Kompanie mustern. Candide gehorchte, der Gouverneur blieb mit Kunigunde allein. Er machte ihr eine leidenschaftliche Liebeserklärung und versicherte, er werde sie am nächsten Tag vor der Kirche oder sonstwie heiraten, ganz wie es Ihrer Holdseligkeit beliebe. Kunigunde erbat sich eine Viertelstunde Frist zum Nachdenken, um die Alte zu konsultieren und sich zu entscheiden.

Die Alte sagte zu Kunigunde: »Mein Fräulein, Sie haben zweiundsiebzig Ahnen und nicht einen Pfennig, es hängt von Ihnen allein ab, ob Sie die Frau des mächtigsten Herren von Südamerika werden wollen, der einen sehr schönen Schnauzbart hat. Steht es Ihnen zu, sich auf unbedingte Treue zu versteifen? Die Bulgaren haben Sie vergewaltigt, ein Jude und ein Inquisitor haben sich Ihrer Gunst erfreut. Die Misere berechtigt zu allerhand. Ich gestehe, wenn ich an Ihrer Stelle wäre, machte ich mir keine Skrupel daraus, den Herrn Gouverneur zu heiraten und das Glück des Hauptmanns Candide zu machen.« Indes die Alte mit der Klugheit, die die Erfahrung und das Alter einem geben, dergestalt sprach, sah man ein kleines Schiff in den Hafen einfahren. Es hatte einen Alkalden und einige Wachleute an Bord. Das Folgende hatte sich zugetragen.

Die Alte hatte richtig geraten, daß ein Franziskaner mit weitem Ärmel Kunigundes Geld und Juwelen in der Stadt Badajoz gestohlen hatte, während sie mit Candide auf eiliger Flucht waren. Der Mönch wollte einem Juwelier einige der Steine verkaufen. Der Kaufmann erkannte, daß es die Juwelen des Großinquisitors waren. Bevor er gehenkt wurde, gab der Franziskaner zu, daß er sie gestohlen hatte. Er bezeichnete die Personen und gab den Weg an, den sie genommen hatten. Die Flucht Kunigundens und Candides war schon bekannt. Man verfolgte sie bis Cadiz. Ohne Zeit zu verlieren, schickte man ein Schiff hinter ihnen her. Da legte das Schiff schon in Buenos Aires an. Man hörte davon, daß ein Alkalde an Land kommen werde und die Mörder des Herrn Großinquisitors verfolgt würden. Die kluge Alte wußte sofort, was zu tun war. »Sie können nicht entkommen«, sagte sie zu Kunigunde, »und Sie haben nichts zu befürchten. Sie haben ja Hochwürden nicht umgebracht. Übrigens wird der Gouverneur, der Sie liebt, nicht dulden, daß Ihnen ein Leid geschieht. Bleiben Sie hier.« Sogleich läuft sie zu Candide. »Fliehen

Fuyez, dit-elle, ou dans une heure vous allez être brûlé. Il n'y avait pas un moment à perdre; mais comment se séparer de Cunégonde, et où se réfugier?

CHAPITRE QUATORZIÈME

Comment Candide et Cacambo furent reçus chez les Jésuites du Paraguai

Candide avait amené de Cadiz un valet tel qu'on en trouve beaucoup sur les côtes d'Espagne, et dans les colonies. C'était un quart d'Espagnol, né d'un métis dans le Tucuman; il avait été enfant de chœur, sacristain, matelot, moine, facteur, soldat, laquais. Il s'appelait Cacambo, et aimait fort son maître, parce que son maître était un fort bon homme. Il sella au plus vite les deux chevaux andalous. Allons, mon maître, suivons le conseil de la vieille, partons et courons sans regarder derrière nous. Candide versa des larmes: O ma chère Cunégonde! faut-il vous abandonner dans le temps que monsieur le gouverneur va faire nos noces! Cunégonde amenée de si loin, que deviendrez-vous? Elle deviendra ce qu'elle pourra, dit Cacambo; les femmes ne sont jamais embarrassées d'elles; Dieu y pourvoit, courons. Où me mènes-tu? où allons-nous? que ferons-nous sans Cunégonde? disait Candide. Par St. Jacques de Compostelle, dit Cacambo, vous alliez faire la guerre aux jésuites; allons la faire pour eux; je sais assez les chemins, je vous mènerai dans leur royaume, ils seront charmés d'avoir un capitaine qui fasse l'exercice à la bulgare, vous ferez une fortune prodigieuse; quand on n'a pas son compte dans un monde, on le trouve dans un autre. C'est un très grand plaisir de voir et de faire des choses nouvelles.

Tu as donc été déjà dans le Paraguai? dit Candide. Eh vraiment oui, dit Cacambo; j'ai été cuistre dans le collège de l'Assomption, et je connais le gouvernement de Los Padres comme je connais les rues de Cadiz. C'est une chose admirable que ce gouvernement. Le royaume a déjà plus de

Sie«, sagte sie, »oder Sie werden in einer Stunde verbrannt.« Da war keine Zeit zu verlieren. Aber wie konnte er sich von Kunigunde trennen, und wohin sollte er flüchten?

VIERZEHNTES KAPITEL

Wie Candide und Cacambo bei den Jesuiten von Paraguay aufgenommen wurden

Von Cadiz hatte Candide einen Diener mitgenommen, wie man sie häufig an der spanischen Küste und in den Kolonien findet. Er war zu einem Viertel Spanier, Sohn eines Mestizen aus Tucuman. Er war Meßbube, Sakristan, Matrose, Mönch, Lastträger, Soldat und Lakai gewesen. Er hieß Cacambo und verehrte seinen Herren, weil sein Herr ein seelenguter Mensch war. In aller Geschwindigkeit sattelte er die beiden andalusischen Pferde. »Auf, mein Herr und Meister, folgen wir dem Rat der Alten; auf und davon und nicht zurückgeschaut!« Candide vergoß Tränen: »O meine teure Kunigunde, daß ich Sie im Stich lassen muß, wo der Herr Gouverneur gerade unsere Hochzeit ausrichten wollte! Kunigunde, die ich von so weiter Ferne hierher gebracht, was wird aus Ihnen?« – »Sie wird schon zusehen, was aus ihr wird«, sagte Cacambo, »die Frauen wissen sich immer zu helfen, Gott kümmert sich um sie. Auf, eilen wir!« – »Wohin führst du mich? Was machen wir ohne Kunigunde?« sagte Candide. »Beim heiligen Jakob von Compostela«, sprach Cacambo, »Sie sollten gegen die Jesuiten Krieg führen, führen wir ihn für sie! Ich kenne den Weg. Ich führe Sie in ihr Reich. Sie werden glücklich sein über einen Hauptmann, der bulgarisch exerzieren kann. Da werden Sie wunderbar Fortüne machen. Kommt man in einer Welt nicht auf seine Kosten, tut man's in einer anderen. Etwas Neues zu sehen und zu tun macht große Freude.«

»Du warst also schon in Paraguay?« fragte Candide. »Allerdings«, sagte Cacambo, »ich war Küchenjunge im Kollegium von Asunción, und ich kenne das Reich der Patres wie die Straßen von Cadiz. Ihr Staat ist wirklich bewundernswert. Er erstreckt sich bereits über mehr als trois cents lieues de diamètre; il est divisé en trente provinces. Los Padres y ont tout, et les peuples rien; c'est le chef-d'œuvre de la raison et de la justice. Pour moi je ne vois rien de si divin que Los Padres, qui font ici la guerre au roi d'Espagne et au roi de Portugal, et qui en Europe confessent ces rois; qui tuent ici des Espagnols, et qui à Madrid les envoient au ciel; cela me ravit, avançons; vous allez être le plus heureux de tous les hommes. Quel plaisir auront Los Padres quand ils sauront qu'il leur vient un capitaine qui sait l'exercice bulgare!

Dès qu'ils furent arrivés à la première barrière, Cacambo dit à la garde avancée qu'un capitaine demandait à parler à monseigneur le commandant. On alla avertir la grande garde. Un officier paraguain courut aux pieds du commandant lui donner part de la nouvelle. Candide et Cacambo furent d'abord désarmés; on se saisit de leurs deux chevaux andalous. Les deux étrangers sont introduits au milieu de deux files de soldats: le commandant était au bout, le bonnet à trois cornes en tête, la robe retroussée, l'épée au côté, l'esponton à la main. Il fit un signe; aussitôt vingt-quatre soldats entourent les deux nouveaux venus. Un sergent leur dit qu'il faut attendre, que le commandant ne peut leur parler, que le révérend père provincial ne permet pas qu'aucun Espagnol ouvre la bouche qu'en sa présence, et demeure plus de trois heures dans le pays. Et où est le révérend père provincial? dit Cacambo. Il est à la parade après avoir dit sa messe, répondit le sergent; et vous ne pourrez baiser ses éperons que dans trois heures. Mais, dit Cacambo, monsieur le capitaine qui meurt de faim comme moi, n'est point Espagnol, il est Allemand; ne pourrions-nous point déjeuner en attendant Sa Révérence?

Le sergent alla sur-le-champ rendre compte de ce discours au commandant. Dieu soit béni! dit ce seigneur; puisqu'il est Allemand, je peux lui parler; qu'on le mène dans ma feuillée. Aussitôt on conduit Candide dans un cabinet de verdure orné d'une très jolie colonnade de marbre vert et or, et des treillages qui renfermaient des perroquets, des colibris, des oiseaux-mouches, des pintades, et tous les oiseaux les plus rares. Un excellent déjeuner était préparé dans des vases d'or; et tandis que les Padreihundert Meilen in die Breite und ist in dreißig Provinzen eingeteilt. Die Patres haben alles, und das Volk hat nichts, er ist ein Meisterwerk der Vernunft und des Rechts. Ich finde nichts göttlicher als die Patres, die hier gegen die Könige von Spanien und Portugal Krieg führen und in Europa diesen Königen die Beichte abnehmen, die hier die Spanier erschlagen und sie in Madrid in den Himmel schicken; ich finde das entzückend, vorwärts! Sie sollen der glücklichste aller Menschen werden. Wie das die Patres freuen wird, wenn sie erfahren, daß ein Hauptmann bei ihnen erscheint, der bulgarisch exerzieren kann!«

Als sie am ersten Schlagbaum angelangt waren, sagte Cacambo dem Vorposten, ein Hauptmann sei da und wolle mit dem hochwürdigen Kommandanten sprechen. Die Meldung ging zur Hauptwache weiter, ein paraguayischer Offizier eilte, die Nachricht dem Kommandanten zu Füßen zu legen. Candide und Cacambo wurden gleich entwaffnet, man bemächtigte sich ihrer beiden andalusischen Pferde. Die beiden Fremdlinge werden durch ein Spalier von Soldaten geführt; an dessen Ende stand der Kommandant, den Dreispitz auf dem Kopf, die Soutane geschürzt, einen Degen an der Seite, das Offiziersstöckchen in der Hand. Auf seinen Wink umringen vierundzwanzig Soldaten die beiden Neuankömmlinge. Ein Sergeant sagt ihnen, sie müßten warten, der Kommandant könne sie nicht sprechen, der hochwürdige Pater Provinzial erlaube keinem Spanier, den Mund aufzutun, wenn er nicht dabei sei, und länger als drei Stunden dürfe sich keiner hier aufhalten. »Und wo ist der Pater Provinzial?« fragte Cacambo. »Er hat die Messe gelesen und nimmt jetzt die Parade ab«, sagte der Sergeant. »Erst in drei Stunden dürfen Sie seine Sporen küssen.« – »Aber der Herr Hauptmann stirbt wie ich vor Hunger und ist gar kein Spanier, er ist ein Deutscher; könnten wir nicht etwas zu essen bekommen, bis Hochwürden erscheint?«

Der Sergeant erstattete dem Kommandanten auf der Stelle Bericht über diese Aussage. »Gott sei Dank!« sagte der Herr. »Wenn er Deutscher ist, kann ich mit ihm sprechen. Man führe ihn in meine Laubhütte!« Darauf führte man Candide in einen Gartenpavillon, dem eine zierliche Reihe von Säulen aus grüngoldenem Marmor vorgebaut war; in Käfigen befanden sich Papageien, Kolibris, Perlhühner und andere erlesene Vögel. In goldenen Schüsseln war ein exzellentes Mahl aufgeraguains mangèrent du maïs dans des écuelles de bois en plein champ à l'ardeur du soleil, le révérend père commandant entra dans la feuillée.

C'était un très beau jeune homme, le visage plein, assez blanc, haut en couleur, le sourcil relevé, l'œil vif, l'oreille rouge, les lèvres vermeilles, l'air fier, mais d'une fierté qui n'était ni celle d'un Espagnol, ni celle d'un jésuite. On rendit à Candide et à Cacambo leurs armes qu'on leur avait saisies, ainsi que les deux chevaux andalous; Cacambo leur fit manger l'avoine auprès de la feuillée, ayant toujours l'œil sur eux, crainte de surprise.

Candide baisa d'abord le bas de la robe du commandant, ensuite ils se mirent à table. Vous êtes donc Allemand? lui dit le jésuite en cette langue. Oui, mon révérend père, dit Candide. L'un et l'autre en prononçant ces paroles se regardaient avec une extrême surprise, et une émotion dont ils n'étaient pas les maîtres. Et de quel pays d'Allemagne êtes-vous? dit le jésuite. De la sale province de Vestphalie, dit Candide: je suis né dans le château de Thunder-ten-tronckh. O ciel! est-il possible! s'écria le commandant. Quel miracle! s'écria Candide. Serait-ce vous? dit le commandant. Cela n'est pas possible, dit Candide. Ils se laissent tomber tous deux à la renverse, ils s'embrassent, ils versent des ruisseaux de larmes. Quoi! serait-ce vous, mon révérend père? vous le frère de la belle Cunégonde! vous qui fûtes tué par les Bulgares! vous le fils de monsieur le baron! vous jésuite au Paraguai! Il faut avouer que ce monde est une étrange chose. O Pangloss! Pangloss! que vous seriez aise si vous n'aviez pas été pendu!

Le commandant fit retirer les esclaves nègres et les Paraguains qui servaient à boire dans des gobelets de cristal de roche. Il remercia Dieu et St. Ignace mille fois; il serrait Candide entre ses bras; leurs visages étaient baignés de pleurs. Vous seriez bien plus étonné, plus attendri, plus hors de vous-même, dit Candide, si je vous disais que mademoiselle Cunégonde votre sœur que vous avez crue éventrée, est pleine de santé. Où? Dans votre voisinage, chez monsieur le gouverneur de Buenos-Aires; et tragen. Während die Paraguayer in der prallen Sonne saßen und aus Holznäpfen Mais aßen, betrat der hochwürdige Pater Kommandant die Laubhütte.

Er war ein sehr schöner junger Mann, mit rundlichem Antlitz, hellhäutig und rotbackig, mit geschwungenen Augenbrauen, lebhaftem Blick, roten Ohren, Scharlachlippen und stolzem Gebaren, das jedoch nicht dasjenige eines Spaniers und auch nicht dasjenige eines Jesuiten war. Candide und Cacambo erhielten die Waffen zurück, die man ihnen abgenommen hatte, desgleichen die beiden andalusischen Pferde. Cacambo gab ihnen nahe bei der Laubhütte Hafer zu fressen und behielt sie für alle Fälle im Auge.

Nachdem Candide den Saum der Soutane des Kommandanten geküßt hatte, begab man sich zu Tisch. »Sie sind also Deutscher?« sagte der Jesuit auf deutsch. »Ja, ehrwürdiger Vater«, sagte Candide. Bei diesen Worten schauten sie einander voller Überraschung und mit einer Erregung an, der sie nicht Herr werden konnten. »Und aus welcher Gegend Deutschlands kommen Sie?« fragte der Jesuit. »Aus dem dreckigen Land Westfalen«, sagte Candide. »Ich bin auf Schloß Thunder-ten-tronckh geboren.« – »Himmel! Ist's möglich?« rief da der Kommandant aus. »Was für eine wunderbare Fügung!« rief Candide. »Sind Sie es?« sagte der Kommandant. »Nicht möglich!« sprach Candide. Sie fallen einander um den Hals, sie umarmen sich, sie vergießen Ströme von Tränen. »Was? Sind Sie es wirklich, ehrwürdiger Vater? Sie, Kunigundes Bruder? Sie, der Sie von den Bulgaren umgebracht wurden? Sie, der Sohn des Herrn Barons? Sie – Jesuit in Paraguay? Man muß schon zugeben: Diese Welt ist voller Seltsamkeiten. O Pangloß, Pangloß, was wären Sie jetzt froh, wenn Sie nicht gehenkt worden wären!«

Der Kommandant schickte die Negersklaven und die Paraguayer fort, die in Kelchen aus Bergkristall Getränke auftrugen. Tausendmal dankte er Gott und dem heiligen Ignatius, er schloß Candide in seine Arme, ihre Gesichter waren von Tränen benetzt. »Erst recht erstaunt, gerührt und außer sich wären Sie aber, wenn ich Ihnen sagte, daß Kunigunde, Ihr Fräulein Schwester, von der Sie glaubten, daß ihr der Bauch aufgeschlitzt worden sei, wohlauf ist.« – »Wo?« – »In Ihrer Nachbarschaft, bei dem Herrn Gouverneur von Buenos Aires. Und ich bin hierje venais pour vous faire la guerre. Chaque mot qu'ils prononcèrent dans cette longue conversation accumulait prodige sur prodige. Leur âme tout entière volait sur leur langue, était attentive dans leurs oreilles, et étincelante dans leurs yeux. Comme ils étaient Allemands, ils tinrent table longtemps, en attendant le révérend père provincial; et le commandant parla ainsi à son cher Candide.

CHAPITRE QUINZIÈME

Comment Candide tua le frère de sa chère Cunégonde

J'aurai toute ma vie présent à la mémoire le jour horrible où je vis tuer mon père et ma mère, et violer ma sœur. Quand les Bulgares furent retirés, on ne trouva point cette sœur adorable, et on mit dans une charrette ma mère, mon père et moi, deux servantes et trois petits garçons égorgés, pour nous aller enterrer dans une chapelle de jésuites à deux lieues du château de mes pères. Un jésuite nous jeta de l'eau bénite, elle était horriblement salée; il en entra quelques gouttes dans mes yeux; le père s'aperçut que ma paupière faisait un petit mouvement: il mit la main sur mon cœur et le sentit palpiter; je fus secouru, et au bout de trois semaines il n'y paraissait pas. Vous savez, mon cher Candide, que j'étais fort joli, je le devins encore davantage: aussi le révérend père Croust supérieur de la maison, prit pour moi la plus tendre amitié; il me donna l'habit de novice; quelque temps après je fus envoyé à Rome. Le père général avait besoin d'une recrue de jeunes jésuites allemands. Les souverains du Paraguai reçoivent le moins qu'ils peuvent de jésuites espagnols; ils aiment mieux les étrangers dont ils se croient plus maîtres. Je fus jugé propre par le révérend père général pour aller travailler dans cette vigne. Nous partîmes, un Polonais, un Tirolien et moi. Je fus honoré, en arrivant du sous-diaconat et d'une lieutenance. Je suis aujourd'hui colonel et prêtre. Nous recevons vigoureusement les troupes du roi her gekommen, um gegen Sie Krieg zu führen.« Jedes Wort, das sie in dieser langen Unterhaltung sprachen, häufte Wunder auf Wunder. Ihre Seele lag ihnen auf der Zunge, horchte mit ihren Ohren, blickte aus ihren Blicken. Da sie Deutsche waren, tafelten sie lange, indes sie auf den hochwürdigen Pater Provinzial warteten, und der Kommandant sprach zu seinem teuren Candide folgendermaßen.

FÜNFZEHNTES KAPITEL

Wie Candide den Bruder seiner teuren Kunigunde tötete

»Mein ganzes Leben vergesse ich den Schreckenstag nicht, wo ich sah, wie man meinen Vater und meine Mutter erschlug und wie meine Schwester vergewaltigt wurde. Nachdem die Bulgaren abgezogen waren, fand man meine liebenswerte Schwester nicht mehr; meine Mutter, meinen Vater und mich sowie zwei erdrosselte Zofen und drei Knaben lud man auf einen Karren, um uns bei der Jesuitenkapelle zwei Meilen vom Schloß zu beerdigen. Ein Jesuit besprengte uns mit Weihwasser. Es war schrecklich salzig. Ein paar Tropfen davon gelangten mir ins Auge, der Pater bemerkte, daß meine Lider ein klein wenig zuckten, er legte mir die Hand aufs Herz und fühlte, wie es schlug. Ich wurde gerettet, und nach drei Wochen merkte man mir nichts mehr an. Sie wissen ja, mein lieber Candide, wie hübsch ich war – und ich wurde noch hübscher. Hochwürden Pater Krust, der Superior des Hauses, entbrannte in zärtlichster Freundschaft zu mir. Er kleidete mich als Novizen ein, bald darauf wurde ich nach Rom geschickt. Der Pater General brauchte jungen deutschen Jesuitennachwuchs. Die Herren von Paraguay nehmen möglichst wenig spanische Jesuiten auf, die Ausländer, die sie in der Hand zu haben glauben, sind ihnen lieber. Ich wurde vom hochwürdigen Pater General dessen für würdig erachtet, in diesem Weinberg zu arbeiten. Wir machten uns auf den Weg: ein Pole, ein Tiroler und ich. Bei der Ankunft wurde ich mit einem Subdiakonat und einer Leutnantsstelle betraut. Heute bin ich Oberst und Priester. Den Truppen des spanischen Königs werden wir einen heißen Empfang bereiten. Ich garand'Espagne; je vous réponds qu'elles seront excommuniées et battues. La Providence vous envoie ici pour nous seconder. Mais est-il bien vrai que ma chère sœur Cunégonde soit dans le voisinage chez le gouverneur de Buenos-Aires? Candide l'assura par serment que rien n'était plus vrai. Leurs larmes recommencèrent à couler.

Le baron ne pouvait se lasser d'embrasser Candide; il l'appelait son frère, son sauveur. Ah! peut-être, lui dit-il, nous pourrons ensemble, mon cher Candide, entrer en vainqueurs dans la ville, et reprendre ma sœur Cunégonde. C'est tout ce que je souhaite, dit Candide; car je comptais l'épouser, et je l'espère encore. Vous, insolent! répondit le baron, vous auriez l'impudence d'épouser ma sœur, qui a soixante et douze quartiers! je vous trouve bien effronté d'oser me parler d'un dessein si téméraire! Candide pétrifié d'un tel discours, lui répondit: Mon révérend père, tous les quartiers du monde n'y font rien; j'ai tiré votre sœur des bras d'un Juif et d'un inquisiteur; elle m'a assez d'obligations, elle veut m'épouser. Maître Pangloss m'a toujours dit que les hommes sont égaux, et assurément je l'épouserai. C'est ce que nous verrons, coquin! dit le jésuite baron de Thunder-ten-tronckh, et en même temps il lui donna un grand coup du plat de son épée sur le visage. Candide dans l'instant tire la sienne et l'enfonce jusqu'à la garde dans le ventre du baron jésuite; mais en la retirant toute fumante, il se mit à pleurer: Hélas mon Dieu! dit-il, j'ai tué mon ancien maître, mon ami, mon beau-frère; je suis le meilleur homme du monde, et voilà déjà trois hommes que je tue; et dans ces trois il y a deux prêtres.

Cacambo qui faisait sentinelle à la porte de la feuillée, accourut. Il ne nous reste qu'à vendre cher notre vie, lui dit son maître: on va sans doute entrer dans la feuillée, il faut mourir les armes à la main. Cacambo, qui en avait bien vu d'autres ne perdit point la tête; il prit la robe de jésuite que portait la baron, la mit sur le corps de Candide, lui donna le bonnet carré du mort, et le fit monter à cheval. Tout cela se fit en un clin d'œil.

tiere Ihnen, daß sie geschlagen und exkommuniziert werden. Die Vorsehung schickt Sie zu unserer Unterstützung hierher. Aber ist es wirklich wahr, daß meine teure Schwester Kunigunde beim benachbarten Gouverneur von Buenos Aires weilt?« Candide versicherte ihm, daß dies die reine Wahrheit sei. Ihre Tränen flossen aufs neue.

Der Baron konnte Candide nicht oft genug umarmen, er nannte ihn seinen Bruder und Retter. »Ach«, sprach er, »vielleicht können wir als Sieger in die Stadt einziehen und meine teure Schwester Kunigunde befreien.« – »Nichts wünschte ich sehnlicher«, sagte Candide, »denn ich gedachte sie zu heiraten und gedenke das noch immer.« – »Sie Unverschämter«, entgegnete der Baron, »Sie besäßen die Frechheit, meine Schwester zu heiraten, die zweiundsiebzig Ahnen hat! Von einer derart tollkühnen Absicht zu reden, finde ich schamlos.« Candide erstarrte bei diesen Worten zu Stein. »Mein ehrwürdiger Vater«, sprach er, »sämtliche Ahnen der Welt sind mir gleich, ich habe Ihre Schwester den Armen eines Juden und eines Inquisitors entrissen, sie ist mir zur Genüge verpflichtet, und sie will mich heiraten. Meister Pangloß hat mir immer gesagt, die Menschen seien gleich. Ich werde sie ganz bestimmt heiraten.« – »Das wollen wir doch sehen, Sie Schuft!« sagte der jesuitische Baron von Thunder-ten-tronckh und versetzte ihm mit der flachen Klinge einen mächtigen Hieb übers Gesicht. Im selben Augenblick zieht Candide seinen Degen und bohrt ihn bis zum Heft dem Jesuitenbaron in den Bauch. Als er ihn noch dampfend von Blut wieder herauszog, begann er zu weinen. »Ach, mein Gott«, sprach er, »ich habe meinen Herrn, meinen Freund, meinen Schwager getötet, ich bin der beste Mensch der Welt und habe schon drei Menschen umgebracht, von denen zwei Geistliche waren.«

Cacambo, der am Eingang der Laubhütte Posten stand, eilte herbei. »Jetzt können wir nur noch unser Leben teuer verkaufen«, sagte sein Herr, »zweifellos wird man gleich in die Laubhütte kommen, da heißt es mit der Waffe in der Hand sterben.« Cacambo war so leicht nicht zu erschüttern. Er verlor den Kopf nicht, nahm die Jesuitensoutane, die der Baron getragen hatte, und zog sie Candide über, er setzte ihm die Kopfbedeckung des Verstorbenen auf und hieß ihn aufsitzen. Das geschah alles im Handumdrehen. »Los im Galopp, mein Verehrter, jedermann

Galopons, mon maître, tout le monde vous prendra pour un jésuite qui va donner des ordres; et nous aurons passé les frontières avant qu'on puisse courir après nous. Il volait déjà en prononçant ces paroles, et en criant en espagnol: Place, place pour le révérend père colonel.

CHAPITRE SEIZIÈME

Ce qui advint aux deux voyageurs avec deux filles, deux singes et les sauvages nommés Oreillons

Candide et son valet furent au-delà des barrières, et personne ne savait encore dans le camp la mort du jésuite allemand. Le vigilant Cacambo avait eu soin de remplir sa valise de pain, de chocolat, de jambon, de fruit et de quelques mesures de vin. Ils s'enfoncèrent avec leurs chevaux andalous dans un pays inconnu, où ils ne découvrirent aucune route. Enfin une belle prairie entrecoupée de ruisseaux se présenta devant eux. Nos deux voyageurs font repaître leurs montures. Cacambo propose à son maître de manger, et lui en donne l'exemple. Comment veux-tu, disait Candide, que je mange du jambon, quand j'ai tué le fils de monsieur le baron, et que je me vois condamné à ne revoir la belle Cunégonde de ma vie? à quoi me servira de prolonger mes misérables jours, puisque je dois les traîner loin d'elle dans les remords et dans le désespoir? et que dira le journal de Trévoux?

En parlant ainsi il ne laissa pas de manger. Le soleil se couchait. Les deux égarés entendirent quelques petits cris qui paraissaient poussés par des femmes. Ils ne savaient si ces cris étaient de douleur ou de joie; mais ils se levèrent précipitamment avec cette inquiétude et cette alarme que tout inspire dans un pays inconnu. Ces clameurs partaient de deux filles toutes nues qui couraient légèrement au bord de la prairie, tandis que deux singes les suivaient en leur mordant les fesses. Candide fut touché de pitié: il avait appris à tirer chez les Bulgares, et il aurait abattu une noisette dans un buisson sans toucher aux feuilles. Il prend son fusil espawird Sie für einen Jesuiten halten, der Befehle zu erteilen hat. Ehe man uns nachsetzen kann, sind wir schon über die Grenze.« Mit diesen Worten jagte er davon und rief auf spanisch: »Platz da, Platz für den ehrwürdigen Pater Oberst!«

SECHZEHNTES KAPITEL

Was den beiden Reisenden mit zwei Mädchen, zwei Affen und den Wilden widerfuhr, die man Löffelohren nennt

Candide und sein Bursche hatten schon die Schlagbäume hinter sich, und man wußte im Lager noch nichts vom Tod des deutschen Jesuiten. Cacambo hatte umsichtig dafür Sorge getragen, seinen Mantelsack mit Brot, Schokolade, Schinken, Obst und ein paar Maß Wein zu füllen. Sie drangen mit ihren andalusischen Pferden in ein unbekanntes Gebiet vor, wo keine Straße zu entdecken war. Schließlich bot sich ihren Blicken eine schöne, bachumsäumte Wiese dar. Unsere beiden Reisenden lassen ihre Reittiere grasen. Cacambo schlägt seinem Herrn vor zu essen und geht mit gutem Beispiel voran. »Wie soll ich Schinken essen«, sagte Candide, »wenn ich den Sohn des Herrn Barons getötet und mir alle Aussicht verscherzt habe, Kunigunde je wiederzusehen? Was nützt es mir, mein elendes Leben weiterzufristen, wenn ich es fern von ihr in Gewissensqualen und Verzweiflung zubringen muß? Und was wird das Journal de Trévoux dazu sagen?«

So sprach er und speiste trotzdem. Die Sonne ging unter. Da vernahmen die beiden Verirrten ein paar schwache Schreie, die von Frauen herzurühren schienen. Ob es Schmerzens- oder Freudenschreie waren, vermochten sie nicht zu sagen. Doch sie erhoben sich schleunigst, voll der Furcht und Unruhe, die einem in einem unbekannten Land alles einflößt. Die Rufe kamen von zwei nackten Mädchen, die leichtfüßig am Wiesensaum hinliefen und von zwei Affen verfolgt wurden, die ihnen in die Hinterbacken bissen. Candide wurde von Mitleid ergriffen. Er hatte bei den Bulgaren schießen gelernt und hätte eine Nuß aus einem Strauch geschossen, ohne die Blätter zu berühren. Er nimmt sein doppelläufiges gnol à deux coups, tire, et tue les deux singes. Dieu soit loué, mon cher Cacambo, j'ai délivré d'un grand péril ces deux pauvres créatures; si j'ai commis un péché en tuant un inquisiteur et un jésuite, je l'ai bien réparé en sauvant la vie à deux filles. Ce sont peut-être deux demoiselles de condition, et cette aventure nous peut procurer de très grands avantages dans le pays.

Il allait continuer, mais sa langue devint percluse quand il vit ces deux filles embrasser tendrement les deux singes, fondre en larmes sur leurs corps, et remplir l'air des cris les plus douloureux. Je ne m'attendais pas à tant de bonté d'âme, dit-il enfin à Cacambo; lequel lui répliqua: Vous avez fait là un beau chef-d'œuvre, mon maître; vous avez tué les deux amants de ces demoiselles. Leurs amants! serait-il possible? vous vous moquez de moi, Cacambo; le moyen de vous croire? Mon cher maître, repartit Cacambo, vous êtes toujours étonné de tout; pourquoi trouvez-vous si étrange que dans quelques pays il y ait des singes qui obtiennent les bonnes grâces des dames? ils sont des quarts d'homme, comme je suis un quart d'Espagnol. Hélas! reprit Candide, je me souviens d'avoir entendu dire à maître Pangloss qu'autrefois pareils accidents étaient arrivés, et que ces mélanges avaient produit des égipans, des faunes, des satyres; que plusieurs grands personnages de l'antiquité en avaient vus; mais je prenais cela pour des fables. Vous devez être convaincu à présent, dit Cacambo, que c'est une vérité, et vous voyez comment en usent les personnes qui n'ont pas reçu une certaine éducation; tout ce que je crains, c'est que ces dames ne nous fassent quelque méchante affaire.

Ces réflexions solides engagèrent Candide à quitter la prairie, et à s'enfoncer dans un bois. Il y soupa avec Cacambo; et tous deux après avoir maudit l'inquisiteur de Portugal, le gouverneur de Buenos-Aires, et le baron, s'endormirent sur de la mousse. A leur réveil ils sentirent qu'ils ne pouvaient remuer; la raison en était que pendant la nuit les Oreillons, habitants du pays, à qui les deux dames les avaient dénoncés, spanisches Gewehr, schießt und tötet die beiden Affen. »Gott sei Dank, mein lieber Cacambo, ich habe diese zwei armen Geschöpfe aus großer Gefahr errettet. Habe ich gesündigt, indem ich einen Inquisitor und einen Jesuiten umgebracht habe, so habe ich das dadurch wieder wettgemacht, daß ich diesen beiden Mädchen das Leben gerettet habe. Vielleicht sind es zwei junge Damen von Stand. Dies Abenteuer kann uns von großem Nutzen sein in diesem Land.«

So wollte er fortfahren, aber es verschlug ihm die Sprache, als er sah, wie die beiden Mädchen ihre zwei Affen zärtlich umarmten, über deren Leichen in Tränen ausbrachen und die Luft mit ihren Schmerzensschreien erfüllten. »Mit so viel Herzensgüte hätte ich nicht gerechnet«, sagte er schließlich zu Cacambo. »Da haben Sie sich ein Meisterstück geleistet«, entgegnete dieser, »Sie haben die Geliebten dieser beiden jungen Damen getötet.« – »Die Geliebten? Ist's möglich? Sie machen sich über mich lustig, Cacambo, wie soll man das glauben?« – »Mein lieber Herr und Meister«, fuhr Cacambo fort, »immer erstaunt Sie alles. Warum finden Sie es so verwunderlich, daß es in gewissen Ländern Affen gibt, die sich der Gunst der Damen erfreuen? Sie sind zu einem Viertel Mensch, wie ich zu einem Viertel Spanier bin.« – »Ach ja«, fiel es da Candide ein, »ich erinnere mich, von Meister Pangloß gehört zu haben, daß derlei in alten Zeiten vorkam und daß aus der Kreuzung Faune, Satyrn und ziegenfüßige Götter hervorgegangen sein sollen; mehrere bedeutende Autoren der Antike wollen sie gesehen haben, aber ich hielt das alles für Fabeln.« – »Jetzt dürften Sie davon überzeugt sein«, sagte Cacambo, »daß es sich dabei um die Wahrheit handelt. Da sehen Sie, wie es die Leute treiben, wenn ihnen keine Erziehung zuteil geworden ist. Ich fürchte nur, diese Damen werden uns in eine üble Lage bringen.«

Diese Überlegung hatte Hand und Fuß. Sie veranlaßte Candide, die Wiese zu verlassen und in einem Gehölz zu verschwinden. Er speiste mit Cacambo zu Abend, und nachdem sie beide den Inquisitor von Portugal, den Gouverneur von Buenos Aires und den Baron verflucht hatten, legten sie sich auf moosigem Boden schlafen. Bei ihrem Erwachen merkten sie, daß sie sich nicht rühren konnten; der Grund war, daß die Löffelohren, die die Gegend bewohnten und denen die beiden Damen les avaient garrottés avec des cordes d'écorces d'arbre. Ils étaient entourés d'une cinquantaine d'Oreillons tout nus, armés de flèches, de massues et de haches de caillou: les uns faisaient bouillir une grande chaudière; les autres préparaient des broches, et tous criaient: C'est un jésuite, c'est un jésuite; nous serons vengés et nous ferons bonne chère; mangeons du jésuite, mangeons du jésuite.

Je vous l'avais bien dit, mon cher maître, s'écria tristement Cacambo, que ces deux filles nous joueraient d'un mauvais tour. Candide apercevant la chaudière et les broches, s'écria: Nous allons certainement être rôtis ou bouillis. Ah! que dirait maître Pangloss, s'il voyait comme la pure nature est faite? Tout est bien; soit, mais j'avoue qu'il est bien cruel d'avoir perdu mademoiselle Cunégonde, et d'être mis à la broche par des Oreillons. Cacambo ne perdait jamais la tête: Ne désespérez de rien, dit-il au désolé Candide: j'entends un peu le jargon de ces peuples, je vais leur parler. Ne manquez pas, dit Candide, de leur représenter quelle est l'inhumanité affreuse de faire cuire des hommes, et combien cela est peu chrétien.

Messieurs, dit Cacambo, vous comptez donc manger aujourd'hui un jésuite; c'est très bien fait; rien n'est plus juste que de traiter ainsi ses ennemis. En effet le droit naturel nous enseigne à tuer notre prochain, et c'est ainsi qu'on en agit dans toute la terre. Si nous n'usons pas du droit de le manger, c'est que nous avons d'ailleurs de quoi faire bonne chère; mais vous n'avez pas les mêmes ressources que nous; certainement il vaut mieux manger ses ennemis que d'abandonner aux corbeaux et aux corneilles le fruit de sa victoire. Mais, messieurs, vous ne voudriez pas manger vos amis. Vous croyez aller mettre un jésuite en broche, et c'est votre défenseur, c'est l'ennemi de vos ennemis que vous allez rôtir. Pour moi je suis né dans votre pays; monsieur que vous voyez est mon maître, et bien loin d'être jésuite, il vient de tuer un jésuite, il en porte les dépouilles; voilà le sujet de votre méprise. Pour vérifier ce que je vous dis, prenez sa robe, portez-la à la première barrière du royaume de Los Padres; informez-vous si mon maître n'a pas tué un officier jésuite. Il vous faudra peu de temps; vous pourrez toujours nous manger, si die Fremdlinge angezeigt hatten, sie nachts mit Baststricken gefesselt hatten. Ungefähr fünfzig splitternackte Löffelohren, die mit Pfeil und Bogen, Keulen und Steinäxten bewaffnet waren, umringten sie. Die einen brachten einen großen Kessel zum Sieden, die anderen richteten Bratspieße, und alle riefen: »Ein Jesuit, ein Jesuit! Wir werden uns rächen und gut essen, heute gibt es Jesuit, es gibt Jesuit!«

»Habe ich es nicht vorausgesagt, daß die beiden Mädchen uns übel mitspielen würden?« sagte Cacambo traurig. Und als Candide den Kessel und die Spieße sah, rief er aus: »Wir werden sicher gekocht oder gebraten. O weh, was würde Meister Pangloß sagen, wenn er erführe, wie die reine Natur beschaffen ist! Es ist alles gut, das mag sein, aber welch grausames Schicksal, Fräulein Kunigunde verloren zu haben und von den Löffelohren am Spieß gebraten zu werden!« Cacambo verlor den Kopf nicht. »Verzweifeln Sie nicht«, sagte er zu dem trostlosen Candide, »ich verstehe das Kauderwelsch dieser Leute etwas, ich will mit ihnen reden.« – »Machen Sie ihnen vor allem deutlich, wie schrecklich inhuman es ist, Menschen zu kochen, und wie unchristlich zudem!«

»Meine Herren«, sagte Cacambo, »Sie gedenken also, heute einen Jesuiten zu verspeisen. Daran tun Sie gut, es ist nur recht und billig, mit seinen Feinden so zu verfahren. Das Naturrecht lehrt uns, unseren Nächsten umzubringen, und so geschieht es auf der ganzen Welt. Wenn *wir* von dem Recht, ihn zu fressen, keinen Gebrauch machen, so nur, weil wir auch sonst etwas Gutes zu essen haben. Sie leben nicht unter denselben Bedingungen wie wir, sicher ist es besser, seine Feinde aufzuessen, als die Frucht seiner Siege den Krähen und Raben zu überlassen. Aber, meine Herren: Ihre *Freunde* werden Sie nicht fressen wollen. Sie glauben einen Jesuiten auf den Spieß zu stecken, es handelt sich jedoch um Ihren Wohltäter, einen Feind Ihrer Feinde, den Sie zu braten vorhaben! Ich stamme selbst aus Ihrem Land; mein Herr ist nicht nur kein Jesuit, er hat soeben einen Jesuiten umgebracht und trägt nur die erbeutete Kleidung. Da liegt Ihr Irrtum. Wollen Sie sich von der Wahrheit dessen überzeugen, was ich sage, so bringen Sie die Soutane zum nächsten besten Schlagbaum des Jesuitenstaates und fragen, ob mein Herr nicht einen Jesuitenoffizier umgebracht habe. Das kostet Sie wenig Zeit. Und vous trouvez que je vous ai menti. Mais si je vous ai dit la vérité, vous connaissez trop les principes du droit public, les mœurs et les lois, pour ne nous pas faire grâce.

Les Oreillons trouvèrent ce discours très raisonnable; ils députèrent deux notables pour aller en diligence s'informer de la vérité; les deux députés s'acquittèrent de leur commission en gens d'esprit, et revinrent bientôt apporter de bonnes nouvelles. Les Oreillons délièrent leurs deux prisonniers, leur firent toutes sortes de civilités, leur offrirent des filles, leur donnèrent des rafraîchissements, et les reconduisirent jusqu'aux confins de leurs états, en criant avec allégresse: Il n'est point jésuite, il n'est point jésuite.

Candide ne se lassait point d'admirer le sujet de sa délivrance. Quel peuple! disait-il, quels hommes! quelles mœurs! Si je n'avais pas eu le bonheur de donner un grand coup d'épée au travers du corps du frère de mademoiselle Cunégonde, j'étais mangé sans rémission. Mais après tout, la pure nature est bonne, puisque ces gens-ci, au lieu de me manger, m'ont fait mille honnêtetés dès qu'ils ont su que je n'étais pas jésuite.

CHAPITRE DIX-SEPTIÈME

Arrivée de Candide et de son valet au pays d'Eldorado, et ce qu'ils y virent

Quand ils furent aux frontières des Oreillons: Vous voyez, dit Cacambo à Candide, que cet hémisphère-ci ne vaut pas mieux que l'autre; croyez-moi, retournons en Europe par le plus court. Comment y retourner, dit Candide, et où aller? Si je vais dans mon pays, les Bulgares et les Abares y égorgent tout; si je retourne en Portugal, j'y suis brûlé; si nous restons dans ce pays-ci, nous risquons à tout moment d'être mis en broche. Mais comment se résoudre à quitter la partie du monde que mademoiselle Cunégonde habite?

Tournons vers la Cayenne, dit Cacambo, nous y trouverons des Franwenn ich gelogen habe, können Sie uns immer noch verspeisen. Habe ich aber die Wahrheit gesagt, so kennen Sie die Regeln des Völkerrechts, die Sitten und Gesetze zu gut, um uns nicht freizugeben.«

Die Löffelohren fanden diese Worte sehr vernünftig. Sie entsandten zwei Amtspersonen, sich in aller Eile über die Wahrheit zu informieren; die beiden entledigten sich ihres Auftrags wie besonnene Leute und kehrten alsbald mit guter Nachricht zurück. Die Löffelohren lösten ihren Gefangenen die Fesseln, erwiesen ihnen Artigkeiten aller Art, stellten ihnen Mädchen zur Verfügung, boten ihnen Erfrischungen an und geleiteten sie bis an die Grenzen ihres Staates, immerzu fröhlich rufend: »Er ist kein Jesuit, er ist kein Jesuit!«

Candide wurde nicht müde, über den Anlaß seiner Befreiung zu staunen. »Was für ein Volk«, rief er aus, »was für Leute! Was für Sitten! Hätte ich nicht das Glück gehabt, dem Bruder von Fräulein Kunigunde den Degen durch den Leib zu rennen, wäre ich unvermeidlich aufgefressen worden. Die reine Natur ist, alles in allem, doch gut, sintemalen diese Leute mir lauter Freundlichkeiten erwiesen haben, sobald sie erfuhren, daß ich kein Jesuit bin.«

SIEBZEHNTES KAPITEL

Ankunft Candides und seines Burschen im Lande Eldorado und was sie da sahen

Als sie an der Grenze der Löffelohren angelangt waren, sagte Cacambo: »Sie sehen, daß diese Erdhälfte nicht besser ist als die andere. Glauben Sie mir: Wir sollten auf dem schnellsten Weg nach Europa zurückkehren.« – »Wie kann ich dahin zurück«, fragte Candide, »wohin soll ich mich wenden? Kehre ich in meine Heimat zurück, sind da die Bulgaren und die Abaren, die alles niedermachen; gehe ich nach Portugal, werde ich verbrannt; bleiben wir in diesem Land, laufen wir Gefahr, jederzeit aufgespießt zu werden. Aber wie kann man sich entschließen, den Teil der Erde zu verlassen, wo Kunigunde weilt?«

»Wenden wir uns Cayenne zu«, sagte Cacambo, »dort treffen wir auf çais qui vont par tout le monde; ils pourront nous aider. Dieu aura peut-être pitié de nous.

Il n'était pas facile d'aller à la Cayenne; ils savaient bien à peu près de quel côté il fallait marcher; mais des montagnes, des fleuves, des précipices, des brigands, des sauvages, étaient partout de terribles obstacles. Leurs chevaux moururent de fatigue: leurs provisions furent consumées: ils se nourrirent un mois entier de fruits sauvages, et se trouvèrent enfin auprès d'une petite rivière bordée de cocotiers, qui soutinrent leur vie et leurs espérances.

Cacambo qui donnait toujours d'aussi bons conseils que la vieille, dit à Candide: Nous n'en pouvons plus, nous avons assez marché; j'aperçois un canot vide sur le rivage, emplissons-le de cocos, jetons-nous dans cette petite barque, laissons-nous aller au courant, une rivière mène toujours à quelque endroit habité. Si nous ne trouvons pas de choses agréables, nous trouverons du moins des choses nouvelles. Allons, dit Candide, recommandons-nous à la Providence.

Ils voguèrent quelques lieues entre des bords tantôt fleuris, tantôt arides, tantôt unis, tantôt escarpés. La rivière s'élargissait toujours; enfin elle se perdait sous une voûte de rochers épouvantables qui s'élevaient jusqu'au ciel. Les deux voyageurs eurent la hardiesse de s'abandonner aux flots sous cette voûte. Le fleuve, resserré en cet endroit, les porta avec une rapidité et un bruit horrible. Au bout de vingt-quatre heures ils revirent le jour; mais leur canot se fracassa contre les écueils. Il fallut se traîner de rocher en rocher pendant une lieue entière: enfin ils découvrirent un horizon immense, bordé de montagnes inaccessibles. Le pays était cultivé pour le plaisir comme pour le besoin. Partout l'utile était agréable. Les chemins étaient couverts, ou plutôt ornés de voitures d'une forme et d'une matière brillante, portant des hommes et des femmes d'une beauté singulière, traînés rapidement par de gros moutons rouges qui surpassaient en vitesse les plus beaux chevaux d'Andalousie, de Tétuan et de Méquinez.

Voilà pourtant, dit Candide, un pays qui vaut mieux que la Vestphalie. Il mit pied à terre avec Cacambo auprès du premier village qu'il rencontra. Quelques enfants du village couverts de brocarts d'or tout

Franzosen, die sich überall herumtreiben. Die könnten uns helfen. Vielleicht hat Gott Erbarmen mit uns.«

Nach Cayenne zu kommen war nicht leicht. Sie wußten wohl ungefähr, in welche Richtung sie gehen mußten, aber Berge, Flüsse, Abgründe, Räuber und Wilde boten überall schreckliche Hindernisse. Ihre Pferde verhungerten, ihre Vorräte waren aufgebraucht, einen ganzen Monat ernährten sie sich von wilden Früchten und gelangten schließlich an einen kleinen Fluß zwischen Palmen, deren Nüsse sie aufleben und neue Hoffnung schöpfen ließen.

Cacambo, der stets ebenso guten Rat wußte wie die Alte, sagte zu Candide: »Wir können nicht mehr, wir sind genug gelaufen. Da sehe ich ein leeres Kanu am Ufer: Beladen wir es mit Kokosnüssen, setzen wir uns hinein und lassen uns treiben, ein Fluß fließt immer in bewohnte Gegenden. Stoßen wir auf nichts Angenehmes, so wird es doch wenigstens etwas Neues sein.« – »Auf«, sprach Candide, »vertrauen wir uns der Vorsehung an!«

Ein paar Meilen trieben sie zwischen teils blühenden, teils verdorrten, teils glatten, teils felsigen Ufern dahin. Der Fluß wurde immer breiter. Schließlich verlor er sich in ein himmelhohes, schreckenerregendes Felsgewölbe. Die beiden Reisenden hatten die Kühnheit, sich in der Höhle der Strömung zu überlassen. Der Fluß verengte sich und trug sie mit größter Geschwindigkeit und entsetzlichem Getöse davon. Nach vierundzwanzig Stunden erblickten sie das Tageslicht wieder, aber ihr Kanu zerschellte an den Klippen. Sie mußten sich eine Meile weit von Fels zu Fels schleppen. Endlich tat sich ein weiter Horizont vor ihnen auf, den unzugängliche Gebirge begrenzten. Das Land war mit Nutz- und Zierpflanzen bebaut. Überall verband sich das Nützliche mit dem Angenehmen. Die Wege waren übersät oder vielmehr geschmückt mit Wagen von glänzendem Aussehen und glänzendem Inhalt: Männer und Frauen von erlesener Schönheit saßen darin und wurden von großen roten Hammeln gezogen, die schneller waren als die edelsten Pferde von Andalusien, Tetuan oder Mequinez.

»Hier sind wir«, sagte Candide, »in einem Land, das Westfalen übertrifft.« Er hielt mit Cacambo bei dem ersten Dorf inne, auf das sie stießen. Ein paar in zerrissene Goldbrokatgewänder gekleidete Dorfkinder déchirés, jouaient au palet à l'entrée du bourg. Nos deux hommes de l'autre monde s'amusèrent à les regarder. Leurs palets étaient d'assez larges pièces rondes, jaunes, rouges, vertes, qui jetaient un éclat singulier. Il prit envie aux voyageurs d'en ramasser quelques-uns; c'était de l'or, c'étaient des émeraudes, des rubis, dont le moindre aurait été le plus grand ornement du trône du Mogol. Sans doute, dit Cacambo, ces enfants sont les fils du roi du pays qui jouent au petit palet. Le magister du village parut dans ce moment pour les faire rentrer à l'école. Voilà, dit Candide, le précepteur de la famille royale.

Les petits gueux quittèrent aussitôt le jeu, en laissant à terre leurs palets, et tout ce qui avait servi à leurs divertissements. Candide les ramasse, court au précepteur et les lui présente humblement, lui faisant entendre par signes que leurs altesses royales avaient oublié leur or et leurs pierreries. Le magister du village, en souriant les jeta par terre, regarda un moment la figure de Candide avec beaucoup de surprise, et continua son chemin.

Les voyageurs ne manquèrent pas de ramasser l'or, les rubis et les émeraudes. Où sommes-nous? s'écria Candide, il faut que les enfants des rois de ce pays soient bien élevés, puisqu'on leur apprend à mépriser l'or et les pierreries. Cacambo était aussi surpris que Candide. Ils approchèrent enfin de la première maison du village. Elle était bâtie comme un palais d'Europe. Une foule de monde s'empressait à la porte, et encore plus dans le logis. Une musique très agréable se faisait entendre, et une odeur délicieuse de cuisine se faisait sentir. Cacambo s'approcha de la porte, et entendit qu'on parlait péruvien; c'était sa langue maternelle; car tout le monde sait que Cacambo était né au Tucuman, dans un village où l'on ne connaissait que cette langue. Je vous servirai d'interprète, dit-il à Candide; entrons, c'est ici un cabaret.

Aussitôt deux garçons et deux filles de l'hôtellerie, vêtus de drap d'or, et les cheveux renoués avec des rubans, les invitent à se mettre à la table de l'hôte. On servit quatre potages garnis chacun de deux perroquets, un contour bouilli qui pesait deux cents livres, deux singes rôtis d'un goût excellent, trois cents colibris dans un plat, et six cents oiseaux-mouches spielten vor dem Tor mit Murmeln. Unsere beiden Besucher aus der anderen Welt schauten ihnen eine Weile zu. Die Murmeln waren ziemlich große gelbe, rote und grünliche Kugeln, die auffällig glänzten. Die Reisenden bekamen Lust, ein paar davon in die Hand zu nehmen: Es war Gold, es waren Smaragde und Rubine, von denen der kleinste dem Thron des Großmoguls zur Zierde gereicht hätte. Cacambo meinte, das seien wohl die Königskinder des Landes, die da mit Murmeln spielten. In diesem Augenblick erschien der Dorflehrer, um die Kinder in die Schule zurückzuholen. »Das ist der Hauslehrer der königlichen Familie«, sagte Candide.

Die zerlumpten Kleinen hörten gleich zu spielen auf; sie ließen ihre Murmeln, und was ihnen sonst noch zum Spielen gedient hatte, liegen. Candide hebt sie auf, eilt zum Schulmeister und bietet sie ihm untertänigst an, indem er mit Gesten zu verstehen gibt, ihre königlichen Hoheiten hätten ihr Gold und ihr Geschmeide vergessen. Der Dorfschulmeister lächelte, warf sie zu Boden, betrachtete einen Augenblick befremdet Candides Aussehen und ging seines Wegs.

Die Reisenden lasen weiter Gold, Rubine und Smaragde auf. »Wo sind wir?« rief Candide aus. »Die Königskinder dieses Landes müssen gut erzogen sein: Man lehrt sie Gold und Edelsteine verachten.« Cacambo war genauso überrascht wie Candide. Schließlich näherten sie sich dem ersten Haus des Dorfes. Es war wie ein europäischer Palast gebaut. Eine Menge Volks drängte sich um den Eingang, noch mehr sah man im Innern. Man hörte angenehme Musik, köstlicher Geruch kam aus der Küche. Cacambo näherte sich der Tür und hörte, daß man Peruanisch sprach; das war seine Muttersprache, denn er war bekanntlich in Tucuman geboren, in einem Dorf, wo man nichts anderes sprach. »Ich kann Ihnen als Dolmetscher dienen«, sagte er zu Candide. »Dies hier ist ein Gasthaus.«

Und schon laden zwei Knaben und zwei Mädchen, die mit Goldstoffen bekleidet waren und ihre Haare mit Bändern aufgebunden hatten, sie dazu ein, an der gemeinsamen Gästetafel Platz zu nehmen. Vier mit zwei Papageien garnierte Suppen wurden aufgetragen, dazu ein gesottener Kondor von zweihundert Pfund, zwei gebratene Affen, die ausgezeichnet schmeckten, auf einer Platte dreihundert Kolibris, sechshundans un autre; des ragoûts exquis, des pâtisseries délicieuses; le tout dans des plats d'une espèce de cristal de roche. Les garçons et les filles de l'hôtellerie versaient plusieurs liqueurs faites de canne de sucre.

Les convives étaient pour la plupart des marchands et des voituriers, tous d'une politesse extrême, qui firent quelques questions à Cacambo avec la discrétion la plus circonspecte, et qui répondirent aux siennes d'une manière à le satisfaire.

Quand le repas fut fini, Cacambo crut, ainsi que Candide, bien payer son écot en jetant sur la table de l'hôte deux de ces larges pièces d'or qu'il avait ramassées; l'hôte et l'hôtesse éclatèrent de rire, et se tinrent longtemps les côtés. Enfin ils se remirent. Messieurs, dit l'hôte, nous voyons bien que vous êtes des étrangers, nous ne sommes pas accoutumés à en voir. Pardonnez-nous si nous nous sommes mis à rire quand vous nous avez offert en payement les cailloux de nos grands chemins. Vous n'avez pas sans doute de la monnaie du pays, mais il n'est pas nécessaire d'en avoir pour dîner ici. Toutes les hôtelleries établies pour la commodité du commerce sont payées par le gouvernement. Vous avez fait mauvaise chère ici, parce que c'est un pauvre village; mais partout ailleurs vous serez reçus comme vous méritez de l'être. Cacambo expliquait à Candide tous les discours de l'hôte, et Candide les écoutait avec la même admiration et le même égarement que son ami Cacambo les rendait. Quel est donc ce pays, disaient-ils l'un et l'autre, inconnu à tout le reste de la terre, et où toute la nature est d'une espèce si différente de la nôtre? C'est probablement le pays où tout va bien; car il faut absolument qu'il y en ait un de cette espèce. Et quoi qu'en dît maître Pangloss, je me suis souvent aperçu que tout allait mal en Vestphalie.

dert Fliegenvögel auf einer anderen, schließlich exquisite Ragouts und köstliches Gebäck; all das wurde auf Tellern aus einer Art Bergkristall serviert. Kellner und Serviermädchen schenkten dazu verschiedene Liköre ein, die aus Zuckerrohr gemacht waren.

Die Gäste waren hauptsächlich Händler und Fuhrleute, alle von ausgesuchter Höflichkeit; sie stellten Cacambo mit taktvoller Zurückhaltung ein paar Fragen und antworteten auf die seinen zur vollsten Zufriedenheit.

Als das Mahl beendet war, glaubten Cacambo und Candide ihre Zeche angemessen damit zu bezahlen, daß sie zwei der großen Goldkugeln auf den Tisch warfen, die sie aufgelesen hatten. Wirt und Wirtin lachten schallend und hielten sich noch lange die Seiten. Schließlich fingen sie sich wieder. »Meine Herren«, sagte der Wirt, »wir sehen schon, daß Sie Fremde sind: Es kommen nicht oft welche zu uns. Verzeihen Sie, wenn wir gelacht haben, als Sie uns die Steine von der Landstraße zur Bezahlung anboten; sicher haben Sie kein hiesiges Geld, aber man braucht auch keines, um hier zu speisen. Alle Gasthöfe, die dem öffentlichen Handelsverkehr dienen, werden von der Regierung unterhalten. Sie haben hier nicht gut gegessen, weil wir ein armes Dorf sind, aber überall sonst wird man Ihnen aufwarten, wie Sie es verdienen.« Cacambo verdolmetschte Candide die Rede des Wirts, und Candide war beim Zuhören nicht weniger baß erstaunt als Cacambo bei seiner Wiedergabe. »Was ist das für ein Land«, fragten sie sich, »das die restliche Welt nicht kennt und wo die Natur von der unseren so verschieden ist?« – »Wahrscheinlich«, meinte Candide, »ist dies das Land, wo alles gut ist, denn es muß unbedingt ein solches geben. Und was auch Meister Pangloß dazu meinte, ich habe schon öfters gedacht, daß in Westfalen alles schlecht war.«

CHAPITRE DIX-HUITIÈME

Ce qu'ils virent dans le pays d'Eldorado

Cacambo témoigna à son hôte toute sa curiosité: l'hôte lui dit: Je suis fort ignorant, et je m'en trouve bien; mais nous avons ici un vieillard retiré de la cour, qui est le plus savant homme du royaume, et le plus communicatif. Aussitôt il mène Cacambo chez le vieillard. Candide ne jouait plus que le second personnage, et accompagnait son valet. Ils entrèrent dans une maison fort simple, car la porte n'était que d'argent, et les lambris des appartements n'étaient que d'or, mais travaillés avec tant de goût, que les plus riches lambris ne l'effaçaient pas. L'antichambre n'était à la vérité incrustée que de rubis et d'émeraudes, mais l'ordre dans lequel tout était arrangé réparait bien cette extrême simplicité.

Le vieillard reçut les deux étrangers sur un sofa matelassé de plumes de colibri, et leur fit présenter des liqueurs dans des vases de diamant; après quoi il satisfit à leur curiosité en ces termes:

Je suis âgé de cent soixante et douze ans, et j'ai appris de feu mon père, écuyer du roi, les étonnantes révolutions du Pérou dont il avait été témoin. Le royaume où nous sommes est l'ancienne patrie des Incas qui en sortirent très imprudemment pour aller subjuguer une partie du monde, et qui furent enfin détruits par les Espagnols.

Les princes de leur famille qui restèrent dans leur pays natal furent plus sages; ils ordonnèrent, du consentement de la nation, qu'aucun habitant ne sortirait jamais de notre petit royaume; et c'est ce qui nous a conservé notre innocence et notre félicité. Les Espagnols ont eu une connaissance confuse de ce pays, ils l'ont appelé *El Dorado,* et un Anglais, nommé le chevalier Raleig, en a même approché il y a environ cent années; mais comme nous sommes entourés de rochers inabordables et de précipices, nous avons toujours été jusqu'à présent à l'abri de la rapacité des nations de l'Europe, qui ont une fureur inconcevable pour les cailloux et pour la fange de notre terre, et qui pour en avoir nous tueraient tous jusqu'au dernier.

ACHTZEHNTES KAPITEL

Was sie im Lande Eldorado sahen

Cacambo gab dem Wirt zu verstehen, wie neugierig er war. Der Wirt sagte: »Ich bin ganz ungebildet und befinde mich wohl dabei. Aber wir haben hier einen alten Mann, der sich vom Hofe zurückgezogen hat; er ist einer der gelehrtesten Männer des Reiches und teilt sich gern mit.« Er führt Cacambo zu ihm. Candide spielte nur noch eine Nebenrolle und begleitete seinen Burschen. Sie betraten ein äußerst bescheidenes Haus, denn dessen Tür war nur aus Silber und die Täfelung der Räume nur aus Gold, aber alles war so geschmackvoll gearbeitet, daß die reichste Täfelung es nicht in den Schatten gestellt hätte. Das Vorzimmer war auch nur mit Rubinen und Smaragden ausgelegt, aber die kunstvolle Anordnung machte diese äußerste Einfachheit wett.

Der Greis empfing die beiden Fremden auf einem mit Kolibrifedern gepolsterten Sofa und bot ihnen Likör in diamantenen Gläsern an. Darauf befriedigte er ihre Neugier mit den folgenden Worten:

»Ich bin einhundertzweiundsiebzig Jahre alt. Ich habe von meinem Vater selig, der Stallmeister des Königs war, von den erstaunlichen Umwälzungen gehört, die sich in Peru zugetragen haben und deren Zeuge er gewesen ist. Das Reich, in dem wir uns befinden, ist das Stammland der Inkas, das sie unklugerweise verließen, um einen Teil der Welt zu erobern, bis sie von den Spaniern unterjocht wurden.

Die Mitglieder der Herrscherfamilie, die hier blieben, waren weiser; sie ordneten in Übereinstimmung mit der Nation an, kein Bewohner solle unser kleines Land verlassen: Das hat uns unsere Unschuld bewahrt und uns Glück gebracht. Die Spanier haben gerüchtweise von diesem Land gehört und es Eldorado genannt. Ein Engländer, Ritter Raleigh mit Namen, ist ihm vor ungefähr hundert Jahren ziemlich nahe gekommen, aber da wir von unzugänglichen Felsen und Schluchten umgeben sind, sind wir bisher von der Raubgier der europäischen Nationen verschont geblieben, die ein unbegreifliches Verlangen nach den Steinen und dem Schlamm unseres Landes haben und uns bis auf den letzten Mann umbringen würden, um etwas davon zu bekommen.«

La conversation fut longue; elle roula sur la forme du gouvernement, sur les mœurs, sur les femmes, sur les spectacles publics, sur les arts. Enfin Candide qui avait toujours du goût pour la métaphysique, fit demander par Cacambo si dans le pays il y avait une religion.

La vieillard rougit un peu. Comment donc, dit-il, en pouvez-vous douter? est-ce que vous nous prenez pour des ingrats? Cacambo demanda humblement quelle était la religion d'Eldorado. Le vieillard rougit encore. Est-ce qu'il peut y avoir deux religions? dit-il; nous avons, je crois, la religion de tout le monde; nous adorons Dieu du soir jusqu'au matin. N'adorez-vous qu'un seul Dieu? dit Cacambo, qui servait toujours d'interprète aux doutes de Candide. Apparemment, dit le vieillard, qu'il n'y en a ni deux, ni trois, ni quatre. Je vous avoue que les gens de votre monde font des questions bien singulières. Candide ne se lassait pas de faire interroger ce bon vieillard; il voulut savoir comment on priait Dieu dans l'Eldorado. Nous ne le prions point, dit le bon et respectable sage; nous n'avons rien à lui demander; il nous a donné tout ce qu'il nous faut, nous le remercions sans cesse. Candide eut la curiosité de voir des prêtres; il fit demander où ils étaient. Le bon vieillard sourit. Mes amis, dit-il, nous sommes tous prêtres; le roi et tous les chefs de famille chantent des cantiques d'actions de grâces solennellement, tous les matins; et cinq ou six mille musiciens les accompagnent. Quoi! vous n'avez point de moines qui enseignent, qui disputent, qui gouvernent, qui cabalent, et qui font brûler les gens qui ne sont pas de leur avis? Il faudrait que nous fussions fous, dit le vieillard, nous sommes tous ici du même avis, et nous n'entendons pas ce que vous voulez dire avec vos moines. Candide à tous ces discours demeurait en extase, et disait en lui-même: Ceci est bien différent de la Vestphalie et du château de monsieur le baron: si notre ami Pangloss avait vu Eldorado, il n'aurait plus dit que le château de Thunder-ten-tronckh était ce qu'il y avait de mieux sur la terre; il est certain qu'il faut voyager.

Après cette longue conversation, le bon vieillard fit atteler un carrosse à six moutons, et donna douze de ses domestiques aux deux voyageurs pour les conduire à la cour. Excusez-moi, leur dit-il, si mon âge me prive de l'honneur de vous accompagner. Le roi vous recevra d'une manière

Die Unterhaltung dauerte lange. Man sprach über die Regierungsform, die Lebensverhältnisse, die Frauen, die öffentlichen Schauspiele und die Künste. Schließlich ließ Candide, der immer an der Metaphysik interessiert war, Cacambo fragen, ob es in dem Land eine Religion gebe.

Der Greis errötete ein wenig. »Wie können Sie daran zweifeln?« sagte er. »Halten Sie uns für undankbare Menschen?« Cacambo fragte bescheiden, welche Religion in Eldorado gültig sei. Der Greis errötete wieder. »Kann es denn zwei Religionen geben?« sprach er. »Wir haben, denke ich, die Religion aller Menschen: Wir beten zu Gott vom Abend bis zum Morgen.« – »Beten Sie nur zu einem einzigen Gott?« fragte Cacambo, der immer Candides Wissensdurst interpretierte. »Offensichtlich«, sagte der Greis, »gibt es nicht zwei, drei oder vier Götter. Ich muß schon sagen: Ihr Leute von der anderen Welt stellt sonderbare Fragen!« Candide wurde nicht müde, den guten Alten weiter auszufragen; er wollte wissen, wie man in Eldorado zu Gott bete. »Wir beten nicht zu ihm«, sagte der gütige, ehrwürdige Greis, »wir haben nichts von ihm zu verlangen, er hat uns alles gegeben, was wir brauchen, wir danken ihm immerzu.« Candide war neugierig auf die Priester, er ließ nach ihnen fragen. Der gute Alte lächelte. »Meine Freunde«, sagte er, »wir sind alle Priester; jeden Morgen singen der König und alle Familienoberhäupter feierliche Dankgesänge, fünf- bis sechstausend Musiker begleiten sie.« – »Wie, Sie haben keine Mönche, die lehren, disputieren, regieren, intrigieren und Leute verbrennen, die anderer Meinung sind als sie?« – »Wir müßten von Sinnen sein«, sagte der Greis, »wir sind hier alle derselben Meinung und verstehen nicht, was Sie mit Ihren Mönchen meinen.« Candide versetzten diese Worte in Begeisterung, und er sagte sich: »Hier geht es anders zu als in Westfalen und im Schloß des Herrn Barons; wenn Freund Pangloß Eldorado kennengelernt hätte, hätte er nicht mehr gesagt, Schloß Thunder-ten-tronckh sei das Beste auf Erden. Man muß auf Reisen gehen, das steht fest.«

Nach dieser langen Unterhaltung ließ der gute Alte sechs Hammel vor eine Kutsche spannen und gab den Reisenden zwölf seiner Diener mit, die sie zum Hof geleiten sollten. »Entschuldigen Sie mich«, sagte er, »wenn mein Alter mich der Ehre beraubt, Sie zu begleiten. Der König dont vous ne serez pas mécontents, et vous pardonnerez sans doute aux usages du pays s'il y en a quelques-uns qui vous déplaisent.

Candide et Cacambo montent en carrosse; les six moutons volaient, et en moins de quatre heures on arriva au palais du roi, situé à un bout de la capitale. Le portail était de deux cent vingt pieds de haut, et de cent de large; il est impossible d'exprimer quelle en était la matière. On voit assez quelle supériorité prodigieuse elle devait avoir sur ces cailloux et sur ce sable que nous nommons or et pierreries.

Vingt belles filles de la garde reçurent Candide et Cacambo à la descente du carrosse, les conduisirent aux bains, les vêtirent de robes d'un tissu de duvet de colibri; après quoi les grands officiers et les grandes officières de la couronne les menèrent à l'appartement de Sa Majesté au milieu de deux files chacune de mille musiciens, selon l'usage ordinaire. Quand ils approchèrent de la salle du trône, Cacambo demanda à un grand officier comment il fallait s'y prendre pour saluer Sa Majesté? si on se jetait à genoux ou ventre à terre? si on mettait les mains sur la tête ou sur le derrière? si on léchait la poussière de la salle? en un mot, quelle était la cérémonie? L'usage, dit le grand officier, est d'embrasser le roi et de le baiser des deux côtés. Candide et Cacambo sautèrent au cou de Sa Majesté, qui les reçut avec toute la grâce imaginable, et qui les pria poliment à souper.

En attendant on leur fit voir la ville, les édifices publics élevés jusqu'aux nues, les marchés ornés de mille colonnes, les fontaines d'eau pure, les fontaines d'eau rose, celles de liqueurs de cannes de sucre qui coulaient continuellement dans de grandes places pavées d'une espèce de pierreries qui répandaient une odeur semblable à celle du gérofle et de la cannelle. Candide demanda à voir la cour de justice, le parlement; on lui dit qu'il n'y en avait point, et qu'on ne plaidait jamais. Il s'informa s'il y avait des prisons, et on lui dit que non. Ce qui le surprit davantage, et qui lui fit le plus de plaisir, ce fut le palais des sciences, dans lequel il vit une galerie de deux mille pas, toute pleine d'instruments de mathématique et de physique.

Après avoir parcouru toute l'après-dînée à peu près la millième partie de la ville, on les ramena chez le roi. Candide se mit à table entre Sa Majewird Sie zu Ihrer Zufriedenheit empfangen, und Sie werden es sicher nicht übelnehmen, wenn einige der Landessitten Ihnen nicht zusagen.«

Candide und Cacambo bestiegen die Kutsche. Die Hammel stoben davon, und in weniger als vier Stunden waren sie beim Königspalast an einem Ende der Hauptstadt angelangt. Das Portal war zweihundertzwanzig Fuß hoch und hundert Fuß breit. Woraus es gemacht war, ist unmöglich zu sagen. Daraus geht hervor, wie unvergleichbar kostbarer es war als die Steine und der Sand, die wir Gold und Juwelen nennen.

Zwanzig schöne Gardemädchen empfingen Candide und Cacambo, als sie aus der Kutsche stiegen; sie führten sie ins Bad und bekleideten sie mit Gewändern aus Kolibridaunen, dann geleiteten die königlichen Würdenträger und Würdenträgerinnen sie durch ein Spalier von je tausend Musikern in die Gemächer Seiner Majestät, wie es im Land Sitte war. Als sie sich dem Thronsaal näherten, fragte Cacambo einen Würdenträger, wie man Seine Majestät begrüße: ob man niederknie oder sich auf den Bauch lege, ob man die Hände über dem Kopf zusammenschlage oder hinter dem Rücken, ob man den Staub des Fußbodens lecke, kurz, wie das Zeremoniell es verlange? »Es ist üblich«, sagte der Würdenträger, »den König zu umarmen und auf beide Wangen zu küssen.« Candide und Cacambo fielen Seiner Majestät um den Hals, der König empfing sie aufs huldvollste und lud sie höflich zum Abendessen ein.

Unterdessen zeigte man ihnen die Stadt, die öffentlichen Gebäude, die bis in die Wolken aufragten, die mit tausend Säulen verzierten Markthallen, die Brunnen auf den großen Plätzen, aus denen unaufhörlich sauberes Wasser, Rosenwasser oder Zuckerrohrlikör lief. Die Plätze waren mit Steinen gepflastert, die dufteten wie Zimt und Nelken. Candide wollte den Justizpalast sehen, wo das Gericht tagte. Er erfuhr, das gebe es nicht, weil man keine Prozesse führe. Er erkundigte sich nach den Gefängnissen; auch sie gab es nicht. Was ihn am meisten überraschte und ihm am besten gefiel, war der Palast der Wissenschaften, in dem er eine Galerie von zweitausend Schritt erblickte, die voller geometrischer und physikalischer Instrumente stand.

Nachdem sie den ganzen Nachmittag etwa ein Tausendstel der Stadt besichtigt hatten, führte man sie zum König zurück. Candide setzte sich sté, son valet Cacambo et plusieurs dames. Jamais on ne fit meilleure chère, et jamais on n'eut plus d'esprit à souper qu'en eut Sa Majesté. Cacambo expliquait les bons mots du roi à Candide, et quoique traduits ils paraissaient toujours des bons mots. De tout ce qui étonnait Candide, ce n'était pas ce qui l'étonna le moins.

Ils passèrent un mois dans cet hospice. Candide ne cessait de dire à Cacambo: Il est vrai, mon ami, encore une fois, que le château où je suis né ne vaut pas le pays où nous sommes; mais enfin, mademoiselle Cunégonde n'y est pas; et vous avez sans doute quelque maîtresse en Europe. Si nous restons ici, nous n'y serons que comme les autres; au lieu que si nous retournons dans notre monde, seulement avec douze moutons chargés de cailloux d'Eldorado, nous serons plus riches que tous les rois ensemble, nous n'aurons plus d'inquisiteurs à craindre, et nous pourrons aisément reprendre mademoiselle Cunégonde.

Ce discours plut à Cacambo; on aime tant à courir, à se faire valoir chez les siens, à faire parade de ce qu'on a vu dans ses voyages, que les deux heureux résolurent de ne plus l'être, et de demander leur congé à Sa Majesté.

Vous faites une sottise, leur dit le roi; je sais bien que mon pays est peu de chose; mais quand on est passablement quelque part, il faut y rester; je n'ai pas assurément le droit de retenir des étrangers; c'est une tyrannie qui n'est ni dans nos mœurs ni dans nos lois; tous les hommes sont libres; partez quand vous voudrez, mais la sortie est bien difficile. Il est impossible de remonter la rivière rapide sur laquelle vous êtes arrivés par miracle, et qui court sous des voûtes de rochers. Les montagnes qui entourent tout mon royaume ont dix mille pieds de hauteur, et sont droites comme des murailles: elles occupent chacune en largeur un espace de plus de dix lieues; on ne peut en descendre que par des précipices. Cependant puisque vous voulez absolument partir, je vais donner ordre aux intendants des machines d'en faire une qui puisse vous transporter commodément. Quand on vous aura conduits au revers des montagnes, personne ne pourra vous accompagner; car mes sujets ont fait vœu de ne jamais sortir de leur enceinte, et ils sont trop sages pour rompre leur mit Seiner Majestät, seinem Diener Cacambo und mehreren Damen zu Tisch. Ein besseres Essen und geistreichere Gespräche, als Seine Majestät sie führte, hat es nie gegeben. Cacambo verdolmetschte Candide die Bonmots des Königs, und diese waren auch in der Übersetzung noch Bonmots. Das versetzte Candide nicht weniger in Staunen als alles andere.

Einen Monat verbrachten sie an diesem gastlichen Ort. Immer wieder sagte Candide zu Cacambo: »Das Schloß, in dem ich geboren wurde, mein Lieber, ist mit dem Land nicht zu vergleichen, in dem wir uns befinden. Aber leider ist Kunigunde nicht hier, und Sie haben sicher auch eine Geliebte in Europa. Wenn wir hier bleiben, geht's uns nicht anders als den anderen. Wenn wir aber nur mit zwölf mit Eldoradosteinen beladenen Hammeln in unsere Welt zurückkehren, sind wir reicher als alle Könige zusammen, wir bräuchten die Inquisition nicht mehr zu fürchten und könnten Kunigunde leicht zurückgewinnen.«

Cacambo gefiel diese Rede. Der Mensch ist so unstet, er setzt sich so gern bei den Seinen ins Licht und brüstet sich dessen, was er auf seinen Reisen gesehen hat, daß die beiden Glückspilze auf ihr Glück zu verzichten beschlossen und Seine Majestät um ihren Abschied baten.

»Sie begehen eine Dummheit«, sagte ihnen der König. »Ich weiß wohl, daß an meinem Land nichts Besonderes ist, aber wenn es einem irgendwo einigermaßen gut geht, sollte man da bleiben. Ich habe ganz gewiß nicht das Recht, Fremde bei mir zurückzuhalten; solch eine Tyrannei entspräche weder unserem Recht noch unseren Sitten. Alle Menschen sind frei. Reisen Sie ab, wann Sie wollen. Es ist nur ziemlich schwierig, hier herauszukommen. Auf dem reißenden Fluß, der Sie wie durch ein Wunder durch die Felshöhlen hergebracht hat, aufwärts zu rudern ist unmöglich. Die Berge, die mein Reich umgeben, sind tausend Fuß hoch und steigen senkrecht auf, sie erstrecken sich alle über mehr als zehn Meilen in die Breite, der Abstieg führt durch tiefe Schluchten. Da Sie jedoch unbedingt wieder fort wollen, werde ich den Maschinenaufsehern befehlen, ein Gerät zu konstruieren, das Sie bequem hinüberbringt. Wenn Sie einmal den Kamm des Gebirges hinter sich haben, kann Sie niemand weiterbegleiten, denn meine Untertanen haben gelobt, die Grenzen dieses Reiches nicht zu überschreiten, und sie sind zu vœu. Demandez-moi d'ailleurs tout ce qu'il vous plaira. Nous ne demandons à Votre Majesté, dit Cacambo, que quelques moutons chargés de vivres, de cailloux, et de la boue du pays. Le roi rit: Je ne conçois pas, dit-il, quel goût vos gens d'Europe ont pour notre boue jaune: mais emportez-en tant que vous voudrez, et grand bien vous fasse.

Il donna l'ordre sur-le-champ à ses ingénieurs de faire une machine pour guinder ces deux hommes extraordinaires hors du royaume. Trois mille bons physiciens y travaillèrent; elle fut prête au bout de quinze jours, et ne coûta pas plus de vingt millions de livres sterling, monnaie du pays. On mit sur la machine Candide et Cacambo; il y avait deux grands moutons rouges sellés et bridés pour leur servir de monture quand ils auraient franchi les montagnes: vingt moutons de bât chargés de vivres, trente qui portaient des présents de ce que le pays a de plus curieux, et cinquante chargés d'or, de pierreries et de diamants. Le roi embrassa tendrement les deux vagabonds.

Ce fut un beau spectacle que leur départ, et la manière ingénieuse dont ils furent hissés eux et leurs moutons au haut des montagnes. Les physiciens prirent congé d'eux après les avoir mis en sûreté, et Candide n'eut plus d'autre désir et d'autre objet que d'aller présenter ses moutons à mademoiselle Cunégonde. Nous avons, dit-il, de quoi payer le gouverneur de Buenos-Aires, si mademoiselle Cunégonde peut être mise à prix. Marchons vers la Cayenne, embarquons-nous, et nous verrons ensuite quel royaume nous pourrons acheter.

verständig, ihr Gelübde zu brechen. Verlangen Sie im übrigen alles von mir, was Sie wollen.« – »Wir möchten uns von Euer Majestät nur ein paar mit Proviant beladene Hammel erbitten«, sagte Cacambo, »sowie Steine und Schlamm aus diesem Land.« Der König lachte: »Ich verstehe nicht, was ihr Europäer an unserem gelben Schlamm für einen Narren gefressen habt, aber nehmen Sie davon mit, so viel Sie wollen, und werden Sie glücklich damit!«

Sogleich erteilte er seinen Ingenieuren den Befehl, eine Maschine zu bauen, mit der diese beiden Sonderlinge aus dem Königreich gehievt werden könnten. Dreitausend tüchtige Physiker machten sich ans Werk, nach vierzehn Tagen war sie fertig und kostete nicht mehr als zwanzig Millionen Pfund Sterling in der Währung des Landes. Man setzte Candide und Cacambo hinein. Zwei große rote Hammel sollten ihnen, gesattelt und gezäumt, als Reittiere dienen, wenn sie einmal die Berge überquert hätten, zwanzig Lasthammel waren mit Lebensmitteln beladen, dreißig trugen als Geschenk Kostbarkeiten des Landes, fünfzig waren mit Gold, Diamanten und anderen Edelsteinen beladen. Zärtlich umarmte der König die beiden Vagabunden.

Ihre Abreise und die sinnreiche Art und Weise, wie sie mitsamt ihren Hammeln auf die Berggipfel hinaufbefördert wurden, boten ein schönes Schauspiel. Die Physiker verabschiedeten sich von ihnen, nachdem sie sie in Sicherheit gebracht hatten. Und Candide hatte nur noch das Verlangen und das Ziel vor Augen, Fräulein Kunigunde seine Hammel zu schenken. »Wir haben genug«, sagte er, »um den Gouverneur von Buenos Aires zu bestechen, falls es für Fräulein Kunigunde überhaupt einen Preis gibt. Auf nach Cayenne! Dann schiffen wir uns ein und sehen zu, wo es ein Königreich zu kaufen gibt.«

CHAPITRE DIX-NEUVIÈME

Ce qui leur arriva à Surinam, et comment Candide fit connaissance avec Martin

La première journée de nos deux voyageurs fut assez agréable. Ils étaient encouragés par l'idée de se voir possesseurs de plus de trésors que l'Asie, l'Europe et l'Afrique n'en pouvaient rassembler. Candide transporté écrivit le nom de Cunégonde sur les arbres. A la seconde journée deux de leurs moutons s'enfoncèrent dans des marais et y furent abîmés avec leurs charges; deux autres moutons moururent de fatigue quelques jours après; sept ou huit périrent ensuite de faim dans un désert; d'autres tombèrent au bout de quelques jours dans des précipices. Enfin après cent jours de marche, il ne leur resta que deux moutons. Candide dit à Cacambo: Mon ami, vous voyez comme les richesses de ce monde sont périssables; il n'y a rien de solide que la vertu, et le bonheur de revoir mademoiselle Cunégonde. Je l'avoue, dit Cacambo; mais il nous reste encore deux moutons avec plus de trésors que n'en aura jamais le roi d'Espagne, et je vois de loin une ville que je soupçonne être Surinam, appartenante aux Hollandais. Nous sommes au bout de nos peines, et au commencement de notre félicité.

En approchant de la ville ils rencontrèrent un nègre étendu par terre, n'ayant plus que la moitié de son habit, c'est-à-dire d'un caleçon de toile bleue; il manquait à ce pauvre homme la jambe gauche et la main droite. Eh! mon Dieu! lui dit Candide en hollandais, que fais-tu là, mon ami, dans l'état horrible où je te vois? J'attends mon maître monsieur Vanderdendur le fameux négociant, répondit le nègre. Est-ce monsieur Vanderdendur, dit Candide, qui t'a traité ainsi? Oui, monsieur, dit le nègre, c'est l'usage. On nous donne un caleçon de toile pour tout vêtement deux fois l'année. Quand nous travaillons aux sucreries, et que la meule nous attrape le doigt, on nous coupe la main: quand nous voulons nous enfuir, on nous coupe la jambe: je me suis trouvé dans les deux cas. C'est

NEUNZEHNTES KAPITEL

Was ihnen in Surinam zustieß und wie Candide mit Martin Bekanntschaft schloß

Der erste Tag verlief für unsere beiden Reisenden ganz angenehm. Der Gedanke, daß sie mehr Schätze besaßen als Asien, Europa und Afrika zusammen, beflügelte sie. Voller Begeisterung schnitt Candide den Namen Kunigundes in die Baumrinden. Am zweiten Tag versanken zwei ihrer Hammel in den Sümpfen und gingen mit ihrer Last verloren, ein paar Tage später starben zwei weitere an Erschöpfung; sieben oder acht gingen in einer Wüste an Hunger zugrunde; in der Folge stürzten wieder andere in Abgründe. Nach einem Marsch von hundert Tagen verblieben ihnen schließlich nur noch zwei Hammel. Candide sprach zu Cacambo: »Sie sehen, mein Freund, die Reichtümer dieser Welt haben keinen Bestand. Nur die Tugend ist von bleibendem Wert und das Glück, Fräulein Kunigunde wiederzusehen.« – »Das gebe ich zu«, sagte Cacambo, »aber wir haben immer noch zwei Hammel mit mehr Schätzen, als sie der König von Spanien je besitzen wird, und in der Ferne sehe ich eine Stadt, die ich für Surinam halte, das den Holländern gehört. Wir stehen am Ende unserer Mühsal und am Anfang unserer Glückseligkeit.«

Als sie der Stadt näher kamen, trafen sie auf einen Neger, der am Boden lag. Er war mit einer Hose aus blauem Leinen nur halb bekleidet. Dem armen Menschen fehlte das linke Bein und die rechte Hand. »Mein Gott«, sagte Candide auf holländisch zu ihm, »was machst du da am Boden, mein Freund, in diesem schrecklichen Zustand?« – »Ich warte auf meinen Gebieter, Herrn Vanderdendur, den berühmten Handelsmann«, erwiderte der Neger. »Hat Herr Vanderdendur dich so zugerichtet?« fragte Candide. »Ja«, sagte der Neger, »das ist so üblich. Wir bekommen zweimal im Jahr als einziges Kleidungsstück eine Leinenhose. Wenn wir in den Zuckerfabriken arbeiten und die Mühle uns am Finger erwischt, hackt man uns die Hand ab; wenn wir fliehen wollen, schneidet man uns das Bein ab. Bei mir war beides der Fall. Das ist der à ce prix que vous mangez du sucre en Europe. Cependant lorsque ma mère me vendit dix écus patagons sur la côte de Guinée, elle me disait: Mon cher enfant, bénis nos fétiches, adore-les toujours, ils te feront vivre heureux; tu as l'honneur d'être esclave de nos seigneurs les blancs, et tu fais par là la fortune de ton père et de ta mère. Hélas! je ne sais pas si j'ai fait leur fortune, mais ils n'ont pas fait la mienne. Les chiens, les singes et les perroquets sont mille fois moins malheureux que nous: les fétiches hollandais qui m'ont converti me disent tous les dimanches que nous sommes tous enfants d'Adam, blancs et noirs. Je ne suis pas généalogiste, mais si ces prêcheurs disent vrai, nous sommes tous cousins issus de germain. Or vous m'avouerez qu'on ne peut pas en user avec ses parents d'une manière plus horrible.

O Pangloss! s'écria Candide, tu n'avais pas deviné cette abomination; c'en est fait, il faudra qu'à la fin je renonce à ton optimisme. Qu'est-ce qu'optimisme? disait Cacambo. Hélas! dit Candide, c'est la rage de soutenir que tout est bien quand on est mal. Et il versait des larmes en regardant son nègre, et en pleurant il entra dans Surinam.

La première chose dont ils s'informent, c'est, s'il n'y a point au port quelque vaisseau qu'on pût envoyer à Buenos-Aires. Celui à qui ils s'adressèrent était justement un patron espagnol, qui s'offrit à faire avec eux un marché honnête. Il leur donna rendez-vous dans un cabaret. Candide et le fidèle Cacambo allèrent l'y attendre avec leurs deux moutons.

Candide qui avait le cœur sur les lèvres, conta à l'Espagnol toutes ses aventures, et lui avoua qu'il voulait enlever mademoiselle Cunégonde. Je me garderai bien de vous passer à Buenos-Aires, dit le patron: je serais pendu, et vous aussi. La belle Cunégonde est la maîtresse favorite de monseigneur. Ce fut un coup de foudre pour Candide; il pleura longtemps; enfin il tira à part Cacambo: Voici, mon cher ami, lui dit-il, ce qu'il faut que tu fasses. Nous avons chacun dans nos poches pour cinq ou six millions de diamants; tu es plus habile que moi; va prendre mademoiselle Cunégonde à Buenos-Aires. Si le gouverneur fait quelques dif-

Preis für den Zucker, den ihr in Europa eßt. Und doch sagte meine Mutter zu mir, als sie mich an der Küste von Guinea für zehn patagonische Taler verkaufte: ›Mein liebes Kind, segne unsere Fetische, bete sie immer an, sie werden dir im Leben Glück bringen. Du hast die Ehre, ein Sklave unserer weißen Herren zu sein, und machst so das Glück deines Vaters und deiner Mutter.‹ Ach, ich weiß nicht, ob ich ihr Glück gemacht habe, *sie* haben jedenfalls das meine nicht gemacht. Die Hunde, die Affen und die Papageien sind tausendmal glücklicher als wir. Die holländischen Geistlichen, die mich bekehrt haben, predigen jeden Sonntag, wir seien alle Kinder Adams, Weiße wie Schwarze. Ich bin kein Genealoge, aber wenn diese Prediger die Wahrheit sagen, sind wir alle leibliche Vettern. Sie werden mir zugeben, daß man mit seinen Verwandten nicht schrecklicher umgehen kann.«

»O Pangloß«, rief Candide da aus, »diese Greuel hast du dir nicht vorstellen können. Das Maß ist voll: Ich werde schließlich doch deinem Optimismus entsagen müssen!« – »Was ist das: Optimismus?« fragte Cacambo. »Ach«, sagte Candide, »das ist die Besessenheit zu behaupten, alles sei gut, wenn es einem schlecht geht.« Und er vergoß Tränen, wie er den Neger ansah, und weinend betrat er Surinam.

Als erstes erkundigen sie sich im Hafen nach einem Schiff, das man nach Buenos Aires entsenden könnte. Es traf sich, daß sie gleich an einen spanischen Schiffseigner gerieten. Er stellte ihnen einen ehrlichen Handel in Aussicht und schlug ein Treffen in einer Schenke vor. Candide und Cacambo fanden sich mit ihren beiden Hammeln dort ein, um ihn zu erwarten.

Candide, der sein Herz auf den Lippen trug, erzählte dem Spanier all seine Abenteuer und gestand, daß er Fräulein Kunigunde entführen wolle. »Ich werde mich hüten, nach Buenos Aires zu fahren«, sagte der Schiffseigner, »man würde mich aufhängen und Sie auch. Die schöne Kunigunde ist die Lieblingsmätresse Seiner Gnaden.« Das traf Candide wie ein Donnerschlag. Lange weinte er. Schließlich nahm er Cacambo beiseite. »Mein lieber Freund«, sagte er, »du mußt jetzt etwas für mich tun. Wir haben beide Diamanten im Wert von fünf oder sechs Millionen in der Tasche, du bist geschickter als ich, hole Fräulein Kunigunde aus Buenos Aires heraus. Macht der Gouverneur Schwierigkeiten, gib ihm ficultés, donne-lui un million: s'il ne se rend pas, donne-lui-en deux; tu n'as point tué d'inquisiteur, on ne se défiera point de toi. J'équiperai un autre vaisseau, j'irai t'attendre à Venise; c'est un pays libre où l'on n'a rien à craindre ni des Bulgares, ni des Abares, ni des Juifs, ni des inquisiteurs. Cacambo applaudit à cette sage résolution. Il était au désespoir de se séparer d'un bon maître, devenu son ami intime; mais le plaisir de lui être utile l'emporta sur la douleur de le quitter. Ils s'embrassèrent en versant des larmes: Candide lui recommanda de ne point oublier la bonne vieille. Cacambo partit dès le jour même. C'était un très bon homme que ce Cacambo.

Candide resta encore quelque temps à Surinam, et attendit qu'un autre patron voulût le mener en Italie, lui et les deux moutons qui lui restaient. Il prit des domestiques, et acheta tout ce qui lui était nécessaire pour un long voyage; enfin, monsieur Vanderdendur, maître d'un gros vaisseau, vint se présenter à lui. Combien voulez-vous, demanda-t-il à cet homme, pour me mener en droiture à Venise, moi, mes gens, mon bagage, et les deux moutons que voilà? Le patron s'accorda à dix mille piastres. Candide n'hésita pas.

Oh, oh, dit à part soi le prudent Vanderdendur, cet étranger donne dix mille piastres tout d'un coup! il faut qu'il soit bien riche. Puis revenant un moment après, il signifia qu'il ne pouvait partir à moins de vingt mille. Eh bien, vous les aurez, dit Candide.

Ouais, se dit tout bas le marchand, cet homme donne vingt mille piastres aussi aisément que dix mille. Il revint encore, et dit qu'il ne pouvait le conduire à Venise à moins de trente mille piastres. Vous en aurez donc trente mille, répondit Candide.

Oh, oh, se dit encore le marchand hollandais, trente mille piastres ne coûtent rien à cet homme-ci; sans doute les deux moutons portent des trésors immenses; n'insistons pas davantage: faisons-nous d'abord payer les trente mille piastres, et puis nous verrons. Candide vendit deux eine Million, macht er immer noch Schwierigkeiten, gib ihm zwei. Du hast keinen Inquisitor umgebracht, dir wird man nicht mit Mißtrauen begegnen. Ich rüste ein anderes Schiff aus und warte in Venedig auf dich; das ist eine freie Republik, da braucht man weder Bulgaren noch Abaren noch Juden noch Inquisitoren zu fürchten.« Cacambo billigte diesen weisen Entschluß. Er war sehr traurig, sich von einem so guten Herrn trennen zu müssen, der sein engster Freund geworden war, aber die Freude, ihm nützen zu können, überwog den Trennungsschmerz. Sie umarmten sich unter Tränen. Candide legte ihm ans Herz, die Alte nicht zu vergessen. Cacambo fuhr noch am selben Tag ab. Dieser Cacambo war wirklich ein herzensguter Mensch!

Candide blieb noch eine Weile in Surinam. Er wartete auf einen anderen Schiffseigner, der ihn mitsamt den beiden Hammeln, die er noch hatte, nach Italien zu bringen bereit wäre. Er stellte Diener ein und besorgte sich alles, was man für eine lange Seereise braucht. Schließlich erschien bei ihm Herr Vanderdendur, der ein großes Schiff besaß. »Wieviel verlangen Sie«, fragte Candide den Mann, »um mich, meine Leute, mein Gepäck und diese beiden Hammel auf direktem Weg nach Venedig zu bringen?« Der Schiffseigner berechnete zehntausend Piaster. Candide schlug ein.

»Oho«, sagte sich der schlaue Vanderdendur, »dieser Fremde bezahlt zehntausend Piaster in bar! Der muß schön reich sein.« Einen Augenblick später kam er noch einmal zurück und gab zu verstehen, er könne es nicht unter zwanzigtausend machen. »Schon gut«, sagte Candide, »Sie sollen sie haben!«

»Holla«, sagte der Kaufmann ganz leise, »dieser Mensch legt mir zwanzigtausend Piaster genauso leicht hin wie zehntausend.« Er kam noch einmal zurück und erklärte, er könne ihn nur nach Venedig bringen, wenn er dreißigtausend Piaster bezahle. »Dann sollen Sie dreißigtausend bekommen!« antwortete Candide.

»Oho«, sagte sich der holländische Kaufmann, »dreißigtausend Piaster machen dem Mann auch nichts aus, zweifellos tragen die beiden Hammel unermeßliche Schätze. Dringen wir nicht weiter in ihn, lassen wir uns erst einmal die dreißigtausend Piaster aushändigen; das weitere werden wir sehen.« Candide verkaufte zwei kleine Diamanten, von depetits diamants, dont le moindre valait plus que tout l'argent que demandait le patron. Il le paya d'avance. Les deux moutons furent embarqués. Candide suivait dans un petit bateau pour joindre le vaisseau à la rade; le patron prend son temps, met à la voile, démarre, le vent le favorise. Candide, éperdu et stupéfait le perd bientôt de vue. Hélas! cria-t-il, voilà un tour digne de l'ancien monde. Il retourne au rivage abîmé dans la douleur; car enfin il avait perdu de quoi faire la fortune de vingt monarques.

Il se transporte chez le juge hollandais; et comme il était un peu troublé, il frappe rudement à la porte: il entre, expose son aventure, et crie un peu plus haut qu'il ne convenait. Le juge commença par lui faire payer dix mille piastres pour le bruit qu'il avait fait. Ensuite il l'écouta patiemment, lui promit d'examiner son affaire sitôt que le marchand serait revenu, et se fit payer dix mille autres piastres pour les frais de l'audience.

Ce procédé acheva de désespérer Candide; il avait à la vérité essuyé des malheurs mille fois plus douloureux; mais le sang-froid du juge, et celui du patron dont il était volé, alluma sa bile, et le plongea dans une noire mélancolie. La méchanceté des hommes se présentait à son esprit dans toute sa laideur; il ne se nourrissait que d'idées tristes. Enfin un vaisseau français étant sur le point de partir pour Bordeaux, comme il n'avait plus de moutons chargés de diamants à embarquer, il loua une chambre du vaisseau à juste prix, et fit signifier dans la ville qu'il payerait le passage, la nourriture, et donnerait deux mille piastres à un honnête homme qui voudrait faire le voyage avec lui, à condition que cet homme serait le plus dégoûté de son état et le plus malheureux de la province.

Il se présenta une foule de prétendants qu'une flotte n'aurait pu contenir. Candide voulant choisir entre les plus apparents, il distingua une vingtaine de personnes qui lui paraissaient assez sociables, et qui toutes prétendaient mériter la préférence. Il les assembla dans son cabaret, et leur donna à souper, à condition que chacun ferait serment de raconter nen der geringere mehr wert war, als der Schiffseigner verlangte. Er bezahlte im voraus. Die beiden Hammel wurden verladen. Candide folgte in einem kleinen Boot, um auf der Reede das Schiff zu besteigen. Der Kapitän nutzt die Gelegenheit, hißt die Segel und fährt mit günstigem Wind davon. Verdutzt und starr vor Schrecken sieht Candide das Schiff seinen Blicken entschwinden. »Ach«, rief er, »das ist ein Streich, der der alten Welt würdig ist!« Schmerzerfüllt kehrt er an Land zurück. Schließlich hatte er ein Vermögen verloren, mit dem er zwanzig Monarchen hätte reich machen können.

Er begab sich zum holländischen Richter. Da er ein bißchen erregt war, klopft er er laut an die Türe; er tritt ein, legt seinen Fall dar und schreit etwas mehr, als sich schickte. Der Richter ließ ihn erst einmal zehntausend Piaster für den Lärm zahlen, den er gemacht hatte. Dann hörte er ihm geduldig zu, versprach, der Sache nachzugehen, sobald der Kaufmann zurück sei, und ließ sich für die Anhörung weitere zehntausend Piaster Gebühren bezahlen.

Der Vorgang brachte Candide vollends zur Verzweiflung. Zwar war ihm wahrhaftig tausendmal schmerzhafteres Leid widerfahren, aber die Unverschämtheit des Richters und des Schiffseigners, der ihn bestohlen hatte, ließ ihm die Galle überlaufen, und er verfiel in düstere Melancholie. Die Bosheit der Menschen präsentierte sich seinem Geist in ihrer ganzen Scheußlichkeit, er hatte nur noch traurige Gedanken. Schließlich belegte er, da gerade ein französisches Schiff nach Bordeaux abging und er keine Hammel voll Diamanten mehr zu verladen hatte, eine Kabine zu vernünftigem Preis und ließ in der Stadt bekanntmachen, er zahle Überfahrt, Unterhalt und zweitausend Piaster für einen anständigen Menschen, der mit ihm zusammen reisen wolle, vorausgesetzt, dieser wäre mit seinem Los noch weniger zufrieden als alle anderen und der unglücklichste im Lande.

Es meldeten sich so viele Bewerber, daß eine Flotte nicht ausgereicht hätte, sie aufzunehmen. Candide wollte die geeignetsten herausfinden, er wählte sich ungefähr zwanzig Personen aus, die ihm recht umgänglich zu sein schienen und die sämtlich behaupteten, sie verdienten bevorzugt zu werden. Er versammelte sie in seiner Schenke und gab ihnen unter der Bedingung zu essen, daß jeder verspreche, wahrheitsgemäß fidèlement son histoire, promettant de choisir celui qui lui paraîtrait le plus à plaindre, et le plus mécontent de son état à plus juste titre, et de donner aux autres quelques gratifications.

La séance dura jusqu'à quatre heures du matin. Candide en écoutant toutes leurs aventures, se ressouvenait de ce que lui avait dit la vieille en allant à Buenos-Aires, et de la gageure qu'elle avait faite, qu'il n'y avait personne sur le vaisseau, à qui il ne fût arrivé de très grands malheurs. Il songeait à Pangloss à chaque aventure qu'on lui contait. Ce Pangloss, disait-il, serait bien embarrassé à démontrer son système. Je voudrais qu'il fût ici. Certainement si tout va bien, c'est dans Eldorado, et non pas dans le reste de la terre. Enfin, il se détermina en faveur d'un pauvre savant qui avait travaillé dix ans pour les libraires à Amsterdam. Il jugea qu'il n'y avait point de métier au monde dont on dût être plus dégoûté.

Ce savant, qui était d'ailleurs un bon homme, avait été volé par sa femme, battu par son fils, et abandonné de sa fille qui s'était fait enlever par un Portugais. Il venait d'être privé d'un petit emploi duquel il subsistait, et les prédicants de Surinam le persécutaient parce qu'ils le prenaient pour un socinien. Il faut avouer que les autres étaient pour le moins aussi malheureux que lui; mais Candide espérait que le savant le désennuierait dans le voyage. Tous ses autres rivaux trouvèrent que Candide leur faisait une grande injustice, mais il les apaisa en leur donnant à chacun cent piastres.

CHAPITRE VINGTIÈME

Ce qui arriva sur mer à Candide et à Martin

Le vieux savant, qui s'appelait Martin, s'embarqua donc pour Bordeaux avec Candide. L'un et l'autre avaient beaucoup vu, et beaucoup souffert; et quand le vaisseau aurait dû faire voile de Surinam au Japon par le cap de Bonne-Espérance, ils auraient eu de quoi s'entretenir du mal moral et du mal physique pendant tout le voyage.

seine Lebensgeschichte zu erzählen; wer am meisten Mitleid verdiene und wer am überzeugendsten darlegen könne, daß er Anlaß habe, mit seinem Los unzufrieden zu sein, den versprach er zu nehmen. Den anderen wolle er eine Entschädigung zahlen.

Die Zusammenkunft dauerte bis vier Uhr morgens. Candide hörte all ihren Erzählungen zu und erinnerte sich an die Alte auf der Fahrt nach Buenos Aires, die gewettet hatte, daß es keinen unter den Schiffspassagieren gebe, dem nicht ein großes Unglück zugestoßen sei. Bei jedem Abenteuer, das ihm berichtet wurde, dachte Candide an Pangloß. »Dieser Pangloß«, sagte er sich, »wäre in arger Verlegenheit, sein System aufrechtzuerhalten. Ich wollte, er wäre jetzt hier. Wenn irgendwo alles zum Besten steht, dann sicher in Eldorado, nicht in der übrigen Welt.« Schließlich entschied er sich für einen armen Gelehrten, der zehn Jahre für holländische Verleger gearbeitet hatte. Ihm schien, es gebe keinen Beruf auf der Welt, der einem mehr zuwider sein könnte.

Diesen Gelehrten, der übrigens ein guter Mensch war, hatte seine Frau bestohlen, sein Sohn verprügelt und seine Tochter, die von einem Portugiesen entführt worden war, verlassen. Er hatte eine kleine Stelle, von der er lebte, verloren, und die Prediger von Surinam verfolgten ihn, weil sie ihn für einen Sozinianer hielten. Die anderen waren zugegebenermaßen genauso übel daran, aber Candide hoffte, der Gelehrte werde ihm auf dem Schiff die Langeweile vertreiben. Alle Mitbewerber fanden, Candide tue ihnen großes Unrecht, aber er beschwichtigte sie, indem er jedem von ihnen hundert Piaster schenkte.

ZWANZIGSTES KAPITEL

Was Candide und Martin auf See zustieß

Der alte Gelehrte, der Martin hieß, schiffte sich also mit Candide nach Bordeaux ein. Beide hatten sie viel erlebt und viel erlitten, und sie hätten einander während der ganzen Reise genug zu sagen gehabt über das sittliche und das physische Übel, selbst wenn das Schiff von Surinam über das Kap der Guten Hoffnung nach Japan gesegelt wäre.

Cependant, Candide avait un grand avantage sur Martin, c'est qu'il espérait toujours revoir mademoiselle Cunégonde, et que Martin n'avait rien à espérer; de plus il avait de l'or et des diamants; et quoiqu'il eût perdu cent gros moutons rouges chargés des plus grands trésors de la terre, quoiqu'il eût toujours sur le cœur la friponnerie du patron hollandais, cependant, quand il songeait à ce qui lui restait dans ses poches, et quand il parlait de Cunégonde, surtout à la fin du repas, il penchait alors pour le système de Pangloss.

Mais, vous, monsieur Martin, dit-il au savant, que pensez-vous de tout cela? quelle est votre idée sur le mal moral et le mal physique? Monsieur, répondit Martin, mes prêtres m'ont accusé d'être socinien; mais la vérité du fait est que je suis manichéen. Vous vous moquez de moi, dit Candide, il n'y a plus de manichéens dans le monde. Il y a moi, dit Martin; je ne sais qu'y faire, mais je ne peux penser autrement. Il faut que vous ayez le diable au corps, dit Candide. Il se mêle si fort des affaires de ce monde, dit Martin, qu'il pourrait bien être dans mon corps comme partout ailleurs; mais je vous avoue qu'en jetant la vue sur ce globe, ou plutôt sur ce globule, je pense que Dieu l'a abandonné à quelque être malfaisant; j'en excepte toujours Eldorado. Je n'ai guère vu de ville qui ne désirât la ruine de la ville voisine, point de famille qui ne voulût exterminer quelque autre famille. Partout les faibles ont en exécration les puissants devant lesquels ils rampent, et les puissants les traitent comme des troupeaux dont on vend la laine et la chair. Un million d'assassins enrégimentés, courant d'un bout de l'Europe à l'autre, exerce le meurtre et le brigandage avec discipline pour gagner son pain, parce qu'il n'a pas de métier plus honnête; et dans les villes qui paraissent jouir de la paix et où les arts fleurissent, les hommes sont dévorés de plus d'envie, de soins et d'inquiétudes qu'une ville assiégée n'éprouve de fléaux. Les chagrins secrets sont encore plus cruels que les misères publiques. En un mot, j'en ai tant vu, et tant éprouvé, que je suis manichéen.

Candide war jedoch Martin gegenüber im Vorteil, insofern er immer noch Kunigunde wiederzusehen hoffte, während Martin nichts zu hoffen hatte. Außerdem hatte er das Gold und die Diamanten. Mochte er auch hundert kräftige rote Hammel, beladen mit den größten Schätzen der Welt, verloren haben, mochte ihm auch der Schurkenstreich des holländischen Schiffseigners auf der Seele lasten – wenn er daran dachte, was er noch in seinen Taschen hatte, und wenn er, vor allem nach den Mahlzeiten, an Kunigunde dachte, neigte er doch zu Panglossens System.

»Aber Sie, Herr Martin«, sprach er zu dem Gelehrten, »was halten Sie von alldem? Wie denken Sie über das moralische und das physische Übel?« – »Meine Priester haben mich beschuldigt, ein Sozinianer zu sein«, sagte Martin, »in Wirklichkeit bin ich aber Manichäer.« – »Sie machen sich über mich lustig«, sagte Candide, »es gibt keine Manichäer mehr auf der Welt.« – »Mich gibt es«, sagte Martin, »und ich kann mir nicht helfen: Ich vermag nicht anders zu denken.« – »Sie müssen vom Teufel besessen sein«, sagte Candide. »Der Teufel mischt sich so sehr in die Angelegenheiten dieser Welt, daß ich auch wohl von ihm besessen sein mag, wenn er sich nicht sonstwo herumtreibt«, sagte Martin. »Auf jeden Fall muß ich sagen, wenn ich diese Erdkugel, vielmehr dieses Erdkügelchen betrachte, denke ich, Gott muß sie irgendeinem bösen Geist überlassen haben, Eldorado natürlich ausgenommen. Ich habe noch keine Stadt erlebt, die nicht den Ruin ihrer Nachbarstadt herbeisehnte, keine Familie, die nicht irgendeine andere vertilgen wollte. Überall verabscheuen die Schwachen die Mächtigen, vor denen sie kriechen, und die Mächtigen behandeln sie wie das Vieh, dessen Wolle oder Fleisch man verkauft. Eine Million Mörder in Uniform durchqueren eilig Europa von einem Ende zum andern, morden und plündern in disziplinierter Form, um damit ihr Brot zu verdienen, weil sie keinen anständigeren Beruf haben. Und in den Städten, die im Frieden zu leben scheinen und wo die Künste in Blüte stehen, plagt die Menschen mehr Neid, Sorge und Unrast, als sie an Plagen erdulden müssen, wenn die Stadt belagert wird. Die heimlichen Leiden sind noch schlimmer als das Leid, das offen zutage tritt. Mit *einem* Wort, ich habe so viel gesehen und so viel erlitten, daß ich Manichäer geworden bin.«

Il y a pourtant du bon, répliquait Candide. Cela peut être, disait Martin; mais je ne le connais pas.

Au milieu de cette dispute, on entendit un bruit de canon. Le bruit redouble de moment en moment. Chacun prend sa lunette. On aperçoit deux vaisseaux qui combattaient à la distance d'environt trois milles. Le vent les amena l'un et l'autre si près du vaisseau français, qu'on eut le plaisir de voir le combat tout à son aise. Enfin, l'un des deux vaisseaux lâcha à l'autre une bordée si bas et si juste, qu'il le coula à fond. Candide et Martin aperçurent distinctement une centaine d'hommes sur le tillac du vaisseau qui s'enfonçait; ils levaient tous les mains au ciel, et jetaient des clameurs effroyables; en un moment tout fut englouti.

Eh bien, dit Martin, voilà comme les hommes se traitent les uns les autres. Il est vrai, dit Candide, qu'il y a quelque chose de diabolique dans cette affaire. En parlant ainsi il aperçut je ne sais quoi d'un rouge éclatant qui nageait auprès de son vaisseau. On détacha la chaloupe pour voir ce que ce pouvait être, c'était un de ses moutons. Candide eut plus de joie de retrouver ce mouton, qu'il n'avait été affligé d'en perdre cent tous chargés de gros diamants d'Eldorado.

Le capitaine français aperçut bientôt que le capitaine du vaisseau submergeant était espagnol, et que celui du vaisseau submergé était un pirate hollandais; c'était celui-là même qui avait volé Candide. Les richesses immenses dont ce scélérat s'était emparé furent ensevelies avec lui dans la mer, et il n'y eut qu'un mouton de sauvé. Vous voyez, dit Candide à Martin, que le crime est puni quelquefois; ce coquin de patron hollandais a eu le sort qu'il méritait. Oui, dit Martin; mais fallait-il que les passagers qui étaient sur son vaisseau, périssent aussi? Dieu a puni ce fripon, le diable a noyé les autres.

Cependant le vaisseau français et l'espagnol continuèrent leur route, et Candide continua ses conversations avec Martin. Ils disputèrent quinze jours de suite, et au bout de quinze jours ils étaient aussi avancés

»Es gibt aber doch auch Gutes«, entgegnete Candide. »Das mag sein«, sagte Martin, »aber ich kenne es nicht.«

Während sie so disputierten, hörte man Kanonendonner. Der Lärm verstärkt sich von einem Augenblick zum anderen. Jeder greift nach seinem Fernglas. In einer Entfernung von ungefähr drei Meilen waren zwei Schiffe zu sehen, die miteinander kämpften. Der Wind brachte sie beide so nahe an das französische Schiff heran, daß man das Vergnügen hatte, den Kampf bequem beobachten zu können. Schließlich feuerte das eine Schiff auf das andere eine so niedrige und gut gezielte Breitseite ab, daß dieses versank. Candide und Martin erblickten deutlich an die hundert Mann auf dem Deck des sinkenden Schiffes. Sie hoben die Arme gen Himmel und stießen schreckliche Schreie aus. Im Handumdrehen hatte die See alles verschlungen.

»Da sieht man es ja«, sagte Martin, »wie die Menschen miteinander umgehen!« – »Die Sache hat wahrhaftig etwas Teuflisches an sich«, meinte Candide. Als er das sagte, erblickte er etwas leuchtend Rotes, das sich schwimmend seinem Schiff näherte. Ein Beiboot wurde losgeschickt, um zu sehen, was es war: Es war einer seiner Hammel! Candide empfand mehr Freude über den wiedergefundenen Hammel, als er über den Verlust von hundert mit großen Eldorado-Diamanten beladenen Tieren Trauer empfunden hätte.

Der französische Kapitän bekam bald heraus, daß der Kapitän des siegreichen Schiffes Spanier war, derjenige des versenkten Schiffes ein holländischer Seeräuber; es war eben der, der Candide bestohlen hatte. Die unermeßlichen Reichtümer, deren dieser Gauner sich bemächtigt hatte, waren mit ihm ins Meer versunken; nur ein Hammel hatte sich retten können. »Da sehen Sie es«, sprach Candide zu Martin, »das Verbrechen wird manchmal bestraft. Diesen Schuft von einem holländischen Schiffseigner hat das Los ereilt, das er verdiente.« – »Schön«, sagte Martin, »aber mußten die Passagiere, die auf seinem Schiff waren, mit zugrunde gehen? Gott hat den Spitzbuben bestraft, aber der Teufel hat die anderen ertrinken lassen.«

Unterdessen setzten das französische und das spanische Schiff ihre Fahrt fort, und Candide unterhielt sich weiter mit Martin. Sie disputierten vierzehn Tage lang, und nach diesen vierzehn Tagen waren sie geque le premier. Mais enfin ils parlaient, ils se communiquaient des idées, ils se consolaient. Candide caressait son mouton. Puisque je t'ai retrouvé, dit-il, je pourrai bien retrouver Cunégonde.

CHAPITRE VINGT-UNIÈME

Candide et Martin approchent des côtes de France et raisonnent

On aperçut enfin les côtes de France. Avez-vous jamais été en France, monsieur Martin? dit Candide. Oui, dit Martin, j'ai parcouru plusieurs provinces. Il y en a où la moitié des habitants est folle, quelques-unes où l'on est trop rusé, d'autres où l'on est communément assez doux, et assez bête; d'autres où l'on fait le bel esprit; et dans toutes la principale occupation est l'amour, la seconde de médire, et la troisième de dire des sottises. Mais, monsieur Martin, avez-vous vu Paris? Oui, j'ai vu Paris; il tient de toutes ces espèces-là; c'est un chaos, c'est une presse dans laquelle tout le monde cherche le plaisir, et où presque personne ne le trouve, du moins à ce qu'il m'a paru. J'y ai séjourné peu; j'y fus volé en arrivant de tout ce que j'avais par des filous à la foire St. Germain. On me prit moi-même pour un voleur, et je fus huit jours en prison; après quoi je me fis correcteur d'imprimerie pour gagner de quoi retourner à pied en Hollande. Je connus la canaille écrivante, la canaille cabalante, et la canaille convulsionnaire. On dit qu'il y a des gens fort polis dans cette ville-là, je le veux croire.

Pour moi, je n'ai nulle curiosité de voir la France, dit Candide; vous devinez aisément que quand on a passé un mois dans Eldorado, on ne se soucie plus de rien voir sur la terre, que mademoiselle Cunégonde; je vais l'attendre à Venise; nous traverserons la France pour aller en Italie;

nauso weit wie am ersten Tag. Aber sie sprachen miteinander, sie tauschten ihre Gedanken aus, sie trösteten einander. Candide streichelte seinen Hammel. »Dich habe ich wiedergefunden«, sagte er, »warum sollte ich nicht auch Kunigunde wiederfinden?«

EINUNDZWANZIGSTES KAPITEL

Candide und Martin nähern sich der französischen Küste und unterhalten sich

Endlich kam die Küste Frankreichs in Sicht. »Sind Sie je in Frankreich gewesen, Herr Martin?« fragte Candide. »Ja«, sagte Martin, »ich bin durch mehrere Provinzen gereist. In einigen ist die Hälfte der Bevölkerung närrisch, in anderen ist man zu schlau, in einigen sind die Leute recht sanftmütig und recht dumm, in anderen gibt man sich schöngeistig, aber überall ist die Liebe die Hauptbeschäftigung, die nächste die üble Nachrede und die dritte der Klatsch.« – »Aber, Herr Martin, haben Sie Paris gesehen?« – »Ja, ich habe Paris gesehen, da betreibt man alle drei, es ist ein Chaos, ein Gedränge, in dem jedermann sein Vergnügen sucht und fast keiner es findet, zumindest ist es mir so vorgekommen. Ich bin nicht lange da geblieben; bei meiner Ankunft schon wurde ich von Halunken auf dem Markt von Saint-Germain gänzlich ausgeraubt. Man hielt mich auch für einen Dieb und sperrte mich acht Tage lang ins Gefängnis. Dann verdingte ich mich als Korrektor in einer Druckerei, um Geld für meine Rückkehr nach Holland zu verdienen, wo ich zu Fuß anlangte. Ich habe das schreibende Gesindel, das intrigierende Gesindel und das fanatisierte Gesindel kennengelernt. Es wird behauptet, es gebe sehr höfliche Leute in dieser Stadt; ich will es gern glauben.«

»Was mich angeht«, sagte Candide, »so bin ich nicht darauf erpicht, Frankreich zu sehen. Sie können sich denken, daß nichts auf Erden einen noch sonderlich interessiert, wenn man einen Monat in Eldorado zugebracht hat, außer Fräulein Kunigunde. Ich will in Venedig auf sie warten. Wir wollen Frankreich durchqueren, um nach Italien zu gelanne m'accompagnerez-vous pas? Très volontiers, dit Martin; on dit que Venise n'est bonne que pour les nobles Vénitiens, mais que cependant on y reçoit très bien les étrangers quand ils ont beaucoup d'argent; je n'en ai point; vous en avez, je vous suivrai partout. A propos, dit Candide, pensez-vous que la terre ait été originairement une mer, comme on l'assure dans ce gros livre qui appartient au capitaine du vaisseau? Je n'en crois rien du tout, dit Martin, non plus que de toutes les rêveries qu'on nous débite depuis quelque temps. Mais à quelle fin ce monde a-t-il donc été formé? dit Candide. Pour nous faire enrager, répondit Martin. N'êtes-vous pas bien étonné, continua Candide, de l'amour que ces deux filles du pays des Oreillons avaient pour ces deux singes, et dont je vous ai conté l'aventure? Point du tout, dit Martin, je ne vois pas ce que cette passion a d'étrange; j'ai tant vu de choses extraordinaires, qu'il n'y a plus rien d'extraordinaire. Croyez-vous, dit Candide, que les hommes se soient toujours mutuellement massacrés, comme ils font aujourd'hui? qu'ils aient toujours été menteurs, fourbes, perfides, ingrats, brigants, faibles, volages, lâches, envieux, gourmands, ivrognes, avares, ambitieux, sanguinaires, calomniateurs, débauchés, fanatiques, hypocrites et sots? Croyez-vous, dit Martin, que les éperviers aient toujours mangé des pigeons quand ils en ont trouvé? Oui sans doute, dit Candide. Eh bien, dit Martin, si les éperviers ont toujours eu le même caractère, pourquoi voulez-vous que les hommes aient changé le leur? – Oh! dit Candide, il y a bien de la différence, car le libre arbitre... En raisonnant ainsi ils arrivèrent à Bordeaux.

CHAPITRE VINGT-DEUXIÈME

Ce qui arriva en France à Candide et à Martin

Candide ne s'arrêta dans Bordeaux qu'autant de temps qu'il en fallait pour vendre quelques cailloux du Dorado, et pour s'accommoder d'une bonne chaise à deux places; car il ne pouvait plus se passer de son philogen; wollen Sie mich begleiten?« – »Sehr gern«, sagte Martin, »in Venedig führen zwar nur noch die adligen Venezianer ein angenehmes Leben, heißt es, aber wenn sie viel Geld haben, nimmt man die Ausländer dort mit offenen Armen auf. Ich habe keines, Sie haben welches: Ich folge Ihnen überallhin.« – »A propos«, sagte Candide, »glauben Sie, daß die Erde ursprünglich ein Meer gewesen ist, wie es in dem dicken Buch stand, das dem Kapitän des Schiffes gehörte?« – »Das glaube ich genauso wenig wie all die Hirngespinste, die man uns seit einiger Zeit vorsetzt«, sagte Martin. – »Aber zu welchem Zweck ist denn die Welt geschaffen worden?« – »Um uns in Wut zu versetzen«, antwortete Martin. »Wundern Sie sich nicht über die Liebe der beiden Mädchen zu zwei Affen im Land der Löffelohren, von der ich Ihnen erzählt habe?« fuhr Candide fort. »Keineswegs«, sagte Martin, »was sollte an dieser Liebe verwunderlich sein? Ich habe so viel Absonderliches erlebt, daß es nichts Absonderliches mehr für mich gibt.« – »Glauben Sie«, sagte Candide, »daß die Menschen sich immer schon gegenseitig massakriert haben, wie sie es heutzutage tun? Daß sie immer schon Lügner, Betrüger, Gauner, Undankbare, Räuber, Schwächlinge, Wankelmütige, Feiglinge, Neider, Fresser, Säufer, Geizige, Streber, Blutrünstige, Verleumder, Wüstlinge, Fanatiker, Scheinheilige und Narren waren?« – »Glauben Sie«, sagte Martin, »daß die Sperber immer schon Tauben gefressen haben, wenn sie welche erwischten?« – »Zweifellos«, sagte Candide. Da sagte Martin: »Also wenn die Sperber ihr Wesen nicht verändert haben, warum sollten es dann die Menschen?« – »Oh«, sagte Candide, »da gibt es doch Unterschiede, denn der freie Wille...« Bei dieser Unterhaltung kamen sie nach Bordeaux.

ZWEIUNDZWANZIGSTES KAPITEL

Was Candide und Martin in Frankreich zustieß

Candide hielt sich nur so lange in Bordeaux auf, wie er brauchte, um ein paar Dorado-Steine zu verkaufen und sich eine gute Kutsche mit zwei Plätzen zu besorgen, denn er wollte sich von Martin, dem Philosophen, sophe Martin; il fut seulement très fâché de se séparer de son mouton, qu'il laissa à l'Académie des sciences de Bordeaux, laquelle proposa pour le sujet du prix de cette année, de trouver pourquoi la laine de ce mouton était rouge; et le prix fut adjugé à un savant du Nord, qui démontra par A plus B, moins C, divisé par Z, que le mouton devait être rouge, et mourir de la clavelée.

Cependant, tous les voyageurs que Candide rencontra dans les cabarets de la route lui disaient: Nous allons à Paris. Cet empressement général lui donna enfin l'envie de voir cette capitale; ce n'était pas beaucoup se détourner du chemin de Venise.

Il entra par le faubourg St. Marceau, et crut être dans le plus vilain village de la Vestphalie.

A peine Candide fut-il dans son auberge qu'il fut attaqué d'une maladie légère causée par ses fatigues. Comme il avait au doigt un diamant énorme, et qu'on avait aperçu dans son équipage une cassette prodigieusement pesante, il eut aussitôt auprès de lui deux médecins qu'il n'avait pas mandés, quelques amis intimes qui ne le quittèrent pas, et deux dévotes qui faisaient chauffer ses bouillons. Martin disait: Je me souviens d'avoir été malade aussi à Paris dans mon premier voyage; j'étais fort pauvre; aussi n'eus-je ni amis, ni dévotes, ni médecins, et je guéris.

Cependant, à force de médecines et de saignées, la maladie de Candide devint sérieuse. Un habitué du quartier vint avec douceur lui demander un billet payable au porteur pour l'autre monde. Candide n'en voulut rien faire; les dévotes l'assurèrent que c'était une nouvelle mode. Candide répondit qu'il n'était point homme à la mode. Martin voulut jeter l'habitué par les fenêtres. Le clerc jura qu'on n'enterrerait point Candide. Martin jura qu'il enterrerait le clerc s'il continuait à les importuner. La querelle s'échauffa, Martin le prit par les épaules et le chassa rudement; ce qui causa un grand scandale dont on fit un procès-verbal.

Candide guérit: et pendant sa convalescence il eut très bonne companicht trennen. Nur seinen Hammel mußte er dalassen, und das verdroß ihn sehr. Er vermachte ihn der Akademie der Wissenschaften zu Bordeaux, die als Jahrespreisfrage vorschlug, herauszufinden, warum der Hammel rote Wolle hatte. Den ersten Preis bekam ein Gelehrter aus dem Norden, der durch A plus B minus C, geteilt durch Z, bewies, der Hammel *müsse* rot sein und er werde an der Maul- und Klauenseuche eingehen.

Alle Reisenden, die Candide unterwegs in den Gasthöfen antraf, sagten: »Wir wollen nach Paris!« Dieser allgemeine Drang machte ihn schließlich doch neugierig auf die Hauptstadt. Sie lag ja nicht weit ab vom Weg nach Venedig.

Er gelangte über den Faubourg Saint-Marceau nach Paris und glaubte sich in einem der dreckigsten Nester Westfalens.

Kaum war er in seiner Herberge, als er infolge von Übermüdung von einem leichten Unwohlsein befallen wurde. Da er einen riesigen Diamanten am Finger trug und es aufgefallen war, daß sich in seinem Reisegepäck eine außergewöhnlich schwere Kassette befand, tauchten sogleich zwei Ärzte bei ihm auf, die keiner bestellt hatte, dazu mehrere beste Freunde, die ihm nicht von der Seite wichen, und zwei Betschwestern, die ihm seine Suppe aufwärmten. Martin sagte: »Ich erinnere mich, bei meiner ersten Reise auch in Paris erkrankt zu sein. Ich hatte gar kein Geld. Daher hatte ich auch weder Freunde noch Betschwestern noch Ärzte bei mir und war bald wieder gesund.«

Vor lauter Arzneien und Aderlässen wurde Candide ernsthaft krank. Ein Pfarrgehilfe des Viertels erschien und erbat sich mit sanfter Stimme einen Scheck für den Weg ins Jenseits, der auf den Überbringer ausgestellt wäre. Candide wollte davon nichts wissen. Die Betschwestern versicherten ihm, das sei jetzt der Brauch. Candide erklärte, ihn schere der Brauch nicht. Martin wollte den Pfarrgehilfen zum Fenster hinauswerfen. Der Geistliche schwor, man werde Candide nicht beerdigen. Martin schwor, er werde den Geistlichen beerdigen, wenn er sie nicht in Ruhe lasse. Die Gemüter erhitzten sich, Martin packte den Geistlichen bei den Schultern und schob ihn rüde zur Tür hinaus, was einen großen Skandal hervorrief und zu Protokoll genommen wurde.

Candide genas. Während seiner Rekonvaleszenz fand sich eine vorgnie à souper chez lui. On jouait gros jeu. Candide était tout étonné que jamais les as ne lui vinssent: et Martin ne s'en étonnait pas.

Parmi ceux qui lui faisaient les honneurs de la ville, il y avait un petit abbé périgourdin, l'un de ces gens empressés, toujours alertes, toujours serviables, effrontés, caressants, accommodants, qui guettent les étrangers à leur passage, leur content l'histoire scandaleuse de la ville, et leur offrent des plaisirs à tout prix. Celui-ci mena d'abord Candide et Martin à la comédie. On y jouait une tragédie nouvelle. Candide se trouva placé auprès de quelques beaux esprits. Cela ne l'empêcha pas de pleurer à des scènes jouées parfaitement. Un des raisonneurs qui étaient à ses côtés lui dit dans un entr'acte: Vous avez grand tort de pleurer, cette actrice est fort mauvaise, l'acteur qui joue avec elle est plus mauvais acteur encore, la pièce est encore plus mauvaise que les acteurs: l'auteur ne sait pas un mot d'arabe, et cependant la scène est en Arabie; et de plus, c'est un homme qui ne croit pas aux idées innées: je vous apporterai demain vingt brochures contre lui. Monsieur, combien avez-vous de pièces de théâtre en France? dit Candide à l'abbé; lequel répondit: Cinq ou six mille. C'est beaucoup, dit Candide; combien y en a-t-il de bonnes? Quinze ou seize, répliqua l'autre. C'est beaucoup, dit Martin.

Candide fut très content d'une actrice qui faisait la reine Elisabeth dans une assez plate tragédie que l'on joue quelquefois. Cette actrice, dit-il à Martin, me plaît beaucoup; elle a un faux air de mademoiselle Cunégonde; je serais bien aise de la saluer. L'abbé périgourdin s'offrit à l'introduire chez elle. Candide élevé en Allemagne demanda quelle était l'étiquette, et comment on traitait en France les reines d'Angleterre. Il faut distinguer, dit l'abbé; en province on les mène au cabaret, à Paris on les respecte quand elles sont belles, et on les jette à la voirie quand elles sont mortes. Des reines à la voirie! dit Candide. Oui vraiment, dit Martin; monsieur l'abbé a raison; j'étais à Paris quand mademoiselle Monime passa, comme on dit, de cette vie à l'autre; on lui refusa ce que ces nehme Gesellschaft zum Essen bei ihm ein. Es wurde hoch gespielt. Zu seinem Erstaunen bekam Candide nie ein As. Martin erstaunte das nicht.

Unter denen, die die Honneurs der Stadt machten, befand sich ein kleiner Abbé aus Périgord, einer jener geschäftigen, stets rührigen, stets dienstbereiten, unverschämten, schmeichlerischen und willfährigen Leute, die sich an die Fremden heranmachen, die in die Stadt kommen, ihnen die neuesten Skandalgeschichten erzählen und ihnen unbedingt Vergnügungen anbieten müssen. Er führte Candide und Martin ins Theater. Dort gab man eine neue Tragödie. Candide saß neben ein paar Schöngeistern. Trotzdem weinte er bei einigen gut gespielten Szenen. Einer der Klugschwätzer, die neben ihm saßen, sagte in der Pause zu ihm: »Sie tun nicht gut daran zu weinen, denn die Schauspielerin ist ganz schlecht, der Schauspieler, der mit ihr auftritt, ist noch schlechter, und das Stück ist erst recht schlecht. Der Autor kann kein Wort Arabisch, und doch spielt sein Stück in Arabien, außerdem glaubt er nicht an die eingeborenen Ideen. Morgen bringe ich Ihnen zwanzig Streitschriften gegen ihn.« – »Wie viele Theaterstücke gibt es in Frankreich?« fragte Candide den Abbé. Dieser antwortete: »Fünf- oder sechstausend.« – »Das ist viel«, sagte Candide. »Und wie viele davon sind gut?« – »Fünfzehn oder sechzehn«, antwortete der. »Das ist viel«, sprach Martin.

Candide war sehr angetan von einer Schauspielerin, die in einer ziemlich platten Tragödie, die gelegentlich aufgeführt wird, die Königin Elisabeth spielte. »Diese Schauspielerin gefällt mir sehr«, sagte er zu Martin, »sie erinnert mich beinahe an Fräulein Kunigunde, ich würde sie gern kennenlernen.« Der Abbé aus Périgord bot sich an, Candide bei ihr einzuführen. Da er in Deutschland erzogen war, erkundigte Candide sich nach der Etikette und wollte wissen, wie man in Frankreich die englischen Königinnen behandelte. »Je nachdem«, sagte der Abbé, »in der Provinz geht man ins Wirtshaus mit ihnen, in Paris huldigt man den Hübschen unter ihnen und wirft sie auf den Schindanger, wenn sie gestorben sind.« – »Königinnen auf den Schindanger!« rief Candide aus. »In der Tat«, sagte Martin, »der Abbé hat recht. Ich war in Paris, als Fräulein Monime aus diesem Leben in ein anderes überging, wie man so gens-ci appellent *les honneurs de la sépulture,* c'est-à-dire, de pourrir avec tous les gueux du quartier dans un vilain cimetière; elle fut enterrée toute seule de sa bande au coin de la rue de Bourgogne; ce qui dut lui faire une peine extrême, car elle pensait très noblement. Cela est bien impoli, dit Candide. Que voulez-vous? dit Martin; ces gens-ci sont ainsi faits. Imaginez toutes les contradictions, toutes les incompatibilités possibles, vous les verrez dans le gouvernement, dans les tribunaux, dans les églises, dans les spectacles de cette drôle de nation. Est-il vrai qu'on rit toujours à Paris? dit Candide. Oui, dit l'abbé, mais c'est en enrageant; car on s'y plaint de tout avec de grands éclats de rire, même on y fait en riant les actions les plus détestables.

Quel est, dit Candide, ce gros cochon qui me disait tant de mal de la pièce où j'ai tant pleuré, et des acteurs qui m'ont fait tant de plaisir? C'est un mal vivant, répondit l'abbé, qui gagne sa vie à dire du mal de toutes les pièces et de tous les livres; il hait quiconque réussit, comme les eunuques haïssent les jouissants; c'est un de ces serpents de la littérature, qui se nourrissent de fange et de venin; c'est un folliculaire. Qu'appelez-vous folliculaire? dit Candide. C'est, dit l'abbé, un faiseur de feuilles, un Fréron.

C'est ainsi que Candide, Martin et le Périgourdin raisonnaient sur l'escalier, en voyant défiler le monde au sortir de la pièce. Quoique je sois très empressé de revoir mademoiselle Cunégonde, dit Candide, je voudrais pourtant souper avec mademoiselle Clairon, car elle m'a paru admirable.

L'abbé n'était pas homme à approcher de mademoiselle Clairon, qui ne voyait que bonne compagnie. Elle est engagée pour ce soir, dit-il; mais j'aurai l'honneur de vous mener chez une dame de qualité, et là vous connaîtrez Paris comme si vous y aviez été quatre ans.

Candide, qui était naturellement curieux, se laissa mener chez la dame au fond du faubourg St. Honoré; on y était occupé d'un pharaon; douze tristes pontes tenaient chacun en main un petit livre de cartes, registre sagt. Ihr wurde verweigert, was die Leute hier ›ein ehrliches Begräbnis‹ nennen, das heißt, mit den Armen des Viertels in einem elenden Friedhof vermodern zu dürfen. Sie wurde ganz allein von ihrer Truppe an der Ecke der Rue de Bourgogne verscharrt, was ihr überaus schmerzlich gewesen sein dürfte, denn sie dachte sehr edel.« – »Ich finde das reichlich unhöflich«, sagte Candide. »Was wollen Sie«, sprach Martin, »so sind die Leute nun mal. Welche Widersprüche, welche Unvereinbarkeiten auch immer Sie sich ausdenken, Sie finden sie in der Regierung, bei den Gerichten, in den Kirchen und den Schauspielen dieser verrückten Nation.« – »Ist es wahr, daß man in Paris immerzu lacht?« fragte Candide. »Ja«, entgegnete der Abbé, »aber man lacht vor Zorn, denn hier beschwert man sich über alles mit lautem Lachen und begeht sogar lachend die abscheulichsten Untaten.«

»Wer ist das dicke Schwein«, fragte Candide, »das so viel Schlechtes über das Stück sagte, bei dem ich so sehr geweint habe, und über die Schauspieler, die ich so gut fand?« – »Das ist ein Unhold«, antwortete der Abbé, »der seinen Lebensunterhalt damit verdient, Schlechtes über alle Theaterstücke und alle Bücher zu sagen; er haßt die Erfolgreichen, wie die Eunuchen die Liebenden hassen, er ist eine Literaturviper, die sich von Kot und Gift ernährt, er ist ein Journalist.« – »Was ist das, ein Journalist?« fragte Candide. »Das heißt: ein Zeitungsschreiber, ein Fréron«, antwortete der Abbé.

So unterhielten sich Candide, Martin und der Abbé aus Périgord auf der Treppe, indes sie die Leute, die aus dem Theater kamen, an sich vorbeigehen ließen. »Obgleich ich es sehr eilig habe, Fräulein Kunigunde wiederzusehen«, sagte Candide, »würde ich doch gern mit Fräulein Clairon zu Abend essen; sie erschien mir bewundernswert.«

Der Abbé konnte zu Fräulein Clairon keinen Zutritt verschaffen, denn sie verkehrte nur in der besseren Gesellschaft. »Heute abend ist sie nicht frei«, sagte er, »aber ich werde die Ehre haben, Sie zu einer Dame von Stand zu bringen, wo Sie Paris so gut kennenlernen werden, als ob Sie schon vier Jahre da wären.«

Candide, der von Natur aus neugierig war, ließ sich zu der Dame im hinteren Faubourg Saint-Honoré bringen. Dort spielte man Pharao. Zwölf trübsinnige Spieler hielten jeder ein Bündel Karten, das eselscornu de leurs infortunes. Un profond silence régnait, la pâleur était sur le front des pontes, l'inquiétude sur celui du banquier, et la dame du logis assise auprès de ce banquier impitoyable, remarquait avec des yeux de lynx tous les parolis, tous les sept-et-le-va de campagne, dont chaque joueur cornait ses cartes; elle les faisait décorner avec une attention sévère, mais polie, et ne se fâchait point, de peur de perdre ses pratiques: la dame se faisait appeler la marquise de Parolignac. Sa fille âgée de quinze ans était au nombre des pontes, et avertissait d'un clin d'œil des friponneries de ces pauvres gens, qui tâchaient de réparer les cruautés du sort. L'abbé périgourdin, Candide et Martin entrèrent; personne ne se leva, ni les salua, ni les regarda; tous étaient profondément occupés de leurs cartes. Madame la baronne de Thunder-ten-tronckh était plus civile, dit Candide.

Cependant, l'abbé s'approcha de l'oreille de la marquise, qui se leva à moitié, honora Candide d'un sourire gracieux, et Martin d'un air de tête tout à fait noble; elle fit donner un siège et un jeu de cartes à Candide, qui perdit cinquante mille francs en deux tailles: après quoi on soupa très gaiement, et tout le monde était étonné que Candide ne fût pas ému de sa perte; les laquais disaient entre eux, dans leur langage de laquais: Il faut que ce soit quelque milord anglais.

Le souper fut comme la plupart des soupers de Paris; d'abord du silence, ensuite un bruit de paroles qu'on ne distingue point, puis des plaisanteries dont la plupart sont insipides, de fausses nouvelles, de mauvais raisonnements, un peu de politique et beaucoup de médisance; on parla même de livres nouveaux. Avez-vous vu, dit l'abbé périgourdin, le roman du sieur Gauchat docteur en théologie? Oui, répondit un des convives, mais je n'ai pu l'achever. Nous avons une foule d'écrits impertinents; mais tous ensemble n'approchent pas de l'impertinence de Gauchat docteur en théologie; je suis si rassasié de cette immensité de détestables livres qui nous inondent, que je me suis mis à ponter au pharaon.

ohrige Register ihrer Mißgeschicke, in der Hand. Tiefes Schweigen herrschte, Blässe stand auf den Gesichtern der Spieler, Unruhe auf dem des Bankhalters geschrieben. Die Dame des Hauses, die neben dem unerbittlichen Bankhalter saß, verfolgte mit Luchsaugen jedes Paroli und jeden Mehrfachgewinn, den die Spieler ankündigten, indem sie ihre Karten mit zwei Eselsohren versahen. Aufmerksam und streng ließ sie die Eselsohren wieder entfernen, sie blieb jedoch höflich und ärgerte sich nicht, weil sie ihre Kundschaft nicht verlieren wollte. Man nannte sie die Marquise von Parolignac. Ihre fünfzehnjährige Tochter saß unter den Spielern und verriet mit einem Augenzwinkern die Tricks der armen Leute, die damit der Grausamkeit ihres Schicksals zu entrinnen hofften. Der Abbé aus Périgord, Candide und Martin betraten den Saal. Niemand stand auf, niemand begrüßte sie, niemand sah sie, alle waren in das Kartenspiel vertieft. »Die Frau Baronin von Thunder-ten-tronckh war höflicher«, sagte Candide.

Unterdessen beugte sich der Abbé zum Ohr der Marquise hinab, die sich halb vom Stuhl erhob, Candide mit einem liebenswürdigen Lächeln und Martin mit einer ganz und gar noblen Kopfbewegung beehrte. Sie ließ Candide einen Sessel und ein Spiel Karten bringen, und dieser verlor in zwei Partien fünfzigtausend Franken. Darauf speiste man sehr fröhlich, und alle waren erstaunt, daß der Verlust Candide nichts ausmachte. Die Lakaien sagten in der Lakaiensprache zueinander: »Das muß irgend so ein englischer Lord sein!«

Das Abendessen verlief wie die meisten Abendessen in Paris: Erst herrscht Schweigen, dann ein lärmendes Gerede, daß man sein eigenes Wort nicht versteht, dann folgen Witze, die meisten fade, dann falsche Nachrichten, falsche Urteile, ein bißchen Politik und viel üble Nachrede. Es wurde sogar von neuen Büchern gesprochen. »Haben Sie den Roman des Herrn Gauchat gelesen?« fragte der Abbé aus Périgord. »Er ist Doktor der Theologie.« – »Ja«, sagte einer der Gäste, »aber ich bin nicht zu Ende gekommen damit. Es gibt eine Fülle abgeschmackter Schriften bei uns zu Lande, aber sie reichen alle zusammen nicht an die Abgeschmacktheit dieses Gauchat heran, der Doktor der Theologie ist. Ich habe die Flut widerwärtiger Bücher dermaßen satt, die uns überschwemmt, daß ich mich dem Pharaospiel zugewandt habe.« – »Und die

Et les Mélanges de l'archidiacre T... qu'en dites-vous? dit l'abbé. Ah! dit madame de Parolignac, l'ennuyeux mortel! comme il vous dit curieusement tout ce que le monde sait! comme il discute pesamment ce qui ne vaut pas la peine d'être remarqué légèrement! comme il s'approprie sans esprit l'esprit des autres! comme il gâte ce qu'il pille! comme il me dégoûte! mais il ne me dégoûtera plus; c'est assez d'avoir lu quelques pages de l'archidiacre.

Il y avait à table un homme savant et de goût, qui appuya ce que disait la marquise. On parla ensuite de tragédies; la dame demanda pourquoi il y avait des tragédies qu'on jouait quelquefois, et qu'on ne pouvait lire? L'homme de goût expliqua très bien comment une pièce pouvait avoir quelque intérêt, et n'avoir presque aucun mérite; il prouva en peu de mots que ce n'était pas assez d'amener une ou deux de ces situations qu'on trouve dans tous les romans, et qui séduisent toujours les spectateurs, mais qu'il faut être neuf sans être bizarre, souvent sublime, et toujours naturel, connaître le cœur humain et le faire parler, être grand poète, sans que jamais aucun personnage de la pièce paraisse poète; savoir parfaitement sa langue, la parler avec pureté, avec une harmonie continue, sans que jamais la rime coûte rien au sens. Quiconque, ajouta-t-il, n'observe pas toutes ces règles, peut faire une ou deux tragédies applaudies au théâtre; mais il ne sera jamais compté au rang des bons écrivains; il y a très peu de bonnes tragédies; les unes sont des idylles en dialogues bien écrits et bien rimés, les autres des raisonnements politiques qui endorment, ou des amplifications qui rebutent; les autres, des rêves, d'énergumène, en style barbare, des propos interrompus, de longues apostrophes aux dieux, parce qu'on ne sait point parler aux hommes, des maximes fausses, des lieux communs ampoulés.

Candide écouta ce propos avec attention, et conçut une grande idée du discoureur; et comme la marquise avait eu soin de le placer à côté d'elle, il s'approcha de son oreille, et prit la liberté de lui demander qui était cet homme qui parlait si bien? C'est un savant, dit la dame, qui ne vermischten Schriften des Archidiakons T..., was sagen Sie dazu?« – »O dieser Erzlangweiler!« sagte Frau von Parolignac. »Wie penibel er ausführt, was jedermann weiß! Wie schwerfällig er alles darlegt, was nicht einmal wert ist, leichthin gesagt zu werden! Wie geistlos er sich den Geist der anderen zulegt! Wie er verdirbt, was er sich zusammenstiehlt! Wie er mich abstößt! Aber ich will mich nicht weiter von ihm abstoßen lassen: Mehr als ein paar Seiten von diesem Archidiakon braucht man nicht gelesen zu haben.«

Ein Mann von Wissen und Geschmack, der auch bei Tisch saß, stimmte den Worten der Marquise zu. Dann kam die Rede auf Tragödien. Die Dame des Hauses fragte, warum es Tragödien gebe, die manchmal gespielt würden, aber unlesbar seien. Der Mann von Geschmack erläuterte vortrefflich, daß ein Stück einigermaßen spannend, aber doch fast wertlos sein könne; in wenigen Worten erklärte er, daß es nicht ausreiche, ein oder zwei typische Romansituationen auf die Bühne zu bringen, die die Zuschauer entzücken, sondern daß man Neues bringen müsse, ohne abwegig zu sein, daß man oft erhaben und immer natürlich sein, das Menschenherz kennen und es sprechen lassen und ein großer Dichter sein müsse, ohne die Personen wie Dichter reden zu lassen, daß man seine Sprache vollkommen beherrschen und sie unverfälscht und immer wohlklingend zu handhaben wissen und Reime bilden können müsse, die dem Sinn nicht abträglich seien. »Wer all diese Regeln nicht beachtet«, fügte er hinzu, »der kann ein oder zwei Tragödien zustande bringen, denen Beifall gespendet wird, aber zu den wirklich guten Schriftstellern wird man ihn nicht zählen. Es gibt nur ganz wenige gute Tragödien. Die einen sind dialogisierte, gut geschriebene und gereimte Idyllen, die anderen einschläfernde politische Auslassungen oder widerwärtige Weitschweifigkeiten, wieder andere Traumvisionen von Besessenen in barbarischem Stil, stockendes Gerede, lange Götteranrufungen, weil man zu Menschen nicht zu reden versteht, falsche Maximen und schwülstige Gemeinplätze.«

Candide hörte diesen Worten aufmerksam zu und war tief beeindruckt von dem Redner. Da die Marquise ihn mit Bedacht neben sich gesetzt hatte, beugte er sich zu ihr und nahm sich die Freiheit, sie leise zu fragen, wer der Mann sei, der so gewandt zu reden wisse? »Das ist ein ponte point, et que l'abbé m'amène quelquefois à souper; il se connaît parfaitement en tragédies et en livres, et il a fait une tragédie sifflée, et un livre dont on n'a jamais vu hors de la boutique de son libraire qu'un exemplaire qu'il m'a dédié. Le grand homme! dit Candide, c'est un autre Pangloss.

Alors se tournant vers lui, il lui dit: Monsieur, vous pensez sans doute que tout est au mieux dans le monde physique, et dans le moral, et que rien ne pouvait être autrement? Moi, monsieur, lui répondit le savant, je ne pense rien de tout cela; je trouve que tout va de travers chez nous, que personne ne sait ni quel est son rang, ni quelle est sa charge, ni ce qu'il fait, ni ce qu'il doit faire, et qu'excepté le souper qui est assez gai, et où il paraît assez d'union, tout le reste du temps se passe en querelles impertinentes; jansénistes contre molinistes, gens du parlement contre gens d'église, gens de lettres contre gens de lettres, courtisans contre courtisans, financiers contre le peuple, femmes contre maris, parents contre parents; c'est une guerre éternelle.

Candide lui répliqua: J'ai vu pis; mais un sage, qui depuis a eu le malheur d'être pendu, m'apprit que tout cela est à merveille; ce sont des ombres à un beau tableau. Votre pendu se moquait du monde, dit Martin; vos ombres sont des taches horribles. Ce sont les hommes qui font les taches, dit Candide, et ils ne peuvent pas s'en dispenser. Ce n'est donc pas leur faute, dit Martin. La plupart des pontes, qui n'entendaient rien à ce langage, buvaient; et Martin raisonna avec le savant, et Candide raconta une partie de ses aventures à la dame du logis.

Après souper, la marquise mena Candide dans son cabinet, et le fit asseoir sur un canapé. Eh bien, lui dit-elle, vous aimez donc toujours éperdument mademoiselle Cunégonde de Thunder-ten-tronckh! Oui, madame, répondit Candide. La marquise lui répliqua avec un souris tendre: Vous me répondez comme un jeune homme de Vestphalie; un Français m'aurait dit: Il est vrai que j'ai aimé mademoiselle Cunégonde: mais en vous voyant, madame, je crains de ne la plus aimer. Hélas! madame, dit

Gelehrter«, sagte die Dame, »der nicht Karten spielt und den der Abbé gelegentlich zum Abendessen mitbringt. Er kennt sich in Tragödien und Büchern bestens aus. Er hat eine Tragödie geschrieben, die ausgepfiffen worden ist, und ein Buch, von dem nur das eine Exemplar den Buchladen verlassen hat, das er mir gewidmet hat.« – »Der große Mann!« sagte Candide. »Das ist ein zweiter Pangloß!«

Dann wandte er sich ihm zu und sagte: »Sie sind zweifellos der Meinung, daß in der physischen wie der geistigen Welt alles zum Besten steht und nichts anders sein kann, als es ist?« – »Ich, mein Herr, denke nichts dergleichen«, antwortete der Gelehrte, »ich finde, daß alles verquer geht bei uns, daß keiner weiß, wo er hingehört, was seine Aufgabe ist, was er tut oder zu tun hat, und daß, dieses Souper ausgenommen, bei dem es ganz fröhlich zugeht und man sich einigermaßen einig ist, wir alle unsere Zeit mit nichtigen Streitigkeiten zubringen, Jansenisten gegen Molinisten, Politiker gegen Kirchenmänner, Literaten gegen Literaten, Höflinge gegen Höflinge, Steuerbeamte gegen das Volk, Frauen gegen Männer, Verwandte gegen Verwandte: Es ist ein ewiger Krieg.«

Candide versetzte: »Ich habe Schlimmeres erlebt. Aber ein Weiser, der dann das Pech gehabt hat, gehenkt zu werden, hat mich gelehrt, all das sei zum Besten, es seien nur die Schatten eines Gemäldes.« – »Ihr Gehenkter machte sich über uns lustig«, sagte Martin, »Ihre Schatten sind gewaltige Flecken.« – »Die Menschen machen die Schatten«, sagte Candide, »sie können nicht anders.« – »Also sind sie nicht schuld!« sagte Martin. Die meisten Kartenspieler verstanden nichts von diesen Worten und tranken, Martin debattierte mit dem Gelehrten, und Candide erzählte der Dame des Hauses einen Teil seiner Abenteuer.

Nach dem Mahl geleitete die Dame Candide in ein Nebenzimmer und ließ ihn auf dem Sofa Platz nehmen. »Sie lieben also«, sagte sie, »noch immer aufs innigste Fräulein Kunigunde von Thunder-ten-tronckh?« – »Ja, gnädige Frau«, antwortete Candide. Mit einem zärtlichen Lächeln versetzte die Marquise: »Sie antworten mir wie ein junger Mann aus Westfalen. Ein Franzose hätte gesagt: ›Es ist wahr, ich habe Fräulein Kunigunde geliebt, aber jetzt, wo ich Sie sehe, gnädige Frau, fürchte ich, sie nicht mehr zu lieben.‹« – »Ach, gnädige Frau«, sagte Candide, »ich

Candide, je répondrai comme vous voudrez. Votre passion pour elle, dit la marquise, a commencé en ramassant son mouchoir, je veux que vous ramassiez ma jarretière. De tout mon cœur, dit Candide, et il la ramassa. Mais je veux que vous me la remettiez, dit la dame; et Candide la lui remit. Voyez-vous, dit la dame, vous êtes étranger; je fais quelquefois languir mes amants de Paris quinze jours, mais je me rends à vous dès la première nuit, parce qu'il faut faire les honneurs de son pays à un jeune homme de Vestphalie. La belle ayant aperçu deux énormes diamants aux deux mains de son jeune étranger, les loua de si bonne foi, que des doigts de Candide ils passèrent aux doigts de la marquise.

Candide, en s'en retournant avec son abbé périgourdin, sentit quelques remords d'avoir fait une infidélité à mademoiselle Cunégonde; monsieur l'abbé entra dans sa peine; il n'avait qu'une légère part aux cinquante mille livres perdues au jeu par Candide, et à la valeur des deux brillants moitié donnés, moitié extorqués. Son dessein était de profiter, autant qu'il le pourrait, des avantages que la connaissance de Candide pouvait lui procurer. Il lui parla beaucoup de Cunégonde; et Candide lui dit qu'il demanderait bien pardon à cette belle de son infidélité, quand il la verrait à Venise.

Le Périgourdin redoublait de politesses et d'attentions, et prenait un intérêt tendre à tout ce que Candide disait, à tout ce qu'il faisait, à tout ce qu'il voulait faire.

Vous avez donc, monsieur, lui dit-il, un rendez-vous à Venise? Oui, monsieur l'abbé, dit Candide; il faut absolument que j'aille trouver mademoiselle Cunégonde. Alors, engagé par le plaisir de parler de ce qu'il aimait, il conta selon son usage une partie de ses aventures avec cette illustre Vestphalienne.

Je crois, dit l'abbé, que mademoiselle Cunégonde a bien de l'esprit, et qu'elle écrit des lettres charmantes. Je n'en ai jamais reçu, dit Candide; car figurez-vous qu'ayant été chassé du château pour l'amour d'elle, je ne pus lui écrire, que bientôt après j'appris qu'elle était morte, qu'ensuite je la retrouvai, et que je la perdis, et que je lui ai ensage, was Sie wollen.« – »Ihre Leidenschaft für sie«, sprach die Marquise, »begann, als Sie ihr Taschentuch aufhoben. Ich möchte, daß Sie mein Strumpfband aufheben.« – »Von Herzen gern«, sagte Candide und hob es auf. »Aber ich möchte, daß Sie es wieder anbringen!« sagte die Dame, und Candide brachte es wieder an. »Sehen Sie«, sagte die Dame, »Sie sind ein Fremder. Ich lasse meine Pariser Verehrer manchmal vierzehn Tage schmachten, aber Ihnen ergebe ich mich gleich in der ersten Nacht, denn einem jungen Mann aus Westfalen muß man die Honneurs seines Landes machen.« Die Schöne hatte zwei riesige Diamanten an den Händen ihres jungen Fremden erblickt; sie pries sie dermaßen, daß sie von Candides Fingern auf die Finger der Marquise überwechselten.

Als Candide mit dem Abbé aus Périgord nach Hause zurückkehrte, empfand er Gewissensbisse, weil er Fräulein Kunigunde untreu geworden war. Der Abbé empfand sie mit. Er hatte nur einen geringen Anteil an den von Candide beim Spiel verlorenen fünfzigtausend Pfund und an dem Wert der halb geschenkten, halb geforderten Brillanten, und er hatte die Absicht, die Vorteile, die ihm die Bekanntschaft mit Candide bringen konnte, zu nutzen. Er sprach viel über Kunigunde mit ihm, und Candide sagte, er werde diese Schöne vielmals um Verzeihung bitten, wenn er in Venedig wieder mit ihr zusammentreffe.

Der Mann aus Périgord verdoppelte seine Höflichkeit und seine Artigkeiten. Er nahm herzlichen Anteil an allem, was Candide sagte, was er tat und tun wollte.

»Sie haben also ein Rendez-vous in Venedig?« – »Ja«, sagte Candide, »ich muß unbedingt Fräulein Kunigunde dort treffen.« Darauf erzählte er, verlockt von der Lust, über seine Liebe sprechen zu können, wie gewohnt einen Teil seiner Abenteuer mit der erlauchten Westfälin.

»Ich kann mir denken«, sagte der Abbé, »wie geistvoll Fräulein Kunigunde ist. Sie schreibt sicher reizende Briefe.« – »Ich habe nie welche von ihr erhalten«, sagte Candide, »denn, machen Sie sich das klar, ich hätte ihr erst schreiben können, nachdem ich wegen meiner Liebe zu ihr aus dem Schloß verjagt worden war und erfahren hatte, sie sei tot; dann habe ich sie wiedergefunden und wiederverloren und ihr zweitausendvoyé à deux mille cinq cents lieues d'ici un exprès dont j'attends la réponse.

L'abbé écoutait attentivement, et paraissait un peu rêveur. Il prit bientôt congé des deux étrangers, après les avoir tendrement embrassés. Le lendemain Candide reçut à son réveil une lettre conçue en ces termes.

‹Monsieur, mon très cher amant, il y a huit jours que je suis malade en cette ville; j'apprends que vous y êtes. Je volerais dans vos bras si je pouvais remuer. J'ai su votre passage à Bordeaux; j'y ai laissé le fidèle Cacambo et la vieille, qui doivent bientôt me suivre. Le gouverneur de Buenos-Aires a tout pris, mais il me reste votre cœur. Venez, votre présence me rendra la vie, ou me fera mourir de plaisir.›

Cette lettre charmante, cette lettre inespérée, transporta Candide d'une joie inexprimable; et la maladie de sa chère Cunégonde l'accabla de douleur. Partagé entre ces deux sentiments, il prend son or et ses diamants, et se fait conduire avec Martin à l'hôtel où mademoiselle Cunégonde demeurait. Il entre en tremblant d'émotion, son cœur palpite, sa voix sanglote; il veut ouvrir les rideaux du lit, il veut faire apporter de la lumière. Gardez-vous-en bien, lui dit la suivante, la lumière la tue; et soudain elle referme le rideau. Ma chère Cunégonde, dit Candide en pleurant, comment vous portez-vous? si vous ne pouvez me voir, parlez-moi du moins. Elle ne peut parler, dit la suivante. La dame alors tire du lit une main potelée que Candide arrose longtemps de ses larmes, et qu'il remplit ensuite de diamants, en laissant un sac plein d'or sur le fauteuil.

Au milieu de ses transports arrive un exempt suivi de l'abbé périgourdin et d'une escouade. Voilà donc, dit-il, ces deux étrangers suspects? Il les fait incontinent saisir, et ordonne à ses braves de les traîner en prison. Ce n'est pas ainsi qu'on traite les voyageurs dans le Dorado, dit Candide. Je suis plus manichéen que jamais, dit Martin. Mais, monsieur, où nous menez-vous? dit Candide. Dans un cul-de-basse-fosse, dit l'exempt.

fünfhundert Meilen von hier einen Eilbrief zugesandt, auf dessen Antwort ich noch warte.«

Der Abbé hörte aufmerksam zu und schien ein wenig nachzudenken. Er verabschiedete sich bald von den beiden Fremden, nachdem er sie zärtlich umarmt hatte. Am nächsten Morgen erhielt Candide, kaum war er erwacht, einen Brief folgenden Wortlauts:

»Mein von Herzen geliebter Herr, seit acht Tagen weile ich krank in dieser Stadt. Ich erfahre, daß Sie hier sind. Ich flöge in Ihre Arme, wenn ich mich rühren könnte. Ich habe von Ihrer Durchreise in Bordeaux erfahren und habe den treuen Cacambo und die Alte, die mir nachkommen sollen, dort zurückgelassen. Der Gouverneur von Buenos Aires hat mir alles genommen außer Ihrem Herzen. Kommen Sie: Wenn Sie da sind, lebe ich wieder, oder ich finde vor Freude den Tod.«

Dieser bezaubernde, unverhoffte Brief erfüllte Candide mit unsäglicher Freude, und die Krankheit seiner teuren Kunigunde bedrückte ihn schwer. Zwischen beiden Empfindungen hin- und hergerissen, nahm er sein Gold und seine Diamanten und ließ sich zum Hotel bringen, wo Fräulein Kunigunde wohnte. Er betritt es zitternd vor Erregung, sein Herz bebt, seine Stimme stockt, er will den Bettvorhang zurückziehen, er will Licht bringen lassen. »Hüten Sie sich, Licht zu machen«, sagt die Magd, »das Licht bringt sie um.« Und schon zieht sie den Vorhang wieder zu. »Meine teure Kunigunde«, spricht Candide unter Tränen, »wie geht es Ihnen? Wenn Sie mich nicht sehen können, sprechen Sie wenigstens mit mir!« – »Sprechen kann sie auch nicht«, sagt die Zofe. Da streckt die Dame eine mollige Hand durch den Vorhang, die Candide lange mit seinen Tränen benetzt und die er alsbald mit Diamanten anfüllt, denen er einen Sack voll Gold hinzufügt, den er auf dem Sessel niederlegt.

Mitten in diese Gefühlsausbrüche hinein platzt ein Büttel, gefolgt vom Abbé aus Périgord und einer Polizeieskorte. »Da sind also die beiden verdächtigen Fremden!« sagt er, läßt sie festnehmen und befiehlt seiner Eskorte, sie ins Gefängnis zu bringen. »So behandelt man in Eldorado die Fremden nicht!« sagte Candide. »Ich bin manichäischer denn je!« sagte Martin. »Aber wo bringen Sie uns hin?« fragte Candide. »In ein finsteres Loch«, sagte der Büttel.

Martin ayant repris son sang-froid, jugea que la dame qui se prétendait Cunégonde, était une friponne, monsieur l'abbé périgourdin un fripon qui avait abusé au plus vite de l'innocence de Candide, et l'exempt un autre fripon dont on pouvait aisément se débarrasser.

Plutôt que de s'exposer aux procédures de la justice, Candide éclairé par son conseil, et d'ailleurs toujours impatient de revoir la véritable Cunégonde, propose à l'exempt trois petits diamants d'environ trois mille pistoles chacun. Ah! monsieur, lui dit l'homme au bâton d'ivoire, eussiez-vous commis tous les crimes imaginables, vous êtes le plus honnête homme du monde; trois diamants! chacun de trois mille pistoles! Monsieur! je me ferais tuer pour vous, au lieu de vous mener dans un cachot. On arrête tous les étrangers, mais laissez-moi faire; j'ai un frère à Dieppe en Normandie, je vais vous y mener; et si vous avez quelque diamant à lui donner, il aura soin de vous comme moi-même. Et pourquoi arrête-t-on tous les étrangers? dit Candide. L'abbé périgourdin prit alors la parole, et dit: C'est parce qu'un gueux du pays d'Atrébatie a entendu dire des sottises, cela seul lui a fait commettre un parricide, non pas tel que celui de 1610 au mois de mai, mais tel que celui de 1594 au mois de décembre, et tel que plusieurs autres commis dans d'autres années et dans d'autres mois par d'autres gueux qui avaient entendu dire des sottises.

L'exempt alors expliqua de quoi il s'agissait. Ah les monstres! s'écria Candide; quoi! de telles horreurs chez un peuple qui danse et qui chante! ne pourrai-je sortir au plus vite de ce pays où des singes agacent des tigres? J'ai vu des ours dans mon pays; je n'ai vu des hommes que dans le Dorado. Au nom de Dieu, monsieur l'exempt, menez-moi à Venise, où je dois attendre mademoiselle Cunégonde. Je ne peux vous mener qu'en Basse-Normandie, dit le barigel. Aussitôt il lui fait ôter ses fers, dit qu'il s'est mépris, renvoie ses gens et emmène à Dieppe Candide et Martin, et les laisse entre les mains de son frère. Il y avait un petit vaisseau hollandais à la rade. Le Normand, à l'aide de trois autres diamants, devenu le plus serviable des hommes, embarque Candide et ses gens

Sobald Martin seine Kaltblütigkeit wiedergewonnen hatte, erkannte er, daß die angebliche Kunigunde eine Betrügerin und der Abbé aus Périgord ein Betrüger war, der sich Candides Naivität in aller Geschwindigkeit zunutze gemacht hatte, der Büttel hingegen ein Spitzbube, den man leicht loswerden konnte.

Von Martin aufgeklärt bietet Candide dem Büttel, um juristische Prozeduren zu vermeiden und voller Begier, die echte Kunigunde wiederzusehen, drei kleine Diamanten im Wert von je ungefähr dreitausend Pistolen an. »Mein Herr«, versetzte der Mann mit dem Elfenbeinstab, »selbst wenn Sie alle möglichen Verbrechen begangen hätten, wären Sie ein Ehrenmann: drei Diamanten, ein jeder dreitausend Pistolen wert! Mein Herr, ich ließe mich töten für Sie, anstatt Sie ins Gefängnis zu bringen. Hier werden alle Fremden verhaftet, aber lassen Sie mich nur machen, ich habe einen Bruder in Dieppe in der Normandie, zu dem bringe ich Sie. Und wenn ein paar Diamanten für ihn dabei abfallen, wird er sich Ihrer genauso annehmen wie ich.« – »Und warum verhaftet man alle Fremden?« fragte Candide. Da ergriff der Abbé aus Périgord das Wort und sagte: »Weil ein Lump aus Arras sich dummes Zeug hat aufschwatzen lassen und einen Attentatsversuch gemacht hat, nicht so wie 1610 im Monat Mai, sondern so wie 1594 im Dezember, und so wie in anderen Jahren und anderen Monaten andere Lumpenkerle es versucht haben, die sich ebenfalls dummes Zeug haben aufschwatzen lassen.«

Der Büttel erklärte, worum es ging. »O die Ungeheuer!« rief Candide aus. »Was? Solche Greuel bei einem Volk, das tanzt und singt! Könnte ich nicht schnellstens aus diesem Land herauskommen, wo Affen auf Tiger losgehen? Ich habe in meiner Heimat Bären gesehen, *Menschen* nur in Eldorado! Bringen Sie mich um Gottes willen nach Venedig, Herr Kommissar, dort muß ich auf Fräulein Kunigunde warten.« – »Ich kann Sie nur in die untere Normandie bringen«, sagte der Häscher. Und schon läßt er ihm seine Fesseln abnehmen, sagt, er habe sich getäuscht, schickt seine Leute nach Hause und Candide und Martin zu seinem Bruder nach Dieppe. Dort befand sich ein kleines holländisches Schiff auf Reede. Vermittelst dreier Diamanten zum dienstbarsten Geist geworden, bringt der Normanne Candide und die Seinen an Bord des dans le vaisseau qui allait faire voile pour Portsmouth en Angleterre. Ce n'était pas le chemin de Venise; mais Candide croyait être délivré de l'enfer, et il comptait bien reprendre la route de Venise à la première occasion.

CHAPITRE VINGT-TROISIÈME

Candide et Martin vont sur les côtes d'Angleterre; ce qu'ils y voient

Ah Pangloss! Pangloss! Ah Martin! Martin! Ah ma chère Cunégonde! qu'est-ce que ce monde-ci? disait Candide sur le vaisseau hollandais. Quelque chose de bien fou et de bien abominable, répondait Martin. Vous connaissez l'Angleterre, y est-on aussi fou qu'en France? C'est une autre espèce de folie, dit Martin; vous savez que ces deux nations sont en guerre pour quelques arpents de neige vers le Canada, et qu'elles dépensent pour cette belle guerre beaucoup plus que tout le Canada ne vaut. De vous dire précisément s'il y a plus de gens à lier dans un pays que dans un autre, c'est ce que mes faibles lumières ne me permettent pas. Je sais seulement qu'en général les gens que nous allons voir sont fort atrabilaires.

En causant ainsi ils abordèrent à Portsmouth; une multitude de peuple couvrait le rivage, et regardait attentivement un assez gros homme qui était à genoux, les yeux bandés, sur le tillac d'un des vaisseaux de la flotte; quatre soldats postés vis-à-vis de cet homme lui tirèrent chacun trois balles dans le crâne le plus paisiblement du monde, et toute l'assemblée s'en retourna extrêmement satisfaite. Qu'est-ce donc que tout ceci? dit Candide, et quel démon exerce partout son empire? Il demanda qui était ce gros homme qu'on venait de tuer en cérémonie? C'est un amiral, lui répondit-on. Et pourquoi tuer cet amiral? C'est, lui dit-on, parce qu'il n'a pas fait tuer assez de monde; il a livré un combat à un amiral français, et on a trouvé qu'il n'était pas assez près de lui. Mais, dit Can-

Schiffes, das zur Abfahrt nach Portsmouth in England bereit liegt. Das lag nicht auf dem Weg nach Venedig, aber Candide glaubte der Hölle entronnen zu sein, und er hoffte fest darauf, bei nächster Gelegenheit nach Venedig weiterreisen zu können.

DREIUNDZWANZIGSTES KAPITEL

Candide und Martin kommen an die englische Küste; was sie dort erleben

»Ach Pangloß, Pangloß! Ach Martin, Martin! Ach meine teure Kunigunde! Was ist das für eine Welt!« sprach Candide auf dem holländischen Schiff. »Verrückt ist sie und abscheulich«, meinte Martin. – »Sie kennen England: Ist man dort genauso verrückt wie in Frankreich?« – »Wieder auf andere Weise«, entgegnete Martin. »Sie wissen ja, daß die beiden Nationen sich wegen ein paar Morgen Schnee an der kanadischen Grenze in einem schönen Krieg befinden, für den sie mehr ausgeben, als ganz Kanada wert ist. Mein begrenztes Urteilsvermögen reicht nicht dazu aus zu entscheiden, ob es in einem Land mehr Leute gibt, die an die Kette gelegt gehörten, als in einem anderen. Ich weiß nur, daß die Menschen, zu denen wir jetzt gelangen, im allgemeinen griesgrämig sind.«

So sprachen sie und landeten in Portsmouth. Eine Menge Volks hatte sich am Ufer versammelt und blickte aufmerksam auf einen ziemlich dicken Mann, der mit verbundenen Augen auf der Kommandobrücke eines Kriegsschiffes kniete. Vier Soldaten waren ihm gegenüber postiert, jeder von ihnen schoß ihm in aller Seelenruhe drei Kugeln in den Kopf, und die Volksmenge verlief sich voller Zufriedenheit. »Was ist das nun wieder?« fragte Candide. »Welcher Teufel regiert die Welt allerorten?« Er erkundigte sich nach dem dicken Mann, den man so feierlich erschossen hatte. »Das ist ein Admiral«, bekam er zur Antwort. – »Und warum hat man ihn erschossen?« – »Weil er nicht genügend andere erschossen hat«, hieß es. »Er hat einem französischen Admiral eine Schlacht geliefert, und man fand, er sei ihm nicht nahe genug auf den dide, l'amiral français était aussi loin de l'amiral anglais que celui-ci l'était de l'autre? Cela est incontestable, lui répliqua-t-on. Mais dans ce pays-ci il est bon de tuer de temps en temps un amiral pour encourager les autres.

Candide fut si étourdi et si choqué de ce qu'il voyait, et de ce qu'il entendait, qu'il ne voulut pas seulement mettre pied à terre, et qu'il fit son marché avec le patron hollandais (dût-il le voler comme celui de Surinam) pour le conduire sans délai à Venise.

Le patron fut prêt au bout de deux jours. On côtoya la France. On passa à la vue de Lisbonne, et Candide frémit. On entra dans le détroit, et dans la Méditerranée. Enfin on aborda à Venise. Dieu soit loué, dit Candide, en embrassant Martin, c'est ici que je reverrai la belle Cunégonde. Je compte sur Cacambo comme sur moi-même. Tout est bien, tout va bien, tout va le mieux qu'il soit possible.

CHAPITRE VINGT-QUATRIÈME

De Paquette, et de frère Giroflée

Dès qu'il fut à Venise, il fit chercher Cacambo dans tous les cabarets, dans tous les cafés, chez toutes les filles de joie, et ne le trouva point. Il envoyait tous les jours à la découverte de tous les vaisseaux et de toutes les barques. Nulles nouvelles de Cacambo. Quoi! disait-il à Martin, j'ai eu le temps de passer de Surinam à Bordeaux, d'aller de Bordeaux à Paris, de Paris à Dieppe, de Dieppe à Portsmouth, de côtoyer le Portugal et l'Espagne, de traverser toute la Méditerranée, de passer quelques mois à Venise, et la belle Cunégonde n'est point venue! Je n'ai rencontré au lieu d'elle qu'une drôlesse, et un abbé périgourdin! Cunégonde est morte sans doute, je n'ai plus qu'à mourir. Ah! il valait mieux rester dans le paradis du Dorado que de revenir dans cette maudite Europe.

Leib gerückt.« – »Aber«, sagte Candide, »der französische Admiral war von dem englischen Admiral genauso weit entfernt wie dieser von ihm.« – »Das mag wohl sein«, wurde ihm gesagt, »aber hierzulande empfiehlt es sich, von Zeit zu Zeit einen Admiral zu erschießen, um die anderen zu ermutigen.«

Candide war so verdutzt und so entrüstet über das, was er gesehen und gehört hatte, daß er nicht einmal einen Fuß an Land setzen wollte. Er machte mit dem holländischen Schiffseigner, auf die Gefahr hin, daß er ihn wie der von Surinam übers Ohr hieb, einen Preis für die Überfahrt nach Venedig aus.

Zwei Tage später war der Schiffseigner parat. Man fuhr an der französischen Küste entlang und in Sichtweite an Lissabon vorbei. Candide erbebte. Durch die Meerenge von Gibraltar gelangte das Schiff ins Mittelmeer. Endlich war man in Venedig. »Gott sei gepriesen«, sagte Candide und umarmte Martin, »hier werde ich die schöne Kunigunde wiedersehen. Ich verlasse mich auf Cacambo wie auf mich selbst. Alles ist gut, alles geht gut, alles steht so gut, wie es nur irgend kann.«

VIERUNDZWANZIGSTES KAPITEL

Von Paquette und Bruder Giroflée

Sobald er in Venedig war, ließ Candide Cacambo in allen Schenken, allen Cafés und bei allen Freudenmädchen suchen: Er fand ihn nirgends. Täglich erkundigte er sich nach den einlaufenden Schiffen. Von Cacambo keine Spur! Zu Martin sagte er: »Wie? Ich habe genug Zeit gehabt, von Surinam nach Bordeaux, von Bordeaux nach Paris, von Paris nach Dieppe, von Dieppe nach Portsmouth, an der spanischen und portugiesischen Küste entlang und quer durch das ganze Mittelmeer zu fahren; in Venedig sind bereits ein paar Monate vergangen, und die schöne Kunigunde ist immer noch nicht da! Statt ihrer habe ich nur eine liederliche Person und einen Abbé aus Périgord angetroffen, Kunigunde ist sicher gestorben; es bleibt mir nur der Tod! Ach, es wäre besser gewesen, im Paradies Eldorado zu bleiben als in dieses vermaledeite Europa

Que vous avez raison, mon cher Martin! tout n'est qu'illusion et calamité.

Il tomba dans une mélancolie noire, et ne prit aucune part à l'opéra *alla moda,* ni aux autres divertissements du carnaval; pas une dame ne lui donna la moindre tentation. Martin lui dit: Vous êtes bien simple en vérité, de vous figurer qu'un valet métis, qui a cinq ou six millions dans ses poches, ira chercher votre maîtresse au bout du monde et vous l'amènera à Venise. Il la prendra pour lui, s'il la trouve. S'il ne la trouve pas, il en prendra une autre. Je vous conseille d'oublier votre valet Cacambo et votre maîtresse Cunégonde. Martin n'était pas consolant. La mélancolie de Candide augmenta, et Martin ne cessait de lui prouver qu'il y avait peu de vertu et peu de bonheur sur la terre, excepté peut-être dans Eldorado, où personne ne pouvait aller.

En disputant sur cette matière importante, et en attendant Cunégonde, Candide aperçut un jeune théatin dans la place St. Marc, qui tenait sous le bras une fille. Le théatin paraissait frais, potelé, vigoureux; ses yeux étaient brillants, son air assuré, sa mine haute, sa démarche fière. La fille était très jolie et chantait; elle regardait amoureusement son théatin, et de temps en temps lui pinçait ses grosses joues. Vous m'avouerez du moins, dit Candide à Martin, que ces gens-ci sont heureux; je n'ai trouvé jusqu'à présent dans toute la terre habitable, excepté dans Eldorado, que des infortunés; mais pour cette fille et ce théatin, je gage que ce sont des créatures très heureuses. Je gage que non, dit Martin. Il n'y a qu'à les prier à diner, dit Candide, et vous verrez si je me trompe.

Aussitôt il les aborde, il leur fait son compliment, et les invite à venir à son hôtellerie manger des macaroni, des perdrix de Lombardie, des œufs d'esturgeon, et à boire du vin de Montepulciano, du lacryma-christi, du chypre et du samos. La demoiselle rougit, le théatin accepta la partie, et la fille le suivit en regardant Candide avec des yeux de surprise et de confusion, qui furent obscurcis de quelques larmes. A peine fut-elle entrée dans la chambre de Candide, qu'elle lui dit: Eh quoi, monsieur Candide zurückzukehren. Wie recht Sie haben, mein lieber Martin! Alles ist nur Lug und Trug und eine Misere.«

Er verfiel in düstere Trauer und nahm weder an der Opera alla moda noch an den anderen Lustbarkeiten des Karnevals teil, keine Dame führte ihn in Versuchung. Martin sagte zu ihm: »Sie sind wirklich reichlich naiv, sich vorzustellen, ein Diener, der ein Halbblut ist und fünf oder sechs Millionen in der Tasche hat, werde Ihre Geliebte am anderen Ende der Welt aufsuchen und sie nach Venedig bringen. Wenn er sie findet, behält er sie für sich. Und wenn er sie nicht findet, nimmt er sich eine andere. Ich empfehle Ihnen, Ihren Burschen Cacambo und Ihre Mätresse Kunigunde zu vergessen.« Martin war nicht eben ermutigend. Candides Melancholie steigerte sich, und Martin bewies ihm immerzu, wie wenig Tugend und wie wenig Glück es auf Erden gebe, vielleicht mit Ausnahme von Eldorado, wohin niemand gelangen konnte.

Über so gewichtige Fragen debattierend und in der Erwartung Kunigundens erblickte Candide auf dem Markusplatz einen jungen Theatiner Arm in Arm mit einem Mädchen. Der Mönch sah frisch, rundlich und kräftig aus, seine Augen blitzten, selbstsicher und stolz kam er daher. Das Mädchen war sehr hübsch und sang, es schaute verliebt zu seinem Theatiner auf und kniff ihn von Zeit zu Zeit in die dicken Backen. »Sie werden mir zugeben«, sagte Candide zu Martin, »daß diese Leute da glücklich sind; ich habe bisher auf der ganzen bewohnten Welt, Eldorado ausgenommen, nur unglückliche Menschen erlebt, aber dieses Mädchen und dieser Theatinermönch, das möchte ich wetten, sind ganz und gar glückliche Geschöpfe.« – »Ich wette das Gegenteil«, sagte Martin. »Wir brauchen sie nur zum Essen einzuladen«, sagte Candide, »und Sie werden sehen, ob ich mich täusche.«

Sogleich spricht er sie an, begrüßt sie höflich und lädt sie in seinen Gasthof ein, Maccaroni, lombardische Rebhühner und Kaviar zu essen, Wein von Montepulciano, Lacrimae Christi, Zyperwein und Wein von der Insel Samos zu trinken. Das Fräulein errötet, der Theatiner nimmt die Einladung an, und das Mädchen folgt, die Blicke voller Überraschung und Verwirrung und von ein paar Tränen verschleiert auf Candide gerichtet. Kaum haben sie Candides Zimmer betreten, da sagt sie zu ihm: »Herr Candide erkennt also seine Paquette nicht wieder?« Bei ne reconnaît plus Paquette! A ces mots Candide qui ne l'avait pas considérée jusque-là avec attention, parce qu'il n'était occupé que de Cunégonde, lui dit: Hélas! ma pauvre enfant, c'est donc vous qui avez mis le docteur Pangloss dans le bel état où je l'ai vu?

Hélas! monsieur, c'est moi-même, dit Paquette, je vois que vous êtes instruit de tout. J'ai su les malheurs épouvantables arrivés à toute la maison de madame la baronne et à la belle Cunégonde. Je vous jure que ma destinée n'a guère été moins triste. J'étais fort innocente quand vous m'avez vue. Un cordelier qui était mon confesseur me séduisit aisément. Les suites en furent affreuses; je fus obligée de sortir du château quelque temps après que monsieur le baron vous eut renvoyé à grands coups de pied dans le derrière. Si un fameux médecin n'avait pas pris pitié de moi, j'étais morte. Je fus quelque temps par reconnaissance la maîtresse de ce médecin. Sa femme qui était jalouse à la rage, me battait tous les jours impitoyablement, c'était une furie. Ce médecin était le plus laid de tous les hommes, et moi la plus malheureuse de toutes les créatures, d'être battue continuellement pour un homme que je n'aimais pas. Vous savez, monsieur, combien il est dangereux pour une femme acariâtre d'être l'épouse d'un médecin. Celui-ci, outré des procédés de sa femme, lui donna un jour, pour la guérir d'un petit rhume, une médecine si efficace qu'elle en mourut en deux heures de temps dans des convulsions horribles. Les parents de madame intentèrent à monsieur un procès criminel; il prit la fuite, et moi je fus mise en prison. Mon innocence ne m'aurait pas sauvée, si je n'avais été un peu jolie. Le juge m'élargit à condition qu'il succéderait au médecin. Je fus bientôt supplantée par une rivale, chassée sans récompense, et obligée de continuer ce métier abominable qui vous paraît si plaisant à vous autres hommes, et qui n'est pour nous qu'un abîme de misères. J'allai exercer la profession à Venise. Ah! monsieur, si vous pouviez vous imaginer ce que c'est que d'être obligée de caresser indifféremment un vieux marchand, un avocat, un moine, un gondolier, un abbé; d'être exposée à toutes les insultes, à toutes les avanies; d'être diesen Worten sagte Candide, der sie bis dahin nicht aufmerksam angeschaut hatte, weil er nur mit Kunigunde beschäftigt war: »Ach, mein armes Kind, Sie haben also den Doktor Pangloß in den schönen Zustand versetzt, in dem ich ihn vorgefunden habe?«

»Ach, mein Herr«, sagte da Paquette, »ich bin es fürwahr. Ich sehe schon, daß Sie alles wissen. Ich erfuhr von dem schrecklichen Mißgeschick, das dem ganzen Haus der Frau Baronin und der schönen Kunigunde zugestoßen ist. Ich schwöre Ihnen, daß mein Schicksal nicht weniger traurig war. Als Sie mich kannten, war ich noch ganz unschuldig. Ein Franziskaner, der mein Beichtvater war, hat mich mit Leichtigkeit verführt. Die Folgen waren gräßlich. Ich mußte das Schloß verlassen, kurz nachdem der Herr Baron Sie mit kräftigen Tritten in den Hintern davongejagt hatte. Wenn sich nicht ein bekannter Arzt meiner angenommen hätte, wäre ich gestorben. Eine Zeitlang war ich aus Dankbarkeit die Mätresse des Arztes. Wütend vor Eifersucht, prügelte mich seine Frau täglich mitleidlos; sie war eine Furie! Der Arzt war der häßlichste aller Menschen und ich das unglücklichste Geschöpf, weil ich wegen eines Mannes, den ich nicht liebte, fortwährend geschlagen wurde. Sie sollten wissen, mein Herr, wie gefährlich es für eine zänkische Frau ist, mit einem Arzt verheiratet zu sein. Außer sich über das Verhalten seiner Frau, gab dieser ihr eines Tages, um sie von einem kleinen Schnupfen zu kurieren, ein so wirksames Mittel, daß sie zwei Stunden später unter gräßlichen Krämpfen starb. Die Eltern der Frau strengten einen Strafprozeß an, der Arzt ergriff die Flucht, und ich wurde ins Gefängnis gesteckt. Meine Unschuld hätte mir nichts geholfen, wenn ich nicht einigermaßen hübsch gewesen wäre. Der Richter ließ mich frei unter der Bedingung, daß er der Nachfolger des Arztes werde. Bald stach eine Rivalin mich in seiner Gunst aus, ich wurde ohne Belohnung davongejagt und bin nun gezwungen, bei dem ekelhaften Gewerbe zu bleiben, das euch Männern so vergnüglich vorkommt, während es uns ins tiefste Elend stürzt. Ich zog nach Venedig, um dort meinen Beruf auszuüben. Ach, wenn Sie sich vorstellen könnten, was es bedeutet, gleichermaßen einen alten Kaufmann, einen Advokaten, einen Mönch, einen Gondoliere oder einen Abbé zu karessieren, allen Beleidigungen und Erniedrigungen ausgesetzt zu sein, oft genug sich einen Rock aussouvent réduite à emprunter une jupe pour aller se la faire lever par un homme dégoûtant; d'être volée par l'un de ce qu'on a gagné avec l'autre; d'être rançonnée par les officiers de justice, et de n'avoir en perspective qu'une vieillesse affreuse, un hôpital et un fumier; vous concluriez que je suis une des plus malheureuses créatures du monde.

Paquette ouvrait ainsi son cœur au bon Candide dans un cabinet, en présence de Martin, qui disait à Candide: Vous voyez que j'ai déjà gagné la moitié de la gageure.

Frère Giroflée était resté dans la salle à manger, et buvait un coup en attendant le dîner. Mais, dit Candide à Paquette, vous aviez l'air si gai, si content, quand je vous ai rencontrée, vous chantiez, vous caressiez le théatin avec une complaisance naturelle; vous m'avez paru aussi heureuse que vous prétendez être infortunée. Ah! monsieur, répondit Paquette, c'est encore là une des misères du métier. J'ai été hier volée et battue par un officier, et il faut aujourd'hui que je paraisse de bonne humeur pour plaire à un moine.

Candide n'en voulut pas davantage, il avoua que Martin avait raison. On se mit à table avec Paquette et le théatin; le repas fut assez amusant; et sur la fin on se parla avec quelque confiance. Mon père, dit Candide au moine, vous me paraissez jouir d'une destinée que tout le monde doit envier; la fleur de la santé brille sur votre visage, votre physionomie annonce le bonheur; vous avez une très jolie fille pour votre récréation, et vous paraissez très content de votre état de théatin.

Ma foi, monsieur, dit frère Giroflée, je voudrais que tous les théatins fussent au fond de la mer. J'ai été tenté cent fois de mettre le feu au couvent, et d'aller me faire turc. Mes parents me forcèrent à l'âge de quinze ans d'endosser cette détestable robe, pour laisser plus de fortune à un maudit frère aîné que Dieu confonde. La jalousie, la discorde, la rage habitent dans le couvent. Il est vrai que j'ai prêché quelques mauvais sermons qui m'ont valu un peu d'argent, dont le prieur me vole la moitié, le reste me sert à entretenir des filles; mais quand je rentre le soir dans le zuleihen, um ihn sich von einem abstoßenden Kerl hochheben zu lassen, von dem einen sich das stehlen zu lassen, was man mit einem anderen verdient hat, von den Justizbeamten geschröpft zu werden und ein schreckliches Alter, ein Spital, einen Misthaufen vor sich zu sehen – wenn Sie sich das alles vorstellen könnten, würden Sie zu dem Schluß kommen, daß ich eine der unglücklichsten Kreaturen auf Erden bin.«

So schüttete Paquette dem guten Candide in seinem Zimmer ihr Herz aus, und Martin, der dabei war, sagte zu ihm: »Sie sehen, zur Hälfte habe ich meine Wette schon gewonnen!«

Bruder Giroflée war im Speisesaal geblieben und trank ein Gläschen vor dem Essen. »Aber«, sagte Candide, »Sie sahen so fröhlich, so zufrieden aus, als ich Sie traf, Sie sangen und streichelten den Theatiner mit so natürlicher Anmut, daß Sie mir ebenso glücklich zu sein schienen, wie Sie unglücklich zu sein behaupten.« – »Ach«, sagte Paquette, »das ist eine der Miseren unseres Berufs: Gestern hat ein Offizier mich bestohlen und verprügelt, heute muß ich gute Laune heucheln, um einem Mönch zu gefallen.«

Candide wollte nicht mehr wissen. Er gab zu, daß Martin recht hatte. Man setzte sich mit Paquette und dem Theatiner zu Tisch. Die Mahlzeit war recht unterhaltsam. Gegen Ende sprach man ganz vertrauensvoll miteinander. Zu dem Mönch sagte Candide: »Sie scheinen mir ein Los gewählt zu haben, das alle Welt beneiden kann. Blühende Gesundheit spricht aus Ihrer Miene, Ihre Züge zeugen von Glück, zu Ihrer Ergötzung haben Sie ein sehr hübsches Mädchen, und es sieht so aus, als wären Sie sehr zufrieden mit Ihrem Stand als Theatiner.«

»In Wahrheit«, sagte Bruder Giroflée, »wünschte ich alle Theatiner auf den Meeresgrund. Hundertmal war ich versucht, das Kloster anzuzünden und mich zu den Türken zu schlagen. Im Alter von fünfzehn Jahren haben meine Eltern mich gezwungen, diese Kutte anzuziehen, die ich verabscheue. Sie wollten meinem gottverfluchten älteren Bruder mehr Vermögen hinterlassen. Im Kloster herrschen Eifersucht, Zwietracht und Wut. Ich habe ein paar schlechte Predigten verfaßt, das ist schon wahr, und die haben mir etwas Geld eingebracht. Aber der Prior hat mir die Hälfte davon gestohlen, der Rest dient mir dazu, Dirnen zu halten. Wenn ich abends in mein Kloster zurückkehre, möchte ich mir monastère, je suis prêt de me casser la tête contre les murs du dortoir; et tous mes confrères sont dans le même cas.

Martin se tournant vers Candide avec son sang-froid ordinaire: Eh bien, lui dit-il, n'ai-je pas gagné la gageure tout entière? Candide donna deux mille piastres à Paquette, et mille piastres à frère Giroflée: Je vous réponds, dit-il, qu'avec cela ils seront heureux. Je n'en crois rien du tout, dit Martin; vous les rendrez peut-être avec ces piastres beaucoup plus malheureux encore. Il en sera ce qui pourra, dit Candide: mais une chose me console, je vois qu'on retrouve souvent les gens qu'on ne croyait jamais retrouver; il se pourra bien faire qu'ayant rencontré mon mouton rouge et Paquette, je rencontre aussi Cunégonde. Je souhaite, dit Martin, qu'elle fasse un jour votre bonheur; mais c'est de quoi je doute fort. Vous êtes bien dur, dit Candide. C'est que j'ai vécu, dit Martin.

Mais regardez ces gondoliers, dit Candide, ne chantent-ils pas sans cesse? Vous ne les voyez pas dans leur ménage, avec leurs femmes et leurs marmots d'enfants, dit Martin. Le doge a ses chagrins, les gondoliers ont les leurs. Il est vrai qu'à tout prendre le sort d'un gondolier est préférable à celui d'un doge; mais je crois la différence si médiocre, que cela ne vaut pas la peine d'être examiné.

On parle, dit Candide, du sénateur Pococurante, qui demeure dans ce beau palais sur la Brenta, et qui reçoit assez bien les étrangers. On prétend que c'est un homme qui n'a jamais eu de chagrin. Je voudrais voir une espèce si rare, dit Martin. Candide aussitôt fit demander au seigneur Pococuranté la permission de venir le voir le lendemain.

CHAPITRE VINGT-CINQUIÈME

Visite chez le seigneur Pococuranté noble vénitien

Candide et Martin allèrent en gondole sur la Brenta, et arrivèrent au palais du noble Pococuranté. Les jardins étaient bien entendus, et ornés de belles statues de marbre; le palais d'une belle architecture. Le maître du am liebsten den Kopf an der Wand unseres Schlafsaals einrennen, und all meinen Mitbrüdern geht es genauso.«

Martin wandte sich mit seiner gewohnten Kaltblütigkeit Candide zu: »Nun, habe ich die Wette nicht ganz gewonnen?« Candide gab Paquette tausend Piaster, tausend Piaster ~~auch~~ Bruder Giroflée. »Ich garantiere Ihnen«, sagte er, »daß sie das glücklich macht.« – »Das glaube ich nicht«, sprach Martin, »mit diesen Piastern machen Sie sie vielleicht noch unglücklicher.« – »Dem sei, wie ihm wolle«, sagte Candide, »aber eines tröstet mich immerhin: Man trifft doch oft Leute wieder, die man nie wiederzusehen meinte. Habe ich meinen roten Hammel wiedergetroffen und Paquette, so treffe ich vielleicht auch Kunigunde wieder.« – »Ich wünschte, sie machte Sie eines Tages glücklich«, sagte Martin, »aber ich zweifle sehr daran.« – »Sie sind sehr hart«, sagte Candide. »Ich habe das Leben kennengelernt«, sagte Martin.

»Aber betrachten Sie doch diese Gondolieri«, sagte Candide, »singen sie nicht die ganze Zeit?« – »Sie erleben sie nicht in ihrer Familie, mit ihren Frauen und ihren Gören«, sagte Martin. »Der Doge hat seine Sorgen, die Gondolieri die ihren. Alles in allem ist das Los eines Gondoliere dem eines Dogen vorzuziehen, das ist wohl wahr, aber ich halte den Unterschied für so gering, daß es nicht lohnt, ihm weiter nachzugehen.«

»Es ist viel vom Senator Pococurante die Rede«, sagte Candide, »der diesen schönen Palast an der Brenta bewohnt und Fremde so gastlich aufnimmt. Es soll ein Mann sein, der nie Sorgen gehabt hat.« – »Einen so raren Vogel möchte ich sehen«, sagte Martin. Candide ließ sogleich bei Herrn Pococurante anfragen, ob ihr Besuch ihm am folgenden Tag genehm sei.

FÜNFUNDZWANZIGSTES KAPITEL

Besuch bei dem edlen Venezianer Signor Pococurante

Candide und Martin fuhren in einer Gondel die Brenta hinauf und gelangten an den Palast des edlen Pococurante. Seine Gärten waren wohlgepflegt und mit Marmorstatuen geschmückt, sein Palast von schöner logis, homme de soixante ans, fort riche, reçut très poliment les deux curieux, mais avec très peu d'empressement, ce qui déconcerta Candide, et ne déplut point à Martin.

D'abord deux filles jolies et proprement mises servirent du chocolat, qu'elles firent très bien mousser. Candide ne put s'empêcher de les louer sur leur beauté, sur leur bonne grâce, et sur leur adresse. Ce sont d'assez bonnes créatures, dit le sénateur Pococuranté; je les fais quelquefois coucher dans mon lit, car je suis bien las des dames de la ville, de leurs coquetteries, de leurs jalousies, de leurs querelles, de leurs humeurs, de leurs petitesses, de leur orgueil, de leurs sottises, et des sonnets qu'il faut faire ou commander pour elles; mais après tout, ces deux filles commencent fort à m'ennuyer.

Candide après le déjeuner, se promenant dans une longue galerie, fut surpris de la beauté des tableaux. Il demanda de quel maître étaient les deux premiers. Ils sont de Raphael, dit le sénateur; je les achetai fort cher par vanité il y a quelques années; on dit que c'est ce qu'il y a de plus beau en Italie, mais ils ne me plaisent point du tout; la couleur en est très rembrunie, les figures ne sont pas assez arrondies, et ne sortent point assez; les draperies ne ressemblent en rien à une étoffe. En un mot, quoi qu'on en dise, je ne trouve point là une imitation vraie de la nature. Je n'aimerai un tableau que quand je croirai voir la nature elle-même: il n'y en a point de cette espèce. J'ai beaucoup de tableaux, mais je ne les regarde plus.

Pococuranté en attendant le dîner se fit donner un concerto. Candide trouva la musique délicieuse. Ce bruit, dit Pococuranté, peut amuser une demi-heure; mais s'il dure plus longtemps, il fatigue tout le monde, quoique personne n'ose l'avouer. La musique aujourd'hui n'est plus que l'art d'exécuter des choses difficiles, et ce qui n'est que difficile ne plaît point à la longue.

J'aimerais peut-être mieux l'opéra, si on n'avait pas trouvé le secret d'en faire un monstre qui me révolte. Ira voir qui voudra de mauvaises tragédies en musique, où les scènes ne sont faites que pour amener très mal à propos deux ou trois chansons ridicules qui font valoir le gosier

Bauart. Der Herr des Hauses, ein Mann von sechzig Jahren und überaus reich, empfing die beiden Neugierigen sehr höflich, aber ganz und gar nicht beflissen, was Candide aus der Fassung brachte und Martin nicht mißfiel.

Zwei hübsche, adrett gekleidete Mädchen kredenzten gleich Schokolade, die sie schön schaumig gerührt hatten. Candide konnte sich nicht enthalten, ihnen Komplimente über ihre Anmut und ihre Geschicklichkeit zu machen. »Es sind ganz erfreuliche Erscheinungen«, sagte der Senator Pococurante. »Manchmal nehme ich sie mit ins Bett, denn die Damen der Stadt mit ihrer Koketterie, ihrer Eifersucht, ihren Streitereien, ihren Launen, ihrer Kleinlichkeit, ihrem Hochmut, ihren Dummheiten und den Sonetten, die man für sie machen oder machen lassen muß, bin ich leid; allmählich langweilen mich aber auch diese beiden Mädchen.«

Nach dem Essen erging Candide sich in einer langen Galerie und war überrascht von der Schönheit der Gemälde. Er fragte, von welchem Meister die ersten beiden stammten. »Sie sind von Raffael«, sagte der Senator. »Ich habe sie vor ein paar Jahren aus Eitelkeit gekauft, sie sollen zum Schönsten zählen, was es in Italien gibt, aber mir gefallen sie überhaupt nicht. Die Farbe ist stark nachgedunkelt, die Gestalten treten nicht plastisch genug hervor, die Drapierung sieht Stoffen gar nicht ähnlich. Mit einem Wort: Was man auch sagen mag, ich finde darin keine echte Nachahmung der Natur. Mir gefiele ein Bild erst dann, wenn ich glaubte, die Natur selbst darin zu erblicken. Solche gibt es nicht. Ich besitze viele Gemälde, aber ich sehe sie mir nicht mehr an.«

In Erwartung des Mahls ließ Pococurante sich etwas vormusizieren. Candide gefiel die Musik ausnehmend gut. »Diese Geräusche«, sagte Pococurante, »können einen eine halbe Stunde unterhalten, aber wenn es länger geht, ermüden sie jedermann, obwohl es keiner zu sagen wagt. Die moderne Musik besteht nur noch aus der Kunst, Schwierigkeiten zu meistern. Was aber nur schwierig ist, gefällt auf die Dauer nicht.

Die Oper wäre mir vielleicht lieber, wenn man nicht darauf verfallen wäre, abstoßende Mißgebilde daraus zu machen. Soll sich doch die schlechten Musiktragödien ansehen, wer will, die nur dazu angelegt sind, mehr schlecht als recht zwei oder drei lächerliche Arien darin zu plazieren und die Kehle einer Sängerin zur Geltung zu bringen! Soll d'une actrice. Se pâmera de plaisir qui voudra, ou qui pourra, en voyant un châtré fredonner le rôle de César et de Caton, et se promener d'un air gauche sur des planches. Pour moi il y a longtemps que j'ai renoncé à ces pauvretés, qui font aujourd'hui la gloire de l'Italie, et que des souverains payent si chèrement. Candide disputa un peu, mais avec discrétion. Martin fut entièrement de l'avis du sénateur.

On se mit à table; et après un excellent dîner, on entra dans la bibliothèque. Candide, en voyant un Homère magnifiquement relié, loua l'illustrissime sur son bon goût. Voilà, dit-il, un livre qui faisait les délices du grand Pangloss, le meilleur philosophe de l'Allemagne. Il ne fait pas les miennes, dit froidement Pococuranté: on me fit accroire autrefois que j'avais du plaisir en le lisant; mais cette répétition continuelle de combats qui se ressemblent tous, ces dieux qui agissent toujours pour ne rien faire de décisif, cette Hélène qui est le sujet de la guerre, et qui à peine est une actrice de la pièce; cette Troie qu'on assiège et qu'on ne prend point; tout cela me causait le plus mortel ennui. J'ai demandé quelquefois à des savants s'ils s'ennuyaient autant que moi à cette lecture: tous les gens sincères m'ont avoué que le livre leur tombait des mains, mais qu'il fallait toujours l'avoir dans sa bibliothèque, comme un monument de l'antiquité, et comme ces médailles rouillées qui ne peuvent être de commerce.

Votre Excellence ne pense pas ainsi de Virgile? dit Candide. Je conviens, dit Pococuranté, que le second, le quatrième, et le sixième livre de son *Enéide* sont excellents; mais pour son pieux Enée, et le fort Cloanthe, et l'ami Achates, et le petit Ascanius, et l'imbécile roi Latinus, et la bourgeoise Amata, et l'insipide Lavinia, je ne crois pas qu'il y ait rien de si froid et de plus désagréable. J'aime mieux le Tasse, et les contes à dormir debout de l'Arioste.

Oserais-je vous demander, monsieur, dit Candide, si vous n'avez pas un grand plaisir à lire Horace? Il y a des maximes, dit Pococuranté, dont un homme du monde peut faire son profit, et qui étant resserrées dans des vers énergiques se gravent plus aisément dans la mémoire. Mais je me doch, wer will, vor Vergnügen außer sich geraten über die Kastraten, die die Rolle eines Caesar oder Cato vor sich hinträllern und dabei linkisch über die Bretter stolzieren! Was mich angeht, so habe ich seit langem nichts mehr mit diesen Armseligkeiten im Sinn, die heute Italiens Ruhm ausmachen und die die Fürsten sich so viel kosten lassen.« Candide widersprach, aber mit Zurückhaltung, Martin war ganz der Meinung des Senators.

Man setzte sich zu Tisch, und nach einem exquisiten Mahl ging man in die Bibliothek. Candide erblickte einen prachtvoll gebundenen Homer und machte Illustrissimo ein Kompliment über seinen guten Geschmack. »Das ist ein Buch, das Panglossens ganze Wonne ausmachte, und er war der beste Philosoph Deutschlands.« – »Meine macht es nicht aus«, sagte Pococurante kühl. »Man hat mir früher einmal eingeredet, es sei vergnüglich zu lesen, aber diese ewig sich wiederholenden Kämpfe, die einander gleichen, diese Götter, die immerzu handeln, ohne etwas Entscheidendes zu bewirken, diese Helena, um derentwillen der Krieg geführt wird und die kaum auftritt in dem Stück, dieses Troja, das belagert und nicht eingenommen wird, all das hat mich tödlich gelangweilt. Ich habe gelegentlich Gelehrte gefragt, ob sie sich bei dieser Lektüre genauso langweilten wie ich; alle ehrlichen Leute haben mir zugegeben, das Buch falle ihnen aus der Hand, aber sie meinten, man müsse es dennoch als ein Monument der Antike in seiner Bibliothek haben, so wie man verrostete Münzen aufbewahrt, die nicht mehr im Umlauf sind.«

»Euer Exzellenz denken doch nicht über Vergil ebenso?« fragte Candide. »Das zweite, das vierte und das sechste Buch der Aeneis sind ausgezeichnet«, erwiderte Pococurante, »das muß ich zugeben, aber was den frommen Aeneas angeht, den starken Cloanthes, seinen Freund Achates, den kleinen Ascanius, den dümmlichen König Latinus, die spießige Amata und die alberne Lavinia, so finde ich nichts Abgeschmackteres und Unerfreulicheres als sie. Tasso ist mir lieber und auch Ariost mit seinen Geschichten zum Einschlafen.«

»Dürfte ich es wagen, Sie danach zu fragen, ob Ihnen nicht Horaz gut gefällt?« äußerte Candide. »Darin finden sich Maximen«, sagte Pococurante, »die einem Weltmann von Nutzen sein können. Sie prägen sich dem Gedächtnis um so leichter ein, als sie in wenige markante Verse gesoucie fort peu de son voyage à Brindes et de sa description d'un mauvais dîner, et de la querelle de crocheteurs entre je ne sais quel Pupilus, dont les paroles, dit-il, *étaient pleines de pus*, et un autre dont les paroles *étaient du vinaigre*. Je n'ai lu qu'avec un extrême dégoût ses vers grossiers contre des vieilles et contre des sorcières; et je ne vois pas quel mérite il peut y avoir à dire à son ami Mécénas, que s'il est mis par lui au rang des poètes lyriques, il frappera les astres de son front sublime. Les sots admirent tout dans un auteur estimé. Je ne lis que pour moi; je n'aime que ce qui est à mon usage. Candide qui avait été élevé à ne jamais juger de rien par lui-même, était fort étonné de ce qu'il entendait; et Martin trouvait la façon de penser de Pococuranté assez raisonnable.

Oh, voici un Cicéron, dit Candide: pour ce grand homme-là, je pense que vous ne vous lassez point de le lire? Je ne le lis jamais, répondit le Vénitien. Que m'importe qu'il ait plaidé pour Rabirius ou pour Cluentius? J'ai bien assez des procès que je juge; je me serais mieux accommodé de ses œuvres philosophiques; mais quand j'ai vu qu'il doutait de tout, j'ai conclu que j'en savais autant que lui, et que je n'avais besoin de personne pour être ignorant.

Ah! voilà quatre-vingts volumes de recueils d'une académie des sciences, s'écria Martin; il se peut qu'il y ait là du bon. Il y en aurait, dit Pococuranté, si un seul des auteurs de ces fatras avait inventé seulement l'art de faire des épingles; mais il n'y a dans tous ces livres que de vains systèmes, et pas une seule chose utile.

Que de pièces de théâtre je vois là! dit Candide, en italien, en espagnol, en français. Oui, dit le sénateur, il y en a trois mille, et pas trois douzaines de bonnes. Pour ces recueils de sermons, qui tous ensemble ne valent pas une page de Sénèque, et tous ces gros volumes de théologie, vous pensez bien que je ne les ouvre jamais, ni moi, ni personne.

Martin aperçut des rayons chargés de livres anglais. Je crois, dit-il, faßt sind. Aber seine Reise nach Brindisi und seine Schilderung eines schlechten Essens und der Streit eines gewissen Pupilus, dessen Worte, wie er sagt, ›voller Eiter‹ waren, mit einem anderen, dessen Worte ›Essig‹ glichen, lassen mich kalt. Seine groben Verse über die alten Leute und über die Hexen habe ich nur mit äußerstem Widerwillen gelesen, und ich weiß auch nicht, was daran verdienstvoll sein soll, wenn er seinem Freund Maecenas sagt, sofern er ihn in den Rang der lyrischen Dichter erhebe, werde er mit ›seiner erhabenen Stirn an die Sterne rühren‹. Die Dummköpfe bewundern alles an einem berühmten Dichter. Ich lese nur für mich, ich liebe nur das, womit ich etwas anfangen kann.« Candide, den man dazu erzogen hatte, über nichts selbständig zu urteilen, war baß erstaunt über das, was er hörte. Martin fand Pococurantes Denkweise ganz vernünftig.

»Aha, da ist ein Cicero!« sagte Candide. »Ich nehme an, Sie werden nicht müde, diesen großen Autor zu lesen?« – »Ich lese ihn nie«, entgegnete der Venezianer. »Was geht es mich an, ob er Rabirius oder Cluentius vor Gericht verteidigt hat? Mir reichen die Prozesse, über die ich selbst zu entscheiden habe. Seine philosophischen Werke hätten mir schon eher zugesagt, aber als ich merkte, daß er an allem zweifelte, erkannte ich, daß ich genauso klug war wie er und daß ich niemanden brauchte, um unwissend zu sein.«

»Aber da sind achtzig Bände Veröffentlichungen einer Akademie der Wissenschaften«, rief Martin aus, »darunter könnte einiges Gute sein!« – »Das wäre der Fall«, sagte Pococurante, »wenn ein einziger der Autoren dieses Sammelsuriums wenigstens die Kunst, Nadeln herzustellen, erfunden hätte, aber in all diesen Bänden finden sich nur eitle Systeme und nicht ein einziges nützliches Ding.«

»Wie viele Theaterstücke ich da sehe«, bemerkte Candide, »solche auf italienisch, auf spanisch und auf französisch!« – »Ja«, sagte der Senator, »es sind dreitausend, und keine drei Dutzend taugen etwas. Was diese Predigtsammlungen anlangt, die alle zusammen nicht so viel wert sind wie eine einzige Seite von Seneca, so können Sie sich denken, daß ich sie so wenig aufschlage wie all die dicken theologischen Wälzer – ich nicht, und auch sonst niemand.«

Martin entdeckte Regale voll englischer Bücher. »Ich kann mir denqu'un républicain doit se plaire à la plupart de ces ouvrages écrits si librement. Oui, répondit Pococuranté, il est beau d'écrire ce qu'on pense; c'est le privilège de l'homme. Dans toute notre Italie on n'écrit que ce qu'on ne pense pas; ceux qui habitent la patrie des Césars et des Antonins n'osent avoir une idée sans la permission d'un jacobin. Je serais content de la liberté qui inspire les génies anglais, si la passion et l'esprit de parti ne corrompaient pas tout ce que cette précieuse liberté a d'estimable.

Candide apercevant un Milton, lui demanda s'il ne regardait pas cet auteur comme un grand homme? Qui? dit Pococuranté, ce barbare qui fait un long commentaire du premier chapitre de la *Genèse* en dix livres de vers durs, ce grossier imitateur des Grecs, qui défigure la création, et qui, tandis que Moïse représente l'Etre éternel produisant le monde par la parole, fait prendre un grand compas par le Messiah dans une armoire du ciel pour tracer son ouvrage? Moi, j'estimerais celui qui a gâté l'enfer et le diable du Tasse; qui déguise Lucifer tantôt en crapaud, tantôt en pygmée; qui lui fait rebattre cent fois les mêmes discours; qui le fait disputer sur la théologie; qui en imitant sérieusement l'invention comique des armes à feu de l'Arioste, fait tirer le canon dans le ciel par les diables? Ni moi, ni personne en Italie n'a pu se plaire à toutes ces tristes extravagances. Le mariage du péché et de la mort, et les couleuvres dont le péché accouche, font vomir tout homme qui a le goût un peu délicat, et sa longue description d'un hôpital n'est bonne que pour un fossoyeur. Ce poème obscur, bizarre et dégoûtant, fut méprisé à sa naissance; je le traite aujourd'hui comme il fut traité dans sa patrie par les contemporains. Au reste je dis ce que je pense, et je me soucie fort peu que les autres pensent comme moi. Candide était affligé de ces discours; il respectait Homère, il aimait un peu Milton. Hélas! dit-il tout bas à Martin, j'ai bien peur que cet homme-ci n'ait un souverain mépris pour nos poètes allemands. Il n'y aurait pas grand mal à cela, dit Martin. Oh!

ken«, sagte er, »daß ein Republikaner an der Mehrzahl dieser Bände, die so frei geschrieben sind, Gefallen finden kann.« – »Ja«, sagte Pococurante, »es ist schön, wenn einer schreibt, was er denkt. Das ist ein Vorrecht des Menschen. In unserem ganzen Italien schreibt man nur, was man nicht denkt; die das Land der Caesaren und Antonine bewohnen, wagen ohne die Genehmigung eines Jakobiners nicht einen eigenen Gedanken zu denken. Die Freiheit, die die englischen Denker beseelt, wäre mir recht, wenn leidenschaftliche Parteilichkeit nicht all das verdürbe, was an der kostbaren Freiheit so schätzenswert ist.«

Candide erblickte einen Milton und fragte, ob das nicht ein großer Mann sei. »Wer?« entgegnete Pococurante. »Dieser Barbar, der in holprigen Versen einen langen, zehnteiligen Kommentar zum ersten Kapitel der Genesis geschrieben hat? Dieser plumpe Griechennachahmer, der die Schöpfung entstellt und der, anstatt Mose vorzuführen, wie er an der Stelle des Ewigen mit dem Wort die Welt erschafft, den Messias einen großen Zirkel aus dem Himmelsschrank herausholen läßt, um sein Werk nachzuzeichnen? Ich sollte den schätzen, der die Hölle und den Teufel Tassos verdorben hat, der Luzifer einmal als Kröte, einmal als Zwerg verkleidet, der ihn hundertmal dieselben Reden halten läßt, der ihn über die Theologie disputieren und, die komische Erfindung der Feuerwaffen bei Ariost ernsthaft nachbildend, von Teufeln im Himmel Kanonenschüsse abgeben läßt? Weder ich noch sonst jemand in Italien hat je an all diesen elenden Hirngespinsten Gefallen finden können. Die Vermählung der Sünde mit dem Tod, die Nattern, die die Sünde gebiert, sind für alle, die einen etwas verfeinerten Geschmack haben, zum Speien, und seine lange Spitalbeschreibung ist gerade recht für die Totengräber. Dieses obskure, absonderliche und abstoßende Gedicht wurde bei seiner Entstehung schon verabscheut; ich behandle es heute noch so, wie es von den Zeitgenossen in seiner Heimat behandelt wurde. Im übrigen sage ich, was ich denke, und es liegt mir nichts daran, ob andere Leute ebenso denken oder nicht.« Candide war betrübt über diese Rede, denn er verehrte Homer und schätzte Milton. »Ach je«, sagte er ganz leise zu Martin, »ich fürchte sehr, dieser Mensch verachtet unsere deutschen Dichter zutiefst.« – »Das wäre weiter nicht schlimm«, meinte Martin. »Was für ein souveräner Geist«, murmelte Candide zwischen quel homme supérieur! disait encore Candide entre ses dents, quel grand génie que ce Pococuranté! rien ne peut lui plaire.

Après avoir fait ainsi la revue de tous les livres, ils descendirent dans le jardin. Candide en loua toutes les beautés. Je ne sais rien de si mauvais goût, dit le maître; nous n'avons ici que des colifichets: mais je vais dès demain en faire planter un d'un dessin plus noble.

Quand les deux curieux eurent pris congé de Son Excellence: Or ça, dit Candide à Martin, vous conviendrez que voilà le plus heureux de tous les hommes, car il est au-dessus de tout ce qu'il possède. Ne croyez-vous pas, dit Martin, qu'il est dégoûté de tout ce qu'il possède? Platon a dit, il y a longtemps, que les meilleurs estomacs ne sont pas ceux qui rebutent tous les aliments. Mais, dit Candide, n'y a-t-il pas du plaisir à tout critiquer, à sentir des défauts où les autres hommes croient voir des beautés? C'est-à-dire, reprit Martin, qu'il y a du plaisir à n'avoir pas de plaisir? Oh bien! dit Candide, il n'y a donc d'heureux que moi, quand je reverrai mademoiselle Cunégonde. C'est toujours bien fait d'espérer, dit Martin.

Cependant les jours, les semaines s'écoulaient; Cacambo ne revenait point, et Candide était si abîmé dans sa douleur, qu'il ne fit pas même réflexion que Paquette et frère Giroflée n'étaient pas venus seulement le remercier.

CHAPITRE VINGT-SIXIÈME

D'un souper que Candide et Martin firent avec six étrangers, et qui ils étaient

Un soir que Candide suivi de Martin allait se mettre à table avec les étrangers qui logeaient dans la même hôtellerie, un homme à visage couleur de suie, l'aborda par-derrière, et le prenant par le bras, lui dit: Soyez prêt à partir avec nous, n'y manquez pas. Il se retourne, et voit Cacambo. Il n'y avait que la vue de Cunégonde qui pût l'étonner et lui den Zähnen, »was für ein großer Genius dieser Pococurante doch ist! Nichts kann ihm gefallen.«

Nachdem sie so alle Bücher hatten Revue passieren lassen, gingen sie in den Garten hinunter. Candide pries seine Schönheit. »Nichts ist geschmackloser«, sprach der Herr des Hauses, »das ist alles nur Firlefanz. Aber morgen will ich nach einem edleren Entwurf einen neuen anlegen lassen.«

Als die beiden Neugierigen sich von Seiner Exzellenz verabschiedet hatten, sagte Candide zu Martin: »Daß dies der glücklichste aller Menschen ist, müssen Sie aber zugeben, denn er ist über alles erhaben, was er besitzt.« – »Glauben Sie nicht«, sagte Martin, »daß er eher angewidert ist von allem, was er besitzt? Platon hat vor langer Zeit einmal gesagt, nicht die Mägen seien die besten, die alle Kost von sich wiesen.« – »Aber«, meinte Candide, »bereitet es nicht Vergnügen, alles zu kritisieren, überall Mängel zu finden, wo andere Leute Schönes zu erblicken glauben?« – »Das hieße daran Vergnügen finden, daß man kein Vergnügen empfindet«, entgegnete Martin. »Also werde nur ich glücklich sein«, sagte Candide, »wenn ich Fräulein Kunigunde wiedersehe.« – »Es ist immer gut zu hoffen«, sprach Martin.

Tage und Wochen vergingen, Cacambo erschien nicht, und Candide war so tief in seine Trauer versunken, daß es ihm gar nicht auffiel, daß Paquette und Giroflée sich nicht einmal bei ihm bedankt hatten.

SECHSUNDZWANZIGSTES KAPITEL

Von einem Abendessen, das Candide und Martin mit sechs Fremden einnahmen, und wer diese waren

Eines Abends, als Candide, gefolgt von Martin, sich zusammen mit den anderen Fremden, die im selben Gasthof wohnten, zu Tisch setzen wollte, trat ein Mann mit rußverschmiertem Gesicht von hinten an ihn heran, faßte ihn beim Arm und sagte: »Halten Sie sich bereit, mit uns zu gehen, versäumen Sie es nicht!« Er wendet sich um und erblickt Cacambo. Nur der Anblick Kunigundes hätte ihn mehr erstaunen und beplaire davantage. Il fut sur le point de devenir fou de joie. Il embrasse son cher ami. Cunégonde est ici sans doute, où est-elle? mène-moi vers elle, que je meure de joie avec elle. Cunégonde n'est point ici, dit Cacambo, elle est à Constantinople. Ah ciel! à Constantinople! mais fût-elle à la Chine, j'y vole, partons. Nous partirons après souper, reprit Cacambo; je ne peux vous en dire davantage; je suis esclave, mon maître m'attend, il faut que j'aille le servir à table; ne dites mot; soupez et tenez-vous prêt.

Candide partagé entre la joie et la douleur, charmé d'avoir revu son agent fidèle, étonné de le voir esclave, plein de l'idée de retrouver sa maîtresse, le cœur agité, l'esprit bouleversé, se mit à table avec Martin, qui voyait de sang-froid toutes ces aventures, et avec six étrangers qui étaient venus passer le carnaval à Venise.

Cacambo qui versait à boire à l'un de ces étrangers, s'approcha de l'oreille de son maître sur la fin du repas, et lui dit: Sire, Votre Majesté partira quand elle voudra, le vaisseau est prêt. Ayant dit ces mots il sortit. Les convives étonnés se regardaient sans proférer une seule parole, lorsqu'un autre domestique s'approchant de son maître lui dit: Sire, la chaise de Votre Majesté est à Padoue, et la barque est prête. Le maître fit un signe, et le domestique partit. Tous les convives se regardèrent encore, et la surprise commune redoubla. Un troisième valet s'approchant aussi d'un troisième étranger, lui dit: Sire, croyez-moi, Votre Majesté ne doit pas rester ici plus longtemps, je vais tout préparer; et aussitôt il disparut.

Candide et Martin ne doutèrent pas alors que ce ne fût une mascarade du carnaval. Un quatrième domestique dit au quatrième maître: Votre Majesté partira quand elle voudra, et sortit comme les autres. Le cinquième valet en dit autant au cinquième maître. Mais le sixième valet parla différemment au sixième étranger qui était auprès de Candide; il lui dit: Ma foi, sire, on ne veut plus faire crédit à Votre Majesté, ni à moi glücken können. Fast verlor er den Verstand vor Freude. Er umarmt seinen teuren Freund. »Sicher ist Kunigunde auch hier; wo ist sie? Führe mich zu ihr, ich will vor Freude mit ihr sterben!« – »Kunigunde ist nicht hier«, sagte Cacambo, »sie ist in Konstantinopel.« – »Himmel! In Konstantinopel! Aber selbst wenn sie in China wäre, ich flöge zu ihr. Gehen wir!« – »Wir gehen nach dem Essen«, versetzte Cacambo, »mehr kann ich nicht sagen. Ich bin Sklave, mein Herr erwartet mich, ich muß ihm bei Tisch aufwarten. Kein Wort mehr! Speisen Sie und halten Sie sich parat!«

Candide war zwischen Freude und Kummer hin- und hergerissen. Er war entzückt, seinen treuen Boten wiedergefunden zu haben, erstaunt, daß er Sklave war, und erfüllt von dem Gedanken, seine Geliebte wiederzusehen. Klopfenden Herzens und ganz außer sich setzte er sich mit Martin, der sich von alldem nicht erschüttern ließ, zu Tisch. Sechs Fremde, die zum Karneval nach Venedig gekommen waren, saßen schon dort.

Cacambo, der einem dieser Fremden zu trinken einschenkte, näherte sich gegen Ende der Mahlzeit dem Ohr seines Herrn und sagte: »Sire, Euer Majestät können abfahren, wann es Ihnen beliebt: Das Schiff ist bereit.« Nach diesen Worten verließ er den Raum. Die Tafelnden blickten einander erstaunt an, ohne ein Wort zu sagen. Da ging ein anderer Diener auf seinen Herrn zu und sagte: »Sire, die Kutsche Euer Majestät befindet sich in Padua, und das Boot ist bereit.« Der Herr nickte, und der Bedienstete ging. Die Tafelnden blickten einander wieder an, und die allgemeine Verwunderung stieg. Ein dritter Diener ging auf den dritten Fremden zu und sagte: »Sire, glauben Sie mir, Euer Majestät können nicht länger hier bleiben. Ich bereite alles vor.« Und alsbald verschwand er.

Candide und Martin zweifelten nicht daran, daß es sich um einen Maskenscherz handelte. Ein vierter Diener sprach zu dem vierten Fremden: »Euer Majestät können abreisen, sobald es Ihnen beliebt« und ging wie die anderen. Der fünfte Diener sprach dasselbe zum fünften Herrn. Aber der sechste Diener äußerte sich anders zu dem sechsten Fremden, der neben Candide saß. Er sagte: »Meiner Treu, Sire, man will Euer Majestät keinen Kredit mehr geben und mir auch nicht. Es könnte sein, daß non plus; et nous pourrions bien être coffrés cette nuit vous et mois; je vais pourvoir à mes affaires; adieu.

Tous les domestiques ayant disparu, les six étrangers, Candide et Martin, demeurèrent dans un profond silence. Enfin Candide le rompit: Messieurs, dit-il, voilà une singulière plaisanterie, pourquoi êtes-vous tous rois? Pour moi je vous avoue que ni moi ni Martin nous ne le sommes.

Le maître de Cacambo prit alors gravement la parole, et dit en italien: Je ne suis point plaisant, je m'appelle Achmet III. J'ai été grand sultan plusieurs années; je détrônai mon frère; mon neveu m'a détrôné; on a coupé le cou à mes vizirs; j'achève ma vie dans le vieux sérail; mon neveu le grand sultan Mahmoud me permet de voyager quelquefois pour ma santé, et je suis venu passer le carnaval à Venise.

Un jeune homme qui était auprès d'Achmet, parla après lui, et dit: Je m'appelle Ivan; j'ai été empereur de toutes les Russies; j'ai été détrôné au berceau: mon père et ma mère ont été enfermés; on m'a élevé en prison: j'ai quelquefois la permission de voyager, accompagné de ceux qui me gardent, et je suis venu passer le carnaval à Venise.

Le troisième dit: Je suis Charles-Edouard roi d'Angleterre; mon père m'a cédé ses droits au royaume; j'ai combattu pour les soutenir; on a arraché le cœur à huit cents de mes partisans, et on leur en a battu les joues. J'ai été mis en prison; je vais à Rome faire une visite au roi mon père, détrôné, ainsi que moi et mon grand-père, et je suis venu passer le carnaval à Venise.

Le quatrième prit alors la parole, et dit: Je suis roi des Polaques; le sort de la guerre m'a privé de mes Etats héréditaires; mon père a éprouvé les mêmes revers; je me résigne à la Providence comme le sultan Achmet, l'empereur Ivan, et le roi Charles-Edouard, à qui Dieu donne une longue vie; et je suis venu passer le carnaval à Venise.

Le cinquième dit: Je suis aussi roi des Polaques; j'ai perdu mon royaume deux fois; mais la Providence m'a donné un autre état, dans lequel j'ai fait plus de bien que tous les rois des Sarmates ensemble n'en man uns heute nacht hinter Schloß und Riegel bringt, Sie und mich. Ich kümmere mich um meine Angelegenheiten. Adieu!«

Nachdem alle Dienstboten gegangen waren, verharrten die sechs Fremden, Candide und Martin in tiefem Schweigen, das Candide schließlich brach: »Meine Herren, das nenne ich einen sonderbaren Scherz: Wieso sind Sie allesamt Könige? Was mich angeht, so gestehe ich, ich bin keiner und Martin auch nicht.«

Cacambos Herr ergriff daraufhin würdevoll das Wort und sagte auf italienisch: »Ich scherze keineswegs. Ich heiße Achmet III. und bin mehrere Jahre lang Großsultan gewesen. Ich habe meinen Bruder vom Thron gestürzt. Mein Neffe entthronte mich. Ich verbringe den Rest meiner Tage im Altenteil des Serail. Mein Neffe, der Großsultan Mahmud, gestattet mir, meiner Gesundheit wegen bisweilen zu verreisen. Ich bin zum Karneval nach Venedig gekommen.«

Der junge Mann, der neben Achmet saß, ergriff darauf das Wort: »Ich heiße Iwan und bin Zar aller Reußen gewesen. Ich wurde in der Wiege entthront. Mein Vater und meine Mutter wurden eingesperrt, ich bin im Gefängnis aufgewachsen. Man erlaubt mir manchmal zu verreisen, und ich bin zum Karneval nach Venedig gekommen.«

Der dritte sagte: »Ich bin Karl Eduard, König von England. Mein Vater trat sein Herrschaftsrecht an mich ab. Ich habe um es gekämpft. Achthundert meiner Gefolgsleute hat man das Herz aus dem Leibe gerissen und es ihnen um die Ohren geschlagen. Ich wurde gefangengenommen. Ich bin auf dem Weg nach Rom, wo ich meinen Vater und meinen Großvater besuchen will, die wie ich entthront worden sind, und ich bin zum Karneval nach Venedig gekommen.«

Der vierte ergriff darauf das Wort und sprach: »Ich bin König der Polacken. Das Kriegsglück hat mich meiner Erblande beraubt. Meinem Vater ging es genauso. Ich ergebe mich dem Schicksal, wie der Sultan Achmet, der Zar Iwan und der König Karl Eduard, dem Gott ein langes Leben schenken möge, und ich bin zum Karneval nach Venedig gekommen.«

Der fünfte sagte: »Auch ich bin König der Polacken. Ich habe mein Königreich zweimal verloren, aber die Vorsehung hat mir einen anderen Staat gegeben, in dem ich mehr Gutes getan habe als alle Sarmatenköont jamais pu faire sur les bords de la Vistule; je me résigne aussi à la Providence; et je suis venu passer le carnaval à Venise.

Il restait au sixième monarque à parler. Messieurs, dit-il, je ne suis pas si grand seigneur que vous; mais enfin j'ai été roi tout comme un autre. Je suis Théodore; on m'a élu roi en Corse; on m'a appelé *Votre Majesté,* et à présent à peine m'appelle-t-on *Monsieur.* J'ai fait frapper de la monnaie, et je ne possède pas un denier; j'ai eu deux secrétaires d'Etat et j'ai à peine un valet. Je me suis vu sur un trône, et j'ai longtemps été à Londres en prison, sur la paille. J'ai bien peur d'être traité de même ici, quoique je sois venu comme Vos Majestés passer le carnaval à Venise.

Les cinq autres rois écoutèrent ce discours avec une noble compassion. Chacun d'eux donna vingt sequins au roi Théodore pour avoir des habits et des chemises; Candide lui fit présent d'un diamant de deux mille sequins. Quel est donc, disaient les cinq rois, ce simple particulier qui est en état de donner cent fois autant que chacun de nous, et qui le donne?

Dans l'instant qu'on sortait de table, il arriva dans la même hôtellerie quatre altesses sérénissimes, qui avaient aussi perdu leurs États par le sort de la guerre, et qui venaient passer le reste du carnaval à Venise. Mais Candide ne prit pas seulement garde à ces nouveaux venus. Il n'était occupé que d'aller trouver sa chère Cunégonde à Constantinople.

CHAPITRE VINGT-SEPTIÈME

Voyage de Candide à Constantinople

Le fidèle Cacambo avait déjà obtenu du patron turc qui allait reconduire le sultan Achmet à Constantinople, qu'il recevrait Candide et Martin sur son bord. L'un et l'autre s'y rendirent après s'être prosternés devant nige an den Ufern der Weichsel zusammengenommen. Ich füge mich auch dem Schicksal und bin zum Karneval nach Venedig gekommen.«

Nur der sechste Monarch war noch übrig. »Meine Herren«, sprach er, »ich bin kein so großer Herr wie Sie. Aber auch ich bin König gewesen. Ich heiße Theodor und wurde in Korsika zum König ausgerufen. Man redete mich mit ›Euer Majestät‹ an. Jetzt sagt man kaum noch ›mein Herr‹ zu mir. Ich habe Münzen prägen lassen und besitze keinen Heller mehr. Ich habe zwei Staatssekretäre gehabt und habe gerade noch einen Diener. Ich bin auf einem Thron gesessen und lag lange Zeit im Kerker zu London auf Stroh. Ich fürchte sehr, es wird mir hier nicht anders ergehen, obwohl ich wie Eure Majestäten ebenfalls zum Karneval nach Venedig gekommen bin.«

Die anderen fünf Könige hörten diesen Worten mit edlem Mitgefühl zu. Jeder von ihnen gab dem König Theodor zwanzig Zechinen für Kleider und Hemden. Candide machte ihm einen Diamanten im Wert von zweitausend Zechinen zum Geschenk. »Wer mag dieser gewöhnliche Privatmann sein, der in der Lage ist, hundertmal mehr zu geben als jeder von uns, und der das auch tut?« fragten sich die fünf Könige.

Als man vom Tisch aufstand, stiegen gerade vier weitere königliche Hoheiten in dem Gasthof ab. Sie hatten ebenfalls durch das Kriegsglück ihre Königreiche verloren und kamen zum Karneval nach Venedig. Aber Candide nahm nicht einmal mehr Notiz von den Neuankömmlingen. Es ging ihm nur noch darum, seine teure Kunigunde in Konstantinopel wiederzusehen.

SIEBENUNDZWANZIGSTES KAPITEL

Candides Reise nach Konstantinopel

Der getreue Cacambo hatte von dem türkischen Schiffseigner, der den Sultan Achmet nach Konstantinopel zurückbringen sollte, bereits die Erlaubnis erwirkt, Candide und Martin mit an Bord zu bringen. Der eine wie der andere stellten sich dort ein, nachdem sie sich Seiner elen-

Sa misérable Hautesse. Candide chemin faisant disait à Martin: Voilà pourtant six rois détrônés, avec qui nous avons soupé, et encore dans ces six rois il y en a un à qui j'ai fait l'aumône. Peut-être y a-t-il beaucoup d'autres princes plus infortunés. Pour moi je n'ai perdu que cent moutons, et je vole dans les bras de Cunégonde. Mon cher Martin, encore une fois, Pangloss avait raison, tout est bien. Je le souhaite, dit Martin. Mais, dit Candide, voilà une aventure bien peu vraisemblable que nous avons eue à Venise. On n'avait jamais vu ni ouï conter que six roix détrônés soupassent ensemble au cabaret. Cela n'est pas plus extraordinaire, dit Martin, que la plupart des choses qui nous sont arrivées. Il est très commun que des rois soient détrônés; et à l'égard de l'honneur que nous avons eu de souper avec eux, c'est une bagatelle qui ne mérite pas notre attention.

A peine Candide fut-il dans le vaisseau, qu'il sauta au cou de son ancien valet, de son ami Cacambo: Eh bien, lui dit-il, que fait Cunégonde? est-elle toujours un prodige de beauté? M'aime-t-elle toujours? Comment se porte-t-elle? Tu lui as sans doute acheté un palais à Constantinople?

Mon cher maître, répondit Cacambo, Cunégonde lave les écuelles sur le bord de la Propontide, chez un prince qui a très peu d'écuelles; elle est esclave dans la maison d'un ancien souverain nommé Ragotski, à qui le Grand Turc donne trois écus par jour dans son asile: mais ce qui est bien plus triste, c'est qu'elle a perdu sa beauté, et qu'elle est devenue horriblement laide. Ah! belle ou laide, dit Candide, je suis honnête homme, et mon devoir est de l'aimer toujours. Mais comment peut-elle être réduite à un état si abject avec les cinq ou six millions que tu avais apportés? Bon, dit Cacambo, ne m'en a-t-il pas fallu donner deux millions au señor don Fernando d'Ibaraa, y Figueora, y Mascarenes, y Lampourdos, y Souza, gouverneur de Buenos-Aires, pour avoir la permission de reprendre mademoiselle Cunégonde? Et un pirate ne nous a-t-il pas bravement dépouillés de tout le reste? Ce pirate ne nous a-t-il pas menés au cap de Matapan, à Milo, à Nicarie, à Samos, à Petra, aux Dardanelles, à Marmora, à Scutari? Cunégonde et la vieille servent chez ce prince dont je diglichen Hoheit zu Füßen geworfen hatten. Unterwegs sprach Candide zu Martin: »Da haben wir also mit sechs entthronten Herrschern gespeist, und einem davon habe ich obendrein noch Almosen gegeben. Vielleicht gibt es viele andere, noch unglücklichere Fürsten. Ich habe nur hundert Hammel verloren und eile in Kunigundes Arme. Mein lieber Martin, Pangloß hatte doch recht: Es ist alles gut!« – »Nichts wäre mir lieber«, meinte Martin. – »Aber war das nicht ein höchst unwahrscheinliches Zusammentreffen in Venedig? Daß sechs entthronte Könige in einer Schenke um einen Tisch herumsitzen, ist doch wirklich seltsam und unerhört.« – »Das ist nicht seltsamer als das meiste, was uns zugestoßen ist. Daß Könige entthront werden, kommt oft vor, und was die Ehre anlangt, die wir gehabt haben mit ihnen zu speisen, so ist das eine Bagatelle, die nicht der Rede wert ist.«

Kaum war Candide an Bord, da fiel er seinem alten Burschen, seinem Freund Cacambo, um den Hals. »Und was also macht Kunigunde?« fragt er ihn. »Ist sie noch immer ein Wunder an Schönheit? Liebt sie mich noch? Wie geht es ihr? Sicher hast du ihr in Konstantinopel einen Palast erstanden!«

»Mein lieber Herr und Meister«, entgegnete Cacambo, »Kunigunde spült am Ufer des Marmarameers Geschirr bei einem Fürsten, der nur sehr wenig Geschirr besitzt. Sie ist Sklavin im Haus eines ehemaligen Souveräns namens Ragotski, dem der Großtürke in seinem Asyl drei Taler täglich gibt. Aber was viel trauriger ist, ist, daß sie ihrer Schönheit verlustig gegangen und schrecklich häßlich geworden ist.« – »Schön oder häßlich, ich bin ein Mann von Ehre, und es ist meine Pflicht, sie unerschütterlich zu lieben. Doch wie kann sie so heruntergekommen sein mit den fünf oder sechs Millionen, die du ihr mitgebracht hast?« – »Je nun«, sagte Cacambo, »mußte ich nicht zwei davon dem Herrn Don Fernando d'Iberaa y Figueroa y Mascarenes y Lampourdos y Souza, Gouverneur von Buenos Aires, geben, um von ihm die Erlaubnis zu bekommen, Fräulein Kunigunde mitzunehmen? Und hat ein Seeräuber uns nicht wacker um den ganzen Rest gebracht? Hat uns dieser Pirat nicht zum Kap Matapan, nach Milo, nach Nicaria, Samos und Petra, zu den Dardanellen, nach Marmara und Skutari geschleppt? Kunigunde und die Alte dienen bei dem Fürsten, von dem ich sprach, und ich bin vous ai parlé, et moi je suis esclave du sultan détrôné. Que d'épouvantables calamités enchaînées les unes aux autres! dit Candide. Mais après tout, j'ai encore quelques diamants; je délivrerai aisément Cunégonde. C'est bien dommage qu'elle soit devenue si laide.

Ensuite se tournant vers Martin: Que pensez-vous, dit-il, qui soit le plus à plaindre, de l'empereur Achmet, de l'empereur Ivan, du roi Charles-Edouard, ou de moi? Je n'en sais rien, dit Martin; il faudrait que je fusse dans vos cœurs pour le savoir. Ah! dit Candide, si Pangloss était ici, il le saurait, et nous l'apprendrait. Je ne sais, dit Martin, avec quelles balances votre Pangloss aurait pu peser les infortunes des hommes, et apprécier leurs douleurs. Tout ce que je présume, c'est qu'il y a des millions d'hommes sur la terre cent fois plus à plaindre que le roi Charles-Edouard, l'empereur Ivan, et le sultan Achmet. Cela pourrait bien être, dit Candide.

On arriva en peu de jours sur le canal de la mer Noire. Candide commença par racheter Cacambo fort cher; et sans perdre de temps il se jeta dans une galère, avec ses compagnons, pour aller sur le rivage de la Propontide chercher Cunégonde, quelque laide qu'elle pût être.

Il y avait dans la chiourme deux forçats qui ramaient fort mal, et à qui le levanti patron appliquait de temps en temps quelques coups de nerf de bœuf sur leurs épaules nues; Candide, par un mouvement naturel, les regarda plus attentivement que les autres galériens, et s'approcha d'eux avec pitié. Quelques traits de leurs visages défigurés lui parurent avoir un peu de ressemblance avec Pangloss et avec ce malheureux jésuite, ce baron, ce frère de mademoiselle Cunégonde. Cette idée l'émut et l'attrista. Il les considéra encore plus attentivement. En vérité, dit-il à Cacambo, si je n'avais pas vu pendre maître Pangloss, et si je n'avais pas eu le malheur de tuer le baron, je croirais que ce sont eux qui rament dans cette galère.

Au nom du baron et de Pangloss les deux forçats poussèrent un grand cri, s'arrêtèrent sur leur banc, et laissèrent tomber leurs rames. Le levanti patron accourait sur eux, et les coups de nerf de bœuf redoublaient. Arder Sklave des entthronten Sultans.« – »Was für eine Verkettung schrecklicher Umstände!« meinte Candide. »Aber schließlich habe ich noch ein paar Diamanten. Damit werde ich Kunigunde leicht freibekommen. Wie schade, daß sie so häßlich geworden ist.«

Dann wandte er sich Martin zu: »Wer, meinen Sie, ist mehr zu bedauern: der Sultan Achmet, der Zar Iwan, der König Karl Eduard oder ich?« – »Das weiß ich nicht«, sagte Martin, »ich müßte in ihren Herzen stecken, um es zu wissen.« – »Ach, wenn Pangloß hier wäre, der wüßte es und würde es uns sagen.« – »Mit welcher Waage Ihr Pangloß das Unglück der Menschen abwägen und deren Leid hätte einschätzen können, weiß ich nicht. Aber ich vermute, es gibt Millionen Menschen auf der Welt, die hundertmal mehr zu bedauern sind als der König Karl Eduard, der Zar Iwan und der Sultan Achmet.« – »Das mag wohl sein«, sprach Candide.

In wenigen Tagen erreichte man die Dardanellen. Candide kaufte als erstes für viel Geld Cacambo frei. Ohne Zeit zu verlieren, bestieg er mit seinen Gefährten schnurstracks eine Galeere, um Kunigunde am Ufer des Marmarameers aufzusuchen, wie häßlich sie auch sein mochte.

Unter den Ruderern waren zwei Sträflinge, die sehr schlecht ruderten und denen der Galeerenführer ab und zu mit dem Ochsenziemer einen Hieb über die nackten Schultern versetzte. Voller Mitleid betrachtete Candide, von seinem Naturell getrieben, die beiden Ruderer etwas genauer. Gewisse Züge ihrer entstellten Mienen schienen ihm eine gewisse Ähnlichkeit mit Pangloß und mit dem unseligen Jesuiten, diesem Baron und Fräulein Kunigundens Bruder, aufzuweisen. Der Gedanke erregte und betrübte ihn. Er betrachtete sie noch aufmerksamer. »Wirklich, wenn ich nicht Meister Pangloß hätte hängen sehen und wenn ich nicht das Pech gehabt hätte, den Baron zu töten, meinte ich, es sind diese beiden, die da auf dieser Galeere rudern!« sagte er zu Cacambo.

Bei der Erwähnung des Barons und Panglossens stießen die beiden Sträflinge einen lauten Schrei aus. Sie hielten auf ihrer Bank inne und ließen die Ruder fallen. Der Levantiner, der die Galeere führte, eilte herbei und verdoppelte die Peitschenhiebe. »Halten Sie ein, halten Sie ein!« rief rêtez, arrêtez, seigneur, s'écria Candide, je vous donnerai tant d'argent que vous voudrez. Quoi! c'est Candide! disait l'un des forçats. Quoi! c'est Candide! disait l'autre. Est-ce un songe? dit Candide; veillé-je? suis-je dans cette galère? Est-ce là monsieur le baron que j'ai tué? est-ce là maître Pangloss que j'ai vu pendre?

C'est nous-mêmes, c'est nous-mêmes, répondaient-ils. Quoi! c'est là ce grand philosophe? disait Martin. – Eh! monsieur le levanti patron, dit Candide, combien voulez-vous d'argent pour la rançon de monsieur de Thunder-ten-tronckh, un des premiers barons de l'empire; et de monsieur Pangloss, le plus profond métaphysicien d'Allemagne? Chien de chrétien, répondit le levanti patron, puisque ces deux chiens de forçats chrétiens sont des barons et des métaphysiciens, ce qui est sans doute une grande dignité dans leur pays, tu m'en donneras cinquante mille sequins. Vous les aurez, monsieur; remenez-moi comme un éclair à Constantinople, et vous serez payé sur-le-champ. Mais, non, menez-moi chez mademoiselle Cunégonde. Le levanti patron sur la première offre de Candide avait déjà tourné la proue vers la ville, et il faisait ramer plus vite qu'un oiseau ne fend les airs.

Candide embrassa cent fois le baron et Pangloss. Et comment ne vous ai-je pas tué, mon cher baron? et mon cher Pangloss, comment êtes-vous en vie après avoir été pendu? et pourquoi êtes-vous tous deux aux galères en Turquie? – Est-il bien vrai que ma chère sœur soit dans ce pays? disait le baron. – Oui, répondait Cacambo. – Je revois donc mon cher Candide, s'écriait Pangloss. Candide leur présentait Martin et Cacambo. Ils s'embrassaient tous, ils parlaient tous à la fois. La galère volait, ils étaient déjà dans le port. On fit venir un juif, à qui Candide vendit pour cinquante mille sequins un diamant de la valeur de cent mille, et qui lui jura par Abraham qu'il n'en pouvait donner davantage. Il paya incontinent la rançon du baron et de Pangloss. Celui-ci se jeta aux pieds de son libérateur, et les baigna de larmes; l'autre le remercia par un signe de tête, et lui promit de lui rendre cet argent à la première occasion. Mais est-il bien possible que ma sœur soit en Turquie? disait-il. Rien n'est si possible, reprit Cacambo, puisqu'elle écure la vaisselle chez

Candide, »ich gebe Ihnen so viel Geld, wie Sie wollen!« – »Wie? Ist das Candide?« fragte einer der Sträflinge, »Wie? Ist das Candide?« der andere. »Ist das ein Traum«, fragte Candide, »oder wache ich? Bin ich auf dieser Galeere? Ist das der Herr Baron, den ich getötet habe? Ist das Meister Pangloß, den ich habe hängen sehen?«

»Wir sind es, wir sind es!« riefen sie. »Wie? Ist das der große Philosoph?« fragte Martin. »Also, Herr Galeerenführer«, sagte Candide, »wieviel Lösegeld wollen Sie haben für Herrn von Thunder-ten-tronckh, einen der ersten Barone des Reiches, und für Herrn Pangloß, den tiefsten Metaphysiker Deutschlands?« – »Christenhund«, antwortete der Levantiner, »wenn diese beiden christlichen Sträflingshunde Barone und Metaphysiker sind, was zweifellos in ihrer Heimat hohe Würden bedeutet, so gibst du mir fünfzigtausend Zechinen.« – »Die sollen Sie haben! Bringen Sie mich wie der Blitz nach Konstantinopel, ich zahle auf der Stelle. Aber nein, bringen Sie mich zu Fräulein Kunigunde!« – Der Galeerenführer hatte jedoch bei den ersten Worten schon Kurs auf die Stadt genommen und ließ schneller rudern, als ein Vogel die Lüfte durchschneidet.

Candide umarmte den Baron und Pangloß hundertmal. »Und wieso habe ich Sie nicht getötet, mein lieber Baron? Und, mein lieber Pangloß, wieso sind Sie noch am Leben, nachdem Sie gehenkt worden sind? Und warum sind Sie beide Galeerensträflinge in der Türkei?« – »Ist es wahr, daß meine liebe Schwester sich in diesem Land befindet?« fragte der Baron. »Ja«, antwortete Cacambo. »Ich sehe also meinen teuren Candide wieder!« rief Pangloß. Candide stellte Martin und Cacambo vor. Alle umarmten einander, alle redeten zugleich. Die Galeere flog dahin, sie waren schon im Hafen. Man ließ einen Juden kommen, dem Candide für fünfzigtausend Zechinen einen Diamanten im Wert von hunderttausend verkaufte und der bei Abraham schwor, er könne nicht mehr geben. Candide bezahlte unverzüglich das Lösegeld für den Baron und für Pangloß. Der eine warf sich seinem Befreier tränenüberströmt zu Füßen, der andere bedankte sich mit einem Kopfnicken und versprach, ihm bei nächster Gelegenheit das Geld zurückzuerstatten. »Aber ist meine Schwester wirklich in der Türkei?« fragte er erneut. »Nichts ist wirklicher«, versetzte Cacambo, »denn sie spült bei einem Fürsten von un prince de Transylvanie. On fit aussitôt venir deux juifs; Candide vendit encore des diamants; et ils repartirent tous dans une autre galère pour aller délivrer Cunégonde.

CHAPITRE VINGT-HUITIÈME

Ce qui arriva à Candide, à Cunégonde, à Pangloss, à Martin, etc.

Pardon, encore une fois, dit Candide au baron; pardon, mon révérend père, de vous avoir donné un grand coup d'épée au travers du corps. N'en parlons plus, dit le baron; je fus un peu trop vif, je l'avoue; mais puisque vous voulez savoir par quel hasard vous m'avez vu aux galères, je vous dirai, qu'après avoir été guéri de ma blessure par le frère apothicaire du collège, je fus attaqué et enlevé par un parti espagnol; on me mit en prison à Buenos-Aires dans le temps que ma sœur venait d'en partir. Je demandai à retourner à Rome auprès du père général. Je fus nommé pour aller servir d'aumônier à Constantinople auprès de monsieur l'ambassadeur de France. Il n'y avait pas huit jours que j'étais entré en fonction, quand je trouvai sur le soir un jeune icoglan très bien fait. Il faisait fort chaud: le jeune homme voulut se baigner; je pris cette occasion de me baigner aussi. Je ne savais pas que ce fût un crime capital pour un chrétien, d'être trouvé tout nu avec un jeune musulman. Un cadi me fit donner cent coups de bâton sous la plante des pieds, et me condamna aux galères. Je ne crois pas qu'on ait fait une plus horrible injustice. Mais je voudrais bien savoir pourquoi ma sœur est dans la cuisine d'un souverain de Transylvanie réfugié chez le Turcs?

Mais vous, mon cher Pangloss, dit Candide, comment se peut-il que je vous revoie? Il est vrai, dit Pangloss, que vous m'avez vu pendre; je devais naturellement être brûlé; mais vous vous souvenez qu'il plut à verse

Transsilvanien das Geschirr.« Gleich ließ man noch zwei Juden kommen. Candide verkaufte noch mehr Diamanten, und sie brachen in einer anderen Galeere auf, Kunigunde zu befreien.

ACHTUNDZWANZIGSTES KAPITEL

Was Candide, Kunigunde, Pangloß, Martin usw. widerfuhr

»Noch einmal Verzeihung«, sagte Candide zum Baron, »Verzeihung, ehrwürdiger Vater, daß ich Sie mit dem Degen durchbohrt habe!« – »Reden wir nicht mehr davon«, sprach der Baron, »ich war etwas zu heftig, das gebe ich zu. Aber da Sie wissen wollen, welche Zufälle mich auf die Galeere geführt haben, will ich es Ihnen sagen. Ich wurde vom Bruder Feldscher des Kollegiums von meiner Wunde geheilt, von spanischen Truppen angegriffen und gefangengenommen. Man steckte mich in Buenos Aires ins Gefängnis, als meine Schwester gerade von dort abgereist war. Ich verlangte, zum Pater General nach Rom zurückgebracht zu werden. Dann wurde ich als Kaplan an die französische Botschaft nach Konstantinopel geschickt. Ich war dort noch keine acht Tage im Amt, als ich eines Abends einen sehr wohlgestalten Pagen des Sultans traf. Es war sehr warm. Der junge Mann wollte baden gehen; ich nahm die Gelegenheit wahr, auch zu baden. Ich wußte nicht, daß es ein Kapitalverbrechen für einen Christen ist, mit einem jungen Muselmann zusammen nackt angetroffen zu werden. Ein Kadi ließ mir hundert Hiebe auf die Fußsohlen verabreichen und verurteilte mich zur Galeerenstrafe. Ich glaube nicht, daß je ein schreienderes Unrecht verübt worden ist. Aber ich möchte auch gern wissen, warum meine Schwester in der Küche eines zu den Türken geflüchteten Fürsten von Transsilvanien dient.«

»Und Sie, mein lieber Pangloß«, fragte Candide, »wie ist es möglich, daß ich Sie wiedertreffe?« – »Sie haben mich hängen sehen, das ist wahr«, erzählte Pangloß, »und ich sollte natürlich verbrannt werden. Aber wie Sie sich erinnern werden, regnete es in Strömen, als man mich lorsqu'on allait me cuire: l'orage fut si violent qu'on désespéra d'allumer le feu; je fus pendu parce qu'on ne put mieux faire: un chirurgien acheta mon corps, m'emporta chez lui, et me disséqua. Il me fit d'abord une incision cruciale depuis le nombril jusqu'à la clavicule. On ne pouvait pas avoir été plus mal pendu que je l'avais été. L'exécuteur des hautes œuvres de la sainte inquisition, lequel était sous-diacre, brûlait à la vérité les gens à merveille, mais il n'était pas accoutumé à pendre: la corde était mouillée et glissa mal, elle fut nouée; enfin je respirais encore: l'incision cruciale me fit jeter un si grand cri, que mon chirurgien tomba à la renverse, et croyant qu'il disséquait le diable, il s'enfuit en mourant de peur, et tomba encore sur l'escalier en fuyant. Sa femme accourut au bruit, d'un cabinet voisin; elle me vit sur la table étendu avec mon incision cruciale: elle eut encore plus de peur que son mari, s'enfuit et tomba sur lui. Quand ils furent un peu revenus à eux, j'entendis la chirurgienne qui disait au chirurgien: Mon bon, de quoi vous avisez-vous aussi de disséquer un hérétique? Ne savez-vous pas que le diable est toujours dans le corps de ces gens-là? Je vais vite chercher un prêtre pour l'exorciser. Je frémis à ce propos, et je ramassai le peu de forces qui me restaient, pour crier: Ayez pitié de moi! Enfin le barbier portugais s'enhardit; il recousut ma peau; sa femme même eut soin de moi; je fus sur pied au bout de quinze jours. Le barbier me trouva une condition, et me fit laquais d'un chevalier de Malte qui allait à Venise: mais mon maître n'ayant pas de quoi me payer, je me mis au service d'un marchand vénitien, et je le suivis à Constantinople.

Un jour il me prit fantaisie d'entrer dans une mosquée; il n'y avait qu'un vieux iman, et une jeune dévote très jolie qui disait ses patenôtres; sa gorge était toute découverte: elle avait entre ses deux tétons un beau bouquet de tulipes, de roses, d'anémones, de renoncules, d'hyacinthes, et d'oreilles d'ours; elle laissa tomber son bouquet; je le ramassai, et je le lui remis avec un empressement très respectueux. Je fus si longtemps à le lui remettre que l'iman se mit en colère, et, voyant que j'étais chrétien, il braten wollte. Das Gewitter war so heftig, daß man kein Feuer anzünden konnte. So wurde ich gehenkt, weil man sich nicht anders zu helfen wußte. Ein Chirurg kaufte meinen Leichnam, nahm mich zu sich nach Hause und fing an mich zu sezieren. Er machte mir erst einmal einen Kreuzschnitt vom Nabel bis zum Schlüsselbein. Schlechter als ich konnte man nicht gehenkt worden sein. Der Vollstrecker der hohen Werke der Heiligen Inquisition, ein Subdiakon, verstand sich vortrefflich aufs Verbrennen der Leute, aber im Erhängen hatte er keine Übung: Der Strick war naß und rutschte schlecht, er verknotete sich. Jedenfalls atmete ich noch. Der Kreuzschnitt entlockte mir einen so schrillen Schrei, daß der Chirurg hintüber fiel und glaubte, er seziere den Teufel. In seiner Todesangst ergriff er die Flucht und fiel dabei die Treppe hinunter. Seine Frau eilte bei dem Lärm aus einem Nachbarzimmer herbei, sie erblickte mich mit meinem Kreuzschnitt auf dem Tisch, wurde von noch größerer Furcht ergriffen als ihr Mann, floh auch und fiel über ihn. Als sie etwas zu sich gekommen waren, hörte ich, wie die Chirurgenfrau zu ihrem Mann sagte: ›Mein Lieber, wie kommst du auf die Idee, einen Ketzer zu sezieren? Weißt du nicht, daß die allemal den Teufel im Leib haben? Ich eile, einen Priester zu holen, um ihn austreiben zu lassen.‹ Bei diesen Worten erbebte ich. Ich raffte die wenigen Kräfte zusammen, die mir verblieben waren, und schrie: ›Haben Sie Mitleid mit mir!‹ Endlich ermannte sich der portugiesische Bader und flickte meine Haut wieder zusammen. Seine Frau pflegte mich sogar, und nach vierzehn Tagen war ich wieder auf den Beinen. Der Barbier fand eine Stellung für mich. Ich wurde Diener eines Malteserritters, der nach Venedig reiste. Da mein Herr aber kein Geld hatte, mich weiter zu bezahlen, trat ich in den Dienst eines venezianischen Kaufmanns und begleitete ihn nach Konstantinopel.

Eines Tages fiel es mir ein, in eine Moschee zu gehen. Nur ein alter Imam war darin und eine sehr hübsche Andächtige, die ihren Rosenkranz betete. Ihr Busen war ganz entblößt, und zwischen ihren Brüsten hatte sie einen schönen Strauß von Tulpen, Rosen, Anemonen, Ranunkeln, Hyazinthen und Aurikeln. Sie ließ den Strauß fallen. Ich hob ihn auf und reichte ihn ihr mit ehrerbietigster Beflissenheit. Ich brauchte so lange dazu, ihn wieder anzubringen, daß der Imam wütend wurde. Als cria à l'aide. On me mena chez le cadi, qui me fit donner cent coups de latte sur la plante des pieds, et m'envoya aux galères. Je fus enchaîné précisément dans la même galère et au même banc que monsieur le baron. Il y avait dans cette galère quatre jeunes gens de Marseille, cinq prêtres napolitains, et deux moines de Corfou, qui nous dirent que de pareilles aventures arrivaient tous les jours. Monsieur le baron prétendait qu'il avait essuyé une plus grande injustice que moi; je prétendais moi, qu'il était beaucoup plus permis de remettre un bouquet sur la gorge d'une femme, que d'être tout nu avec un icoglan. Nous disputions sans cesse, et nous recevions vingt coups de nerf de bœuf par jour, lorsque l'enchaînement des événements de cet univers vous a conduit dans notre galère, et que vous nous avez rachetés.

Eh bien, mon cher Pangloss, lui dit Candide, quand vous avez été pendu, disséqué, roué de coups, et que vous avez ramé aux galères, avez-vous toujours pensé que tout allait le mieux du monde? Je suis toujours de mon premier sentiment, répondit Pangloss; car enfin je suis philosophe, il ne me convient pas de me dédire, Leibnitz ne pouvant pas avoir tort, et l'harmonie préétablie étant d'ailleurs la plus belle chose du monde, aussi bien que le plein et la matière subtile.

CHAPITRE VINGT-NEUVIÈME

Comment Candide retrouva Cunégonde et la vieille

Pendant que Candide, le baron, Pangloss, Martin et Cacambo, contaient leurs aventures, qu'ils raisonnaient sur les événements contingents ou non contingents de cet univers, qu'ils disputaient sur les effets et les causes, sur le mal moral et sur le mal physique, sur la liberté et la nécessité, sur les consolations que l'on peut éprouver lorsqu'on est aux galères en Turquie, ils abordèrent sur le rivage de la Propontide à la maison du prince de Transylvanie. Les premiers objets qui se présentèrent furent Cunégonde et la vieille, qui étendaient des serviettes sur des ficelles pour les faire sécher.

er erkannte, daß ich ein Christ war, rief er um Hilfe. Man brachte mich vor den Kadi, der mir hundert Stockhiebe auf die Fußsohlen geben ließ und mich zu den Galeeren verurteilte. Ich wurde auf dieselbe Bank gekettet wie der Herr Baron. Auf dem Boot waren vier junge Leute aus Marseille, fünf Priester aus Neapel und zwei Mönche aus Korfu, die sagten, derlei komme alle Tage vor. Der Herr Baron behauptete, ungerechter behandelt worden zu sein als ich, ich behauptete, es sei weit erlaubter, am Busen einer Frau einen Strauß anzubringen, als nackt mit einem Pagen zusammenzusein. So debattierten wir unentwegt, und so bekamen wir täglich zwanzig Hiebe mit dem Ochsenziemer übergezogen, als die Verkettung der Umstände dieser Welt Sie auf unsere Galeere führte und Sie uns freikauften.«

»Mein lieber Pangloß«, fragte Candide, »als Sie gehenkt, seziert und beim Rudern auf der Galeere ausgepeitscht wurden, haben Sie da immer noch gedacht, es stehe alles zum Besten auf dieser Welt?« – »Ich bin immer noch derselben Meinung«, antwortete Pangloß, »denn ich bin schließlich ein Philosoph, und es gehört sich nicht, sich zu widerrufen. Leibniz konnte nicht unrecht haben, und außerdem ist die prästabilierte Harmonie ebenso wie der erfüllte Raum und der beseelte Stoff das Schönste, was es auf Erden gibt.«

NEUNUNDZWANZIGSTES KAPITEL

Wie Candide Kunigunde und die Alte wiederfand

Während Candide, der Baron, Pangloß, Martin und Cacambo einander ihre Abenteuer erzählten, über die zufälligen und nicht-zufälligen Ereignisse dieser Welt räsonnierten und über Wirkungen und Ursachen, das geistige und das physische Übel, die Freiheit und die Notwendigkeit sowie über die Tröstungen debattierten, die einem widerfahren können, wenn man sich auf türkischen Galeeren befindet, gelangten sie an das Ufer des Marmarameeres und an das Haus des Fürsten von Transsilvanien. Als erstes sahen sie Kunigunde und die Alte, die an Wäscheleinen Handtücher zum Trocknen aufhängten.

Le baron pâlit à cette vue. Le tendre amant Candide en voyant sa belle Cunégonde rembrunie, les yeux éraillés, la gorge sèche, les joues ridées, les bras rouges et écaillés, recula trois pas saisi d'horreur, et avança ensuite par bon procédé. Elle embrassa Candide et son frère: on embrassa la vieille: Candide les racheta toutes deux.

Il y avait une petite métairie dans le voisinage; la vieille proposa à Candide de s'en accommoder, en attendant que toute la troupe eût une meilleure destinée. Cunégonde ne savait pas qu'elle était enlaidie, personne ne l'en avait avertie: elle fit souvenir Candide de ses promesses avec un ton si absolu, que le bon Candide n'osa pas la refuser. Il signifia donc au baron qu'il allait se marier avec sa sœur. Je ne souffrirai jamais, dit le baron, une telle bassesse de sa part, et une telle insolence de la vôtre; cette infamie ne me sera jamais reprochée: les enfants de ma sœur ne pourraient entrer dans les chapitres d'Allemagne. Non, jamais ma sœur n'épousera qu'un baron de l'empire. Cunégonde se jeta à ses pieds, et les baigna de larmes; il fut inflexible. Maître fou, lui dit Candide, je t'ai réchappé des galères, j'ai payé ta rançon, j'ai payé celle de ta sœur; elle lavait ici des écuelles, elle est laide, j'ai la bonté d'en faire ma femme, et tu prétends encore t'y opposer; je te retuerais si j'en croyais ma colère. Tu peux me tuer encore, dit le baron, mais tu n'épouseras pas ma sœur de mon vivant.

Der Baron erbleichte bei dem Anblick, und als der zärtliche Liebhaber Candide seine schöne Kunigunde mit vergilbter Haut, blutunterlaufenen Augen, eingetrockneter Brust, faltigen Wangen, geröteten und schuppigen Armen erblickte, da wich er vor Schreck drei Schritte zurück, trat jedoch anstandshalber gleich wieder vor. Sie umarmte Candide und ihren Bruder, man umarmte die Alte. Candide löste sie beide aus.

In der Nachbarschaft befand sich ein kleiner Bauernhof. Die Alte schlug Candide vor, sich so lange damit abzufinden, bis sich für die ganze Truppe ein besseres Los fände. Kunigunde wußte nicht, daß sie häßlich geworden war: Niemand hatte es ihr gesagt. Sie erinnerte Candide in so bestimmtem Ton an sein Versprechen, daß der Gute sich nicht zu weigern wagte. Er bedeutete also dem Baron, daß er seine Schwester zu ehelichen gedenke. »Ich werde eine solche Schmach meiner Schwester nie dulden«, sprach der Baron, »und auch nicht eine solche Unverschämtheit von Ihnen. Es würde mir zu ewiger Schande gereichen, wenn die Kinder meiner Schwester nicht in den deutschen Adelskalender aufgenommen werden könnten. Nein, meine Schwester wird nur einen Reichsbaron heiraten.« Kunigunde warf sich ihm tränenüberströmt zu Füßen, er blieb unbeugsam. »Du Erzschelm«, sagte da Candide, »ich habe dich von den Galeeren errettet, ich habe Lösegeld für dich bezahlt, ich habe deine Schwester freigekauft. Sie hat hier das Geschirr gespült, und sie ist häßlich, ich habe die Güte, sie zur Frau zu nehmen, und du glaubst dich dem immer noch widersetzen zu können. Wenn ich mich in meinem Zorn gehen ließe, brächte ich dich noch einmal um.« – »Du kannst mich noch einmal töten«, sagte der Baron, »aber solange ich lebe, heiratest du meine Schwester nicht.«

CHAPITRE TRENTIÈME

Conclusion

Candide dans le fond de son cœur n'avait aucune envie d'épouser Cunégonde. Mais l'impertinence extrême du baron le déterminait à conclure le mariage, et Cunégonde le pressait si vivement qu'il ne pouvait s'en dédire. Il consulta Pangloss, Martin et le fidèle Cacambo. Pangloss fit un beau mémoire, par lequel il prouvait que le baron n'avait nul droit sur sa sœur, et qu'elle pouvait selon toutes les lois de l'empire épouser Candide de la main gauche. Martin conclut à jeter le baron dans la mer; Cacambo décida qu'il fallait le rendre au levanti patron, et le remettre aux galères; après quoi on l'enverrait à Rome au père général par le premier vaisseau. L'avis fut trouvé fort bon; la vieille l'approuva; on n'en dit rien à sa sœur; la chose fut exécutée pour quelque argent, et on eut le plaisir d'attraper un jésuite, et de punir l'orgueil d'un baron allemand.

Il était tout naturel d'imaginer qu'après tant de désastres, Candide marié avec sa maîtresse, et vivant avec le philosophe Pangloss, le philosophe Martin, le prudent Cacambo et la vieille, ayant d'ailleurs rapporté tant de diamants de la patrie des anciens Incas, mènerait la vie du monde la plus agréable; mais il fut tant friponné par les juifs qu'il ne lui resta plus rien que sa petite métairie; sa femme, devenant tous les jours plus laide, devint acariâtre et insupportable: la vieille était infirme, et fut encore de plus mauvaise humeur que Cunégonde. Cacambo qui travaillait au jardin, et qui allait vendre des légumes à Constantinople, était excédé de travail, et maudissait sa destinée. Pangloss était au désespoir de ne pas briller dans quelque université d'Allemagne. Pour Martin, il était fermement persuadé qu'on est également mal partout; il prenait les choses en patience. Candide, Martin et Pangloss disputaient quelquefois de métaphysique et de morale. On voyait souvent passer sous les fenêtres de la métairie des bateaux chargés d'effendis, de bachas, de cadis qu'on en-

DREISSIGSTES KAPITEL

Schluß

Im Grunde seiner Seele hatte Candide nicht die geringste Lust, Kunigunde zu heiraten. Aber die grenzenlose Unverschämtheit des Barons veranlaßte ihn, die Ehe zu schließen, und Kunigunde drängte so heftig, daß er nicht zurücktreten konnte. Er fragte Pangloß, Martin und den getreuen Cacambo um Rat. Pangloß verfaßte eine schöne Denkschrift, in welcher er nachwies, daß der Baron keinerlei Rechte auf seine Schwester hatte und sie Candide nach allen Gesetzen des Reiches zur linken Hand ehelichen konnte. Martin war dafür, den Baron ins Meer zu werfen; Cacambo war der Meinung, man solle ihn dem Levantiner wiedergeben und auf der Galeere rudern lassen, danach könne er immer noch mit dem nächsten Schiff zum Pater General zurückbefördert werden. Der Rat wurde für gut befunden, die Alte stimmte zu, man verriet der Schwester nichts, und der Plan wurde für wenig Geld ausgeführt. So hatte man das Vergnügen, einen Jesuiten zu ärgern und einen deutschen Baron für seinen Hochmut zu bestrafen.

Es wäre ganz natürlich zu glauben, daß Candide nach so vielem Mißgeschick, verheiratet mit seiner Angebeteten, gemeinsam mit dem Philosophen Pangloß und dem Philosophen Martin, mit dem gewitzten Cacambo und der Alten das angenehmste Leben geführt habe, zumal er aus dem Reich der alten Inkas so viele Diamanten mitgebracht hatte. Aber die Juden betrogen ihn so arg, daß ihm nur der kleine Bauernhof übrigblieb; seine Frau wurde täglich häßlicher, sie wurde dazu zänkisch und unerträglich; die Alte kränkelte und war noch übler gelaunt als Kunigunde. Cacambo, der im Garten werkte und das Gemüse in Konstantinopel verkaufte, war überarbeitet und verfluchte sein Schicksal. Pangloß war verzweifelt darüber, daß er nicht an irgendeiner deutschen Universität glänzen konnte. Was Martin betrifft, so war er fest davon überzeugt, daß es einem überall gleich schlecht geht, und er trug das mit Fassung. Candide, Martin und Pangloß diskutierten bisweilen über Metaphysik und Moral. Oft sah man, wenn man aus den Fenstern des Hauses schaute, Schiffe voller Effendis, Paschas oder Kadis vorüberfahren, voyait en exil à Lemnos, à Mytilène, à Erzeroum. On voyait venir d'autres cadis, d'autres bachas, d'autres effendis, qui prenaient la place des expulsés, et qui étaient expulsés à leur tour. On voyait des têtes proprement empaillées qu'on allait présenter à la Sublime Porte. Ces spectacles faisaient redoubler les dissertations; et quand on ne disputait pas, l'ennui était si excessif, que la vieille osa un jour leur dire: Je voudrais savoir lequel est le pire, ou d'être violée cent fois par des pirates nègres, d'avoir une fesse coupée, de passer par les baguettes chez les Bulgares, d'être fouetté et pendu dans un auto-da-fé, d'être disséqué, de ramer en galère, d'éprouver enfin toutes les misères par lesquelles nous avons tous passé, ou bien de rester ici à ne rien faire? C'est une grande question, dit Candide.

Ce discours fit naître de nouvelles réflexions, et Martin surtout conclut que l'homme était né pour vivre dans les convulsions de l'inquiétude, ou dans la léthargie de l'ennui. Candide n'en convenait pas, mais il n'assurait rien. Pangloss avouait qu'il avait toujours horriblement souffert; mais ayant soutenu une fois que tout allait à merveille, il le soutenait toujours, et n'en croyait rien.

Une chose acheva de confirmer Martin dans ses détestables principes, de faire hésiter plus que jamais Candide, et d'embarrasser Pangloss. C'est qu'ils virent un jour aborder dans leur métairie Paquette et le frère Giroflée, qui étaient dans la plus extrême misère; ils avaient bien vite mangé leurs trois mille piastres, s'étaient quittés, s'étaient raccommodés, s'étaient brouillés, avaient été mis en prison, s'étaient enfuis, et enfin frère Giroflée s'était fait turc. Paquette continuait son métier partout, et n'y gagnait plus rien. Je l'avais bien prévu, dit Martin à Candide, que vos présents seraient bientôt dissipés, et ne les rendraient que plus misérables. Vous avez regorgé de millions de piastres, vous et Cacambo, et vous n'êtes pas plus heureux que frère Giroflée et Paquette. Ah! ah! dit Pangloss à Paquette, le Ciel vous ramène donc ici parmi nous, ma pauvre enfant! Savez-vous bien que vous m'avez coûté le bout du nez, die nach Lemnos, Mytilene oder Erzerum in die Verbannung geschickt wurden. Andere Kadis, andere Paschas und andere Effendis nahmen die Plätze der Vertriebenen ein und wurden ihrerseits wieder vertrieben. Säuberlich ausgestopfte Köpfe wurden vorübergefahren, um der Hohen Pforte präsentiert zu werden. Das Schauspiel belebte die Auseinandersetzungen immer wieder aufs neue. Und wenn man nicht diskutierte, wurde die Langeweile so unerträglich, daß die Alte eines Tages zu sagen wagte: »Ich möchte wissen, was schlimmer ist: hundertmal von afrikanischen Seeräubern vergewaltigt zu werden, eine Hinterbacke abgeschnitten zu bekommen, bei den Bulgaren Spießruten zu laufen, bei einem Autodafé ausgepeitscht, gehenkt und seziert zu werden, auf den Galeeren zu rudern und überhaupt alles erdenkliche Leid, das uns widerfahren ist, zu erdulden, oder hier zu bleiben und nichts zu tun.« – »Das ist eine große Frage«, sagte Candide.

Diese Worte weckten neues Nachdenken, und vor allem Martin kam zu dem Schluß, der Mensch sei dazu geschaffen, entweder in Rastlosigkeit umgetrieben zu werden oder in Tatenlosigkeit der Langeweile zu verfallen. Candide war nicht der Meinung, wußte es aber auch nicht besser. Pangloß gab zu, daß er immer schrecklich gelitten hatte; da er aber einmal die Ansicht vertreten habe, es stehe alles zum Besten, blieb er dabei, ohne daran zu glauben.

Ein Ereignis ließ Martin sich ganz und gar auf seine verabscheuungswürdigen Prinzipien versteifen, Candide mehr denn je zweifeln und Pangloß in Verwirrung geraten; eines Tages sahen sie nämlich Paquette und Bruder Giroflée in elendem Zustand bei ihnen anlangen. Sie hatten ihre dreitausend Piaster bald durchgebracht, hatten einander verlassen, sich wieder zusammengefunden und erneut zerstritten, waren eingesperrt worden und geflohen. Schließlich war Bruder Giroflée Türke geworden. Paquette übte überall ihr altes Gewerbe aus und verdiente nichts mehr damit. »Ich habe es vorausgesehen«, sagte Martin zu Candide, »daß Ihre Gaben bald durchgebracht sein und die beiden nur noch unglücklicher machen würden. Sie und Cacambo besaßen Millionen von Piastern und sind auch nicht glücklicher als Bruder Giroflée und Paquette.« – »Ach«, sagte Pangloß zu Paquette, »da führt der Himmel Sie zu uns, mein armes Kind! Wissen Sie auch, daß Sie mich eine Nasenun œil et une oreille? Comme vous voilà faite! eh! qu'est-ce que ce monde! Cette nouvelle aventure les engagea à philosopher plus que jamais.

Il y avait dans le voisinage un derviche très fameux, qui passait pour le meilleur philosophe de la Turquie; ils allèrent le consulter; Pangloss porta la parole, et lui dit: Maître, nous venons vous prier de nous dire pourquoi un aussi étrange animal que l'homme a été formé?

De quoi te mêles-tu? dit le derviche, est-ce là ton affaire? Mais, mon révérend père, dit Candide, il y a horriblement de mal sur la terre. Qu'importe, dit le derviche, qu'il y ait du mal ou du bien? Quand Sa Hautesse envoie un vaisseau en Egypte, s'embarrasse-t-elle si les souris qui sont dans le vaisseau sont à leur aise ou non? – Que faut-il donc faire? dit Pangloss. Te taire, dit le derviche. Je me flattais, dit Pangloss, de raisonner un peu avec vous des effets et des causes, du meilleur des mondes possibles, de l'origine du mal, de la nature de l'âme, et de l'harmonie préétablie. Le derviche à ces mots leur ferma la porte au nez.

Pendant cette conversation, la nouvelle s'était répandue qu'on venait d'étrangler à Constantinople deux vizirs du banc, et le muphti, et qu'on avait empalé plusieurs de leurs amis. Cette catastrophe faisait partout un grand bruit pendant quelques heures. Pangloss, Candide et Martin, en retournant à la petite métairie, rencontrèrent un bon vieillard qui prenait le frais à sa porte sous un berceau d'orangers. Pangloss, qui était aussi curieux que raisonneur, lui demanda comment se nommait le muphti qu'on venait d'étrangler. Je n'en sais rien, répondit le bon homme, et je n'ai jamais su le nom d'aucun muphti, ni d'aucun vizir. J'ignore absolument l'aventure dont vous me parlez; je présume qu'en général ceux qui se mêlent des affaires publiques périssent quelquefois misérablement, et qu'ils le méritent; mais je ne m'informe jamais de ce qu'on fait à Constantinople; je me contente d'y envoyer vendre les fruits du jardin que je cultive. Ayant dit ces mots, il fit entrer les étrangers dans sa maison: ses spitze, ein Auge und ein Ohr gekostet haben? Und wie sehen Sie aus! Oh, was ist das für eine Welt!« Dieses jüngste Ereignis brachte sie mehr denn je zum Philosophieren.

In der Nachbarschaft lebte ein sehr berühmter Derwisch, der als der beste Philosoph der Türkei galt. Ihn suchten sie auf, um sich Rat zu holen. Pangloß führte das Wort und sprach zu ihm: »Meister, wir kommen mit der Bitte, Sie möchten uns sagen, warum ein derart seltsames Wesen wie der Mensch geschaffen worden ist.«

»Was geht dich das an?« sagte der Derwisch. »Ist das deine Sache?« – »Aber, ehrwürdiger Vater, es gibt schrecklich viel Übel auf der Welt.« – »Was tut's«, sagte der Derwisch, »ob es Übel gibt oder Gutes? Wenn der Großsultan ein Schiff nach Ägypten schickt, kümmert es ihn, ob die Mäuse, die in dem Schiff sind, sich wohl oder übel befinden?« – »Was soll man also tun?« fragte Pangloß. »Schweigen«, sagte der Derwisch. »Ich hatte mir geschmeichelt«, sagte Pangloß, »ein wenig mit Ihnen über die Wirkungen und die Ursachen, die beste aller möglichen Welten, den Ursprung des Übels, die Beschaffenheit der Seele und die prästabilierte Harmonie reden zu können.« Bei diesen Worten schlug der Derwisch ihnen die Tür vor der Nase zu.

Während dieser Unterhaltung war bekannt geworden, daß man in Konstantinopel zwei der obersten Richter und den Mufti erdrosselt und mehrere ihrer Freunde gepfählt hatte. Ein paar Stunden lang erregte diese Katastrophe überall großes Aufsehen. Pangloß, Candide und Martin kehrten zu ihrem kleinen Bauernhof zurück und trafen unterwegs auf einen guten Alten, der in einer Orangenlaube vor seiner Tür die Kühle genoß. Pangloß, der ebenso neugierig wie debattierfreudig war, fragte ihn, wie der Mufti hieß, den man erdrosselt hatte. »Ich weiß es nicht«, sagte der gute Mann, »ich habe noch nie den Namen eines Muftis oder Wesirs gekannt. Ich weiß nicht das Mindeste von dem Ereignis, auf das Sie anspielen. Grundsätzlich vermute ich, daß diejenigen, die sich um die öffentlichen Angelegenheiten kümmern, bisweilen elend umkommen und daß sie das verdienen. Aber ich frage nie nach dem, was in Konstantinopel geschieht. Ich begnüge mich damit, die Früchte des Gartens, den ich bestelle, zum Verkauf dorthin zu schicken.« Nach diesen Worten bat er die Fremden ins Haus. Seine beiden Töchter und seine deux filles et ses deux fils leur présentèrent plusieurs sortes de sorbets qu'ils faisaient eux-mêmes, du kaïmak piqué d'écorces de cédrat confit, des oranges, des citrons, des limons, des ananas, des pistaches, du café de Moka qui n'était point mêlé avec le mauvais café de Batavia et des îles. Après quoi les deux filles de ce bon musulman parfumèrent les barbes de Candide, de Pangloss et de Martin.

Vous devez avoir, dit Candide au Turc, une vaste et magnifique terre? Je n'ai que vingt arpents, répondit le Turc; je les cultive avec mes enfants; le travail éloigne de nous trois grands maux, l'ennui, le vice et le besoin.

Candide, en retournant dans sa métairie, fit de profondes réflexions sur le discours du Turc. Il dit à Pangloss et à Martin: Ce bon vieillard me paraît s'être fait un sort bien préférable à celui des six rois avec qui nous avons eu l'honneur de souper. Les grandeurs, dit Pangloss, sont fort dangereuses, selon le rapport de tous les philosophes. Car enfin Eglon roi des Moabites fut assassiné par Aod; Absalon fut pendu par les cheveux et percé de trois dards; le roi Nadab fils de Jéroboam, fut tué par Baza, le roi Ela par Zambri, Okosias par Jéhu, Attalia par Joïada; les rois Joakim, Jéconias, Sédécias furent esclaves. Vous savez comment périrent Crésus, Astiage, Darius, Denys de Syracuse, Pyrrhus, Persée, Annibal, Jugurtha, Arioviste, César, Pompée, Néron, Othon, Vitellius, Domitien, Richard II d'Angleterre, Edouard II, Henri VI, Richard III, Marie Stuart, Charles I, les trois Henri de France, l'empereur Henri IV? Vous savez... Je sais aussi, dit Candide, qu'il faut cultiver notre jardin. Vous avez raison, dit Pangloss; car quand l'homme fut mis dans le jardin d'Eden, il y fut mis, *ut operaretur eum,* pour qu'il travaillât; ce qui prouve que l'homme n'est pas né pour le repos. Travaillons sans raisonner, dit Martin, c'est le seul moyen de rendre la vie supportable.

Toute la petite société entra dans ce louable dessein; chacun se mit à exercer ses talents. La petite terre rapporta beaucoup. Cunégonde était à beiden Söhne boten ihnen mehrere Arten von Sorbet an, die sie selbst hergestellt hatten, dazu Kaimak, garniert mit kandiertem Zitronat, mit Orangen, Zitronen, Limonen, Ananas und Pistazien, und einen Mokka, der nicht mit dem schlechten Kaffee aus Batavia und von den Inseln vermischt war. Danach parfümierten die beiden Mädchen des guten Muselmannes die Bärte von Candide, Pangloß und Martin.

»Sie müssen einen großen und prächtigen Landbesitz haben«, sagte Candide zu dem Türken. »Ich besitze nur zwanzig Morgen Land«, antwortete der Türke. »Ich bebaue sie mit meinen Kindern. Die Arbeit hält drei große Übel von uns fern: die Langeweile, das Laster und die Not.«

Bei der Rückkehr zu seinem Bauernhof stellte Candide tiefgründige Überlegungen über die Worte des Türken an. Zu Pangloß und Martin sagte er: »Dieser gute Alte scheint mir ein Los erwählt zu haben, das demjenigen der sechs Könige, mit denen zu tafeln wir die Ehre hatten, bei weitem vorzuziehen ist.« – »Die Herrlichkeiten dieser Welt«, sagte Pangloß, »sind nach Aussage aller Weisen gefährlich. Denn Eglon, der König der Moabiter, wurde von Aod ermordet, Absalom hängte sich an den Haaren auf und wurde von drei Lanzen durchbohrt, Nadab, der Sohn Jerobeams, wurde von Baesa umgebracht, der König Ela von Simri, Ochosias von Jehu, Athalia von Jojada; die drei Könige Jojakim, Jekonias und Zedekia wurden versklavt. Wie Kroesus, Astyages, Darius, Dionysius von Syrakus, Pyrrhus, Perseus, Hannibal, Jugurtha, Ariovist, Caesar, Pompeius, Nero, Otho, Vitellius, Domitian, Richard II. von England, Eduard II., Heinrich VI., Richard III., Maria Stuart, Karl I., Frankreichs drei Heinriche, der Kaiser Heinrich IV. umgekommen sind, wissen Sie. Und Sie wissen ...« – »Ich weiß auch«, sagte Candide, »daß wir unseren Garten bestellen müssen.« – »Sie haben recht«, sagte Pangloß, »denn als der Mensch in den Garten Eden gesetzt wurde, wurde er hineingesetzt, ut operaretur eum, damit er ihn bearbeite, was beweist, daß der Mensch nicht für die Muße gemacht ist.« – »Arbeiten wir ohne zu räsonnieren«, sagte Martin, »das ist das einzige Mittel, das Leben erträglich zu machen.«

Die ganze kleine Gesellschaft machte sich diese löbliche Absicht zu eigen. Jeder ging daran, seine Begabung zu nutzen. Das kleine Stück Land brachte viel ein. Kunigunde war zwar wirklich sehr häßlich, aber la vérité bien laide; mais elle devint une excellente pâtissière; Paquette broda; la vieille eut soin du linge. Il n'y eut pas jusqu'à frère Giroflée qui ne rendit service; il fut un très bon menuisier, et même devint honnête homme: et Pangloss disait quelquefois à Candide: Tous les événements sont enchaînés dans le meilleur des mondes possibles; car enfin, si vous n'aviez pas été chassé d'un beau château, à grands coups de pied dans le derrière, pour l'amour de mademoiselle Cunégonde, si vous n'aviez pas été mis à l'inquisition, si vous n'aviez pas couru l'Amérique à pied, si vous n'aviez pas donné un bon coup d'épée au baron, si vous n'aviez pas perdu tous vos moutons du bon pays d'Eldorado, vous ne mangeriez pas ici des cédrats confits et des pistaches. Cela est bien dit, répondit Candide, mais il faut cultiver notre jardin.

sie wurde eine ausgezeichnete Kuchenbäckerin, Paquette stickte, die Alte kümmerte sich um die Wäsche. Selbst Bruder Giroflée machte sich nützlich: Er wurde ein sehr guter Schreiner und sogar ein anständiger Mensch. Und Pangloß sagte manchmal zu Candide: »Alle Ereignisse sind in der besten aller möglichen Welten miteinander verknüpft, denn wenn Sie nicht mit kräftigen Tritten in den Hintern aus einem schönen Schloß gejagt worden wären, weil Sie Kunigunde liebten, wenn Sie nicht der Inquisition in die Hände gefallen wären, wenn Sie nicht zu Fuß Amerika durchquert hätten, wenn Sie nicht dem Baron einen schönen Stoß mit dem Degen versetzt und all Ihre Hammel aus dem guten Land Eldorado verloren hätten, äßen Sie jetzt hier kein kandiertes Zitronat und keine Pistazien.« – »Das ist wohl gesprochen«, versetzte Candide, »aber wir müssen unseren Garten bestellen.«

Nachwort

Voltaires »Candide« – ein Experimentalroman

Der Begriff »Experimentalroman« stammt nicht von Voltaire, sondern von Émile Zola. Dem Prestige der Naturwissenschaften zuliebe hatte der Verfasser der »Rougon-Macquart« 1880 eine Romantheorie entwickelt, die sich an die Lehre eines damals berühmten Arztes, Claude Bernard, anschloß. Zola glaubte, die »experimentelle Methode« Bernards müsse auf die Romankunst übertragen werden, damit diese endlich den Makel des Willkürlichen verliere. Der naturalistische Romancier solle die Wirklichkeit so genau beobachten wie ein Naturwissenschaftler, meinte Zola, und in sie seine Figuren einbetten – etwa nach dem Rezept: »Man nehme einen Menschen mit bestimmten Charaktereigenschaften, bestimmten Schwächen, bestimmten Erbanlagen und plaziere ihn in ein bestimmtes soziales Milieu!« So die Vorstellung, bei der es dann nur noch darauf ankam, die Folgen zu registrieren, die sich aus der vorgenommenen Konfrontation von Individuum und Gesellschaft ergaben. Die Analogie zum Vorgehen eines experimentierenden Naturwissenschaftlers ist frappant, sie ist nur ein bißchen »zu schön, um wahr zu sein«, denn während der Naturwissenschaftler die Natur vorfindet, *erfindet* der Romancier sie ja, mag er sich noch so objektiv gebärden. Die Auswahl, die er treffen muß, da er ja niemals alles Wirkliche in den Roman aufnehmen kann, ist zwangsläufig subjektiv. Zolas Theorie stimmt nicht; aber sie ist hochinteressant. Sie stellt den Versuch eines Brückenschlags zwischen Naturwissenschaft und Kunst dar, der von der Vorstellung ausgeht, es müsse möglich sein, den längst verlassenen Idealzustand einer universalen Bildung wiederherzustellen.

Voltaire war diesem Idealzustand noch ziemlich nahe. Er sah nicht ein (wie er es einmal ausdrückte), »warum das Studium der Physik die Blumen der Poesie zerstören sollte«, und seine größte geistesgeschichtliche Bedeutung besteht in der Tat, insofern derjenigen Goethes vergleichbar, darin, daß er naturwissenschaftliches Denken in das Reich der Literatur einführte oder doch versuchte, das zu tun. Nirgendwo ist es ihm besser gelungen als im »Candide«. Die Theorie des Optimismus, die Meister Pangloß seinem naiv-gutgläubigen Schüler Candide in der Leibniz'schen Form von »dieser Welt als der besten aller möglichen Welten« einbleut, wird in dem Roman ja nicht durch Argumente widerlegt, sondern dadurch, daß sie mit einer so ganz andersartigen Wirklichkeit konfrontiert wird. Das Werk ist darauf angelegt, daß die papierene Theorie durch die Lebenspraxis selbst und nicht durch eine andere Theorie zunichte gemacht wird. Immer wieder wird der Westfalenjunker mit der Nase in einen Dreck gesteckt, der zu der Leibniz'schen oder auch nicht Leibniz'schen Lehre von der besten aller möglichen Welten im denkbar krassesten Gegensatz steht. Ein gut Teil des Spaßes, den der Autor an diesem grimmigen Scherz gehabt hat und den an seine Leser zu vermitteln ihm dank der humorvoll-trockenen, scheinbar unbeteiligt-sarkastischen Art, vor allem aber durch sein rasantes Erzähltempo gelingt, rührt von dem Starrsinn her, mit dem der autoritätshörige Candide allem Anschein zum Trotz an der Lehre seines grenzenlos bewunderten Doktor Pangloß festhält. »Man nehme einen naiven Starrkopf, trichtere ihm eine optimistische Weltanschauung ein und konfrontiere ihn mit der Misere der Wirklichkeit!«, das ist das Rezept von Voltaires Roman, von dem man behaupten könnte, es nehme – in Grenzen – dasjenige seines naturalistischen Nachfahren vorweg.

Wie kam Voltaire auf den Einfall, die Leibniz zugeschriebene, aber von Christian Wolff ebenso wie von Alexander Pope verbreitete Lehre von der relativen Güte dieser Welt nicht durch Gegenargumente, sondern in Gestalt eines Romanexperiments – und dadurch um so wirksamer – zu widerlegen? Die Antwort könnte lauten: Sie entsprach seiner aufs Praktische gerichteten Natur, einem sachorientierten Denken, das wir nur als solches konstatieren können. Sicher war es *auch* so. Es gibt genug Belege dafür. Ein besonders markanter ist die Art und Weise, wie Voltaire auf die Polemik von Jean-Jacques Rousseau reagierte, der bewiesen hatte, wie schädlich es für die Bürger seiner Vaterstadt Genf wäre, wenn es dort ein Theater gäbe. Voltaire schrieb darauf in einem

Brief an seinen Freund D'Alembert: »Sie haben sich dazu herabgelassen, diesem Narren von einem Jean-Jacques mit Gründen zu kommen, ich hingegen mache es wie der, der als einzige Antwort auf Argumente gegen die Bewegung anfing zu gehen. Jean-Jacques beweist, daß die Genfer kein Theater haben dürfen, und ich baue eines.« So widerlegte der Praktiker Voltaire den Theoretiker Rousseau durch die Tat.

Es mag wohl sein, daß Bürgersinn dahintersteckt, daß man die großbürgerliche Tradition des Pariser Advokatensohnes mit heranziehen kann, um diesen Sinn fürs Praktische zu erklären. Aber wir bleiben im Reich der Vermutungen, wenn wir das tun. Gottseidank haben wir Genaueres zur Hand, um diese wohl für Voltaire allgemein charakteristische, den »Candide« aber in höchstem Maße kennzeichnende Eigenart zu erklären. Es geht um England, es geht um Locke und Newton, deren Geist Voltaire in sich aufnahm, als er in jungen Jahren dort weilte, das heißt, es geht um eine grundlegende Neuorientierung eines Denkens, das bis dahin allenfalls ein paar erste, zögernde Schritte in dieser Richtung gemacht hatte. Kolportiert man das oft zitierte Wort Goethes, mit Voltaire gehe eine Welt zu Ende und mit Rousseau beginne eine neue, so trifft das auf gewisse Bereiche des Empfindens und Fühlens wie auch wohl der literarischen Produktion zu, nicht aber in diesem einen, entscheidenden Punkt: Voltaire ist der erste große europäische Schriftsteller, der naturwissenschaftliches Denken nicht nur gekannt, sondern sich zutiefst zu eigen gemacht hat, der gar nicht mehr anders konnte, als exakt, genau beobachtend, faktenorientiert, kurz, empirisch vorzugehen, dem daher alles bloß Spekulative und vor allem jedes Systemdenken verdächtig war, der an Theorien nicht glaubte, solange sie nicht von der Erfahrung abgestützt waren – und der sie ablehnte, wenn sie sich nicht auf die Erfahrung stützen ließen. Ist das etwa nicht »modern« ? Denken wir nicht alle heute, mehr oder minder, so?

Das wäre das eine, Grundsätzliche. Das andere, uns hier Betreffende aber ist: Im »Candide« hat die neue, naturwissenschaftliche Denkweise, hat die experimentelle Methode dichterisch einen Niederschlag gefunden, ist sie fiktional fruchtbar geworden wie nie zuvor – und selten danach. Voltaires Geschichte vom naiven Westfalenjunker, der auf seinen Irrfahrten um den halben Globus von einem Schicksalsschlag nach dem anderen getroffen wird und doch bis fast ans Ende seiner Laufbahn von dem Glauben an die beste aller möglichen Welten nicht ablassen will, ist in der Tat wie ein chemisches oder physikalisches Experiment konzipiert, und eben dies hat seinen Erfolg bewirkt. Nicht die »Verschmelzung von Geschichte, Kunst und Philosophie« erklärt das Rätsel dieses Erfolgs, wie der Amerikaner Ira O. Wade in seinem großen »Candide«-Buch von 1959 meinte, sondern die Verschmelzung von Naturwissenschaft und Dichtung. Im Gegensatz zu Zola ist Voltaires »Experimentalroman« freilich nicht das Ergebnis einer theoretischen Fundierung, die auf schwachen Füßen steht, sondern das Resultat eines Spontaneinfalls, über den der Autor sich gar nicht Rechenschaft abgelegt hat. Sicher hätte er nicht, wie Zola, beansprucht, die Wirklichkeit mit wissenschaftlicher Genauigkeit beobachtet und in seinen Roman aufgenommen zu haben: Er schrieb nur, was er sah – und färbte es, seiner derzeitigen Grundstimmung entsprechend, schwarz. Zugleich diente ihm diese Schwarzfärbung als willkommener Kontrast zur rosa Philosophie seines »Helden«.

Es ist also, wenn *etwas* bewußt war, eine bewußte Kunstabsicht am Werk im »Candide«; diese zu leugnen, wie Zola es später tat, wäre Voltaire nicht in den Sinn gekommen. Er karikierte mit Lust, er pointierte gezielt, das tat er in all seinen Schriften, vor allem aber in seinem »Candide«. Und natürlich kann hier, im Gegensatz zum Romancier des späten 19. Jahrhunderts, von Vererbungslehren und Milieutheorien nicht die Rede sein. Wo Zola sich an bestimmte Lehren zeitgenössischer Berühmtheiten anlehnt, um seinen Roman zu verwissenschaftlichen, übernimmt Voltaire nur die Methode des Experiments als Mittel der Wahrheitsfindung in seinen Roman. Insofern trifft der Ausdruck »Experimentalroman« auf den »Candide« eher noch besser zu als auf das Werk des naturalistischen Romanciers.

Voltaire und England

Und noch ein Klischee gilt es abzubauen, das auf Goethe zurückzuführen ist: Voltaire als der französischste aller französischen Autoren, der »seiner Nation gemäßeste« Schriftsteller! Gewiß schrieb er so witzig, war er so wendig, aber auch so ungeduldig wie je ein Franzose, gewiß war er der typische Pariser und ein Kind seiner Zeit; in der Grundorientierung seines Denkens war Voltaire jedoch England weit mehr verpflichtet. Die Form seiner Werke war französisch, sie war klassizistisch und vom Rokoko der Régencezeit geprägt, aber der Inhalt, deren ideelle Prägung kann beinahe das Paradox rechtfertigen, Voltaire einen »englischen Autor« zu nennen.

Er war es natürlich nicht von Geburt und schon gar nicht von seiner Schulbildung her. Der Pariser Bürgerssohn war, wie so viele seiner Zeitgenossen, zu den Jesuiten in die Schule geschickt worden. Im berühmten Pariser Kolleg Louis-le-Grand, das Voltaire – pardon: der junge Arouet, denn so hieß er ja in Wirklichkeit – von 1704 bis 1710 besuchte, waren überwiegend Adlige seine Mitschüler. Viele davon hat der junge Arouet sich zu Freunden gewonnen und bis in sein Alter zu erhalten gewußt; jedenfalls war er von Kind an gewohnt, unter Adligen zu verkehren: Das schränkt die soziologische Zuordnung zum Großbürgertum, wie sie normalerweise vorgenommen wird, etwas ein. Voltaire war nicht immer schon ein Opponent des Adels, wie wir ihn im »Candide« kennenlernen. War der Vater Notar und hatte als solcher auch viel zu tun mit der vornehmen Welt, so entstammte übrigens Frau Arouet, die Mutter, die schon 1701 gestorben ist, sogar dem Adel. Sie muß die »Frohnatur« besessen haben, jedenfalls die Leichtigkeit, wo nicht die Fabulierlust, die Voltaire kennzeichnen. Der Vater war kein Thunder-ten-tronckh und kein Friedrich Wilhelm von Preußen; die Atmosphäre des Elternhauses war nicht spießig, der Geist nicht beengt, wenn auch bürgerlich-vernünftig. Eine Kundin des Notars Arouet war Ninon de Lenclos (nicht umgekehrt!); so kam der Sohn mit der illustren Kurtisane, die an dem aufgeweckten Knaben Gefallen fand, in Berührung. Sie starb 1705 im Alter von vierundachtzig Jahren, immer noch attraktiv und elegant. Voltaire, 1694 geboren, war damals elf Jahre alt. Er muß frühreif gewesen sein, sonst hätte die Grande Dame (»célèbre par son esprit et sa beauté« [»berühmt durch ihren Geist und ihre Schönheit«], heißt es im Kleinen Larousse von ihr) dem Knaben nicht eine gewisse Summe Geldes zum Kauf von Büchern vermacht. Über Ninon und seinen Patenonkel Chateauneuf, einen der zahlreichen, nicht nur geistreichen, sondern auch freigeistigen Geistlichen jener Zeit, bekam der junge Arouet Zugang zu einem libertinen Zirkel, dem »Temple«.

Das Faktum darf nicht unerwähnt bleiben, denn zur jesuitischen Schulbildung, die aus viel Latein und wenig modernem Wissen bestand, kam sehr früh schon die Berührung mit der unterschwelligen Bewegung des mehr oder minder epikureischen Freidenkertums, die der Aufklärung in Frankreich vorausgegangen ist und sie vorbereiten geholfen hat. Als Ludwig XIV. 1715 endlich starb und ganz Frankreich aufatmete, daß es den alternden Despoten, den Ruhmstifter und Verarmer der Nation los war, traten die Freidenker an die Öffentlichkeit, die sie bis dahin hatten meiden müssen. Arouet, noch immer nicht Voltaire, war mitten unter ihnen. Er schrieb, an Horaz oder Juvenal orientiert, frivole Gedichte, wenn nicht zeitgenössische Anakreontiker seine Vorbilder waren. Sein Pech wollte es, daß eines dieser Gedichte, in dem die Person des Regenten angegriffen wurde (alles andere wäre erlaubt gewesen), dem jugendlichen Verfasser, der natürlich leugnete, es verfaßt zu haben, zugeschrieben wurde; so mußte er für elf Monate in die Bastille. Dort wurde er zum epischen Dichter: Zwischen die Zeilen eines der wenigen Bücher, die zu lesen man ihm im Gefängnis erlaubte, schrieb er, Vers um Vers, die ersten Gesänge seines Heldengedichts, das um Heinrich IV., den guten, das heißt den toleranten König, kreiste (Friedrich der Große hat in seiner Laudatio auf Voltaire nach dessen Tode behauptet, der junge Arouet habe die ersten beiden Gesänge seiner im Gefängnis verfaßten »Henriade« auswendig gelernt, weil man ihm das Papier zur Niederschrift verweigert habe; wahrscheinlicher ist die »Interlinearversion«!).

Ein Aufenthalt in der Bastille gehörte zum beinahe unerläßlichen Bestandteil der Laufbahn eines Autors der Aufklärung. Voltaire ist auch darin seinen Nachfolgern zum Vorbild geworden. War er *vor* der Bastille einigen Frei- und Schöngeistern als besonders begabter Versemacher und witziger Causeur bekannt, so wurde er nach der Bastille berühmt. Lesungen der »Henriade« erfolgten in verschiedenen Salons; dann schrieb Voltaire eine Tragödie des Titels »Oedipe« (»Oedipus«), die im November 1718 in der Comédie Française aufgeführt und ein großer Erfolg wurde. In dem Autor des klassizistischen Machwerks, der bei dessen Uraufführung als Schleppenträger eines Hohenpriesters mitwirkte, erblickten die Zeitgenossen einen neuen Corneille oder Racine. Als die Tragödie im Druck erschien, hieß der Verfasser nicht mehr Arouet, sondern Voltaire. Wie immer er auf diesen Nom de plume gekommen sein mochte, seine Wahl zeugt von dem Bewußtsein, ein poetischer »Selfmademan« zu sein, der mit dem Bürgerssohn nur noch die leibliche Existenz gemein hatte.

Dies alles in Erinnerung zu rufen war notwendig, ehe wir Voltaire auf seinem Weg nach England begleiten, denn *er war schon wer*, als er wieder aus politischen Gründen 1726 Frankreich verlassen mußte. Die Affäre Rohan, die dazu den Anlaß gab, ist oft nacherzählt worden; es genügt, an die Tatsache zu erinnern, daß er von dem hochnäsigen Altadligen, mit dem er Streit bekommen hatte, nicht für »satisfaktionsfähig« erachtet wurde. Aus dem Duell, zu dem unser Dichter den Chevalier herausfordern zu dürfen oder zu müssen glaubte, wurde gottseidank nichts: Rohan ließ den Federfuchser von seinen Dienern verprügeln. Umsonst hatte der schmächtige Jüngling Fechtstunden genommen. Er war wütend, gab keine Ruhe; so landete er wieder in der Bastille. Diesmal aber schrieb er ein Gesuch, in dem er darum bat, nach England auswandern zu dürfen. Das schien den Behörden eine ebenso große Strafe wie die Bastille: Das Gesuch wurde genehmigt, und nach einigem Hin und Her (wahrscheinlich sogar einer heimlichen Rückreise über den Kanal in der Hoffnung, sich doch noch an Rohan rächen zu können) landete Voltaire im Mai des genannten Jahres in England.

Mehrere Gründe führten zur Wahl dieses Landes (denn auch Holland wäre in Frage gekommen). Der naheliegendste dürfte gewesen sein, daß Voltaire bereits über gewisse Beziehungen zu einflußreichen Engländern verfügte, vor allem zu Lord Bolingbroke, der eine Französin zur Frau hatte und damals in Frankreich lebte. Bolingbroke stand in Verbindung mit dem englischen Hof und mit den bedeutendsten Schriftstellern des Landes, vor allem mit Pope, den Voltaire denn auch bald aufsuchte und zum Freund gewann. Zunächst einmal galt es jedoch, Englisch zu lernen. Voltaire hat das – im Gegensatz zu früheren französischen Emigranten – getan. Er wohnte im Haus eines reichen Quäkers, und so war es ganz natürlich, daß er seine Sprachkenntnisse vervollständigte, indem er ein Buch über die Quäker, Barclays »Theologiae verae christianae Apologia« (»Verteidigung der wahren christlichen Theologie«), aus dem Lateinischen ins Englische zu übersetzen begann. Er kaufte sich auch einen Koran auf englisch, ging ins Theater (nicht nur, aber auch, um Shakespeare aufgeführt zu sehen), konversierte mit seinen Freunden, verfaßte englische Briefe und Bittschriften; kurz, er lebte sich mit unglaublicher Geschwindigkeit in England ein. Voltaires Englandaufenthalt hat nur wenig mehr als zwei Jahre gedauert, aber es dürfte nicht übertrieben sein, sie die entscheidenden Jahre seiner geistigen Entwicklung zu nennen.

Nicht, daß er nicht vorher schon auf dem Wege gewesen wäre, ein Aufklärer zu werden: Es wäre falsch zu sagen (wie es früher üblich war), Voltaire sei als Poet nach England gekommen, als Philosoph von dort zurückgekehrt. Nein, als Epikureer und Libertin dachte Voltaire schon vor seinem Englandaufenthalt gegen den offiziellen Geist der Zeit an, vor allem gegen die Kirche. Wer sich Henri Quatre zum Helden eines Epos auserkoren hatte, brauchte nicht erst in England zu lernen, was Toleranz bedeutet. Und dann müßte auch hinzugefügt werden, daß der Englandaufenthalt selbst nicht ausreichte, Voltaire zum »Engländer« zu machen: Die Ernte der zwei Jahre war zu reich, als daß nicht wiederum Jahre vonnöten gewesen wären, sie in die Scheuer zu fahren. Das geschah in Cirey, auf dem lothringischen Schloß, wo Voltaire – wie er in seinen »Memoiren« berichtet – zuerst Madame du Châtelet Englisch beibrachte, dann mit ihr über Pope, Newton und Locke diskutierte. Alles in allem heißt das: Voltaire besaß genug Affinität zu England, um seinen Aufenthalt dort zu einem Akt der Wahlverwandtschaft zu machen und fruchtbar werden zu lassen. Zu einem Teil fand er dort vor, was er suchte: die klassizistischen Dichter Dryden, Pope, Addison, Congreve, Wycherley, Vanbrugh, Steele, Cibber, Rochester und Waller. (Sie werden alle in den »Lettres sur les Anglais« [»Briefe über die Engländer«], oder auch »Lettres philosophiques« [»Philosophische Briefe«], mit Namen genannt!) Zum anderen traf er einen seiner engsten Geistesverwandten in England: Swift, den Verfasser des »Gulliver«. Mit ihm verband ihn, wie mit Pope, eine freundschaftliche Beziehung.

Ist das Optimismusthema des »Candide« – noch vor Leibniz und Wolff – von Pope angeregt, so stammt die Form des satirischen Romans von Swift. Das heißt, auch literarisch wäre Voltaire nicht zu dem geworden, als den wir ihn kennen und schätzen, ohne von England angeregt worden zu sein. Daß die politische Organisation Englands den kritischen Beobachter interessierte, versteht sich beinahe von selbst. In der konstitutionellen Monarchie, wo der König die Macht hat, das Gute zu tun, das Parlament ihm aber in den Arm fallen kann, falls er Schlechtes im Sinn haben sollte, die beste aller möglichen Staatsverfassungen zu erblicken war keine Spezialität Voltaires. Ein Blick auf Montesquieu, der erst recht ein Anglophiler war, bestätigt es. Die religiösen Verhältnisse, auf die der Englandbesucher als erstes stieß, waren selbstverständlich von höchstem Interesse für Voltaire. Die ersten sechs Briefe seines Englandberichts, der schon erwähnten »Lettres philosophiques«, handeln hiervon – verständlicherweise zunächst und vor allem von den Quäkern. Voltaire gab sich in seinem Bericht dieser priesterlosen, friedfertigen und undogmatischen Sekte gegenüber kritischer, als er im Grunde war. Er fühlte sich als Weltmann verpflichtet, seine Beobachtungen ein wenig ironisch zu färben, sie in leicht amüsiertem Ton vorzubringen; das skurrile Äußere der Quäker, die alle Welt duzten, breitkrempige Hüte trugen und keine Knöpfe an ihren Manschetten duldeten (weil sie als eitler Zierat galten), gab dazu den Anlaß. Der französische Leser durfte mit dem Autor schmunzeln über diese Sektierer. Aber wer die innere Anteilnahme übersah, täuschte sich über Voltaires wahre Absicht. Bei späteren Gelegenheiten hat er nicht versäumt, seiner Bewunderung Ausdruck zu geben; einmal schrieb er sogar, wenn er nicht die Seekrankheit fürchtete, würde er lieber heute als morgen übers Meer zu den Quäkern fahren und sich in Pennsylvanien niederlassen. Die Religion der Eldorado-Bewohner im »Candide« erinnert sehr an die Quäker; auch dies ist keine unwichtige Spur, die vom Englandaufenthalt der späten zwanziger Jahre zu dem Roman der späten fünfziger Jahre führt.

Dann der Handel! Voltaires großartige Schilderung der Londoner Börse am Schluß des sechsten Briefes der »Lettres philosophiques« gibt zu erkennen, wie das ökonomische mit dem religiösen Thema zusammenhängt: Will man mit fremden Völkern Handel treiben, will man auf Gegenseitigkeit beruhende Geschäfte machen, so muß man tolerant sein! Die Vielzahl der Sekten haben die Engländer daran gewöhnt, im eigenen Land jedermann nach seiner Façon selig werden zu lassen, und so treiben sie denn auch im Ausland ungescheut mit Andersgläubigen Handel... Mag das gut bürgerliches, »frühkapitalistisches« Denken sein, so entspringt es doch zugleich tieferen ethischen und erkenntnistheoretischen Wurzeln. Denn – wie Voltaire aus Locke lernen konnte –: Auch das Denken bedarf der Toleranz, die eine Schwester der Skepsis genannt werden könnte. Wer nicht gelernt hat, sich auf Gedanken, die dem eigenen Denken konträr sind, ernsthaft einzulassen, sondern a priori ablehnt, was ihm nicht paßt, verschließt sich selbst dem geistigen Fortschritt. Wir sind auf dem Weg zum Hauptpunkt, dem empirischen Vorgehen der Naturwissenschaften, das Voltaire in England kennenlernte.

Und hier darf man wohl behaupten: Was der französische Freigeist davon wußte, bevor er nach England kam, war wenig. Sicher kann man sagen, daß die Naturwissenschaften in Frankreich, zumal in den Salons, in denen Voltaire verkehrte, damals anfingen Mode zu werden. (Fontenelles früheste populärwissenschaftliche Schriften waren schon in den achtziger Jahren des 17. Jahrhunderts erschienen.) Aber was war das gegen Newton? Als Voltaire nach England kam, war sein Denken, wie das der meisten gebildeten Franzosen, von Descartes geprägt. Als er von dort zurückkehrte, war er zu einem Anhänger Newtons geworden. Das bedeutete nicht nur, daß er bestimmte Ansichten des französischen Philosophen als Irrtümer erkannt hatte – so vor allem die ominöse Wirbellehre, die im Zentrum von Descartes' Astronomie steht –, es bedeutete vor allem, daß Voltaire von nun an grundsätzlich jeder apriorischen Theoriebildung, jedem »Systemdenken« ablehnend gegenüberstand. Dies ist der Grund, auf dem später der »Candide« aufbauen wird. Zunächst aber galt es, dem neuen Denken auf dem Feld, wo es zu Hause war, der Physik, der Astronomie, der Farbenlehre und der Zeitrechnung (nach Newtons Vorstellungen), eine Bahn zu brechen. Voltaire tat dies im vierzehnten, fünfzehnten, sechzehnten und siebzehnten Brief seiner »Lettres philosophiques«. Sie stellen mit ihrer Darlegung teilweise sehr spezieller mathematisch-naturwissenschaftlicher Sachfragen in der französischen Literatur ein absolutes Novum dar. Später hat Voltaire dann (wie seine Freundin, Madame du Châtelet) der Lehre Newtons eine eigene, popularisierende Schrift gewidmet. Den Briefen über Newton vorausgestellt hat er einen über Locke; der Sensualist kam zuerst, dann der Empiriker. Beider Philosophie lag für Voltaire (nicht zu Unrecht) ganz nahe beieinander, vor allem angesichts der skeptischen Grundhaltung als gemeinsamer Basis für die Erkenntnisgewinnung durch das Experiment. (Von Francis Bacon, dem Urheber des neuen empirisch-experimentellen Denkens, hatte Voltaire eine weniger genaue Vorstellung; andere Zeitgenossen, darunter vor allem Voltaires lebenslanger Freund D'Alembert, kannten sich da besser aus.)

Auf die Einzelheiten der Neuorientierung, die Locke und Newton in Voltaires geistiger Entwicklung bedeuteten, können und brauchen wir hier nicht einzugehen. Es kann dazu auf das grundlegende Werk von Ira O. Wade »The intellectual development of Voltaire« von 1969 verwiesen werden. Wade zitiert in dem Zusammenhang jedoch einmal eine Eintragung aus Voltaires Notizbuch, die es verdient, wiedergegeben zu werden. Sie lautet:

»Je ne saurais comprendre
comment je pense,
comment je retiens mes pensées,
comment je remue.
Les premiers principes auxquels mon existence est attachée sont tous impénétrables.«

Zu deutsch:

»Ich kann nicht verstehen,
wie ich denke,
wie ich meine Gedanken festhalte,
wie ich mich bewege.

Die ersten Grundlagen, an denen meine Existenz hängt, sind alle undurchdringlich.«

Soweit die Skepsis, mit der Voltaire sich Locke anschließt (von Descartes' »eingeborenen Ideen« ist da nicht mehr die Rede). Nun folgen die Konsequenzen: »Ce n'est donc pas cela qu'il faut chercher, mais ce qui est utile, et dangereux, au corps humain, les loix par lesquelles il se meut, non pourquoi il se meut, l'art d'augmenter les forces mouvantes, non les principes du mouvement.« (»Das ist es also nicht, was es zu erforschen gilt, sondern was dem Körper nützlich oder gefährlich ist; die Gesetze, aufgrund deren er sich bewegt, sind wichtig, nicht, *warum* er sich bewegt, die Kunst, seine bewegenden Kräfte zu verstärken, nicht das Prinzip der Bewegung.«)

Es ist offenbar, daß Voltaire hier den Schritt von einer Skepsis, die nicht mit Resignation verwechselt werden darf, zum Pragmatismus tut – konkret gesprochen: daß er die Naturwissenschaft als Grundlage der Technik ansieht. Sind die zitierten Sätze vielleicht noch etwas unklar, so machen die darauffolgenden Exemplifizierungen vollends deutlich, was Voltaire meint. Er schreibt: »Savoir comment je puis guérir la dissenterie, non, si le ventre est formé avant le cœur ou le cœur avant le ventre. Tâcher de rendre une terre fertile, non rechercher comment le blé peut croître.« (»Wissen, wie ich den Durchfall heilen kann, nicht, ob der Bauch vor dem Herzen oder das Herz vor dem Bauch entstanden ist. Versuchen, die Erde fruchtbar zu machen, nicht untersuchen, wie das Wachstum des Korns zustande kommt.«) (Wade, Seite 171) Das ist von nun an Voltaires Position.

Deutlicher war die Abwendung vom spekulativen Denken, die Abkehr von dem, was man damals »Metaphysik« nannte, nicht zu kennzeichnen, klarer die neue empirisch-pragmatische Einstellung nicht auszusprechen. Es ist also beileibe nicht nur die Form des Romans, der Experimentalcharakter des Konzepts, von dem wir ausgegangen sind, nein, die Erkenntnis des »Candide«, seine »Lehre« selbst findet sich hier schon vorweggenommen. Voltaire war nicht der Mann, dem an persönlichen Bekenntnissen gelegen wäre; auch seine »Memoiren« sind alles andere als das. Den »Candide« einen Erlebnisroman zu nennen, wie das bei späteren, romantischen und nachromantischen Romanen sinnvoll sein mag, wäre ganz abwegig. Candide ist nicht Voltaire, wenn man an seinen Charakter, seine Haltung, schon gar nicht, wenn man an seine Erlebnisse denkt. Aber der Erkenntnisweg, den der »Held« seines Romans zurücklegt, mündet in eine Position, von der man doch sagen kann, sie sei, seit dem Englandaufenthalt, diejenige des Autors gewesen. In ihren Anfängen haben sie nichts (oder fast nichts) miteinander gemein, in ihrem Ende ähneln Candides Weg und der Weg Voltaires einander. Und daß dem so ist, ist im wesentlichen eine Folge von Voltaires Englanderfahrung gewesen.

Die Krise des Optimismus

Das Weltbild der französischen Klassik war pessimistisch. Von Corneille, dem Vorläufer, abgesehen, der noch bewundernswerte Helden auf die Bühne stellte, gilt das für alle Klassiker gleichermaßen; die happy endings der Komödien Molières sind nur gattungsbedingt und können nicht darüber hinwegtäuschen, daß die Verhältnisse, die darin geschildert werden, alles andere als glücklich sind. Nur Zufälle retten da die jungen Mädchen vor den griesgrämigen alten Männern, die sie heiraten möchten, nur der allwissende König rettet die Bürgersfamilie vor dem kriminellen Heuchler, der sie an den Rand des Ruins geführt hat, nur die göttliche Strafe (an die Molière wohl selber nicht glaubte) sorgt dafür, daß der skrupellose Verführer nicht weitere Frauen entehrt; für den einzigen aufrechten, ehrlichen Mann, der den Menschen die Wahrheit ins Gesicht sagt, ist in der Gesellschaft kein Platz, denn da herrschen Verlogenheit und Anpassung, Korruption und Schmeichelei. – Keiner von Racines Helden entgeht dem Verhängnis, das das Schicksal über ihn verhängt. – Madame de Lafayettes Heldin wird schuldig wider Willen und verzichtet auf die Liebe, von der sie weiß, daß sie ohne Leid nicht zu realisieren ist. – Die Tiere in La Fontaines Fabeln benehmen sich wie die Menschen; nur wenn sie listig sind, werden die Kleinen nicht von den Großen gefressen, sonst gilt: Wer die Macht hat, hat das Recht, und wer sich nicht selbst zu helfen weiß, zieht allemal den kürzeren. – Die tiefsten Tiefen menschlicher Schlechtigkeit aber hat der Herzog von La

Rochefoucauld in seinen »Maximen« ausgelotet; hier wird der Egoismus, die »Eigenliebe« als die Triebfeder aller möglichen Handlungsweisen aufgedeckt, die das Mäntelchen der Tugend umgehängt bekommen haben. In Wahrheit sind die meisten unserer Tugenden, erklärte La Rochefoucauld, nur »verkappte Laster«.

Das ist die Welt, in der Voltaire zu Hause war. Es ist hier nicht der Ort, nach den Gründen zu fragen, warum das Menschenbild der Klassik so düster war; die Literatursoziologie hat freilich eine Antwort darauf. Sie bezieht sich auf das Schicksal des »verhoften Adels«, das heißt jener funktionslos gewordenen Menschenklasse, die sich in Versailles tummelte und für die die Dichtungen der Klassik im wesentlichen gemacht waren. Diese Antwort ist sicher nicht falsch. Aber sie reicht vermutlich nicht aus. Denn der Glanz des »Sonnenkönigs« blendete gegen Ende seiner Herrschaft niemanden mehr: Das Land war ausgepowert, die vielen Kriege hatten die Bevölkerung Frankreichs um mindestens eine Million Menschen dezimiert, überall trieben sich Bettler herum, hungernde Tagelöhner rotteten sich zusammen und überfielen die Kutschen, um die Pferde zu verspeisen. Was Wunder, daß die wenigen oppositionellen Autoren des »Jahrhunderts Ludwigs XIV.« noch pessimistischer dachten als die gleichsam offiziellen Sprecher der Klassik. Einer von diesen war Pierre Bayle, der Verfasser des »Dictionnaire historique et critique« (»Historisches und kritisches Wörterbuch«), das 1697 in Rotterdam erschien. Bayle war der Sohn eines calvinistischen Pfarrers, er war erst Konvertit und dann Renegat, also einmal katholisch geworden und dann wieder zum väterlichen Glauben zurückgekehrt; dementsprechend wurde er verfolgt. Sein »Wörterbuch«, das er als ein Lexikon der Irrtümer anderer Nachschlagewerke konzipiert hatte, wurde ein Grundbuch der Aufklärung, das nicht nur in Frankreich die weiteste Verbreitung fand. Voltaire hat Bayle einmal »notre père à nous tous« (»unser aller Vater«) genannt (was ein wenig blasphemisch klingt, wenn man ans Vaterunser denkt).

Pierre Bayle hat in der Wissenschaft den Beinamen »Der Skeptiker« erhalten; in der Tat war dies sein Hauptcharakteristikum. Er übertrug das Prinzip des Zweifels, von dem schon Descartes ausgegangen war, in die Geschichtsforschung und wurde so zum Begründer der historischen

Kritik. Die Frage: »Stimmt das denn auch?« hat ihn bei seiner Durchforstung des überlieferten Wissens geleitet und zur Korrektur zahlloser Irrtümer, zum Abbau aller möglichen Mythen geführt. Wie unerschrocken Bayle vorging, lehrt am besten seine Religionskritik. Es gehörte Mut dazu zu behaupten, wie er es tat, daß »eine Republik von Atheisten« sehr wohl bestehen könne, nicht aber eine »Republik von Abergläubigen«. Denn Aberglaube mache fanatisch, während Atheismus zur Toleranz führen könne. So Bayle, der Frühaufklärer, der wie manch einer seiner Zeitgenossen radikaler war als spätere Aufklärer. Was nun sein Weltbild anlangt, so ist bezeichnend, was er im Artikel »Manichéens« (»Manichäer«) schrieb – wir erinnern uns an Martin, den enttäuschten Gelehrten, den Candide sich in Surinam zum Gefährten auserkor und der sich einen »Manichäer« nannte. Bayle also schrieb: »L'homme est méchant et malheureux: chacun le connaît par ce qui se passe au-dedans de lui, et par le commerce qu'il est obligé d'avoir avec son prochain. Il suffit de vivre cinq ou six ans pour être parfaitement convaincu de ces deux articles. Ceux qui vivent beaucoup et qui sont engagés dans les affaires, connaissent cela encore plus clairement; les voyages sont des leçons perpétuelles là-dessus: ils font voir partout les monuments du malheur et de la méchanceté des hommes, partout des prisons et des hôpitaux, partout des gibets et des mendiants...« Zu deutsch: »Der Mensch ist schlecht und unglücklich: Jeder weiß es von dem, was sich in ihm selbst abspielt, und vom Umgang, den er mit anderen zu pflegen gezwungen ist. Man braucht nur fünf oder sechs Jahre zu leben, um vollkommen von diesen beiden Punkten überzeugt zu sein. Wer länger lebt und in Geschäften zu tun hat, weiß es noch besser. Reisen sind unaufhörliche Lektionen in der Sache: Überall erblickt man die Denkmäler des Elends und der Schlechtigkeit der Menschen, überall Gefängnisse und Hospitäler, überall Galgen und Bettler...« In diesen Sätzen ist das Programm des »Candide« enthalten; sie bezeichnen die Wirklichkeit, die in Voltaires Roman geschildert wird. Insofern kann man sagen – und hat man gesagt –, Voltaire sei mit seinem »Candide« zu dem Lehrmeister seiner Jugend, Pierre Bayle, dem Skeptiker und Pessimisten, zurückgekehrt.

Zwischendurch aber hatte er sich doch – zumindest ein wenig – von ihm abgewandt. Daß Voltaire ein Optimist geworden wäre, kann man zwar nicht sagen. Aber er hat sich doch anstecken lassen von dem Denken, das sich sozusagen zwangsläufig im Gefolge der neuen naturwissenschaftlichen Entdeckungen einstellte, genauer: von dem Denken, das von der Erkenntnis der *Naturgesetze* ausging. Zunächst Fontenelle; man pflegt ihn einen Frühaufklärer zu nennen, wie Bayle. Das ist sicher richtig. Nur war der Verfasser der amüsanten »Gespräche über die Vielzahl der Welten« – der »Entretiens sur la pluralité des mondes« – von 1686 kein Skeptiker und kein Pessimist. Mag sein, daß seine Veranlagung ihn davon abhielt, die Welt in düsteren Farben zu sehen, denn es fiel ihm leicht, galante Verschen, Madrigale oder Opernlibretti zu schreiben, er war beliebt in den Salons und im Gegensatz zum Buchgelehrten Bayle ein Bel Esprit. »Le Bayle des Belles« nannte man ihn, was seinen historisch-kritischen Sinn ebenso bezeichnet wie seine Rokoko-Leichtigkeit. In den »Gesprächen über die Vielzahl der Welten« nun, in denen es unter anderem um die Frage geht, ob der Mond bewohnt sei und ob der Mensch eines Tages auf den Mond gelangen werde (was Fontenelle durchaus für möglich hielt), erklärte der Autor einmal, der Anblick des gestirnten Himmels und die mögliche Vielzahl der Welten erfülle ihn mit Heiterkeit; da »atme er Freiheit«. Man kann den Satz einmal mit Pascals gottesfürchtigem Aphorismus vergleichen, der besagt, »das ewige Schweigen dieser grenzenlosen Räume erschrecke ihn« – da haben wir den Kontrast zwischen dem zuversichtlichen Frühaufklärer und dem zerknirschten Christen der klassischen Ära, dem der Gott des Alten Testaments im Sinn lag. Man kann aber auch an Kant vorausdenken, den der Anblick des »gestirnten Himmels« an das moralische Gesetz im eigenen Innern gemahnte; auch dem ethischen Gewissen des Deutschen stand der leicht-sinnige Fontenelle fern.

Der Verfasser der »Gespräche über die Vielzahl der Welten« ist Voltaires Vorbild gewesen, als er anfing, seine kleinen philosophischen Romane zu schreiben. »Micromégas«, der erste der Art, ist, obwohl auch an Swift angelehnt, ein Versuch, in Fontenelles Stapfen zu treten, bei dem nicht einmal die Undankbarkeit des Nachfolgers fehlt, der seinen Vorgänger verspottet, denn in Gestalt eines »Sekretärs der Akademie des Planeten Saturn« kommt Fontenelle in Voltaires Text vor: Er war in der Tat Sekretär einer Akademie, nämlich derjenigen der Wissenschaften zu Paris! Zweifellos hat Fontenelle, von dem Lessing böse behauptete, er habe das Unglück gehabt, hundert Jahre lang nur witzig zu sein – er starb in diesem biblischen Alter 1757 –, Voltaire ermutigt, die Dinge etwas rosiger zu sehen. Entscheidend aber dürfte in dieser Hinsicht die Begegnung mit dem Engländer Pope gewesen sein. Auch dazu muß noch ein Wort gesagt werden.

Daß Voltaire, als er 1726 nach England kam, von seinem Freund Lord Bolingbroke an dessen Freund Alexander Pope verwiesen wurde, ist schon gesagt worden. Voltaire las als erstes Popes »Essay on criticism«, der 1727 erschien, und war begeistert: Da schlug ein liebenswürdiger, unpedantischer und doch nicht oberflächlicher Dichter Töne an, wie sie Voltaire von Horaz vertraut waren und wie er selbst sie verschiedentlich versucht hatte. Ja, der »Versuch über die Kritik« schien Voltaire (wie er an einen Freund schrieb) Horazens »Ars poetica« (»Dichtkunst«) an Eleganz und Akkuratesse zu übertreffen. Dann besuchte Voltaire Pope und war bezaubert von dem Witz und der Urbanität des gelehrten Dichters. Kaum war der »Essay on Man« (»Versuch über den Menschen«) erschienen, da setzte Voltaire sich für die Verbreitung dieses Lehrgedichts ein. Er übersetzte selbst einige Verse daraus, regte aber vor allem an, daß ein gewandter französischer Verseschmied, Du Resnel, der zu Voltaires Freundeskreis zählte, eine vollständige Übersetzung – in eleganten französischen Alexandrinern – anfertigte. In dieser Übersetzung wurde Popes Essay in ganz Europa gelesen, zunächst mehr als im Original – denn wer konnte damals schon Englisch? Inwiefern Du Resnels Übersetzung eine »schöne Ungetreue« war, die die durchaus nicht immer glatten Verse Popes nach den Prinzipien französischer Rhetorik und nach den Geboten französischer »clarté« neu ordnete, polierte und zurechtfrisierte, ist hier nicht weiter zu untersuchen. Genauso hatte Voltaire sich die Übersetzung gewünscht; das ist sicher.

Voltaire hat dann später auch Leibniz gelesen (wieviel, weiß man nicht), er hat sogar einmal in ein dickes Buch von Christian Wolff hineingeschaut, das der vielschreibende Deutsche ihm zugesandt hatte (mehr als hineingeschaut haben dürfte er freilich kaum); keiner dieser Sprecher des damaligen Optimismus hat jedoch auch nur annähernd die

Rolle in Voltaires Denken gespielt, die Alexander Pope gespielt hat. Pope sprach die Sprache, die Voltaire verstand; um so mehr mußte er sich in Einzelheiten mit ihm auseinandersetzen, die ihm nicht zusagten. Will man in wenigen Worten sagen, worauf das Lehrgedicht des Engländers hinausläuft, was ohne erhebliche Vereinfachungen freilich nicht möglich ist, so kann man sich dabei an die Formel halten, die leitmotivisch in dem Gedicht wiederkehrt: »Whatever is, is right.« Voltaire verkürzt sie fast immer zu der Wendung »tout est bien«. Doch sagt Pope ja nicht: »Alles ist gut«, sondern er sagt: »Alles, was ist, ist richtig«, das heißt, es muß so sein, wie es ist. Keiner hat den Unterschied zwischen Popes Meinung und Voltaires Vergröberung klarer erfaßt als Lessing, der in der gemeinsam mit Moses Mendelssohn verfaßten Schrift »Pope, ein Metaphysiker?« schrieb: »Da er selbst zugesteht, daß die Natur manche Übel fallen lasse, so konnte er wohl sagen, daß dem ohngeachtet alles *recht* sei, aber unmöglich, daß alles *gut* sei.« Und weiter schrieb Lessing: »*Recht* ist alles, weil alles, und das Übel selbst, in der Allgemeinheit der Gesetze, die der Gegenstand des göttlichen Willens waren, gegründet ist. *Gut* aber würde nur alsdann alles sein, wenn diese allgemeinen Gesetze allemal mit den göttlichen Absichten übereinstimmten.«

Wie dem auch sei, Voltaire war von der optimistischen Lehre Popes um so mehr angetan, als sie auf Newton zurückzuführen war, dessen Entdeckung der Gravitationsgesetze erneut unter Beweis gestellt hatte, wie wohlgeordnet die Welt war. Blieb auch unklar, warum diese Gesetze so und nicht anders aussahen, so sprachen sie doch dafür, daß es einen Gesetzgeber gab, von dem sie stammten. So stützte Voltaire gemeinsam mit Pope seinen Deismus auf Newton. Gott mußte die Welt erschaffen haben wie ein Uhrmacher eine Uhr; nun lief sie ab, und ein Rädchen griff in das andere. Wo dies nicht der Fall zu sein schien, lag es nur an der menschlichen Kurzsichtigkeit, die das nicht zu erkennen vermochte. All die kleinen Übel dieser Welt, dachte Voltaire mit Pope, sind nur Übel in *unseren* Augen; im großen Ganzen, das nur Gott übersieht, haben sie ihren guten Zweck. So kommt es auch bei Pope – wie bei Leibniz – zu der Formel, das »partielle Übel« diene dem »allgemeinen Guten«: »All partial evil [is] universal good.« Im »Candide« kehrt die Formel wieder. Daß Pangloß sie verwendet, spricht nicht mehr dafür, daß Voltaire noch an sie glaubte. Aber das ist ein Vorgriff. Popes »Essay on Man« handelt von der Stellung des Menschen im Kosmos. In der »Kette der Wesen«, die von Gott bis zu den kleinsten Tieren herabreicht, hat der Mensch seinen richtigen Platz in der Mitte. Er soll sich nicht überschätzen, nicht unterschätzen. Auch das leuchtete dem Voltaire der dreißiger Jahre des 18. Jahrhunderts durchaus ein. Vor allem aber gefiel ihm die Aufwertung der Leidenschaften, die Pope, mehr der epikureischen als der stoischen Lehre verpflichtet, vornahm. Er vergleicht die Affekte mit den Winden, die das Schiff auf dem Meer des Lebens voranbringen; die »Triebe« müssen also nicht unterdrückt, sondern – mit Hilfe der Vernunft – gesteuert werden. Dies ist, im anthropologischen Bereich, eine Analogie zur Auffassung von den Übeln in der Welt überhaupt; hier ist der Gegensatz zum pessimistischen Menschenbild des späten 17. Jahrhunderts womöglich noch deutlicher: Für einen Pascal waren die »Triebe« sündig!

Bis zur Abfassung des »Zadig« (1747), kann man sagen, teilte Voltaire die Auffassungen Popes. Er wußte wohl, daß dem Menschen die letzten Einsichten verschlossen sind, aber er meinte, es bestehe doch Anlaß genug anzunehmen, die Welt sei in der Hauptsache in Ordnung. Schließlich brauchte man ja nur zu fragen, warum es dem Menschen nicht noch schlechter gehe, anstatt sich darüber zu beklagen, wie schlecht es um ihn stehe – und schon sah alles wenn auch nicht rosig, so doch nicht immer nur schwarz aus. Voltaire hat nie wie Meister Pangloß gemeint, alles sei gut auf Erden, aber er fand lange Zeit das meiste doch erträglich und bewahrte sich die Hoffnung, eines Tages werde vieles besser werden. »Un jour tout sera bien, voilà notre espérance« (»Eines Tages wird alles gut sein, das ist unsere Hoffnung«), schrieb er in seinem Gedicht »Le Mondain« (»Der Weltmann«), und: »Tout est bien aujourd'hui, voilà l'illusion.« (»Heutzutage ist alles gut, das ist die Täuschung.«)

Man kann den Voltaire der dreißiger und vierziger Jahre des 18. Jahrhunderts also einen gemäßigten Optimisten nennen. Dem entspräche auch der Glaube an einen gewissen Fortschritt wenigstens im Bereich der Wissenschaft und der Technik. In einem Dialog »La Toilette de Madame de Pompadour« (»Die Toilette von Madame de Pompadour«) hat

Voltaire sich in diesem Sinne zur damals vielumstrittenen »Querelle des Anciens et des Modernes« (»Streit der Alten und der Modernen«) geäußert: Was die Königsmätresse, die den Aufklärern wohlgesonnen war, an Kunstwerken und Dichtungen vorgeführt bekommt, übertrifft nicht die Kunstwerke und Dichtungen der Antike, aber die Seidenstrümpfe, das Opernglas und der Kristallspiegel in ihrem Salon, das sind Dinge, die beweisen, daß die Weltgeschichte doch vorwärts gegangen ist... So die leicht hingesprochene Stellungnahme, hinter der sich Voltaires grundsätzliche Zivilisationsbejahung verbirgt, die einen wesentlichen Teil seines relativen Optimismus ausmacht. Nichts lag Voltaire, der auch den ökonomischen Nutzen des Luxus bejahte, ferner als Rousseaus »Zurück zur Natur«. Auch hier spricht er als der Pragmatiker zu uns, als den wir ihn bereits kennengelernt haben. Sicher waren den zivilisierten Europäern manche Tugenden der Urzeit verloren gegangen, die die »edlen Wilden« noch pflegten (obwohl sie sich gelegentlich von Menschenfleisch ernährten, wie man aus dem »Candide« weiß), aber deswegen die Zivilisation insgesamt zu verdammen, auf die Annehmlichkeiten der Geselligkeit, der Kultur und des Komforts verzichten zu wollen, das konnte nur einem Verrückten wie Rousseau in den Sinn kommen.

So weit, so gut. Aber dann brach der Siebenjährige Krieg aus. Ein neues Morden begann, von dem kein Ende abzusehen war – und ein aufgeklärter Fürst, Friedrich, der »Salomon des Nordens«, führte den Krieg. Zuvor war die Botschaft vom Erdbeben zu Lissabon eingetroffen; sie erschütterte Voltaire ebenso wie viele seiner Zeitgenossen, die sich auch einen gewissen Glauben an den Fortschritt und ein gewisses Vertrauen in die wohlgefügte Ordnung dieser Welt zugelegt hatten. Das Erdbeben von Lissabon führte zu der »Krise des Optimismus«, dessen Ausdruck der »Candide« ist. Denn hier schienen die Räder des Weltuhrwerks nicht mehr ineinander zu greifen. Wie konnte Gott ein solches Unglück, nicht für Schuldige, die bestraft werden mußten, sondern für zahllose Unschuldige, Kinder wie Greise, zulassen? Voltaire schrieb ein Gedicht – das »Poème sur le désastre de Lisbonne« (»Gedicht über die Katastrophe von Lissabon«) –, in dem er genau diese Fragen stellte – und, zur Entrüstung mancher, vor allem gläubiger Leser, nicht zu beantworten wußte.

Voltaire und das Christentum

»Candide«, so könnte man sagen, ist ein theologischer Roman – aber zum Glück merkt man es nicht! Das Leitthema des »Candide« kann in der Tat ebenso gut theologisch wie philosophisch genannt werden. Es ist die Frage nach der Gerechtigkeit Gottes, das Problem der Theodizee (wie es in Leibniz' französisch geschriebener Abhandlung, an die der »Candide« anknüpft, denn auch genannt wird). Wie kann Gott, der doch allmächtig sein muß, sonst wäre er nicht Gott, das Übel in der Welt zulassen, das zu beseitigen in seiner Hand liegt? Wie kann ein gerechter Gott Ungerechtigkeiten von der Art dulden, wie sie Candide und Panggloß im Seesturm vor Lissabon erleben, wo der gute Wiedertäufer Jacques ertrinkt und ein Schurke, dem er das Leben gerettet hat, überlebt? Es gibt zwei grundsätzliche Möglichkeiten, das Problem aus der Welt zu schaffen. Entweder sagt man: Es gibt keinen Gott. Dann kann die Welt schlecht, aber auch gut sein. Voltaire weigerte sich jedoch, seinen Gottglauben aufzugeben. Er war nie Atheist und hat sich in seinem späteren Leben, als der Atheismus anfing in der französischen Aufklärung eine Rolle zu spielen, fast so heftig gegen diesen gewandt wie zuvor gegen die Offenbarungsreligion. Die andere Möglichkeit haben wir schon erwähnt: Sie besteht darin, das Böse als eine Folge menschlicher Kurzsichtigkeit anzusehen, als einen Perspektivenirrtum sozusagen, der auszuräumen wäre, wenn wir Gottes Allwissenheit besäßen, die wir aber nicht besitzen können. Im »Zadig« bezieht Voltaire etwa noch diese Stellung, die diejenige Leibnizens und Popes war. Im »Candide« vermittelt Meister Pangloß sie seinem Schüler. Voltaire selbst scheint jedoch nun nicht mehr so recht an sie zu glauben. Aber eine andere Lösung weiß er auch nicht. Denn die Lehre von der Erbsünde, also die jüdisch-christliche Lösung des Theodizee-Problems, die im Alten Testament vorgeschlagen wird, kam für Voltaire nicht ernsthaft in Frage; die Erbsünde war eine Fabel für ihn, und er wurde böse, wenn man von ihm verlangte, sie ernst zu nehmen.

Candide ringt mit religiösen Problemen. Aber er attackiert weder das Christentum wegen der von der Bibel vorgeschlagenen Lösung noch etwa eine andere Religion. In dem Roman werden keine Ideen propagiert, weder antichristliche noch sonst welche; eben das macht ihn zum Meisterwerk unter Voltaires Romanen. Sonst scheut der Autor sich nämlich nicht, unmißverständlich und nachdrücklich seine eigene Position zu verfechten. Die meisten späteren Romane sind geradezu dazu geschrieben, dem Kampf Voltaires gegen die Kirche zu dienen; es sind christentumskritische Schriften, wie fast das ganze Spätwerk Voltaires. Und wenn die Figuren darin dann ihre Kritik explizit vortragen, geschieht das nicht selten wie bei Asterix: mit Spruchblasen vor dem Mund! Man lese nur die »Histoire de Jenni, ou l'athée et le sage« (»Geschichte Jennis oder der Atheist und der Weise«) oder »Les oreilles du comte de Chesterfield et le chapelain Goudman« (»Die Ohren des Grafen von Chesterfield und der Kaplan Goudman«), aber auch die »Princesse de Babylone« (»Die Prinzessin von Babylon«) – die etwas erzählfreudiger ist – oder schließlich »L'Ingénu« (»Der Naive«), Voltaires Geschichte vom edlen Wilden, den es nach Frankreich verschlägt; auch in dieser, streckenweise ergreifenden, Geschichte dreht sich fast alles um die Religion, sprich: Christentumskritik. Nicht, daß das Thema im »Candide« überhaupt nicht vorkäme. Aber es wird doch eher episodisch behandelt: Ein unduldsamer Prediger in Holland, der karikiert wird, eine Anklage der Inquisition, an der selbst der Frömmste keinen Anstoß nehmen kann, ein (wieder: holländischer) Missionar, der den Sklavenhandel bemäntelt, was Candide empört, Geistliche, die den Philosophen Martin verfolgen, weil sie ihn für einen Sozinianer halten, ein Abbé, der Candide in Paris übertölpelt, ein Mönch in Venedig, der Dirnen frequentiert und seine Klosterzelle verflucht – mit alldem geht der »Candide« kaum über Pfaffen- und Mönchssatiren hinaus, wie sie in der französischen Literatur seit dem Mittelalter gang und gäbe sind. (Nicht umsonst glaubte Voltaire in Rabelais einen Gesinnungs- und Kampfgenossen erblicken zu dürfen.)

Etwas gewichtiger ist die Kritik am Jesuitenstaat von Paraguay und das deistische Plädoyer, zu dem es in Eldorado kommt. Es ist auffällig – wie unten Seite 257f. erläutert wird –, daß Voltaire seine Aussagen über den Jesuitenstaat im »Candide« drastischer, das heißt negativer faßt als im fast gleichzeitigen »Essai sur les mœurs« (»Versuch über die Sitten«).

Das geschieht in Anpassung an den sarkastischen Stil des Romans und vielleicht auch aus kontrastiven Absichten; je düsterer das Gemälde des Jesuitenstaates, desto deutlicher hebt sich das leuchtende Bild Eldorados davon ab. Wenn Geistliche Kriege führen, statt Barmherzigkeit zu üben, wenn sie wie weltliche Herrscher ihre Untertanen in Armut und Unwissenheit dahinvegetieren lassen, so kann Voltaire das nicht gutheißen. Aber alles in allem amüsiert er sich doch auch im »Candide« mehr über den Jesuitenstaat, als daß er sich über ihn entrüstete. Auch die wiederholten Anspielungen auf die Homosexualität, die dem Junker Thunder-ten-tronckh für seine Karriere so förderlich ist, sind schließlich hauptsächlich komisch. (Und wenn ein Beichtvater ein Dienstmädchen verführt und mit der Syphilis beehrt, ist das für Voltaire – so könnte man im Stile der »Alten« des »Candide« sagen – doch nur »eine Bagatelle«.)

Eldorado aber ist eine Utopie. Dazu gehört die priesterlose und dogmenfreie Religionsform des Deismus, die Voltaire ihr andichtet. Sie entsprach seinem Wunschdenken, aber es ist doch nicht unwichtig festzustellen, daß diese Religion ohne Klerus und Klöster und ohne festgelegte Lehrmeinungen eben nur in Utopia, nicht in der Menschenwirklichkeit vorkommt. Man hat gesagt, die religiösen Vorstellungen Voltaires seien »unrealistisch«: Ohne Priester, Kirchen und Zeremoniell könne sich nun einmal keine Religion halten, das habe er nicht bedacht, wenn er die Religion auf den Gottglauben und etwas Caritas reduzierte, im übrigen aber alle institutionellen Formen für überflüssig hielt. Es ist die Frage, ob Voltaire wirklich so unrealistisch dachte. Aber um das genauer zu sehen, müssen wir nun doch versuchen, die Gründe für seine Christentumskritik zu ermitteln, und das heißt, noch einmal auf seinen Lebensweg zurückzukommen.

Er begann, wie erwähnt, in einem großbürgerlichen Elternhaus, wo es nicht bigott zuging und wo offenbar sogar Sympathien für ein gewisses Epikureertum bestanden. Ein Bruder des jungen Arouet wurde allerdings Jansenist, das heißt, er schloß sich der asketisch-strengen Richtung des Christentums an, die immer noch im französischen Bürgertum Anhänger besaß, obwohl sie offiziell verboten und das Kloster Port Royal, die »Brutstätte« des Jansenismus, geschlossen war und bald dem

Erdboden gleichgemacht werden sollte. Unser Arouet hingegen ging zu den Jesuiten in die Schule.

Das brachte ihm eine gute humanistische Bildung ein, aber es erfüllte ihn der Religion gegenüber mit zwiespältigen Gefühlen. Die Jesuiten waren weltzugewandte, gesellschaftsangepaßte Lehrer; sie wußten, daß sie ihren überwiegend adligen Zöglingen nicht zu viel Frömmigkeit zumuten konnten. Infolgedessen beschränkten sie sich weitgehend auf Formales: Man mußte den Gottesdienst besuchen, die Gebetstexte kennen, beichten und zur Kommunion gehen, aber mehr wurde nicht verlangt. Was die jungen Menschen im Grunde dachten, erforschten die Jesuiten nicht. Es spricht für Voltaires religiöses Engagement, daß er sich von dieser rein äußerlichen Handhabung der Religion abgestoßen fühlte. Der Formalismus der Jesuiten erklärt Voltaires Abkehr von der Kirche, von allem Ritual ohne tieferen Sinn, die den Kern von Voltaires Christentumskritik ausmacht. Zunächst und vor allem war Voltaire antiklerikal – so kann man wohl sagen, auch wenn es falsch wäre, ihn nur einen Gegner der katholischen Kirche zu nennen. Wäre er nur das gewesen, könnte man ihn in eine Linie mit Luther und den anderen Reformatoren stellen, wie es gelegentlich geschieht; aber das ist grundfalsch. Es ging Voltaire um mehr, es ging ihm – noch nicht gleich, aber mit zunehmendem Alter in zunehmendem Maße – um die Offenbarung und die Lehren von der Dreieinigkeit, von der unbefleckten Empfängnis, von Christi Gottessohnschaft, von der Entsühnung der Menschen durch Jesu Leiden und von seiner Auferstehung. An nichts davon glaubte Voltaire mehr, seitdem er durch die Schule der Libertins gegangen war. Und schließlich kam die Bibel hinzu: Vorbereitet durch eine ganze Phalanx kritischer Bibelleser, darunter nicht wenige Geistliche, vor allem Engländer, ermutigt vor allem durch das Beispiel des Skeptikers Bayle, machte sich Voltaire, schon in Cirey, gemeinsam mit der naturwissenschaftlich denkenden Marquise du Châtelet, an die Lektüre der Heiligen Schrift. Es war eine kritische Lektüre, wie man sich denken kann. Daß Voltaire, so vorbereitet, im freigeistigen Spötterkreis der Tafelrunde von Sanssouci willkommen war und sich dort zu Hause fühlte, braucht danach kaum noch betont zu werden. Gerade hier war er eines Sinnes mit König Friedrich. (Übrigens mag im Gedankenaustausch mit ihm

Voltaire auch zu der Einsicht gekommen sein, daß man die eigene Position nicht jedermann aufzwingen könne. Wie Friedrich hielt Voltaire die Religion für ein nützliches Instrument, das Volk im Zaum zu halten. Mochte ihm selbst der »Uhrmachergott«, der sich um den Lauf des Weltgetriebes nicht kümmerte, das Wahrscheinlichste sein, für die einfachen Leute war es nach seiner Auffassung gut, wenn sie am Glauben an einen »lohnenden und strafenden Gott« festhielten!)

Im Alter, etwa von 1760 an, hat Voltaire sich immer mehr in die Bibel vertieft. Er wurde zu einem der größten Bibelleser Frankreichs, wo man das Buch der Bücher nicht auf dem Nachttisch liegen zu haben pflegt. Er war fasziniert von den Geschichten des Alten Testaments, empfahl seinen Freunden im fernen Paris, Hesekiel zu lesen oder die Geschichte des Propheten Jonas oder Hiobs erbauliche Klagen. Natürlich war Spottlust mit im Spiel, ja, ein Hauptspaß für den alternden Aufklärer war es, all das Wunderbare und Fabulöse, das Abstruse und Schreckliche aufzugreifen, auf das er im Alten Testament stieß. Voltaire hat sich als Erzähler oft von der Bibel inspirieren lassen: Am besten gelungen ist ihm in der Hinsicht ein später »philosophischer Roman«, »Le Taureau blanc« (»Der weiße Stier«), in dem – nach Daniel 4,13 ff. – die Geschichte der Liebe der schönen Amasid zu einem weißen Stier erzählt wird. (Jedem Thomas-Mann-Leser zu empfehlen!) Aber auch das Geschichtswerk Voltaires ist geprägt von der Bibel, die Voltaire zwar nicht für Gottes Wort hielt, wohl aber ernst nahm als eine historische Quelle. Wer heute noch so denkt, denkt wie er. War die Bibel ein Lektürevergnügen für Voltaire, so erfreute ihn die Geschichte des Christentums allerdings nicht. Hier setzt der zornige, der aktive und kämpferische Voltaire ein. Er hat einmal zusammengezählt, wieviele Tote das Christentum, das doch die Nächstenliebe auf sein Panier schrieb, in der Weltgeschichte gekostet hat, und kommt dabei auf die Summe von 9 468 800, nicht mehr und nicht weniger! (Die Rechnung endet mit der Reformation.) Im »Candide« ist dort etwas von der Entrüstung über die Blutopfer des Christentums zu spüren, wo von dem Attentäter Damiens die Rede ist, der den Spuren anderer Attentäter folgte. Hier reagierte Voltaire empfindlich, das war das Feld, wo er unermüdlich zum Kampf aufrief, seine Freunde um sich scharte und sie mit dem Streitruf »Écrasez l'infâme!« (»Zerschmettert die Ruchlose!«) zu begeistern versuchte. (Meist kürzte er die Formel ab; mit »Écr... l'inf...« enden viele von Voltaires Briefen, es war sein »ceterum censeo«...)

Der größere Teil von Voltaires Geschichtsschreibung dient dem Nachweis der Greuel, die dem Christentum anzulasten sind. Daß andere Religionen nicht friedliebender waren, wußte Voltaire wohl – aber es interessierte ihn weniger. Und das erklärt sich aus einer historischen Reminiszenz: Die Vertreibung der Hugenotten nach der Aufhebung des Toleranzediktes durch Ludwig XIV. im Jahre 1685 war die Erfahrung, von der Voltaires Kirchenkampf ausging. Diese ebenso grausame wie unkluge Maßnahme des »Sonnenkönigs« hatte Frankreich mindestens 300000 Bürger gekostet, zumeist tüchtige Handwerker und Kaufleute, die emigrieren mußten – und unter anderem Preußen aufbauen halfen. Nichts Unsinnigeres läßt sich für einen diesseitsorientierten Aufklärer denken als eine solche, der Ökonomie schädliche Maßnahme, deren einziger Grund die Glaubenseinheit war. Wozu? Hier sprach Voltaire übrigens die Sprache fast aller französischen Aufklärer, Diderots oder D'Alemberts ebenso wie Montesquieus oder Marivaux'. Weil er die Freiheit liebte, haßte Voltaire die Priester. Und weil er die Gerechtigkeit liebte, kämpfte er für ein religionsunabhängiges, kirchenfreies Recht. Daß das bitter notwendig – und keineswegs eine »Bagatelle« – war, zeigt die »Affäre Calas«, der andere »Affären« folgten. Bei Calas ging es darum, daß in der katholischen Stadt Toulouse der Sohn eines protestantischen Vaters sich das Leben genommen hatte (aus welchen Gründen auch immer) und die Bürgerschaft dem Andersgläubigen unterstellte, er habe seinen Sohn, weil er zum Katholizismus übertreten wollte, in den Tod getrieben. Das Gerücht kam auf, man weiß nicht wie, das Volk rottete sich zusammen, die Priester schürten, und die Richter überprüften nichts, sondern verurteilten den Vater zur Folter und schließlich dazu, aufs Rad geflochten zu werden. Das geschah 1762. Voltaire erfuhr davon, lud einen Bruder des Selbstmörders zu sich ein, erkundigte sich genau über sämtliche Vorgänge – und lancierte eine Pressekampagne, wie es sie bis dahin noch nicht gegeben hatte. Seinen Ruhm in die Waagschale werfend, ruhte und rastete der immerhin Siebzigjährige nicht, bis Calas' Familie rehabilitiert, der Justizskandal aufgedeckt und bereinigt war und die Witwe aus der Schatulle des Königs eine Entschädigung bekommen hatte. Bei den nachfolgenden »Affären« ging es einmal um einen jungen Adligen, der sich nicht bekreuzigt hatte, als eine Prozession an ihm vorüberzog, ein andermal um einen französischen General, der beschuldigt worden war, sein Vaterland verraten zu haben, und unverzüglich – wie der englische Admiral Byng, dem im »Candide« das Gleiche widerfährt – hingerichtet wurde, und noch einmal um einen Protestanten, der sein eigenes Kind umgebracht haben sollte, weil es katholisch werden wollte...

Voltaire ist als »l'Homme aux Calas« (»der Mann der Calas'«), der Mann, der Calas rehabilitiert hatte, populär geworden; so rief es die Volksmenge, als er 1778 noch einmal nach Paris kam, um dort seinen letzten Triumph zu erleben und zu sterben. In der französischen Literaturgeschichte ist dieser Voltaire unvergessen, nicht weil es um eine literarische Leistung gegangen wäre (obwohl die Publizistik, die Voltaire entfaltete, sich sehen lassen kann), sondern weil »l'Homme aux Calas« den Archetyp des Schriftstellers darstellt, den man in Frankreich *engagiert* nennt.

Noch ein abschließendes Wort ist zu diesem Thema erforderlich. Wie in seinem Denken überhaupt war Voltaire auch in seinem Kampf gegen das Christentum Pragmatiker. Er hoffte, die Parteilichkeit der Rechtsprechung beseitigen zu können, er hoffte, dem Gedanken der Toleranz durch immer neue Verdeutlichungen ihres praktischen, ökonomischen und sozialen Nutzens dienen, und er hoffte, die Verklammerung zwischen Staatsmacht und Kirche lockern zu können. Seine Parole war: Mit den Fürsten für ein aufgeklärtes, tolerantes Regime, in dem, wie (angeblich) unter dem Preußenkönig, »jeder nach seiner Façon selig werden konnte«. An eine Abschaffung der Religion hat er nicht gedacht – höchstens an eine Liberalisierung und an einen gewissen Abbau von Dogmatismus und Zeremoniell. An die Existenz Gottes zu glauben, dem Nächsten nichts zuzufügen, was man selber nicht zugefügt bekommen wollte – das schien ihm das Wesentliche zu sein. Wenn man in Gottesglauben und Caritas die »Essentials« des Christentums erblickt, kann man Voltaire getrost einen Christen nennen.

Jedenfalls schien es ihm äußerst gefährlich, sich öffentlich zu Atheismus und Materialismus zu bekennen. Als Diderot, Holbach und einige andere Mitstreiter der »Encyclopédie« anfingen, das zu tun, distanzierte Voltaire sich von seinen Freunden. Es kam schließlich zum Bruch, an dem Voltaire schwer litt, denn er brauchte die Einigkeit unter seinen »Brüdern«. Mochten sie doch insgeheim denken, was sie wollten: Gott zu leugnen hieß in Voltaires Augen das Werk der Aufklärung gefährden. So ist ihm denn auch prompt Halbherzigkeit vorgeworfen worden. In Wahrheit war es eher Konservativismus. Voltaire war ja auch im ästhetischen Bereich konservativ: Er war und blieb Klassizist. Neuerungen – wie die Einführung Shakespeares – ja, aber in Grenzen! Vorbehaltlos Shakespeare zu bewundern schien Voltaire ein Sakrileg. Selbst Corneille, den er langweilig fand, schonte Voltaire, weil er zur klassischen Tradition gehörte. »Christus darf nur mit Maßen attackiert werden«, hat er einmal geschrieben, »genau wie Pierre Corneille.«

Voltaire und die Preußen

Candide ist Deutscher, Kunigunde ist Deutsche, Pangloß, der hochnäsige Baron von Thunder-ten-tronckh und Paquette (der man es am wenigsten anmerkt) sind Deutsche: Für einen französischen Roman des 18. Jahrhunderts ist das alles andere als eine Selbstverständlichkeit. Denn von Deutschland hatte man damals entweder überhaupt keine oder nur sehr vage Vorstellungen, und französische Romane spielten meist in Spanien, Italien oder vorderasiatischen Phantasieländern. Auch wenn man den »Candide« wegen der Nationalität der Mehrzahl seiner Personen nicht gerade einen »deutschen Roman« nennen kann – denn die Handlung führt ja bald aus Deutschland hinaus –, bleibt Grund genug zu der Frage, wie der Autor auf die Idee kam, seinen Roman so weit einzudeutschen, wie er es getan hat. Die angebliche Verfasserschaft des »Doktor Ralph« ist ihm vermutlich erst hinterher eingefallen, aber auch sie paßt dazu. Daß Pangloß eine optimistische Philosophie vertritt, macht ihn zwar nicht gleich zu einem typisch deutschen Philosophen, eher schon die weltferne und besserwisserische Art, mit der er sie verficht; es mochte schon damals der Eindruck bestanden haben, daß deutsche Gelehrte besonders dazu neigten, solche integralen Gesamtsysteme zu propagieren wie Pangloß. Die Neigung ist den Deutschen geblieben. – Aber das ist nicht die Hauptsache: Weder Candides Sturheit noch Panglossens Scheuklappengelehrtheit zwangen den Autor dazu, seinen Roman von Deutschland ausgehen zu lassen. Wohl aber die preußischen Soldaten. Soldaten wie die mustergültig exerzierenden und unbarmherzig spießrutenlaufen lassenden »langen Kerls«, die von Friedrichs des Großen Vater, dem »Soldatenkönig« Friedrich Wilhelm, gedrillt worden waren, gab es sonst nirgends in der Welt. Und die preußische Disziplin, die später weltberühmt wurde und dazu führte, daß man sich bis ins ferne Amerika Ausbilder aus diesem Land verschrieb, war damals noch ein Novum. Voltaire war einer der ersten, der sie bestaunt und dem es vor ihr gegraut hat. Zugleich aber dürfen wir annehmen, daß auch ein Quentchen Bewunderung im Spiel war, denn bei den Spaniern läßt Voltaire ja seinen Candide damit Fortüne machen, daß er das preußische Exerzierreglement gelernt hat, und auch die Jesuiten wissen das zu schätzen, ganz abgesehen davon, daß Candide auch »eine Nuß aus einem Busch herausschießen konnte, ohne die Blätter zu berühren«.

Von Westfalen (um das noch einzuflechten) hat der Autor des »Candide« dagegen nicht viel gehalten. Wie es für das Schloß der Thunder-ten-tronckhs bemerkenswert ist, daß es »eine Türe und Fenster« hat, so hat Voltaire einmal in einem Brief an den König Friedrich spaßhaft geschrieben, ihn wundere es nicht, daß der Friedensschluß nach dem Dreißigjährigen Krieg so rasch zustande gekommen sei, denn man sei ja in Münster zusammengekommen, um das zu bewerkstelligen – und da hätten alle Delegierten verständlicherweise so schnell als möglich wieder nach Hause gewollt. Voltaire faßt das, wie er es gern tat, in ein paar kleine, witzige Verschen, die er am 6. Dezember 1740 an Friedrich schickt:

»O détestable Westphalie!
Vous n'avez chez vous ni vin frais,
Ni lits, ni servante jolie;
De couvents vous êtes remplie,
Et vous manquez de cabarets.

Quiconque veut vivre sans boire,
Et sans dormir et sans manger,
Fera très bien de voyager
Dans votre chien de territoire.
Monsieur l'évêque de Munster,
Vous tondez donc votre province?
Pour le peuple est l'âge de fer,
Et l'âge d'or est pour le prince.

Je vois bien maintenant pourquoi
Dans cette maudite contrée
On donna la paix et la loi
A l'Allemagne déchirée.
Du très-saint empire romain
Les sages plénipotentiaires,
Dégoûtés de tant de misères,
Voulurent en partir soudain,
Et se hâtèrent de conclure
Un traité fait à l'aventure
Dans la peur de mourir de faim.«

(»O abscheuliches Westfalen! / Bei dir gibt's keinen frischen Wein, / keine Betten und keine hübschen Mägde, / Klöster dafür die Fülle, / aber keine Schenken. / Wer leben will ohne zu trinken, / ohne zu schlafen und zu essen, / der tut gut daran, / in diesem Hundeland zu reisen. / Herr Bischof von Münster, / Sie scheren also Ihr Land kahl? / Für das Volk ist's ein eisernes Zeitalter, / für den Fürsten ein goldenes. / Ich erkenne jetzt, warum / in dieser verfluchten Gegend / dem zerrissenen Deutschland / Friede und Gesetz gegeben wurde: / Die weisen Abgesandten / des sehr heiligen römischen Reichs / wollten, des vielen Elends überdrüssig, / schnell wieder auf und davon / und beeilten sich deshalb, / aus Angst, Hungers zu sterben, / einen improvisierten Vertrag abzuschließen.«)

Daß Westfalen katholisch war, wie Voltaire hier ebenso unmißverständlich wie in seinem »Candide« feststellt, machte das Maß voll. Dahinter war aber nun eine neue Großmacht im Entstehen. Und dort war ein junger Herrscher auf den Thron gelangt, der sich von seinem Vater stärker unterschied, als das je in der Weltgeschichte der Fall gewesen war. Im Hinblick auf Friedrich schildert Voltaire in einem Fragment gebliebenen Text, den er »Mémoires pour servir à la vie de M. de Voltaire«, also »Lebenserinnerungen des Herrn von Voltaire, von ihm selbst verfaßt«, nennt, zunächst mit größter Anschaulichkeit den Vater. Hier ein etwas längerer Auszug aus der Schrift, aus dem anschaulich hervorgeht, welchen Eindruck Voltaire die Preußen mit ihrer Sparsamkeit, ihrem Drill, ihrem Militarismus und ihrer Härte gemacht haben. Der Text handelt zunächst vor allem von Friedrichs Vater, dem »Soldatenkönig«:

»Während ich, 1740, in Brüssel weilte, starb in Berlin der dicke Friedrich Wilhelm von Preußen, der unnachsichtigste und an barem Geld reichste aller Könige. Sein Sohn, der sich so außerordentliches Ansehen erworben hat, stand seit über vier Jahren in einer ebenfalls außergewöhnlichen Verbindung mit mir. Es hat wahrscheinlich auf der Welt noch keinen Vater und keinen Sohn gegeben, die einander weniger ähnelten als diese beiden Herrscher. Der Vater war der reinste Vandale. Er hatte sein ganzes Leben nichts anderes im Sinn, als Geld zu horten und mit möglichst wenig Geld die schönste Armee Europas zu unterhalten. Nie ist ein König reicher, nie sind Untertanen ärmer gewesen.

Die Türkei ist eine Republik im Vergleich mit der Despotie, die Friedrich Wilhelm ausübte. Auf diese Weise ist es ihm gelungen, in den achtundzwanzig Jahren seiner Regierung in den Kellern seines Berliner Schlosses ungefähr zwanzig Millionen Taler anzusammeln, die in eisenumbänderten Fässern gut verschlossen aufbewahrt werden. Er hat sich das Vergnügen gemacht, die große Palastwohnung mit soliden Möbelstücken aus massivem Silber auszustatten, bei denen die Kunst nicht über die Materie erhaben ist. Seiner Frau, der Königin, hat er überdies ein Kabinett zur Verfügung gestellt, dessen Einrichtung gänzlich aus Gold ist, einschließlich der Griffe der Kuchenschaufeln und der Zukkerzange sowie der Kaffeekanne.

Der Monarch ging zu Fuß aus, er trug einen billigen blauen Rock mit

Kupferknöpfen; der Rock reichte ihm bis über die halben Oberschenkel; und wenn er einen neuen Rock kaufte, mußten ihm die alten Kupferknöpfe weiter dienen. So ausstaffiert und mit einem großen Feldwebelstock bewaffnet, nahm Seine Majestät täglich die Parade seines Regiments von Riesen ab. Ihm galt seine ganze Liebe, für es scheute er keine Kosten. Die erste Reihe seiner Kompanie bestand aus Kerlen, von denen der kleinste sieben Fuß maß; er verschaffte sie sich aus den entferntesten Gegenden Europas und Asiens. Einige habe ich nach seinem Tode noch gesehen. Sein Sohn, der König, der *schöne* Männer und nicht *große* Männer liebte, hatte sie seiner Frau, der Königin, als Leibwache zur Verfügung gestellt. Ich erinnere mich, daß sie eine alte Paradekutsche begleiteten, die man dem Marquis von Beauvau entgegenschickte, der dem neuen König im November 1740 Glückwünsche überbrachte. Friedrich Wilhelm selig, der einst all die Prachtmöbel seines Vaters verkauft hatte, brachte es nicht über sich, diese enorme Kutsche, von der das Gold abblätterte, herzugeben. Die Leibwächter, die am Wagenschlag bereitstanden, falls der Marquis stolpern sollte, reichten sich über das Dach der Kutsche hinweg die Hände.

Nach der Parade ging Friedrich Wilhelm in der Stadt spazieren. Alles ergriff schleunigst die Flucht. Traf er eine Frau, fragte er sie, warum sie ihre Zeit auf der Straße verliere. ›Marsch ins Haus, Bettelweib, eine anständige Frau kümmert sich um ihren Haushalt!‹ sprach er und begleitete diese Ermahnung mit einer kräftigen Ohrfeige, einem Tritt in den Bauch oder mit Stockhieben. So behandelte er auch die Diener des Heiligen Evangeliums, wenn es ihnen in den Sinn kam, der Parade beizuwohnen. – Man kann sich denken, wie erstaunt und verärgert dieser Vandale war, einen Sohn voller Geist, Anmut, Höflichkeit und Gefälligkeit zu haben, der bildungsbeflissen war, musizierte und Verse schrieb. Erblickte er ein Buch in den Händen des Erbprinzen, warf er es ins Feuer, spielte der Prinz Flöte, brach der Vater sie entzwei und sprang bisweilen mit Seiner königlichen Hoheit genauso um wie mit den Frauen und den Predigern bei der Parade.«

Soweit dieser Auszug aus Voltaires »Memoiren«. Der Text ist zu Recht berühmt geworden. Er gehört ins Vorfeld des »Candide«.

In der Folge beschreibt Voltaire dann, erst recht anschaulich und mit nur dünn übertünchter ironischer Entrüstung, wie der Preußenprinz von Potsdam fliehen wollte, wie ihn die Häscher des Vaters einfingen und wie er in der Festungshaft von Küstrin grausam bestraft wurde, indem vor seinen Augen sein Freund Katte enthauptet wurde. Dann aber starb der alte König, und der junge bestieg den Thron, um einerseits den Musen weiterzuhuldigen, Flöte zu spielen, eine Akademie der Wissenschaften einzurichten, französische Gelehrte und Literaten nach Potsdam zu holen – andererseits aber die von seinem Vater aufgestellte Armee in Schlesien einmarschieren zu lassen. Voltaire ist fasziniert von dem Musenjüngling und dem »Philosophen auf dem Thron«, den er den »Salomon des Nordens« nennt. Eine Korrespondenz entspinnt sich, in der der König dem Dichter und der Dichter dem König schmeichelt. (Das düstere Westfalengemälde diente – so gesehen – nur als Kontrast zur glänzenden Folie des Preußenstaates dahinter!) Friedrich wollte Voltaire als den berühmtesten aller französischen Schriftsteller an seinen Hof ziehen (wo bereits der Mathematiker Maupertuis, der Arzt La Mettrie, der Literat d'Argens und der Popularphilosoph Algarotti weilten, um von den kleineren Sternen nicht zu reden). Voltaire hatte Schloß Cirey in Lothringen zu seinem Aufenthaltsort gewählt (davon war schon die Rede), aber er verreiste oft, vor allem an den Versailler Hof, wo er mit einemmal wohlgelitten war, weil einer seiner ehemaligen Schulfreunde, d'Argenson, Minister geworden war; das geschah 1743. Seit 1736 korrespondierten Friedrich und Voltaire miteinander. Der Kronprinz hatte den Thron noch nicht bestiegen, als er, schon im Hinblick darauf, einen seiner Vertrauten, den Balten Graf Keyserlingk nach Cirey schickte mit dem Auftrag, Voltaire nach Potsdam zu locken. Voltaire schildert die Sache in seinen Memoiren in pointiert-witziger Form. Die Enttäuschungen, die sich später einstellen werden, fließen dabei unterschwellig schon mit ein. Hier der ebenfalls etwas längere Text, der wieder im Ton des »Candide« gehalten ist, trocken, sachlich, sarkastisch und ohne Umschweife:

»Ein junger Kurländer namens Keyserlingk, der auch schlecht und recht Verse machte und infolgedessen damals der Liebling des Prinzen war, wurde von der pommerschen Grenze nach Cirey abgesandt. Wir haben ihm zu Ehren ein Fest gefeiert. Ich erfand eine Festbeleuchtung, deren Lichter Titel und Namen des Kronprinzen erkennen ließen, dazu die Devise: ›Die Hoffnung des Menschengeschlechts.‹ Hätte ich persönliche Hoffnungen hegen wollen, so hätte ich alles Recht dazu gehabt; denn man nannte mich ›Mein lieber Freund‹ und sprach oft in den Briefen von den Zeichen einer festen Freundschaft, die mir zugedacht seien, sobald man den Thron bestiegen haben würde. Endlich bestieg er ihn, als ich in Brüssel weilte, und er entsandte alsbald einen Einarmigen namens Camas, der ein französischer Emigrant gewesen und nun Offizier geworden war, als Sonderbotschafter nach Frankreich. Dem französischen Botschafter in Berlin fehle eine Hand, sagte er, so schicke er denn dem französischen König, dem er so viel Dank schulde, einen Botschafter mit nur einem Arm. Kaum war Camas in einem Gasthof untergekommen, als er einen jungen Mann, den er zu seinem Pagen gemacht hatte, zu mir entsandte und mir ausrichten ließ, er sei zu müde, mich aufzusuchen; er bitte mich, unverzüglich zu ihm zu kommen, er habe mir von seinem König und Herrn das größte und prachtvollste Geschenk zu überreichen. ›Eilen Sie‹, sagte Madame du Châtelet, ›sicher bekommen Sie die Krondiamanten geschenkt!‹ Ich eilte, ich traf den Botschafter an; anstelle eines Koffers hatte er hinter seinem Stuhl ein Fäßchen Wein aus dem Keller des verstorbenen Königs, den der regierende König mir zu trinken anempfahl. Ich tat, was ich konnte, um mein Erstaunen und meinen Dank zu bekunden angesichts dieser flüssigen Zeichen der Güte Seiner Majestät, die an die Stelle der festen, die er mir versprochen hatte, getreten waren, und ich teilte das Fäßchen mit Camas.

Mein Salomon war damals gerade in Straßburg. Als er seine langhingestreckten und schmalen Länder, die von Geldern bis an die Ostsee reichten, besichtigte, war ihm eingefallen, er könnte einmal incognito die französische Grenze und die französischen Truppen besichtigen. Diesen Spaß erlaubte er sich in Straßburg unter dem Namen eines Grafen Du Four, der ein reicher Herr aus Böhmen sein sollte. Sein Bruder, der königliche Prinz, begleitete ihn und hatte auch einen Decknamen, nur Algarotti, der sich ihm schon angeschlossen hatte, erschien unmaskiert. Der König schickte mir nach Brüssel einen Bericht über seine Reise, halb in Prosa und halb in Versen…«

Im Text folgt nun der Bericht Friedrichs. Dann schreibt Voltaire weiter: »Von Straßburg aus begab er sich nach dem Nordwesten Deutschlands und ließ mich wissen, er komme incognito nach Brüssel, mich zu besuchen. Wir ließen ein schönes Haus herrichten, aber er erkrankte in dem kleinen Schloß von Meuse, zwei Meilen von Cleve, und schrieb mir, ich möchte ihm entgegenkommen. Ich machte mich also auf, ihm meine untertänigste Huldigung darzubringen. Maupertuis, der schon seine eigenen Pläne verfolgte und danach gierte, Akademiepräsident zu werden, stellte sich mir vor. Er bewohnte mit Algarotti und Keyserlingk einen Speicher dieses Palastes. Die Wache, auf die ich im Hof traf, bestand aus einem einzigen Soldaten. Der Geheime Rat und Staatsminister Rambonet ging in diesem Hof auf und ab und blies sich in die Finger. Er trug große schmutzige Leinwandmanschetten, einen löchrigen Hut, eine alte Magistratsperücke, die zur einen Seite in seiner Tasche hing, zur anderen kaum über die Schulter hinabreichte. Man sagte mir, der Mann sei in wichtigen Staatsangelegenheiten hier, und das war wahr. – Ich wurde in die Gemächer Seiner Majestät geleitet. Die vier Wände waren kahl. In einem Nebenzimmer erblickte ich bei Kerzenschein ein kleines, zweieinhalb Fuß breites Feldbett, auf dem ein kleiner Mann lag, der sich in einen Morgenrock aus grobem blauen Stoff gehüllt hatte; das war der König. Er zitterte und schwitzte unter einer dürftigen Decke; er hatte einen heftigen Fieberanfall. Ich machte meine Verbeugung und begann die Bekanntschaft, indem ich ihm den Puls fühlte, als wäre ich sein erster Leibarzt. Kaum war der Anfall vorüber, zog er sich an und ging zu Tisch. Algarotti, Maupertuis und der königliche Gesandte in den Niederlanden nahmen an dem Souper teil, bei dem über die Unsterblichkeit der Seele, die Freiheit und Platons Androgyne gesprochen wurde.«

Soweit unser Auszug aus Voltaires »Memoiren«. Die Begegnung mit dem König spielte sich im September 1740 ab. Im November desselben Jahres reiste Voltaire zum ersten Mal nach Potsdam. Er überarbeitete eine Schrift des jungen Königs, in dem dieser die Lehren Machiavellis theoretisch widerlegte, die er gleichzeitig mit seinem Einmarsch in Schlesien praktisch befolgte; so jedenfalls sah Voltaire die Dinge – was ihn nicht davon abhielt, seine Freundschaft mit dem Preußenkönig weiter zu pflegen. Verschiedentlich wird Voltaire nun diplomatisch aktiv: Er versucht Friedrich weiter an Frankreich zu binden, Friedensinitiativen zu entwickeln usw.

Die Historiker scheinen sich einig zu sein, daß Voltaires diesbezügliche Aktivitäten nicht von Erfolg gekrönt waren. Wie dem auch sei: Er wird französischer Hofhistoriograph, Kammerherr Ludwigs XV. (der ihn freilich nie mochte) und Mitglied der Académie Française (1746). Dann aber wendet sich das Blatt. Neider schwärzen Voltaire an, das eitle Höflingsdasein verdrießt ihn, und er zieht sich erneut mit Madame du Châtelet nach Cirey zurück – da stirbt diese an den Folgen der Geburt eines Kindes, das nicht von Voltaire, sondern von einem Schürzenjäger namens Saint-Lambert stammte. Voltaire ist zutiefst getroffen und kämpft – wie später Candide, als er Kunigunde tot glaubt – mit Depressionen. Im Juni 1750 reist er nach Potsdam ab, um fast drei Jahre dort zu bleiben, an den Gesprächen der »Tafelrunde« teilzunehmen, die Gedichte und ein Geschichtswerk des Königs zu überarbeiten und schließlich, nach mancherlei Querelen, an denen vor allem der Akademiepräsident Maupertuis schuld ist, enttäuscht wieder abzufahren: Ende März 1753 macht er sich auf und davon, angeblich, um eine Bäderreise anzutreten. Über Meiningen, wo die Herzogin von Sachsen-Gotha, eine Schwester Friedrichs des Großen, Hof hält und wo Voltaire noch einmal gefeiert wird, begibt er sich nach Frankfurt am Main. Dort spielt sich die Episode ab, die – aufgrund seiner eigenen Schilderung – berühmt geworden ist und zunächst zum Bruch mit dem Preußenkönig geführt hat. Dieser hatte einen seiner Häscher auf Voltaire gehetzt, weil er befürchtete, er habe einen Band seiner – unfertigen – Gedichte mitgenommen, die er mit boshaften Kommentaren veröffentlichen würde. Die Gedichte waren in Leipzig, im dort zurückgebliebenen Gepäck; es mußte erst beigeschafft werden, ehe Voltaire wieder freikam. Seitdem hat er keinem Fürsten mehr gedient. Er besaß ja Geld genug (denn nebenher hatte er immerzu erfolgreich Geschäfte getätigt) und konnte sich selbständig machen.

Nach einem kurzen Zwischenaufenthalt im Elsaß entschloß Voltaire sich, den Genfer See als Aufenthaltsort zu wählen. Er kaufte zuerst ein Schlößchen in Genf, dann ein Haus in Lausanne, dann ein Gut auf

Schweizer und eines auf französischem Boden. Am liebsten hielt er sich die letzten dreißig Jahre seines langen Lebens in Ferney auf, einem hübsch gelegenen Landgut unweit des Genfer Sees; fieberhaft aktiv und produktiv bis in seine letzten Tage, überschüttete er seine Freunde mit Briefen und verfaßte ein Werk nach dem anderen, Theaterstücke, Geschichtswerke, satirische Dialoge, Streitschriften und kritische Bibelkommentare.

Einen Löwenanteil der Korrespondenz bekam – nach kurzer Unterbrechung – wieder der Preußenkönig, und dieser schrieb zurück, gleich ob aus dem Feldlager oder von Schloß Sanssouci. Kaum hatte sich die räumliche Distanz wiederhergestellt, deren ihre Freundschaft bedurfte, um weiterbestehen zu können, stellte sich heraus, daß die beiden doch sehr vieles miteinander verband. Man sollte neben dem teils Lächerlichen, teils Peinlichen, das sich zwischen Friedrich und Voltaire abgespielt hat, dieses einzigartige Faktum nicht aus dem Auge verlieren: Der größte König und der größte Schriftsteller des Jahrhunderts dachten in allen Hauptpunkten gleich! Beide waren sie aufgeklärte Geister, Feinde des Fanatismus und der Dogmatik, tolerant, so gut sie konnten, engagiert für Menschlichkeit und Recht, interessiert an Wissenschaft, Geschichte, Dichtung und Kunst. Friedrich der Große wird in dem Voltaire-Büchlein von Raymond Naves, das in der weitverbreiteten Reihe »Connaissance des Lettres« erschienen ist, »einer der besten französischen Schriftsteller des Jahrhunderts« genannt. In der Tat schrieb der Preußenkönig ungleich besser französisch als deutsch und liebte die französische Kultur, in der er geistig zu Hause war; daß er mit Frankreich seit 1756 Krieg führen mußte, änderte daran nichts. Das Verhältnis der beiden Großen zueinander kann hier nicht weiter verfolgt werden, es wäre ein Thema für sich. Nur erwähnt werden sollte noch die Tatsache, die für den »Candide« vielleicht von Bedeutung ist, daß der Preußenkönig, aus welchen Gründen auch immer, noch pessimistischer dachte als Voltaire. Liest man etwa die folgenden Stellen aus einem seiner Briefe an Voltaire, so möchte man in Friedrich geradezu ein Vorbild für den »Manichäer« Martin erblicken. Es heißt (in dem Brief vom 2. Juli 1759) unter anderem: »Croyez-vous qu'il y ait du plaisir à mener cette chienne de vie, à voir et faire égorger des inconnus, à perdre journellement ses connaissances et ses amis, à voir sans cesse sa réputation exposée aux caprices du hasard, à passer toute l'année dans les inquiétudes et les appréhensions, à risquer sans fin sa vie et sa fortune?« (»Glauben Sie, es sei vergnüglich, dieses Hundeleben zu führen, Unbekannte hinmorden zu sehen und zu lassen, täglich Bekannte und Freunde zu verlieren, sein Ansehen den Launen des Zufalls ausgesetzt zu sehen, das ganze Jahr in Unrast und Ängsten zuzubringen und immerzu sein Leben und sein Glück aufs Spiel zu setzen?«)

Daß der König seit drei Jahren Krieg führt, ist dem Text unschwer zu entnehmen. Dann kommt eine Anspielung auf »Zadig« und auf den »Candide«: »Je connais certainement le prix de la tranquillité, les douceurs de la société, les agréments de la vie, et j'aime à être heureux autant que qui que ce soit. Quoique je désire tous ces biens, je ne veux cependant pas les acheter par des bassesses et des infamies. La philosophie nous apprend à faire notre devoir, à servir fidèlement notre patrie au prix de notre sang, de notre repos, à lui sacrifier tout notre être. L'illustre Zadig essuya bien des aventures qui n'étaient pas de son goût; Candide de même: ils prirent cependant leur mal en patience. Quel plus bel exemple à suivre que celui de ces héros!« (»Ich kenne gewiß den Preis der Ruhe, die Annehmlichkeiten der Gesellschaft, die erfreulichen Seiten des Lebens, und ich bin genauso gern glücklich wie andere. Obwohl ich all diese Güter schätze, will ich sie doch nicht mit Niedrigkeit und Unehrenhaftigkeit erkaufen. Die Philosophie lehrt uns unsere Pflicht tun, unserem Vaterland treu dienen, sei es auch auf Kosten unseres Blutes, unserer Ruhe, und ihm unser ganzes Sein aufopfern. Der illustre Zadig mußte manche Abenteuer bestehen, die nicht nach seinem Geschmack waren, Candide desgleichen. Und doch ertrugen sie ihr Mißgeschick mit Geduld. Was für ein schöneres Beispiel gäbe es als diese beiden Helden!«)

Uns will der Schritt vom Lebensernst des briefschreibenden Feldherrn zu den beiden Romanhelden Voltaires eher befremdlich erscheinen; er war auch wohl eher als eine Floskel gemeint, hinter der sich ein Kompliment für den Romanautor verbirgt. Aber nun die Stelle, in der Friedrichs Pessimismus so deutlich zum Ausdruck kommt wie weiland in Pierre Bayles Artikel »Manichéens«; er knüpft an das Attentat auf

Ludwig XV. an, das auch im »Candide« Erwähnung fand: »L'abominable entreprise de Damiens, le cruel assassinat intenté contre le roi de Portugal, sont des attentats qui se commettent en paix comme en guerre; ce sont les suites de la fureur et de l'aveuglement d'un zèle absurde. L'homme restera, malgré les écoles de philosophie, la plus méchante bête de l'univers; la superstition, l'intérêt, la vengeance, la trahison, l'ingratitude, produiront jusqu'à la fin des siècles des scènes sanglantes et tragiques, parce que les passions, et très-rarement la raison, nous gouvernent. Il y aura toujours des guerres, des procès, des dévastations, des pestes, des tremblements de terre, des banqueroutes. C'est sur ces matières que roulent toutes les annales de l'univers.« (»Das verabscheuungswürdige Unterfangen Damiens', das grausame Attentat, das auf den König von Portugal zu verüben versucht wurde, sind Untaten, die im Frieden wie im Krieg vorkommen; es sind die Folgen der Wut und der Verblendung eines absurden Eiferertums. Der Mensch bleibt, trotz der Schulen der Philosophie, das böseste Tier der Welt; Aberglaube, Eigennutz, Rachsucht, Verrat, Undankbarkeit werden bis an das Ende aller Tage blutige und tragische Szenen zeitigen, weil die Leidenschaft – und nur sehr selten die Vernunft – uns leitet. Es wird immer Kriege geben, Prozesse, Zerstörungen, die Pest, Erdbeben und Bankrotte. Davon handeln die Annalen der Weltgeschichte.«)

Wie um die Gemeinsamkeit mit Voltaires »Candide« noch mehr zu unterstreichen, beendet der Preußenkönig die Stelle dann mit einem Hinweis auf Pangloß, der den Grund wissen müßte, warum das alles so sei. Er, schreibt Friedrich, sei kein Gelehrter und gestehe sein Nichtwissen ein (und nähert seine Position damit erst recht derjenigen an, die Voltaires »Held« schließlich einnimmt).

»Il faut cultiver notre jardin«

Famous last words! Der Schlußsatz des »Candide« ist in Frankreich zu einem geflügelten Wort geworden. Fragt man sich, was er eigentlich bedeutet, gilt es zunächst eine Übersetzungsschwierigkeit auszuräumen. »Cultiver« ist im Französischen ebenso geläufig im übertragenen wie im nicht-übertragenen Sinn. Man sagt: »cultiver les sciences« oder: »cultiver son esprit«, das heißt: »sich den Wissenschaften widmen«, »seinen Geist bilden«. Keine dieser Bedeutungen ist zwar im »Candide« gemeint, aber die Tatsache, daß nicht nur das Substantiv »Garten« in einer übertragenen Bedeutung gebraucht werden kann (was für »jardin« wie für unser deutsches Wort gilt), sondern auch das Verb, verstärkt gleichsam die in dem Satz angelegte Tendenz zur Verallgemeinerung. Es ist klar: Mit dem Gemüse, von dem zuvor gesagt wurde, daß Cacambo es anbaute, um es in Konstantinopel zu verkaufen, ist Sinn und Zweck des Gartens nicht erfüllt. Es geht um mehr. Worum?

Um darauf antworten zu können, gilt es zunächst, sich an den Kontext zu erinnern; das ist die erste Aufgabe des philologischen Interpreten. Er muß sich aber nicht darauf beschränken. Für das Verständnis der absichtlich ein wenig offen gelassenen, bedeutungsschwangeren Formel kann auch die Frage von Interesse sein, ob Voltaire diese auch in anderen Schriften gebraucht und was sie da bedeutet. Schließlich ist an »Quellen« zu denken, von denen sie herzuleiten wäre – und die legitimerweise »assoziiert« werden können. Zum ersten: Erinnern wir uns vom Romanverlauf her daran, daß Candide nun doch, nach so vielen, widerwillig vollzogenen Anläufen, offenbar der Optimismusthese seines Lehrers Pangloß zu entsagen bereit ist, die gegenteilige Position des Manichäers Martin ihn aber auch nicht so recht überzeugen will, weil eben doch immer wieder auch Erfreuliches auf Erden geschieht, so bleibt nur ein Mittelweg übrig, der zwischen diesen beiden Extremen hindurchführt. Voltaire bereitet die Entdeckung dieses Weges, auf den hin der ganze Roman angelegt ist, in zwei Schritten vor. Zuerst bricht die kleine Truppe auf zu dem weisen Derwisch, der auf Panglossens metaphysisch-spekulative Fragen hin schließlich so nachdrücklich nein sagt, wie man es sich nur wünschen kann. Das ist die Lehre des Theorieverzichts, die Lektion in geistiger Bescheidenheit, von der wir wissen, daß sie Voltaires eigener Haltung entsprach. Dann kommt der Besuch bei dem alten Türken, der Pangloß, Martin und Candide so gastlich bewirtet, der sich um die öffentlichen Ereignisse im nahen Konstantinopel nicht kümmert und in eigener Regie, im Familienbetrieb, ein Stückchen Land bebaut, das ihm nicht nur das Lebensnotwendige, sondern ausgesprochene Köstlichkeiten liefert: Fruchteis, eine Sahnespeise mit Pistazien, Zitronat und Orangeade, sogar duftenden Kaffee... (Ob wohl auch das Parfum, mit dem die Töchter des Türken die Bärte der drei Herren einreiben, aus dem eigenen Garten stammt?) Dies ist die Lektion in Zuversicht, der Hinweis auf das trotzdem Machbare, der dem Erkenntnisverzicht seine Bitterkeit nimmt und Candide klar macht, daß das Leben lebenswert sein kann, auch wenn man die letzten Dinge nicht zu ergründen vermag. Endlich, endlich hat Candide, der als Westfale langsam denkt, aber dafür am Erkannten um so fester hält, verstanden, was zu tun ist. Wie er es war, der Kunigundes Bruder davongejagt hat, ist er es auch, der die Erkenntnis des Romanschlusses in die Formel faßt: »... il faut cultiver notre jardin.« Pangloß, der zwar von seiner gelehrten Geschwätzigkeit nicht geheilt ist – das wäre auch zu viel verlangt! –, stimmt als erster zu und liefert die biblische Legitimation für Candides Entschluß nach: Der Mensch wurde in den Garten Eden versetzt, »daß er ihn baute und bewahrte« (wie Luther die Stelle aus 1. Mose 2, 15 übersetzt, die Pangloß lateinisch zitiert). Martin stimmt als zweiter zu, ohne dazu gelehrter Stützen zu bedürfen; für ihn ist die Arbeit eine Ablenkung vom Gedanken an die Misere dieser Welt, daher das »einzige Mittel, das Leben erträglich zu machen«.

Wie in der Komödie, die den Menschen auch ihre Schwächen und Narrheiten beläßt, bleiben Martin und Pangloß sich treu: Der eine ist nach wie vor ein pedantischer Schwätzer, der andere ein Schwarzseher. Candide aber setzt das Rezept, das der alte Türke ihnen mit auf den Weg gegeben hat und mit dessen Hilfe man sich die Langeweile vertreiben, dem Laster entsagen und die Not vom Leibe halten kann, in die Tat um. Er ist jedenfalls der »Chef« der kleinen Truppe, obwohl nicht gesagt wird, daß er nicht selbst auch im Garten zupackte. (Daß auf Cacambo nach wie vor die Hauptlast der Arbeit entfällt, darf man vermuten, denn die Alte, Kunigunde, Paquette und Bruder Giroflée sind ja anderweitig beschäftigt; das Umgraben wird er wohl allein machen müssen, denn Pangloß diskutiert weiter, und Martins Aktivitäten lagen bisher auch eher auf anderem Feld...) Trotzdem sagt Candide unüberhörbar: »*Wir* müssen *unseren* Garten bestellen.« Der Akzent liegt auf der Gemeinsamkeit der Arbeit.

Angesichts dieser Vorgeschichte des Schlusses scheinen keine Unklarheiten zu bestehen: »Arbeiten und nicht verzweifeln« lautet die Devise und – um es ein wenig salopp zu sagen –: »Jeder kümmere sich um seinen eigenen Dreck!« Die Schlußfolgerung des »Candide« drückt nur für den Resignation aus, der darauf bestehen will, daß dem menschlichen Erkenntnisvermögen keine Grenzen gesetzt sind, und der in der Gartenarbeit eine Erniedrigung erblickt. Es wird nicht beschlossen, die Hände in den Schoß zu legen, sondern tätig zu sein. Freilich nur im kleinen Kreis und ohne sich um den Lauf der Welt zu kümmern. Daß das große Ganze von der nützlichen Arbeit, die man im Kleinen verrichtet, auch profitieren wird, ist nicht ausgeschlossen, wird aber nicht gesagt. Die Frage nach der Möglichkeit, die Welt zu bessern, bleibt offen, vielmehr: Sie wird nicht mehr gestellt. Die Arbeit gilt auf jeden Fall als ein Positivum, so oder so. Candide hat sich, heißt das, vom Optimismus ebenso freigemacht wie vom Pessimismus, denn ist die Welt schon gut, so lohnt es ja nicht, irgend etwas zu tun, weil sie gar nicht verbessert werden kann, ist sie aber schlecht und unverbesserlich, gilt das Gleiche. Vor allem bedeutet die »Gartenformel« also: aktiv sein, in einer produktiven Weise, auf sich selbst gestellt und in kleinem Kreis gemeinsam etwas tun (und die Welträtsel auf sich beruhen lassen).

So viel zum Sinn der Formel, wie er sich aus dem Kontext ergibt. Was die »Quellen« anlangt, findet sich der wichtigste Hinweis dazu auch im Text: Es ist die Bibel. Candides Garten erinnert an den Garten Eden. Allerdings an einen Garten Eden, wie Voltaire ihn sah, der in seinen »Notebooks« (»Notizbüchern«) schon notiert hatte: »Posuit eum in paradiso voluptatis ut operaretur eum: donc l'homme est né pour le travail« (»Er setzte ihn in einen Garten der Lust, damit er ihn bebaue; also ist der Mensch zur Arbeit geboren«) und: »L'homme est né pour le travail comme l'oiseau pour voler, dit Job; donc le travail n'est point un châtiment.« (»Der Mensch ist zur Arbeit geboren wie der Vogel zum Fliegen, sagt Hiob; also ist die Arbeit keine Strafe.«) Daß die Arbeit keine Strafe sei, war also eine Erkenntnis des kritischen Bibellesers Voltaire; im »Candide« wird sie angewandt. – Sicher dürfen wir aber auch an eine antik-heidnische Tradition denken, ja, in Wahrheit dürfte die Bibel eher Vorwand, die humanistische Überlieferung der wirkliche Hintergrund von Voltaires »Gartenformel« gewesen sein. Es geht ja um ein Zufluchtsuchen auf dem Land, dem vorausgeht, daß man der Stadt den Rücken zukehrt. Und das war geradezu ein Lieblingsthema der lateinischen Autoren, die Voltaire vorzugsweise las. Das Thema war Voltaire von Horaz oder Vergil ebenso geläufig wie etwa von Cicero. Und natürlich war ihm auch die Kontrastthematik »vita activa – vita contemplativa« (»tätiges Leben – betrachtendes Leben«) geläufig, die in der Antike und im Humanismus häufig behandelt wird. Er hat sich mit Candide für den Rückzug von der Stadt (und vom Hof) entschlossen, aber *nicht* für ein kontemplatives Dasein, sondern für ein aktives. Hierdurch erweist er sich als Moderner, der aus der Schule der Alten hervorgegangen ist. Biblische Paradiesvorstellungen und antike Stadtflucht-Ideen münden in die »Gartenformel« in der Weise, daß beide einerseits übernommen, andererseits aber umakzentuiert werden.

Einen Beleg (aus Voltaires »Notebooks«) haben wir schon angeführt, um die Schlußformel als eine Voltaire geläufige Wendung zu kennzeichnen. Die Forschung hat noch viele andere beigebracht. Man kann sagen: Voltaire gebrauchte Wendungen wie »im Garten arbeiten« oder »das Land bebauen«, »Früchte reifen lassen« und ähnliche gern, und oft im übertragenen Sinn. Diese Wendungen drücken so gut wie nie Resignation aus, sie sind nie Ausdruck einer Fluchthaltung, kein »escapism«, sondern bezeichnen im Gegenteil den Willen, zuzupacken, sich einer Sache anzunehmen. So (um nur drei kurze Beispiele zu geben) spricht Voltaire einmal in seinen »Notebooks« davon, der »Boden von Florenz« sei dazu geschaffen gewesen, einen Petrarca und einen Galilei hervorzubringen; ebenso gelte es, den französischen Boden zu kultivieren: »Il faut cultiver le nôtre.« (»Wir müssen den unseren bestellen.«) Oder er spricht in einem Brief davon, der Geist der Aufklärung und der Toleranz habe nun auch im Schweizer Boden »Wurzel gefaßt«. Und in einem Lobgedicht auf Frankreich, »La Félicité des temps, ou l'Éloge de la France« (»Das Glück der Zeiten oder Lobrede auf Frankreich«), das er 1746 in der Académie Française vortrug, spricht er davon, einst habe Frankreich einer Wüstenei geglichen, jetzt aber sei durch »emsiges Bearbeiten des Bodens« daraus eine blühende Nation geworden, der »Gott der Arbeit« verjünge Frankreich. (Diese und andere Belege finden sich in W. F. Bottiglias »Candide«-Buch »Analysis of a Classic«, Genf 1959.)

Übrigens bezog sich Voltaire auch selbst gern auf Bibelstellen (wie Pangloß es im »Candide« tut), um damit das – nicht gerade christliche – Geschäft der Aufklärung zu bezeichnen. Das Werk der Enzyklopädisten wird so zum »Weinberg des Herrn«, wo »der gute Same gesät« wird. Und schließlich verglich Voltaire sein eigenes Refugium am Genfer See, wo er sich 1755 installiert hatte, mit dem Bauernhof am Bosporus. Er schrieb 1767 an seinen Freund D'Alembert, die Genfer seien zerstritten, ihn kümmere das nicht, er bestelle seinen Garten: »pour moi, je m'occupe à cultiver mon jardin…« Man kann also geradezu sagen: »seinen Garten bestellen« war eine Lieblingswendung Voltaires. Vorausgesetzt, man vergißt nicht die Eigengesetzlichkeit des Kunstwerks, kann man durchaus auf den Lebensweg des Autors zurückgreifen, um den Sinn der »Gartenformel« am Schluß des »Candide« zu erhellen. Es liegt auf der Hand, daß man, wenn Voltaire sich nach den unguten Erfahrungen am französischen Hof, nach dem schmerzlichen Tod seiner Freundin und nach den schließlich auch enttäuschenden Hoferfahrungen in Potsdam auf einen Landsitz am Genfer See zurückzieht, an den Schluß des »Candide« denkt. Vergleicht man die Lebensrealität mit der Fiktion, so erscheint die letztere allerdings im Licht eines »understatements«: Voltaire besaß ungleich mehr Land als Candide, er bestellte nicht nur einen Garten, sondern besaß mehrere Landsitze, ließ Sümpfe trockenlegen, Straßen bauen, Pferde züchten, Bäume pflanzen, das Land besiedeln und Industrien anlegen… Ferney, das ein Dörfchen gewesen war, entwickelte sich zu einer florierenden Kleinstadt mit Uhrenfabriken und Strumpfmanufakturen, kurz, Voltaire war ein Großgrundbesitzer, ein Schloßherr und Industriekapitän geworden, dessen Wirtschaftsweise sehr wohl »kapitalistisch« genannt zu werden verdient, obwohl der Pariser Bürgerssohn sich in den Allüren eines Feudalherren gefiel, zu denen seine Besitztümer ihn berechtigten. (Als Voltaire nach Ferney kam, zählte das Dorf knapp 300 Seelen, als er starb, war es auf 1200 Bewohner angewachsen.)

Nach alldem ist klar, daß die Formel »il faut cultiver notre jardin« so weit wie möglich von ihren resignativen Anklängen weggedacht und im

Sinne eines positiven Entschlusses zu lebenserfüllender Tätigkeit verstanden werden muß – auf der Basis desillusionierender, aber verkrafteter Lebenserfahrungen allerdings. Die Wissenschaft hat das so zu sehen erst lernen müssen. Die Voltaire-Arbeiten des ausgehenden 19. Jahrhunderts klingen noch ganz anders. Da ist von »egoistischer Gleichgültigkeit« die Rede (Brunetière), wenn nicht geradezu von »Pessimismus« (Faguet), von »Ruhebedürfnis« (Aldridge), »Eingeständnis einer Niederlage« (Hazard) oder einem »Rückzug ins klösterliche Schweigen« (Toldo). Erst in jüngerer Zeit bricht sich die Erkenntnis Bahn, daß die Arbeit im Garten am Bosporus einem »mutigen Entschluß« folgt, »Zukunftshoffnungen nicht ausschließt« und sogar für eine »schöpferische Tätigkeit« steht, die einer »Verbesserung der Umwelt dienen könnte« (Bottiglia).

Die Wirkung des »Candide«

Die Erstausgabe des »Candide« erschien Mitte Januar 1759 bei dem Drucker und Verleger Cramer in Genf. Die Polizei versuchte sogleich, die Verbreitung des kleinen Werkes, das die Genfer Pastoren »skandalisierte«, zu unterbinden, kam jedoch zu spät. Im März 1759 berichtete Voltaire, es seien schon 6000 Exemplare verkauft; das ist eine für die damaligen Verhältnisse außergewöhnlich große Zahl. (Die durchschnittliche Auflagenhöhe französischer Bücher bewegte sich im 18. Jahrhundert zwischen 500 und 1000. Voltaire war freilich höhere Auflagen und bessere Verkaufserfolge gewöhnt: Sein bisher erfolgreichstes Buch, »Le Siècle de Louis XIV« (»Das Jahrhundert Ludwigs XIV.«), war bereits in 3000 Exemplaren gedruckt worden.) Exemplare des »Candide« wanderten nach Paris, nach Lyon, nach Lüttich und London und wurden in all diesen Städten nachgedruckt. Anfang April weiß Voltaire bereits von fünf Neuauflagen zu berichten. Nach neuesten Schätzungen wurden im Jahre 1759 etwa 20000 Exemplare des »Candide« abgesetzt. In London kommt ein Vierteljahr nach dem Erscheinen des Buches bereits die dritte englische Übersetzung heraus. Obwohl der Absatz des Büchleins in Paris, wo die Polizei genauso alarmiert wurde wie in Genf und rascher zugriff, erschwert war und die Aufnahme bei den Kritikern keineswegs begeisternd klang, ist Voltaires »Candide« von Anfang an ein Bestseller gewesen: Er war neben Rousseaus wenig später erschienener »Nouvelle Héloïse« (»Die neue Héloïse«) der größte Bucherfolg des Jahrhunderts.

Voltaire leugnete von Anfang an seine Verfasserschaft. Aber das war man von dem Autor der »Pucelle« (»Die Jungfrau von Orléans«) schon gewohnt. Wurde behauptet, der Roman stamme von ihm, erklärte Voltaire etwa: »Da ich finde, daß das Buch den Verfügungen der Sorbonne und den päpstlichen Verordnungen zuwiderläuft, behaupte ich, ich habe keinen Anteil daran.« Mochte das glauben, wer wollte. Auch wenn Voltaire erklärte, man müsse von Sinnen sein, ihm eine solche »Schweinerei« (»coïonnerie«) zuzuschreiben, »Candide« sei von »Doktor Ralph« verfaßt, brachte das die Leser nur zum Schmunzeln. Die Zensur aber konnte immerhin auf die Weise an der Nase herumgeführt werden – und das war keineswegs überflüssig. Zwar konnte Voltaire jederzeit auf eines seiner Besitztümer in der Schweiz ausweichen, wenn der französische oder Genfer Boden ihm zu heiß wurde, aber ungefährlich war es nicht, verbotene Bücher zu verbreiten. Es gab noch Gesetze, die für die Verfasser von Büchern die Todesstrafe vorsahen, »wenn diese die Religion antasteten, die Geister aufwiegelten sowie Ordnung und Sicherheit des Staates gefährdeten«. Ob das so war oder nicht, entschied die Zensur, die de facto von Pariser Theologieprofessoren ausgeübt, aber von königlichen Beamten überwacht wurde. Todesurteile wurden zwar im 18. Jahrhundert an Autoren nicht mehr vollstreckt, aber Bücherverbrennungen gab es immer noch, und keiner wußte das besser als Voltaire, denn seine (in unseren Augen so harmlosen) »Lettres philosophiques« waren 1734 vom Henker öffentlich zerfetzt und auf dem Marktplatz von Rouen verbrannt worden. Auch die Bastille kannte Voltaire ja schon von innen, das Staatsgefängnis, das nach einer neueren Statistik zwischen 1660 und 1756 nicht weniger als 869 französische Schriftsteller beherbergt hat.

1761 erschien der »Candide« in einem Band »vermischter Schriften« in vervollständigter Form: Voltaire hatte das Paris-Kapitel, das mehrere Kritiker als mißlungen bezeichnet hatten, überarbeitet und – in unseren

Augen überproportional – erweitert. Der »Candide« verkaufte sich weiter gut, aber gegen Jahrhundertende stellten andere Werke Voltaires ihn in den Schatten. 1881 erschien eine populäre Ausgabe, die den »Candide« als »antiklerikalen Roman« pries, 1968 erschien die erste französische Schulausgabe – aber sie war um die deftigsten Stellen gekürzt. Nachdem ein englischer Verlag vorausgegangen war, gab dann 1969 erstmals auch ein französischer Schulbuchverlag den »Candide« vollständig heraus. Erst jetzt schien das Romänchen den zarten Seelen französischer Schulkinder zumutbar. – Übersetzungen in unzählige Sprachen erschienen, sogar solche ins Ukrainische, Vietnamesische und in Esperanto. Filme – wie der frei modernisierend gestaltete Streifen von Carbonneaux von 1960 – wurden gedreht und Operetten im Anschluß an den »Candide« verfaßt. Heute ist »Candide« zweifellos das bekannteste Werk Voltaires, das einzige, das außerhalb Frankreichs regelmäßig neu aufgelegt und viel gelesen wird.

Da die Nachwelt nun einmal dieses Urteil gesprochen hat, ist es wenig sinnvoll zu fragen, ob es berechtigt sei. »Candide« ist sicher eine der besten, gelungensten und charakteristischsten Schriften Voltaires; keiner hätte dieses Buch besser, spritziger, treffsicherer und witziger schreiben können, nicht einmal Jonathan Swift, der von allen Autoren des 18. Jahrhunderts Voltaire am nächsten kommt. Und keiner, der Voltaire liebt und dem die Aufklärung am Herzen liegt, wird mit diesem Erfolg unzufrieden sein. Denn (um nur das noch zu sagen) der »Candide« ist sicher auch ein heilsames Buch, weil es Illusionen vorbeugt, Sentimentalitäten entgegenwirkt, den Mut lehrt, sich vom Elend nicht unterkriegen zu lassen und keine Zuflucht in Heilslehren zu suchen. Dieser »philosophische«, das heißt »aufklärerische« Roman ist außerdem geeignet, gewissen Vorstellungen von der Epoche als einer Ära blinden Fortschrittsglaubens und systematischer Denkweisen entgegenzuwirken. Eben dies, eine fortschrittsgläubige und theorieversessene Ära, war die Aufklärung nicht. Skeptizismus und Pragmatismus kennzeichnen wenn nicht die ganze Epoche, so doch die ersten zwei Drittel weit mehr. Insofern ist der »Candide« wirklich eines der repräsentativsten Werke seiner Zeit. Voltaire aber wäre aufs höchste verwundert gewesen, wenn er hätte erfahren können, daß von all seinen Werken nur dieser eine kleine

Roman die Jahrhunderte überdauern würde. Er hätte – mit der Mehrzahl seiner Zeitgenossen – eher auf seine »Henriade« gesetzt, das französische Nationalepos, mit dem er ein neuer Homer geworden zu sein hoffte, er hätte seinen siebenundzwanzig Tragödien, die doch bei ihrem Erscheinen so erfolgreich gewesen waren, eine Chance für die Nachwelt gegeben und ebenso wahrscheinlich auch seinen Geschichtswerken, dem »Siècle de Louis XIV« oder dem »Essai sur les mœurs«... Nichts davon ist eingetroffen: Voltaire ist für uns nur noch der Autor des »Candide« und einiger weniger weiterer kleiner Romane.

So in Deutschland, wenigstens in seinem westlichen Teil. In Frankreich sieht das Bild etwas anders aus. Dort werden die »Lettres philosophiques«, das »Dictionnaire philosophique«, die Geschichtswerke und einige andere Schriften Voltaires immer wieder neu aufgelegt. – Auch in der DDR ist, im Anschluß an das Juliläumsjahr 1978, in dem der Todestag Voltaires sich zum zweihundertsten Mal jährte, eine dreibändige Auswahl verschiedener Prosaschriften dieses Autors erschienen, die neben den Romanen Dialoge, Streitschriften und die »Philosophischen Briefe« enthält. Das war ein beachtenswerter Versuch, etwas mehr Voltaire »unters Volk« zu bringen. Vielleicht findet sich auch im Westen eines Tages ein Verleger, der das Risiko einer größeren Voltaire-Auswahlausgabe auf sich nimmt. Texte, die sich dafür eigneten und die zur Zeit auf deutsch nicht verfügbar sind, ließen sich schon finden. Freilich, der *ganze* Voltaire ist für heutige Leser nicht mehr zumutbar. Das liegt nicht nur an dem klassizistischen Stilideal, dem der Autor sich als Epiker und Dramatiker verschrieben hatte und das uns als veraltet anmutet, es liegt – paradoxerweise – auch an dem Engagement Voltaires. Wer schreibt, um unmittelbar wirksam zu sein, wer aktuelle Übel bekämpft, riskiert allemal, sich um die Leser der Nachwelt zu bringen. Zudem wiederholt sich Voltaire in seinem Spätwerk denn doch allzu oft; er wußte das selbst und erklärte, er werde sich so lange wiederholen, bis die Übel, die er anprangerte, aus der Welt seien. Seiner Weiterwirkung hat er damit nicht gedient.

Als Voltaire 1778 starb, gab es nur einen, der ihm seinen Ruhm hätte streitig machen können, Rousseau, den Widersacher und Antipoden, den der »Patriarch von Ferney« denn auch dementsprechend gehaßt hat. Bis in unsere Tage hinein spalten Frankreichs Intellektuelle sich in die beiden Lager der Anhänger Voltaires und der Anhänger Rousseaus. Als 1978 beider zweihundertjähriger Todestag fällig war und dieses Ereignis in einem Monstre-Kongreß in Paris gefeiert wurde, galt die Hauptanstrengung der Veranstalter freilich dem Bemühen, die feindlichen Brüder postum zu versöhnen. Die Einladung zierte ein Kupferstich, auf dem Voltaire und Rousseau, gravitätisch im Einklang schreitend, von einem fackeltragenden Genius dem Tempel des Ruhms zugeleitet wurden. Es ist die Frage, ob die Versöhnung wirklich gelungen ist. Sicher ist jedoch, daß Voltaires Präsenz in Frankreich bis auf den heutigen Tag nicht geringer ist als diejenige Rousseaus.

In Deutschland verlief die Rezeptionsgeschichte dieser beiden Größen des französischen Dix-huitième etwas anders. Nicht nur Rousseau, sondern auch Diderot stach da – zumindest auf dem Theater – alsbald den klassizistischen Autor aus. Lessing ist hier an erster Stelle zu nennen. Er hat nicht nur den Ruhm des Bühnenautors Voltaire auf das Maß reduziert, das uns noch heute als vernünftig erscheinen will, er hat überhaupt Voltaire ein bißchen kleiner gemacht. Spöttelnd verfaßte er den Grabspruch:

> Hier liegt – wenn man euch glauben wollte,
> Ihr frommen Herrn! – der längst hier liegen sollte.
> Der liebe Gott verzeih aus Gnade
> Ihm seine Henriade
> Und seiner Trauerspiele
> Und seiner Verschen viele:
> Denn was er sonst ans Licht gebracht,
> Das hat er ziemlich gut gemacht.

So oder so ähnlich sahen auch andere fortschrittliche Geister in Deutschland die Rolle Voltaires, etwa Haller und die Göttinger Gelehrten, die sich mit dem Geschichtsschreiber Voltaire auseinandergesetzt und seine Zuverlässigkeit in Frage gestellt hatten. Was den »Candide« anlangt, muß gesagt werden, daß die deutschen Leser zunächst über die Respektlosigkeiten entrüstet waren, die der Autor sich darin erlaubte;

man reagierte empört auf die Art und Weise, wie darin mit dem preußischen Militär umgesprungen wurde. Erst allmählich reifte in Deutschland ein Verständnis weniger stofflicher Natur, so daß auch bei uns der »Candide« den klassizistischen Werken Voltaires den Rang abzulaufen begann. Man kann das in Korffs unübertroffener Darstellung von 1917 nachlesen. 1762 erschien die erste deutsche Übersetzung des »Zadig«, 1773 die erste des »Candide«. 1776 folgte dieser die nächste, und Mylius' »Candide«-Übersetzung, die 1778 erschien, wurde gleich dreimal neuaufgelegt (1782, 1785 und 1795). Der Siegeszug des »Candide« hatte begonnen.

Im übrigen verdankt Voltaire, was sein Ansehen in Deutschland angeht, Goethe das meiste. Schiller hatte noch gemeint, dem Autor der »Pucelle« (was Wunder!) fehle es an »Gemüt und Herz«, und auch der junge Goethe hatte mehr als ein Hühnchen mit Voltaire zu rupfen. Je älter, je weiser und je klassischer Goethe jedoch wurde, desto positiver fiel auch sein Urteil über Voltaire aus. Die Seiten 287 ff. des Anhangs legen davon ein beredtes Zeugnis ab. Nicht aufgenommen wurde in die abgedruckten Dokumente die Äußerung Heinrich Heines, die sich auf den Vorwurf bezog, Voltaire sei ein »Fürstendiener« gewesen (sie ist auch nur ganz kurz). Heine, dessen Sympathien für Voltaire niemand verwundern werden, wußte es besser. Er erklärte, man habe nicht bemerkt, »daß Voltaire, indem er dienstbar den Großen die Fackel vortrug, damit zugleich ihre Blöße beleuchtete«. Auch Schopenhauer schätzte Voltaire; der Auszug aus seinem Hauptwerk, der »Welt als Wille und Vorstellung«, der unten Seite 291 ff. abgedruckt ist, belegt das schlagend. Zu den großen Autoren des 19. Jahrhunderts, die in Deutschland ein gutes Wort für Voltaire einlegten, zählte schließlich sowohl der Historiker Leopold von Ranke (er schätzte die »unvergleichliche universale Wirksamkeit Voltaires«) als auch der Literarhistoriker Hermann Hettner, der 1880 das Voltaire-Kapitel seiner »Geschichte der französischen Literatur im 18. Jahrhundert« mit der Aufforderung enden ließ: »Es ist Zeit, daß man Voltaire endlich wieder gerecht werde!«

Nietzsche bedurfte einer solchen Aufforderung nicht. Er nannte Voltaire »einen der größten Befreier« und »einen Grandseigneur des Geistes«. In seinen »Unzeitgemäßen Betrachtungen« findet sich der – noch heute unzeitgemäße – Gedanke, die strengen Formen der klassischen französischen Tragödie seien in der Theaterentwicklung genauso notwendig gewesen wie in der Musikgeschichte Kontrapunkt und Fuge; Shakespeare schien dagegen dem deutschen Philosophen wegen seiner Regellosigkeit als Bühnenvorbild nicht empfehlenswert. Damit bezog Nietzsche genau den Standpunkt Voltaires.

Aber das sind doch eher Ausnahmen. In der Regel bezog man in Deutschland Voltaire gegenüber eine distanziertere Position. Konnten die Franzosen in dem Autor der »Henriade«, des »Siècle de Louis XIV« und (warum nicht?) auch des »Candide« geradezu eine Verkörperung ihrer nationalen Eigenart erblicken, mußten sie ihm dankbar sein dafür, daß er mit seiner Verbindung von klassizistischer Tradition und aufklärerischer Innovation das Kulturprestige ihres Landes im Ausland gefestigt hatte, so mußten die Deutschen sich von dem »seiner Nation gemäßesten Schriftsteller« absetzen, um zu sich selbst zu kommen. Als dann in der französischen Romantik die gegenaufklärerische Vorstellung von Voltaire als dem »Geist, der stets verneint« aufkam, fand diese in Deutschland offene Ohren. Vor allem aber glaubte man nichts lieber, als daß Voltaire ein »oberflächlicher Denker« gewesen sei. (Als ob er je den Anspruch erhoben hätte, ein tiefschürfender Grübler zu sein!) Es lohnt nicht, dieser Klischeevorstellung entgegenzutreten – zumal Paul Valéry in der Rede auf Voltaire, die unten Seite 315 ff. wiedergegeben ist, alles Notwendige dazu gesagt hat.

Kaum war in Frankreich die romantische Welle verebbt, stieg dort Voltaires Ansehen auch wieder. Nichts ist bezeichnender dafür als das Wort des Antiromantikers Flaubert, das besagt, er »liebe den großen Voltaire ebenso, wie er den großen Rousseau hasse«. Flaubert wußte freilich auch zu unterscheiden zwischen den Voltairianern, die »über alles Große lachen«, und Voltaire selbst. »Lachte er etwa?« fragte Flaubert, und er antwortete sich selbst mit einem Nein, dem er aus wahlverwandter Einstellung hinzufügte, was nicht zutreffender gesagt werden kann: »Er knirschte mit den Zähnen.«

Jürgen von Stackelberg

Zeittafel zu Voltaire

1694 24. November: François-Marie Arouet wird in Paris geboren.

1704–11 Er besucht das Jesuitenkolleg Louis-le-Grand.

1713 Er verfaßt eine »Ode sur les malheurs du temps« (»Ode über die Übel der Zeit«), sein erstes Gedicht. Im selben Jahr folgt er dem französischen Botschafter als Sekretär nach Den Haag; erste Einblicke in das Leben im liberalen und wirtschaftlich florierenden Holland.

1715 Am 1. September stirbt Ludwig XIV.

1717 Der freigeistig orientierte und frech reimende Dichter muß für elf Monate in die Bastille.

1718 François-Marie Arouet nennt sich von diesem Jahr an Voltaire. Im November Bühnenerfolg des »Oedipe« (»Ödipus«), einer Tragödie im klassizistischen Stil.

1722 Kurze Reise nach Belgien und Holland.

1723 Veröffentlichung des nationalhistorischen Epos »La Ligue« (»Die Liga«) in der Urfassung. Die Dichtung wird später »La Henriade« (»Das Lied von Heinrich«) genannt.

1726 Voltaire wird von den Leuten des Chevalier de Rohan verprügelt, daraufhin wieder in die Bastille gesteckt; er begibt sich jedoch – auf eigenes Gesuch hin – noch im Mai des Jahres nach England, wo er bis 1729 bleibt.

1729 Arbeit an der »Histoire de Charles XII« (»Geschichte Karls XII.«), einem Werk über Karl XII. von Schweden, das kriegerische Eroberungen grundsätzlich ablehnt, aber doch voll heimlicher Bewunderung für den König ist. »Brutus«, eine Tragödie mit gewissen Shakespeareschen Zügen.

1732 Großer Erfolg der »Zaïre«, Voltaires wohl gelungenster Tragödie.

1733 Beginn der Beziehung zu der Marquise du Châtelet, die sechzehn Jahre dauert.

1734 Die »Lettres philosophiques« (»Philosophische Briefe«), Voltaires Englandbericht, erscheinen. Ursprünglich auch »Lettres anglaises« (»Englische Briefe«) genannt, dienen sie dem Preis des toleranten, wirtschaftlich florierenden und kulturell aufblühenden Landes und zugleich einer Kritik französischer Zustände. Die Schrift wird öffentlich verbrannt, Voltaire aus Paris verbannt. Er begibt sich nach Schloß Cirey in Lothringen, wo er bei seiner Freundin Madame du Châtelet Zuflucht findet. Dort verarbeitet er seine Englanderfahrungen weiter, macht naturwissenschaftliche Experimente und beginnt sein Geschichtswerk über Frankreichs klassisches Jahrhundert, »Le siècle de Louis XIV« (»Das Jahrhundert Ludwigs XIV.«), zu schreiben, in dem er die kulturelle Blüte und die Verfeinerung der Umgangsformen bewundert, aber die Kriege und die religiöse Unduldsamkeit des Königs beklagt.

1735 Zugleich beginnt Voltaire, sein parodistisches Epos »La Pucelle« (»Die Jungfrau von Orléans«) zu verfassen, von dem bald Teilabschriften kursieren, deren Verfasserschaft Voltaire leugnet. Ja, er behauptet, seine Feinde hätten die frechen Verse verfaßt und sie ihm zugeschrieben, um ihn zu diskreditieren. Das »mock heroic poem«, wie man es nach englischem Vorbild nennen könnte, findet nicht nur wegen der Erotica, die darin reichlich vorkommen, viel Anklang, es enthält auch Aufklärerideen, kritisiert Aberglauben, religiösen Fanatismus usw.

1736 Beginn der Korrespondenz mit Kronprinz Friedrich von Preußen.

1737–39 Aktivstes Studium in Cirey; neben Theaterstücken, Geschichtswerken, der »Pucelle«, naturwissenschaftlichen Arbeiten auch Bibellektüre und Lektüre italienischer Renaissanceepen (Voltaire konnte ganze Gesänge aus Ariosts »Orlando furioso« [»Der rasende Roland«] auswendig; er entnahm dem Gedicht manche Anregung für seine »Pucelle«.)

1740 31. Mai: Friedrich besteigt den preußischen Königsthron. Am 11. Mai haben sich Voltaire und er erstmals in Cleve getroffen.

1741 Voltaire beginnt seine Zivilisationsgeschichte »Essai sur les mœurs« (»Versuch über die Sitten«), eines der größten Geschichtswerke des Jahrhunderts, in dem er u. a. versucht, nicht Kriege und Feldherren, sondern kulturelle Errungenschaften als historische Faktoren zu würdigen. Im übrigen steht auch dieses Werk im Dienst seiner Christentumskritik, indem es die blutigen Folgen christlicher Glaubenskämpfe durch die Jahrhunderte veranschaulicht.

1744 D'Argenson, ein Freund Voltaires, wird zuerst Kriegsminister, dann Außenminister und vermittelt den Dichter an den französischen Hof.

1745 Begünstigt von Madame de Pompadour, der Mätresse des Königs, wird Voltaire königlicher Hofhistoriograph; er versucht sich in diplomatischen Vermittlungsgeschäften (Preußen und Rußland betreffend), veröffentlicht erste Teile des »Essai sur les mœurs«.

1746 Voltaire wird königlicher Kammerherr und in die Académie Française aufgenommen, dann auch Mitglied der Petersburger Akademie, wofür er sich bei der Zarin Elisabeth in einem lateinischen Schreiben bedankt.

1747 Intrigen, Skandale, Ärger bei Hof. Voltaire zieht sich von dort zurück, unterbricht jedoch seinen Aufenthalt in Cirey durch Gastrollen am Hof Stanislas Leszczinskis in Nancy. Sein erster »philosophischer Roman«, »Zadig«, erscheint; es ist eine Hofsatire (in orientalischer Märchenverkleidung).

1749 Madame du Châtelet stirbt am Kindbettfieber.

1750 Juni: Voltaire reist nach Potsdam ab, wo er sich fast drei Jahre aufhalten wird. Geehrt und gefeiert, fühlt Voltaire sich anfangs bei dem berühmten weder prüden noch frommen Preußenkönig wohl, der ihm seine Schriften zur stilistischen Überarbeitung anvertraut. Aber bereits Ende des Jahres beginnen auch hier Ärger und Intrigen Voltaire die neuerliche Höflingsexistenz zu verleiden. Es kommt zu Streitigkeiten zwischen ihm und seinen Neidern und zu Reibereien mit dem König.

1751 Die erste Ausgabe des »Siècle de Louis XIV« erscheint in Berlin (eine französische Nationalgeschichte, in Preußen gedruckt!).

1752 Voltaire bekommt Streit mit Maupertuis, dem Akademiepräsidenten Friedrichs, der von diesem unterstützt wird.

1753 27. März: Voltaire reist überstürzt aus Potsdam ab und gelangt nach Frankfurt am Main, wo er von Friedrichs Häschern gefangengehalten wird – so lange, bis die Gedichte des Königs in Voltaires Gepäck aufgefunden und an ihn zurückgeschickt werden.

1754 Nach kurzem Aufenthalt im Elsaß (Voltaire arbeitet in der Bibliothek des Benediktinerklosters Senones) Ende des Jahres Niederlassung am Genfer See.

1755 1. November: Erdbeben in Lissabon.

1756 Ausbruch des Siebenjährigen Kriegs, in dem Frankreich sich mit Österreich gegen Preußen verbündet. Eine erste Ausgabe der Werke Voltaires erscheint in Genf.

1757 Niederlage der Franzosen bei Roßbach. In Frankreich wird die »Encyclopédie« (»Enzyklopädie«), das große, von Diderot und D'Alembert unternommene Nachschlagewerk, an dem Voltaire mitgearbeitet hat, von der Zensur verboten. Nur mit Mühe gelingt es Diderot, das Werk trotzdem fortzuführen; D'Alembert und Voltaire ziehen sich zurück. Voltaire konzipiert ein privates »Konkurrenzunternehmen«, das »Dictionnaire philosophique« (»Philosophisches Wörterbuch«), in dem freilich die Lexikonform nur dazu benutzt wird, aufklärerisch zu wirken. Hauptziele von Voltaires Attacken sind die katholische Kirche, das Mönchtum, Klerikalismus und religiöser Fanatismus, die christlichen Dogmen und die Glaubenskriege.

1759 Veröffentlichung des »Candide«. Die Zensur verbietet den Vertrieb. Trotzdem größter Verkaufserfolg.

1760 Voltaire läßt sich in Ferney nieder.

1761 Voltaire beginnt einen mehrbändigen Kommentar über Corneille, der als Klassiker von der Académie Française herausgegeben werden soll, um den »Geschmack der Nation« zu fixieren und als Sprachmuster zu dienen. Von dem Erlös unterstützt Voltaire eine Nichte des Dichters, die er in Ferney aufnimmt und später mit einer entsprechenden Mitgift versehen günstig verheiratet. Voltaire und Rousseau verfeinden sich.

1762 Jean Calas, der protestantische Vater eines angeblich von ihm in den Tod getriebenen Sohnes, der zum Katholizismus konvertieren wollte, in Wahrheit aber Selbstmord beging, wird in Toulouse von katholischen Fanatikern verurteilt und aufs Rad geflochten. Voltaire nimmt sich der Sache an und erreicht nach jahrelangem Bemühen Calas' posthume Rehabilitierung. Die »Affäre Calas« macht den Dichter populär.

1764 Erstausgabe des »Dictionnaire philosophique«, auch »La raison par alphabète« (»Die Vernunft durch das Alphabet«) genannt.

1766 Der Chevalier de la Barre, der Ungläubigkeit geziehen, wird geköpft: Er trug ein Exemplar des »Dictionnaire philosophique« in der Tasche. Voltaire bemüht sich, auch diesen Justizskandal anzuprangern.

1767 »L'Ingénu« (»Der Naive«), Voltaires romanhafte Version der Legende vom »edlen Wilden«, erscheint.

1768 »L'homme aux quarante écus« (»Der Mann mit den vierzig Talern«), eine Diskussion physiokratischer Lehren in Romanform, erscheint.

1770 Die »Questions sur l'Encyclopédie« (»Fragen zur ›Enzyklopädie‹«) erscheinen (insgesamt 9 Bände).

1774 Ludwig XV. stirbt, Ludwig XVI. wird König. Turgot, ein aufgeklärter Reformer, wird kurzfristig Minister.

1776 »La Bible enfin expliquée« (»Die endlich erklärte Bibel«), Voltaires umfangreichste bibelkritische Schrift, erscheint.

1778 Voltaire kehrt (nach Aufhebung seiner Verbannung durch Ludwig XVI.) nach Paris zurück, die Bevölkerung feiert ihn begeistert, er leitet Sitzungen der Akademie und wohnt einer Aufführung seiner Tragödie »Irène« bei, bei der ihm enthusiastische Ovationen dargebracht werden und seine Büste auf der Bühne mit Lorbeer umkränzt wird. Am 30. Mai stirbt er erschöpft von den Anstrengungen des Ruhms. Er wird heimlich in Scellières in der Champagne von einem seiner Neffen, der dort Geistlicher ist, begraben.

1784 Beaumarchais gibt die erste Gesamtausgabe von Voltaires Werken – die sogenannte Kehler Ausgabe – in 70 Bänden heraus.

1791 Voltaires »sterbliche Reste« werden im Triumph von Scellières nach Paris überführt und im Pantheon beigesetzt.

Erläuterungen*

Seite

7 *Candide ou l'optimisme:* Wie »Zadig ou la destinée« (»Zadig oder das Schicksal«), der gewichtigste der kleinen »philosophischen Romane« Voltaires *vor* dem »Candide«, trägt auch dieser einen Doppeltitel. Das kann als eine parodistisch gemeinte Anlehnung an einen Brauch der älteren, zumal barocken Romanliteratur aufgefaßt werden (etwa: »Ibrahim ou l'illustre Bassa« [»Ibrahim oder der erlauchte Pascha«] von Fräulein de Scudéry oder, um ein neueres Beispiel zu nennen, »Le philosophe anglais, ou Histoire de M. Cleveland« [»Der englische Philosoph oder Geschichte des Herrn Cleveland«] vom Abbé Prévost); zugleich aber deutet der Doppeltitel auf den Doppelcharakter des Werks, das einerseits eine Erzählung von Abenteuern ist, die einem »Helden« (und einigen seiner Gefährten) zustoßen, andererseits aber eben ein »philosophischer Roman«, das heißt eine aufklärerische Schrift in Romanform. Candide ist ein sprechender Name, wie schon Zadig es war: Wie bei der ersten Nennung des Namens im Text erklärt wird, soll damit auf die naive, offenherzige, aber auch arglose Art des »Helden« angespielt werden (das Wort in Anführungszeichen zu setzen empfiehlt sich, weil Candide ja in Wirklichkeit alles andere als eine Idealgestalt ist: Man bewundert ihn nicht, man belächelt ihn, und dies vor allem wegen seiner mit einer gewissen Halsstarrigkeit verknüpften Unbelehrbarkeit, die ihn zum Gegenbild eines »aufgeklärten Geistes« macht).

* Sie fußen im wesentlichen auf denen, die R. Pomeau seinen beiden kritischen Ausgaben von Voltaires »Candide« beigefügt hat, der »Édition critique« von 1959 (Librairie Nizet, Paris) und Band 48 der »Complete works of Voltaire«, Oxford 1980, dem auch der Text der vorliegenden Ausgabe entnommen ist. Pomeau beschränkt sich freilich auf reine Sachinformationen, während sich unsere Erläuterungen auch auf die Thematik, auf Fragen der künstlerischen Gestaltung und gelegentlich auf Übersetzungsprobleme beziehen.

Von den verschiedenen literarischen »Quellen«, die die Voltaireforschung zur Beantwortung der Frage, wie der Autor auf diesen Namen verfallen sei, herangezogen hat, dürfte Horaz am wenigsten abwegig sein, denn Voltaire zitiert öfters einen Vers aus dessen »Episteln«, in dem das Adjektiv »candidus« vorkommt (I 6, 67). Aber entscheidend für die Namenwahl war sicher letztlich die philosophische, das heißt aufklärerische Thematik des Romans, zu deren Exemplifizierung der Autor eben einen »reinen Toren« brauchte. Natürlich ist Candide weder ein typisch deutscher noch überhaupt ein sonderlich häufiger Eigenname (obwohl es ihn – noch heute – gelegentlich gibt). – Zum Optimismus vgl. das Nachwort, oben Seite 203 ff.

Im Original folgt auf den hier wiedergegebenen Titel noch der Vermerk: »Traduit de l'allemand de Mr. le Docteur Ralph. Avec les additions qu'on a trouvées dans la poche du docteur lorsqu'il mourut à Minden l'an de grâce 1759.« Zu deutsch: »Übersetzt aus dem Deutschen des Herrn Doktor Ralph. Mit den Hinzufügungen, die sich in der Tasche des Doktors fanden, als er im Jahre des Herrn 1759 zu Minden starb.« Dieser Zusatz gehört zum Versteckspiel, das Voltaire bei vielen seiner Werke gespielt hat, indem er sich als Herausgeber von hinterlassenen Papieren, als Übersetzer usw. ausgab. Speziell bei Romanen, deren ästhetisches Ansehen noch immer sehr gering war, vertuschte man damals gern seine Verfasserschaft auf diese oder ähnliche Weise. »Ralph« klingt nicht gerade gut deutsch, aber Voltaire nahm es damit entweder nicht so genau, oder er ist hier, wie später, ein Opfer seiner rudimentären Deutschkenntnisse. In einem Brief an die Académie Française nennt Voltaire diesen Doktor Ralph einen »recht bekannten Professor der Akademie von Frankfurt an der Oder«, was wiederum mit dem Sterbeort Minden nicht gut zusammenpaßt. Dafür liegt Minden wenigstens in Westfalen, der Provinz, von der Candides Lebensweg seinen Ausgang nimmt. Siehe auch, unten Seite 272 ff., Voltaires Brief an das »Journal Encyclopédique«. – »1759« gibt wahrheitsgemäß das Erscheinungsjahr des Romans an.

8 *icelui:* »selbiges«, eine archaisierende Form, die Voltaire hier – und nur hier – in spaßhafter Absicht verwendet, so wie man sie etwa bei La Fontaine (vor allem in dessen Versnovellen) antreffen kann.

9 *Westfalen:* Westfalen – das Voltaire von 1761 an stets mit »V« schreibt – hatte er auf seinen Reisen nach Preußen mehrmals durchquert und stets als armselige Provinz »hinter dem Mond« empfunden. Siehe das Nachwort, oben Seite 219f.

Thunder-ten-tronckh: ein ebenso anglisierendes Deutsch wie »Ralph«; Hauptsache, der Name klingt markig und holprig!

einundsiebzig Ahnen: Hier klingt das Thema Adelsdünkel an, das den Roman bis zum Ende durchziehen wird, wo einzig der Vetter Candides aus der Gemeinschaft der Arbeitenden ausgeschlossen wird.

Pangloß: ebenfalls ein sprechender Name: er bezeichnet (in einer Anlehnung ans Griechische) den »alles glossierenden« Gelehrten. Das ist Candides Hauslehrer in der Tat: Er glaubt alles erklären, alles wissen zu können. Als Verfechter der Theorie von der »besten aller möglichen Welten« erinnert Pangloß von ferne an Leibniz, als Verfasser einer »Kosmolonigologie« erinnert er zugleich an den deutschen Philosophen Christian Wolff, der eine »Kosmologie« verfaßt hat, von der Voltaire behauptete, er habe »das Unglück gehabt, sie zu lesen« (»Briefe«, herausgegeben von Th. Besterman, D 2526).

11 *Kosmolonigologie:* In einer Handschrift seines Romans hat Voltaire selbst das Monsterwort ein wenig verändert. Er schreibt (die Abschrift eines Kopisten korrigierend) »cosmolomattologie«, was an italienisch »matto«, »verrückt«, erinnert. Die Wortbildung läßt an Rabelais denken, den Voltaire nachweislich zur Zeit der Abfassung seines »Candide« wiederlas. Die absurde Beweisführung »Keine Wirkung ohne Ursache« spielt, stark deformierend, ebenso auf Wolff an wie der Ausdruck.

zureichenden Grund: »raison suffisante«; Voltaire gebraucht den Ausdruck stets in dieser Form, um die Stereotypie philosophischer Redeweise zu karikieren.

13 *einer der Blauen:* Die »Blauen« sind natürlich die Soldatenwerber des Preußenkönigs, die in der Tat blaue Uniformen trugen.

13/15 *fünf Fuß und fünf Zoll:* Candide ist also ungefähr 1 Meter 80 groß und scheint somit geeignet, unter die »langen Kerls« des Preußenkönigs eingereiht zu werden.

15 *den König der Bulgaren:* Friedrich der Große. Da Voltaire für die Preußen den Decknamen »Bulgaren« gewählt hat, nennt er deren Gegner, also wahrscheinlich die Franzosen, »Abaren«. Die Abaren oder Avaren waren ein asiatischer Volksstamm, der im 6. Jahrhundert nach Europa vordrang und die Bulgaren unterjochte.

17 *als großer Geist:* Anspielung auf die »philosophischen« Interessen Friedrichs des Großen, d. h. seine Sympathien für die Ideen der Aufklärung. Man hat Mühe, die reichlich ironische Wendung als ein Kompliment an den »Roi philosophe« (»philosophischer König«) aufzufassen. Aber ironisch ist eben der Ton des ganzen Romans, insofern würde eine ernstgemeinte Huldigung an den Preußenkönig, mit dem Voltaire eine Art Haßliebe verband, hier gar nicht hinpassen. Ausführlicheres dazu findet sich im Nachwort, oben Seite 221 ff.

Die Kanonen...: Voltaire hält sich (mit Ausnahme der Kavallerie, die fehlt) an die übliche Reihenfolge des Waffengebrauchs in Schlachten der Zeit: Zuerst bombardierte man mit der Artillerie den Gegner, dann schoß man mit Gewehrsalven auf ihn, und schließlich kam es zum Handgemenge mit Bajonetten. Voltaires Antimilitarismus und sein Abscheu vor dem Krieg sind so deutlich, daß sich jeder Kommentar dazu erübrigt. In ähnlich grellen Farben wie hier schildert er die Greuel des Kriegs im Artikel »Guerre« (»Krieg«) seines »Dictionnaire philosophique« (»Philosophisches Wörterbuch«).

19 *alle reich und christlich seien:* Holland war durch seinen Seehandel reich geworden. An die religiöse Toleranz der Holländer, die doch so vielen Hugenotten Exil gewährt hatten, scheint Voltaire nicht so recht zu glauben; immerhin findet Candide dort nicht nur den Sektierer, der Andersgläubige mißhandelt, vor, sondern auch den gütigen Wiedertäufer mit dem echt holländischen Namen »Jacques«!

In seiner Zivilisationsgeschichte, dem »Essai sur les mœurs« (»Versuch über die Sitten«), sagt Voltaire, die Wiedertäufer seien ursprünglich fanatisch gewesen, dann aber zu friedliebenden und geschäftstüchtigen Bürgern geworden (Kapitel 132).

25 *seltsame Genealogie:* Die »Genealogie der Syphilis«, die Voltaire hier in seiner sarkastischen Manier entwickelt, ist zum Teil auf ein gelehrtes medizinisches Werk zurückzuführen, Astrucs »Traité des maladies vénériennes« (»Abhandlung über die Geschlechtskrankheiten«, 1734). Voltaire hat das Werk gelesen, in dem der Autor bis auf die amerikanischen Ursprünge der Geschlechtskrankheiten zurückgeht. Auch die homosexuellen Kontakte, auf die anzuspielen Voltaire sich nicht entgehen läßt, spielen bei Astruc bereits eine Rolle. Im übrigen parodiert diese »Genealogie« biblische Genealogien (etwa: Matthäus 1, 1ff. oder Lukas 3, 23ff.).

Cochenille: Kaktusschildlaus, Insekt aus Mexiko, das zur Stofffärbung benutzt wurde.

27 *privates Übel bewirkt das öffentliche Wohl:* Kerngedanke der Leibnizschen »Theodizee« in parodistischer Verkürzung. Voltaire hatte sich selbst diesen Gedanken zu eigen gemacht, distanziert sich aber nun davon; vielleicht rührt daher die Schärfe der Parodie.

Erdbeben: Das Erdbeben von Lissabon erschütterte am 1. November 1755 nicht nur die portugiesische Hauptstadt und deren Hinterland, sondern in der Folge die Gemüter ganz Europas. Voltaire hat dem Ereignis sein »Poème sur le désastre de Lisbonne« (»Gedicht auf die Katastrophe von Lissabon«) gewidmet, das der Krise seines Optimismus Ausdruck gibt.

31 *das Kruzifix mit Füßen getreten:* Auf einer der japanischen Inseln war es unter dem damals herrschenden, fremdenfeindlichen Regime holländischen Kaufleuten erlaubt, zu landen und Handel zu treiben. Die Europäer mußten jedoch über ein Kruzifix schreiten, das auf dem Kai lag. Darauf bezieht sich die Äußerung des Matrosen. Voltaire bezog diese und ähnliche Informationen aus Reiseberichten jesuitischer Missionare, insbesondere der »Histoire de l'établissement du christianisme au Japon« (»Geschichte der Niederlassung des Christentums in Japan«) von Charlevoix (1715).

Wein und Öl: für die letzte Ölung, denn Candide ist (offensichtlich) katholisch. In seiner Todesangst duzt Candide Pangloß mit einemmal, was er weder zuvor getan hat noch danach tun wird.

die Stadt Lima: Das letzte Erdbeben in Peru hatte 1746 stattgefunden. Ein Berner Pastor hatte tatsächlich die Theorie entwickelt, dieses Erdbeben stehe unterirdisch mit demjenigen von Lissabon in einem Zusammenhang. Voltaire hatte mit dem Pastor korrespondiert und macht sich hier lustig über dessen Theorie. Auch hier erweist sich Pangloß als der »Systemdenker«, der seine Erklärungen schon parat hat, ehe an eine empirische Überprüfung überhaupt gedacht ist.

ein Spion: Voltaire gebraucht den Ausdruck »familier« nach dem portugiesischen »Familiar do Santo Oficio«. So hießen die Personen, die im Auftrag der Inquisition Verdächtige auskundschafteten und verhaften ließen. Voltaire bezieht diese und die folgenden Informationen über die verhaßte Inquisition aus einem verbreiteten Buch von Dellon: »Relation de l'Inquisition de Goa« (»Bericht über die Inquisition in Goa«), 1688 u. ö.

33 *Autodafé:* Auch die Informationen über das Autodafé stammen von Dellon, dessen Werk Voltaire in einer illustrierten Ausgabe besaß. Die Aufmachung Candides und seines ehemaligen Hauslehrers entspricht genau den Illustrationen bei Dellon, einschließlich der Flammen, der Teufel usw.

seine Patin geheiratet: Nach kirchlichem Recht besteht eine Verwandtschaft zwischen Täufling und Pate oder Patin, daher ist eine Heirat zwischen beiden verboten.

den Speck entfernt hatten: Die beiden »Portugiesen« erwiesen sich so als Juden, die nicht bereit waren, das unkoschere Schweinefleisch zu essen. (Ihr Übertritt zum Christentum war also nur Schein gewesen!)

Sanbenito: mit Flammen und Teufeln bemaltes Gewand.

Kirchengesang: Wie man Kunigundes Bericht später entnehmen kann, wurde ein »Miserere« gesungen, während Candide ausgepeitscht und Pangloß erhängt wurde.

35 *Unsere liebe Frau von Atocha:* bezeichnet nicht eine Stadt oder ei-

nen Ort, sondern die schwangere Jungfrau Maria, von »atochar«, »ver-«, »ausstopfen«. Voltaire hat das offenbar mißverstanden.

der heilige Antonius von Padua: Er stammte aus Lissabon; so paßt er zum Lokalkolorit, in das sich auch der heilige Jakob von Compostela einfügt.

37 *Welch ein Augenblick!:* Wiedererkennungsszenen wie diese, die Voltaire genüßlich ausmalt, gehörten zum Abenteuerroman, den der »Candide« parodiert.

39 *Don Issachar:* Issachar, richtiger Issachat, ist der fünfte Sohn von Jakob und Lea (1. Mose 30, 19). Voltaire kannte sich im Alten Testament aus. *Don* kennzeichnet den geadelten Juden, der ja in der Tat über Einfluß bei Hofe verfügt und ein »angesehener Mann« ist.

43 *Signor Don Issachar:* Wie später Beaumarchais in seinem »Barbier von Sevilla« »Signora« sagt, gebraucht Voltaire hier die italienische Form »Signor« anstatt des Spanischen »Señor«. Daß der Jude die beiden auf dem Sofa fast in flagranti ertappt, ist eine typische Komödienszene.

47 *das Städtchen Avacena:* Es dürfte Voltaires Phantasie entsprungen sein. Auf der Landkarte ist es nicht zu finden. Aber die Namensangabe ist kennzeichnend für Voltaires Genauigkeitsbedürfnis: Es ist eine »realistische« Einzelheit, die dazu dient, das Unglaubliche glaubhaft zu machen.

Dublonen und Diamanten: Vorher hatte Voltaire eine ältere portugiesische Münzbezeichnung, »moyador«, gebraucht, jetzt sagt er »pistoles«, was eine ältere spanische Münze bezeichnet.

Badajoz: östlich von Lissabon, liegt auf dem Weg von Lissabon nach Cadiz.

49 *Lucena, Chillas und Lebrija:* Die Namen sind echt, aber sie bezeichnen keineswegs die Route, die die Flüchtigen einschlagen.

Cadiz: die spanische Hafenstadt, über die der Schiffsverkehr nach Amerika lief. Voltaire hatte selbst Gelder für die Ausrüstung eines spanischen Schiffes investiert, das die Jesuiten in Paraguay bekämpfen sollte.

51 *Urban X.:* In einer Frühfassung hatte Voltaire »Clemens XII.« geschrieben. Diesen hatte es wirklich gegeben, nicht aber Urban X.

(Der letzte Papst dieses Namens war Urban VIII.) Voltaires Sekretär Wagnière notierte, sicher im Auftrag Voltaires, zu der Stelle in einer Anmerkung: »*Du Pape Urbain X.* Voyez l'extrême discrétion de l'auteur! Il n'y eut, jusqu' à présent, aucun Pape nommé Urbain dix. Il craint de donner une bâtarde à un pape connu. O la circonspection! O la délicatesse de conscience!« (»Von Papst Urban X. Man beachte die äußerste Diskretion des Autors! Bis jetzt hat es noch keinen Papst namens Urban X. gegeben. Er fürchtet, er könnte einem bekannten Papst eine uneheliche Tochter geben. Welche Umsicht! Welch zartfühlendes Bedenken!«)

Venus von Medici: heute in den Uffizien zu Florenz. Voltaire konnte die Statue nur aus Abbildungen kennen.

53 *zu einer Tasse Schokolade:* Wie später beim Senator Pococurante so trinkt man auch am Hof von Massa-Carrara (sicher einem der winzigsten Höfe von Italien) das damalige Modegetränk Kakao!

Salé: Stadt an der marokkanischen Küste, galt als ein Seeräubernest. Es kommt als solches auch in Defoes »Robinson Crusoe« vor. – Seeräuber dürfen in keinem barocken Abenteuerroman fehlen; dem entspricht hier die Parodie.

in articulo mortis: in der Toedesstunde.

55 *Muley Ismael:* Er herrschte von 1672 bis 1727 über Marokko. Seine Söhne konnten also Zeitgenossen Candides sein.

57 *›O che sciagura...‹:* »Oh, was für ein Elend, ohne Hoden zu sein.« (Einige Handschriften enthalten nur »c...«; andere schreiben »cogl...«; eine schreibt das Wort jedoch ganz aus, als »coglioni«.)

59 *Dey:* So hieß der türkische Statthalter in Algier.

Aga: General.

Asow: 1695–97 belagerte Peter der Große diese Stadt am Schwarzen Meer und eroberte sie schließlich.

61 *an den mäotischen Sümpfen:* Gemeint ist das Asowsche Meer.

Schneidet... eine Hinterbacke ab: Zu dieser gruseligen Episode hat Voltaire seine Inspiration aus einer Stelle des heiligen Hieronymus bezogen, der einmal von Schotten spricht, die lieber die Hinterbakken von Knaben und die Busen junger Mädchen äßen als Schweinefleisch (Voltaire hat die Stelle übersetzt und beruft sich darauf im

Artikel »Anthropophages« [»Menschenfresser«] seines »Dictionnaire philosophique«.)

63 *aufs Rad geflochten:* Dies bezieht sich auf den Strelitzenaufstand, den Peter der Große erbarmungslos niederschlug (1699). Die Chronologie stimmt: Zwei Jahre zuvor war Asow eingenommen worden.

drei Neger, vier Engländer...: Die Genauigkeit dieser Angaben entspricht der pseudorealistischen Erzählweise Voltaires. Daß Neger nicht selten Selbstmord begingen, weiß man aus der Geschichte des Sklavenhandels, Engländer sind – für Voltaire – unter anderem melancholisch; sie mögen sich auch wohl aus »Spleen« selbst umbringen. Von den Genfern, die sich umgebracht haben sollen, weiß man nichts, Robek hingegen hieß tatsächlich ein Deutscher, der die These verfocht, es sei legitim und empfehlenswert, Selbstmord zu begehen (Rousseau erwähnt ihn auch in seiner Diskussion des Themas in der »Nouvelle Héloise« [»Die neue Héloïse«] III, 21). Er wurde 1671 in Colmar geboren und ertränkte sich 1739 in der Weser.

65 *Don Fernando d'Ibaraa...:* Die Forschung hat ermittelt, woher Voltaire die einzelnen Namen dieses so volltönend benannten Argentiniers her hatte; nur »Lampourdos« konnte nicht erklärt werden! Es hat keinen sehr hohen Erkenntniswert, diese »Quellen« alle aufzuführen. Wichtiger dürfte es sein, auf die Funktion der stets gleichlautend und ohne Kürzung wiederkehrenden Namenslawine hinzuweisen; sie dient natürlich der karikaturesken Kennzeichnung des »spanischen Stolzes« des Gouverneurs, der dann ja auch beschrieben wird.

in alter Zeit: So gab zum Beispiel Abraham seine Frau Sara für seine Schwester aus vor dem Pharao, der sie zu seiner Konkubine machte (1. Mose 12, 11ff.). Ähnliches kommt im Alten Testament öfters vor. Voltaire bedurfte der Hilfe Pierre Bayles wohl nicht, um sich an diese Vorfälle zu erinnern (im Artikel »Sara« des »Dictionnaire historique et critique« [»Historisches und kritisches Wörterbuch«] diskutiert Bayle den Vorfall ironisch). Auf welche neueren Analogien Voltaire anspielt, ist nicht klar.

zwirbelte seinen Schnauzbart: Für deutsche Leser ist es vielleicht nicht überflüssig, die Bedeutung dieser Geste zu erläutern. Sie ist Ausdruck der Tatsache, die schon erwähnt wurde, daß der Gouverneur nämlich »versessen ist auf Frauen«, in diesem Falle auf Kunigunde. Candide scheint das auch nicht zu wissen, obwohl er natürlich ahnt, was sich da ankündigt.

69 *einen Diener:* Im zehnten Kapitel hatte es geheißen, Candide habe sich mit *zwei* Dienern und zwei Pferden nach Südamerika eingeschifft!

die Jesuiten: Voltaire benutzt in diesem Kapitel die Materialien, die er 1758 zusammengestellt hatte, um das 154. Kapitel seines »Essai sur les mœurs« (»Versuch über die Sitten«) zu schreiben, das den Jesuitenstaat von Paraguay beschreibt. Es handelt sich um Berichte der jesuitischen Missionare, wieder ein Werk des jesuitischen Historikers Charlevoix und einen Bericht des portugiesischen Ministers Marquis de Pombal. Cacambos Aussagen über den Jesuitenstaat verkürzen drastisch, was Voltaire ausführlicher in seinem Geschichtswerk über die Herrschaft des Ordens im Hinterland von Buenos Aires dargelegt hat. Darin führt Voltaire aus, wie seit dem Anfang des 17. Jahrhunderts Jesuiten Schritt für Schritt ins Innere des Landes vordrangen und die Indios Ackerbau und Viehzucht lehrten. Die zivilisatorischen Leistungen, die Energie und das Organisationstalent der Jesuiten werden von Voltaire im »Essai sur les mœurs« geradezu bewundernd geschildert. Zucht und Ordnung des Jesuitenstaates erinnern ihn an Sparta, ihre geistliche Herrschaft an die der Quäker in Pennsylvanien. Der Jesuitenstaat werde verwaltet wie ein Kloster, sagt Voltaire, und er übersieht neben der Versklavung der Indios, die wie Tiere gezähmt werden, keineswegs die soziale Fürsorge, von der sie profitieren. Im zweiten Teil des Kapitels 154 ist verschiedentlich von den militärischen Tugenden der Jesuiten die Rede, die sich so merkwürdig zu den geistlichen fügen – es ist das Leitthema des vierzehnten Kapitels von »Candide«. Insgesamt fällt die Schwarzfärbung auf, die Voltaires Schilderung des Jesuitenstaates im »Candide« von derjenigen in seinem Geschichtswerk unterscheidet. Sie entspricht der Einstellung des ganzen Romans, und es mag auch wohl sein, daß Voltaire der rosigen Färbung der Eldorado-Episode einen entsprechenden Kontrast vorausschicken wollte. Denn im Grunde ist klar: Es konnte für den Christentumskritiker und Antimilitaristen Voltaire nichts Verabscheuungswürdigeres geben als ein Staatsgebilde, in dem Geistliche herrschten, die militärische Leistungen vollbrachten. In der Folge der Kriege, die Spanien gegen den Jesuitenstaat führte, der sich zu einem Staat im Staate zu entwickeln drohte – und von denen im »Candide« die Rede ist –, vor allem aber in der Folge des allgemeinen Verbots des Ordens in fast ganz Europa, wurden die Jesuiten 1768 aus allen ihren Besitzungen in Lateinamerika vertrieben.

Küchenjunge: Voltaire gebraucht hier das Wort »cuistre«, das heute so viel wie »Pedant« oder »Schulfuchs« bedeutet und einen abschätzigen Klang hat. Der Herausgeber der kritischen Ausgabe, die unserem französischen Text zugrunde liegt, vermerkt dazu, es habe sich wohl um einen »valet de cuisine« gehandelt. Das Wort hatte in der Tat in älterer Zeit mit der Küche zu tun, wie man etwa Dauzats »Dictionnaire étymologique« entnehmen kann, wo unter anderem »marmiton« (»Küchenjunge«) als Äquivalent angegeben wird. Der Sprachgebrauch ist sonst zu Voltaires Zeit nicht mehr belegt. Vielleicht ist auch einfach ein Diener gemeint. Unwahrscheinlich ist jedoch die Bedeutung »Pedell«, wie Ilse Lehmann und Stephan Hermlin schreiben, unsinnig ist »Küster«, wie Ernst Sander und nach ihm Walter Widmer das Wort übersetzen.

Asunción: die Hauptstadt des Jesuitenstaates von Paraguay.

71 *Dreispitz:* Die Jesuiten trugen ein dreieckiges Barett auf dem Kopf. Es ist also nicht der »Dreispitz« gemeint, den man von älteren Uniformen her kennt, wohl aber ein »dreispitziger Hut« (»Dreispitz« heißt auf französisch »tricorne«).

wenn er nicht dabei sei: Die Jesuiten hatten durchgesetzt, daß kein spanischer Offizier ohne ihr Beisein mit den Indios sprechen durfte; außerdem mußte er innerhalb von drei Tagen (nicht: drei Stunden) das Land wieder verlassen haben. Voltaire erwähnt das

Kuriosum im »Essai sur les mœurs« und erklärt es (die spanischen Offiziere hätten die Indios »korrumpieren« können).

73 *Mais:* Er stammt bekanntlich aus Südamerika. Hier soll er die armselige Ernährung der Indios kennzeichnen, somit die Hartherzigkeit der Jesuiten bzw. deren Überheblichkeit.

75 *Pater Krust:* oder Kroust, einer der zahlreichen jesuitischen Lieblingsfeinde Voltaires. Voltaire hatte bei seinem Aufenthalt in Colmar 1754 Ärger mit ihm gehabt und rächt sich hier dafür, indem er ihm, wie so vielen Geistlichen, homosexuelle Neigungen unterstellt.

deutschen Jesuitennachwuchs: Auch diese Einzelheit ist von Voltaire nicht erfunden. Es sind mehrere Deutsche im Jesuitenstaat von Paraguay tätig gewesen, einige davon haben sich im Krieg gegen die Spanier hervorgetan.

in diesem Weinberg zu arbeiten: der Bibel entnommene Ausdrucksweise für Missionieren (vgl. Matthäus 20, 2, und 21, 33, sowie Lukas 20, 9).

79 *das Journal de Trévoux:* Organ des Jesuitenordens in Frankreich, das die Enzyklopädisten bekämpfte. Die Erwähnung dieser Zeitschrift paßt hierher »wie die Faust aufs Auge«!

81 *die Löffelohren:* Voltaire nennt die menschenfressenden Indios nach Garcilaso de la Vegas vielgelesener »Geschichte der Inkas« (1609–17) »oreillons« (spanisch »orejones«). Die Ohren dieser Eingeborenen waren durch oder für Schmuckgehänge vergrößert.

83 *heute gibt es Jesuit:* »Mangeons du Jésuite« soll in gewissen Pariser Salons der sechziger Jahre des 18. Jahrhunderts durch diese Stelle ein »geflügeltes Wort« geworden sein. Die Jesuiten hatten sich durch ihren übermächtigen Einfluß allerorten verhaßt gemacht.

»Meine Herren«, sagte Cacambo …: Cacambos wohlgesetzte Rede fügt sich in die Geschichte der Auseinandersetzungen über die Menschenfresserei, die mit Montaignes »Essais« (»Versuche«) (»Des cannibales« [»Von den Kannibalen«], I, 31) beginnt und im Artikel »Anthropophages« von Voltaires »Dictionnaire philosophique« gipfelt. Wie einst Montaigne hält auch Cacambo das Ver-

tilgen seiner Feinde für weniger verwerflich als das Erhängen von Andersgläubigen; er spricht hier zweifellos für Voltaire.

85 *die Regeln des Völkerrechts:* Auch das ist eine Spitze gegen die zivilisierten Völker Europas, die sich wenig um diese Regeln scheren, während die »guten Wilden« sie angeblich respektieren. In der Tat verhalten die »Löffelohren« sich ihren Freunden gegenüber ja äußerst gerecht und human. Obwohl »Menschenfresser«, sind sie dennoch »gute Wilde«!

Eldorado: Über die Eldorado-Episode des »Candide« dürfte mehr Tinte vergossen worden sein als über jede andere Episode des Romans.

Künstlerisch fällt sie etwas aus dem Rahmen, um nicht zu sagen, sie sei schwächer gestaltet als der Rest. Der Autor mußte hier vom durchgehend spöttisch-sarkastischen Ton seiner Erzählung abweichen, denn es ging darum, die einzig bewundernswerte Ausnahme von der Regel der Schlechtigkeit dieser Welt, die sonst gilt, zu schildern. Zum ersten und einzigen Mal sollen Candide und sein Begleiter *bewundern,* was sie vor sich sehen – und das läßt sich eben in distanziert-ironischer Schreibweise nicht darstellen. Voltaire mußte sich gleichsam selbst schriftstellerisch untreu werden, um die Eldorado-Episode glaubhaft zu gestalten. Daher rühren die fast linkisch wirkenden Züge der Übertreibung all der Wunder und des Reichtums in Eldorado. Bei der Mahlzeit im öffentlichen, kostenlosen Logis wirken diese Übertreibungen (gesottene Kondore und gebratene Affen!) noch komisch, bei der Schilderung der Häuser und Paläste kaum mehr. Auch der Prunk bei Hofe will nicht so recht zu der schlichten Gastlichkeit des Königs von Eldorado passen. Immerhin hat Voltaire Ereignisse und Begegnungen genug in die Schilderung eingebaut, so daß sich Langeweile jedenfalls nicht einstellt.

Thematisch durfte die Eldorado-Episode nicht fehlen: Sie bietet, wie schon angedeutet, den glänzenden Kontrast zur sonst durchgehend düsteren Schilderung der Menschen und ihrer Welt im »Candide«. Einmal erlebt zu haben, wie die »beste aller möglichen Welten« wirklich aussehen könnte, macht den Starrsinn erst recht ver-

ständlich, mit dem Candide trotz allem versucht, an der optimistischen Vision von der relativen Idealität des Bestehenden festzuhalten, obwohl er doch deren Greuel am eigenen Leibe erlebt und immer neu vor Augen geführt bekommt. Reichtum, Gastlichkeit und Freundlichkeit der Menschen sind die ersten Charakteristika von Eldorado, wie Voltaire es darstellt. Im Gespräch mit dem alten Mann (man wird mehr als doppelt so alt in Eldorado wie in Europa!) erfahren Candide und Cacambo, daß die hermetische Abgeschlossenheit des Landes von der übrigen Welt die Voraussetzung für alles Wohlergehen in Eldorado ist; dies kennzeichnet es als eine Utopie, wie es einst diejenige von Thomas Morus war, der seitdem viele andere gefolgt sind. Daß die religiösen Verhältnisse ihn vor allem interessieren, paßt zwar zu Candides Gesinnung (in der das Unwirkliche fast eine größere Rolle spielt als das Wirkliche), aber es erweist ihn auch diesmal als ein echtes Geschöpf Voltaires. Keine Priester, keine Bittgebete, nur Danksagungen für Gottes Güte und vor allem der Glaube an einen einzigen Gott – so erfüllen sich in Eldorado Wunschvorstellungen des Christentumskritikers und Deisten Voltaire. Auch die Hochschätzung der Wissenschaft und die durchaus positiv gesehenen technischen Leistungen der Ingenieure von Eldorado passen in das Weltbild des Aufklärers. Daß es keine »Prozesse« gibt, der König seinen Bürgern alle Freiheitsrechte zugesteht, und was es sonst noch an Erfreulichem gibt in Eldorado, versteht sich daneben beinahe von selbst.
Die *Quellen* zu Voltaires Schilderung sind vielfältig; auch hier müßte vor allem wieder an die Tradition der »guten Wilden« erinnert werden, die ihrerseits Elemente der alten Legende vom Goldenen Zeitalter in sich aufgenommen hatte; darin ist sogar auch die christentumskritische Tendenz schon vor Voltaire anzutreffen. Reiseberichte und Chroniken wie die »Geschichte der Inkas« von Garcilaso de la Vega kommen hinzu, speziell was die Vorstellung von dem Réduit angeht, in das sich die Inkas vor den grausamen Spaniern geflüchtet haben sollen (die Entdeckung der Ruinen von Macchu Picchu durch den nordamerikanischen Archäologen Hiram Bingham im Jahre 1911 hat erst recht deutlich gemacht, wieviel

Wahrheit in diesen Legenden steckte). In einigen Zügen erinnert Voltaires Eldorado auch durchaus an die Verfassung des Inkastaates, so hinsichtlich der staatlich finanzierten Gasthöfe oder der öffentlichen Brunnen, die nicht nur Wasser und »Rosenwasser«, sondern auch Likör spenden.

87 *Der Fluß verengte sich:* Candide und Cacambo gelangen auf einem dahintreibenden Boot durch Felshöhlen nach Eldorado; das erinnert an die sechste Reise Sindbads in »Tausend und einer Nacht«, die ähnlich verläuft. Noch in Samuel Butlers antitechnischer Utopie »Erewhon« von 1872 gelangt der Erzähler auf einem Floß treibend flußabwärts durch Höhlen hindurch ins Reich Utopia.

von großen roten Hammeln gezogen: Die »Hammel« Eldorados erinnern an Lamas, nur hat bisher niemand einleuchtend erklären können, warum sie rot sein sollen, noch wurden Lamas je zu Zwecken verwendet, wie das hier geschildert wird; die Indios kannten ja das Rad (zum Zwecke der Beförderung) nicht. Immerhin werden dann die Hammel, sprich Lamas, insbesondere zum Tragen von Lasten benutzt, was der historischen Wahrheit schon näherkommt.

89 *ein gesottener Kondor... zwei gebratene Affen:* Bei Garcilaso ist einmal von gebratenen »Cunturs«, d. h. Kondoren, die Rede; nach anderen Berichten wurde in Peru Affenfleisch gegessen.

93 *Ritter Raleigh:* Der englische Seefahrer Sir Walter Raleigh (1552–1618) plante u. a. auch eine Kolonisierung Amerikas und unternahm in seinen letzten Lebensjahren eine Expedition nach Guayana mit dem Ziel, Eldorado, das sagenhafte Goldland der Inkas, zu entdecken. Voltaire kannte eine französische Version seines diesbezüglichen Berichts.

95 *zwölf seiner Diener:* Es gibt also nicht nur einen König, sondern auch Bedienstete in Eldorado! Voltaires Utopie ist keine egalitäre Demokratie.

97 *wie man Seine Majestät begrüße:* Die Formen der Begrüßung, die Cacambo vorschweben, sprechen für seinen Untertanengeist; Voltaire hat sie zum Teil Swifts »Gulliver« entnommen.

103 *einen Neger, der am Boden lag:* Mag man sich darüber streiten, ob Eldorado als Kontrast zum Jesuitenstaat konzipiert war oder nicht, so ist eindeutig: Kaum haben Candide und Cacambo den Idealstaat Eldorado verlassen, sehen sie sich mit dem abscheulichsten aller Übel der damaligen Zeit konfrontiert, dem Sklavenhandel. Voltaire hatte es ursprünglich offenbar »vergessen«: In einem frühen Manuskript fehlt die Begegnung mit dem verstümmelten Negersklaven. Dann las er – 1758, kurz nach seinem Erscheinen – Helvétius' Buch »De l'Esprit« (»Vom Geist«). Darin fand er einen Abschnitt über die Barbarei der Sklavenarbeit auf den Zuckerraffinerien Südamerikas, der ihn zu der Einfügung der Episode im neunzehnten Kapitel inspirierte. Helvétius hatte geschrieben, wenn man an das Blut denke, das die Fabrikation des Zuckers in Amerika »koste«, könne man als mitfühlender Mensch eigentlich keinen essen: »Wenden wir unsere Blicke von einem so unseligen Schauspiel ab, das der Menschheit zu Schande und Schrecken gereicht!« So lautete die Schlußfolgerung bei Helvétius. Voltaire »wendet seinen Blick« jedoch keineswegs ab von dem grausigen »Schauspiel«, sondern führt es dem Leser deutlich vor Augen. Daß der Neger nur so dürftig bekleidet ist, ist auf die Vorschrift zurückzuführen, die einst Ludwig XIV. im »Code Noir« (»Gesetzbuch für die Neger«) erlassen hatte, daß nämlich einmal im Jahr jeder Sklave »zwei Leinenanzüge« (»deux habits de toile«, § 25) erhalten solle. Voltaire macht daraus zweimal im Jahr eine Hose. Des weiteren schrieb der »Code Noir« vor, daß dem Sklaven, der seinem Herren entfloh, ein Ohr abgeschnitten und ein Lilienstempel auf die Schulter geprägt werden solle, im Wiederholungsfall solle ihm »die Kniekehle durchgeschnitten« und beim dritten Mal (wenn man ihn erwischte) das Leben genommen werden. Daraus wird bei Voltaire das abgehackte Bein. Daß ihm auch noch ein Arm fehlt, erklärt sich dadurch, daß die Zuckermühlen so konstruiert waren, daß sie den ganzen Menschen in sich hineinzogen, wenn sie eine Hand zu fassen bekamen; in einem solchen Fall half dann nichts, als schnell den Arm abzuhacken. Die wenn auch unmenschliche, so doch lebensrettende Maßnahme verwandelt sich bei Voltaire in eine Straf-

aktion, zumindest *kann* man die Aussage so verstehen. Das ist polemischer Stil. Hier diktiert die Entrüstung und das humanitäre Engagement den Stil. – In der Selbstaussage des verstümmelten Negers spielt dann, wie bei Voltaire nicht anders zu erwarten, die Anklage der Priester die größte Rolle. Das alles geschieht im bewährten, trocken-sarkastischen Ton, den Voltaire nun (nach der Eldorado-Episode) wiedergefunden hat.

Vanderdendur: Auch dieser Name hat die Quellensucher nicht ruhen lassen; die einen verwiesen auf einen Amsterdamer Beamten namens Vanderdussen (er soll Ludwig XIV. einen Waffenstillstand verweigert haben), andere nennen einen Verleger namens Vanduren als Vorbild, mit dem Voltaire schlechte Erfahrungen gemacht hatte. Französisch klingt »Van-der-dent-dur« an einen »harten Zahn« an, was eine gewisse Symbolbedeutung haben mag. Auf jeden Fall ist der Name sprechend und ebenso schön erfunden wie derjenige des Gouverneurs von Buenos Aires, und darauf kam es an.

105 *Optimismus:* Hier kommt das Wort aus dem Untertitel zum ersten Mal im Text vor. Im Späteinschub beschleunigt Voltaire allerdings den Desillusionierungsprozeß ein wenig gegenüber dem ursprünglichen Konzept. Denn in der Folge zeigt sich, daß Candide zumindest öfters wieder »rückfällig« wird und doch noch an »die beste aller möglichen Welten« glaubt (etwa dort, wo sein letzter roter Hammel ihm übers Meer entgegengeschwommen kommt).

111 *Sozinianer:* So nannten sich die Anhänger des Lälius Socinus und seines Neffen, zweier schweizerischer Sektierer des 16./17. Jahrhunderts. Sie räumten der Vernunft eine kritische Funktion ein und verwarfen die Lehre von der Dreieinigkeit und von der Göttlichkeit Christi; Voltaire konnte also mit ihnen durchaus sympathisieren!

113 *Manichäer:* So nannte man die Anhänger des persischen Religionsstifters Mani oder Manes (3. Jahrhundert n. Chr.), der von Persern und Christen verfolgt und schließlich lebendig verbrannt wurde. Grundgedanke des im 18. Jahrhundert – im Anschluß an Pierre Bayle – vieldiskutierten »Manichäismus« ist ein Dualismus von

Gut und Böse, die als ewige Prinzipien gedacht werden, von denen das Böse auf Erden herrscht. Voltaire gebraucht den Ausdruck offenbar in einem sehr allgemeinen, verkürzten Sinn, ohne Bezug auf die Kultformen der Manichäer. Martin ist vor allem ein Pessimist und nimmt so eine Gegenposition zu Pangloß ein. Voltaire setzt durch ihn Candide der Gefahr aus, von einem Extrem ins andere zu geraten; daß er Martins Lehre nicht ebenso verfällt wie derjenigen von Pangloß, spricht für die »Sturheit«, mit der er am einmal Übernommenen festhält. Bis zur eigenen, erfahrungsbedingten Meinungsbildung dringt er noch lange nicht vor, und wenn es dann am Bosporus endlich so weit sein wird, handelt es sich ja auch eher um eine negative Meinung, ein Nicht-Stellung-Beziehen, als um eine eigene philosophische Position. Wieder dient übrigens die Seefahrt der Diskussion »philosophischer Fragen«; man hat ja nun die Zeit dazu.

115 *etwas leuchtend Rotes:* Daß Candide seinen letzten Hammel wiederbekommt, gehört zur Parodie der Unwahrscheinlichkeiten des Abenteuerromans; daß er aber darüber so außergewöhnlich froh ist, mag überdies als ein parodistischer Seitenhieb auf das biblische Gleichnis vom verlorenen Schaf aufgefaßt werden, das seinem Besitzer mehr Freude machte, als es zurückkehrte, als die neunundneunzig, die sich nicht verirrt hatten (Matthäus 18, 13).

117 *das schreibende Gesindel, das intrigierende Gesindel und das fanatisierte Gesindel:* Voltaire hat unter dem Konkurrenzneid und den Intrigen seiner Schriftstellerkollegen sehr gelitten, auch als sein Ruhm längst gefestigt war. Man kann das zum Beispiel seinem »Dictionnaire philosophique« entnehmen, wo er – im Artikel »Lettres, gens de Lettres ou Lettrés« (»Literatur, Schriftsteller oder Gebildete«) – beklagt, daß sich die Schriftsteller nicht gegenseitig unterstützten wie andere Bürger, wenn sie einen bestimmten gemeinsamen Beruf ausüben. Er vergleicht die Schriftsteller dann mit fliegenden Fischen: Unter Wasser würden sie von den größeren Fischen gefressen, in der Luft von den Raubvögeln... Das »fanatisierte Gesindel« hatte Voltaire in einer früheren Fassung des einundzwanzigsten Kapitels vorgeführt: Eine tobende, gestikulie-

rende Menge auf einem Friedhof umringt dort die Ankömmlinge. Candide und Martin erfahren mit Mühe, daß es sich um eine Anzahl armer Leute handelt, die sich am Grab eines jansenistischen Frömmlers versammeln und auf Wunderheilungen hoffen. Es ist eine groteske, tumultuarische Szene. Voltaire dürfte sie gestrichen haben, weil er sie mit dem merkwürdigen Brauch, per Scheck die Fahrt ins Jenseits im voraus zu bezahlen, verknüpft hat, und diesen schildert er in der endgültigen Fassung etwas später aus Anlaß von Candides Erkrankung, also mit besserer Motivation.
Voltaire war gebürtiger Pariser, er kannte also die Stadt und ihre Bürger. Nun aber weilte er schon seit geraumer Zeit im schweizerischen Ferney und ist zu einem Großgrundbesitzer geworden, der zu schätzen gelernt hat, was es bedeutet, Herr auf eigenem Boden zu sein und sich nicht ins Gedränge begeben zu müssen. Die Paris-Schilderung im »Candide« ist in mehrfacher Hinsicht vergleichbar mit derjenigen, die Rousseau, der gebürtige Genfer, in seiner »Nouvelle Héloïse« gegeben hat (Brief 14 und 15 des zweiten Teils). Rousseau nennt wie Voltaire Paris ein Chaos, in dem die Menschen vergeblich hinter dem Glück hereilen, er läßt sich über Theater und Oper aus – und sein Held, St. Preux, gerät schließlich, wie Candide, einer Dirne in die Fänge: Es kann sein, daß Voltaire den Teil der Paris-Episode, der erstmals 1761 erschien, als eine Replik auf Rousseau konzipiert hat.

119 *daß die Erde ursprünglich ein Meer gewesen ist:* Das »dicke Buch«, das dem Schiffskapitän gehörte, könnte die Bibel gewesen sein, wahrscheinlicher aber war es die »Histoire des navigations aux terres australes« (»Geschichte der Fahrten zu den südlichen Ländern«) des Präsidenten de Brosses (1756), ein Werk, das gut in die Bibliothek eines Kapitäns paßt, das Voltaire kannte und in dem sich unter anderem einmal die Behauptung findet, das Meer habe »lange Zeit über unsere höchsten Berge gereicht«. Diese – nicht unrichtige – Theorie schien Voltaire absurd, er hat sie wiederholt bekämpft.

121 *ein Gelehrter aus dem Norden:* 1758 verlieh die Akademie von Bordeaux dem Göttinger Gelehrten Jacobi einen Preis für seine

Abhandlung über die beste Art und Weise, Eichen zu vermehren. Die Beweisführung »durch A plus B minus C« spricht allerdings eher dafür, daß nicht Jacobi, sondern Maupertuis anvisiert wird, der Präsident der preußischen Akademie Friedrichs des Großen war und dem Voltaire in seiner Streitschrift »Histoire du docteur Akakia« (»Geschichte des Doktors Akakia«) einen Gottesbeweis ähnlicher Art in die Schuhe schiebt: »Z gleich BC geteilt durch A plus B« lautet nach dieser Schrift Maupertuis' absurde Beweisformel für die Existenz Gottes.

123 *außerdem glaubt er nicht an die eingeborenen Ideen:* Er ist also – wie Voltaire – kein Cartesianer, sondern ein Anhänger des englischen Philosophen John Locke, der die Ideen aus den Empfindungen herleitet.

in einer ziemlich platten Tragödie: Es kann nur »Le Comte d'Essex« (»Der Graf von Essex«) von Pierre Corneilles Bruder Thomas gemeint sein, worin tatsächlich die Königin Elisabeth vorkommt.

Fräulein Monime: So wurde die Schauspielerin Adrienne Lecouvreur (nach der Rolle der Monime in Racines »Mithridate«) genannt. Sie starb, ehe sie hatte beichten können, und wurde an der Stelle verscharrt, die hier genannt wird. Voltaire hatte dagegen in dem Poem »La Mort de Mlle Lecouvreur« (»Der Tod Fräulein Lecouvreurs«) protestiert, wie er überhaupt die anhaltende Unsitte des Klerus, Schauspielern eine christliche Beerdigung zu verweigern, gebrandmarkt hat.

125 *ein Journalist:* Voltaire gebraucht hier die neue Wortbildung »folliculaire«, die der Abbé aus Périgord Candide erklären muß, eben weil sie neu ist.

Fréron: Voltaires Lieblingsfeind par excellence, der Herausgeber der Zeitschrift »L'année littéraire« und des »Journal étranger«, ein versierter Journalist konservativer, aber nicht unkritischer Natur. Voltaire hat ihn verteufelt, wo er konnte, so in seiner Komödie »L'écossaise« (»Die Schottin«), wo Fréron Frelon, also »Hornisse« heißt.

Fräulein Clairon: von Voltaire hochgeschätzte Schauspielerin, die in den Frauenrollen seiner Tragödien glänzte.

Pharao: Kartenspiel, das zu der Zeit in Paris viel gespielt wurde. Bei dem Spiel werden zu bestimmten Zwecken die Ecken der Karten umgeknickt, daher die »Eselsohren«, die natürlich wieder entfernt werden müssen.

127 *Man nannte sie die Marquise von Parolignac:* »Paroli« heißt die Verdoppelung des Einsatzes im Kartenspiel. Die Namensgebung der Marquise enthält also einerseits eine Anspielung auf ihre Lieblingsbeschäftigung, andererseits aber verweist sie, durch die Endung -ac, auf ihre Herkunft, nämlich den Südwesten Frankreichs, wahrscheinlich das Périgord, also die Heimat des fragwürdigen Abbés; dem Namen kann der gewitzte Leser bereits entnehmen, daß dieser und die Marquise unter einer Decke stekken!

Gauchat: einer der Gegner Voltaires, Verfasser von nicht weniger als zwölf Bänden »Lettres critiques« (»Kritische Briefe«), in denen die christliche Religion verteidigt wird.

129 *T...:* Trublet, ebenfalls ein Kritiker Voltaires, Verfasser antiaufklärerischer Schriften und Redakteur des »Journal chrétien«. Obwohl die Marquise von Parolignac sicher nicht Voltaires Sympathien besitzt, dient sie ihm dazu, über seine literarischen Gegner herzuziehen. Voltaire spricht hier (wie in seinen späteren Werken immer öfter) in eigener Sache.

gute Tragödien: Anvisiert werden der Reihe nach Racine, Corneille und Crébillon der Ältere, dessen Tragödien »Traumvisionen von Besessenen« genannt werden (er war Voltaires zeitweiliger Rivale auf der Bühne gewesen).

131 *die Schatten eines Gemäldes:* Der Vergleich ist, leicht verändert, Leibniz' »Theodizee« entnommen, wo einmal die Übel dieser Welt den Sonnenflecken gleichgesetzt werden.

137 *ein Lump aus Arras:* Das bezieht sich auf einen gewissen Damiens aus dieser Stadt, der am 5. Januar 1757 ein Attentat auf Ludwig XV. verübt und danach behauptet hatte, religiöse Gründe hätten ihn dazu geführt. In der Folge wird auf frühere Attentäter, darunter den Mörder von Heinrich IV., Ravaillac, Bezug genommen. Voltaire war aufklärerisch, vor allem antiklerikal und christentumskri-

tisch eingestellt, aber nicht antimonarchistisch. Daher die Entrüstung, die sich hier über die Königsmörder Luft macht.

139 *ein paar Morgen Schnee an der kanadischen Grenze:* Voltaire meint also nicht, wie ihm oft unterstellt wird, ganz Kanada bestehe nur aus »ein paar Morgen Schnee«. Die Auseinandersetzungen zwischen Frankreich und England über den Besitz Kanadas waren damals in vollem Gang. Mit dem Sieg der Preußen im Siebenjährigen Krieg ging Frankreich u. a. auch sein kanadischer Besitz verloren.

griesgrämig: Die Melancholie, der »Spleen«, gehörte zum französischen Bild vom typischen Engländer der Zeit.

auf einen ziemlich dicken Mann: Gemeint ist der Admiral Byng, der auf der Reede von Portsmouth am 14. März 1757 erschossen wurde, weil er angeblich vor dem französischen Marschall von Richelieu mit seiner Flotte zurückgewichen war.

143 *einen jungen Theatiner:* Der Orden der Theatiner war ursprünglich zur Reformierung der verkommenen Sitten im Klerus gegründet worden. Für Voltaire ist nichts selbstverständlicher, als daß sich ein Mönch dieses Ordens mit einer Dirne einläßt.

Paquette: Sie war also genauso katholisch wie Candide (sonst hätte sie keinen Beichtvater haben können, der sie entjungferte).

149 *Pococurante:* zu deutsch »der wenig Hochachtung hegt«. Er erinnert an Voltaire selbst, wenn er schlechter Laune war; so kann man es einem seiner Briefe (an Thieriot, 10. März 1759) entnehmen. Die Urteile des gelangweilten, herablassenden, snobistischen Senators aus Venedig zeugen einerseits von Geringschätzung, andererseits aber auch von einem selbständigen Urteil. Von seiner müden Herablassung abgesehen, ist Pococurante Aufklärer, zum Beispiel in seinen Urteilen über die nur teilweise bewunderten Dichtungen der Antike, in seinem Urteil über die »militaristische« Ilias oder über das christliche Epos Miltons. Auch die Sympathie für den »Skeptiker« Cicero (den er freilich nicht liest) deckt sich mit Voltaires eigener Meinung. Es ist also nicht richtig, Pococurante einen typischen Vertreter des Adels zu nennen, der sich – wie seine Klassengenossen – nur langweilt (so liest man's im Kommentar der »Erzählungen, Dialoge und Streitschriften« Voltaires, die 1981 bei

Rütten und Loening in Ost-Berlin herausgekommen sind, auf Seite 492).

159 *Platon hat... gesagt:* Die Stelle findet sich in Platons »Staat« (475 c).

mit sechs Fremden: Diese, die sich alle als entthronte Herrscher entpuppen, sind lauter historische Gestalten. Achmet III. wurde Sultan des ottomanischen Reiches im Jahre 1703 und von seinem Neffen Mahmud 1730 entthront. Iwan VI. war der Sohn einer Nichte der Zarin Anna Iwanowna und wurde von dieser bei seiner Geburt zum künftigen Zaren erklärt; zur Zeit der Abfassung des »Candide« saß er in der Festung Schlüsselburg gefangen, 1764 wird die Zarin Katharina ihn umbringen lassen. Karl Eduard war der Enkelsohn des letzten Stuart auf dem englischen Thron, Jakobs II. Er versuchte 1745, englischer König zu werden, zog sich aber nach dem Scheitern dieses Versuchs nach Rom zurück. August III. von Sachsen war eine Zeitlang Gegenkönig von Stanislaus Leszczynski in Polen gewesen. Leszczynski hielt sich jedoch nicht lange auf dem polnischen Thron und erhielt als Verbündeter der Franzosen von Ludwig XV. Lothringen, mit der Residenz in Nancy, als Herrschaftsgebiet angeboten. Der sechste der ehemaligen Herrscher ist Theodor von Neuhoff, ein deutscher Abenteurer, dem es 1736 gelang, sich zum König von Korsika zu machen, wo er tatsächlich Münzen nach seinem Bild prägen ließ. Nach acht Monaten Herrschaft mußte er jedoch abdanken und floh nach England.

169 *der Galeerenführer:* Voltaire schreibt »levanti patron«, was an die Levante erinnert, daher übersetzen wir auch mit »der Levantiner«.

173 *will ich es Ihnen sagen:* Der Erzählung des Barons ist unschwer zu entnehmen, daß seine Neigungen die selben geblieben sind.

175 *in eine Moschee zu gehen:* Pangloß bleibt sich ebenfalls treu, wenn er einer Schönen einen Blumenstrauß in den Busen stecken will; unwahrscheinlich ist nur die Anwesenheit dieser Dame in der Moschee.

179 Bauernhof: »métairie« steht im Original, das heißt Pachthof, kann aber auch einen kleinen Landbesitz bedeuten. Da Candide den Besitz kauft, sagen wir Bauernhof – im Gegensatz zu den meisten

Übersetzern (darunter auch Hermlin), die von Pachthof oder Meierei sprechen.

183 *ausgestopfte Köpfe:* Der Sultan ließ aufsässige Provinzgouverneure enthaupten und sich deren Köpfe – wenn sie über entferntere Provinzen geherrscht hatten – ausgestopft bringen.

185 *Mufti:* ein mohammedanischer Gelehrter, der über schwebende Rechtsfragen Gutachten abgibt. Der oberste Mufti im Türkischen Reich war der Obermufti von Konstantinopel.

187 *Eglon…:* Die Herrscher, Könige, Königinnen und Feldherren, die Pangloß aufzählt, entstammen zunächst dem Alten Testament, dann der Geschichte des Altertums und der Neuzeit in Europa. Die Aufzählung mutet wie ein Furioso am Schluß eines Musikstücks an, in dem die Leitmotive noch einmal anklingen: Voltaire hat es sich in bewußter kompositorischer Zuspitzung für das Finale aufgehoben. Von ihm aus gesehen, erscheint der »Candide« zunehmend als ein Roman, in dem die Misere der Großen dieser Welt dargestellt wird, die die der Kleinen (wie Candides und seiner Gefährten) noch übertrifft. Daß Candide die Litanei Panglossens unterbricht, spricht einmal für seine nun endlich vollzogene »Emanzipation«, zum anderen unterstreicht es den »privatistischen« Akzent des Schlusses. »Was gehen mich die Schicksale der Könige an? Ich weiß, was wir zu tun haben« – so könnte man die von dem Autor beabsichtigte bzw. nahegelegte Bedeutung des Schlusses interpretieren. Zum Sinn der Formel »il faut cultiver notre jardin« vgl. im übrigen das Nachwort, oben Seite 229ff. Hier mag lediglich angemerkt sein, daß Voltaire nicht sagt: »il faut cultiver *son* jardin«, wie oft zitiert wird. »*Notre* jardin« deutet auf die Gemeinsamkeit der Aufgabe, wenn schon nicht des Besitzes, denn gekauft hatte ja Candide den Bauernhof.

Anhang

Brief Voltaires an das »Journal Encyclopédique«

Am 15. März 1759 war im »Journal encyclopédique«, einer in Lüttich erscheinenden Zeitschrift, Voltaires »Candide« besprochen worden. Der anonyme Rezensent hatte unter anderem erklärt, er glaube nicht an die Existenz eines deutschen Originals, aus dem der Roman übersetzt sei, der »M. de V...« zugeschrieben werde. Voltaire hat die Besprechung zum Anlaß für das folgende Schreiben genommen, in dem er sein Versteckspiel weiter spielt und im übrigen zu Fragen Stellung nimmt, die den Jesuitenstaat in Paraguay betreffen. Das Schreiben wurde verspätet, nämlich erst am 15. Juli 1762, im »Journal encyclopédique« veröffentlicht. Das Original wird vom Herausgeber der kritischen Ausgabe des »Candide«, René Pomeau, in deren Anhang wiedergegeben. Hier sein Wortlaut auf deutsch:

»Meine Herren,

Sie behaupten in Ihrer Ausgabe vom Monat März, eine Art kleiner Roman mit dem Titel ›Vom Optimismus oder Candide‹ werde einem gewissen Herrn von V... zugeschrieben. Ich weiß nicht, von welchem Herrn von V... Sie reden, aber ich erkläre hiermit, daß das kleine Buch von meinem Bruder, Herrn Demad, stammt, der zur Zeit als Hauptmann in einem braunschweigischen Regiment dient. Und was das angebliche Königtum der Jesuiten in Paraguay angeht, das Sie eine elende Fabel nennen, so erkläre ich angesichts von ganz Europa, daß nichts zutreffender ist, daß ich mich selbst auf einem der Schiffe befand, die 1756 nach Buenos Aires entsandt wurden, um die Kolonie in der Nähe von Sacramento zur Raison zu bringen, daß ich drei Monate in Asunción verbracht habe und daß die Jesuiten, wie ich aus eigener Kenntnis weiß, neunundzwanzig Provinzen besitzen, die sie ihre ›Reduktionen‹ nennen, woselbst sie vermittels von acht Talern, die sie dem Gouverneur von Buenos Aires pro Kopf eines jeden Familienvaters bezahlen, unumschränkte Herrscher sind (zudem bezahlen sie nur für ein Drittel ihrer Besitzungen).

Sie erlauben nicht, daß irgendein Spanier mehr als drei Tage in ihren

Reduktionen verweilt. Ihre Untertanen durften nie die spanische Sprache lernen. Sie allein lehren die Paraguayer unter Waffen exerzieren, sie allein führen sie an. Beim Angriff auf die Stadt Sacramento fiel der Jesuit Thomas Werle, gebürtig aus Bayern, an der Spitze der Paraguayer reitend. Das war 1737, und nicht 1735, wie der Jesuit Charlevoix behauptet, der ein ebenso alberner wie schlecht informierter Autor ist. Wie sie im Krieg gegen Don Antequera stand hielten, ist bekannt; man weiß auch, was sie zuletzt gegen die Krone von Portugal im Schilde führten und wie sie sich den Befehlen des Staatsrates von Madrid widersetzt haben.

Sie sind so mächtig, daß sie 1743 von Philipp V. eine Bestätigung ihrer Macht erwirkten, die man ihnen nicht hat nehmen können. Ich weiß wohl, daß sie sich nicht Könige nennen, insofern kann man entschuldigen, was Sie über die ›elende Fabel‹ vom Königtum in Paraguay schreiben. Aber der Dey von Algier ist auch nicht König und doch Herr des Landes. Ich würde meinem Bruder, dem Hauptmann, nicht raten, nach Paraguay zu reisen, wenn er nicht stark genug ist dafür.

Im übrigen habe ich die Ehre, Sie, meine Herren, darüber zu informieren, daß mein Bruder, der Hauptmann, der der ›Lustigmacher‹ des Regiments ist, ein guter Christ ist, dessen Hauptabsicht, als er in seinem Winterquartier den kleinen ›Candide‹-Roman schrieb, es war, die Sozinianer zu bekehren. Diese Ketzer begnügen sich nicht damit, lauthals die Dreieinigkeit und die Bestrafung im Jenseits zu leugnen, sie behaupten, Gott habe zwangsläufig unsere Welt als die beste aller möglichen geschaffen und alles sei gut. Diese Idee widerspricht offenkundig der Lehre von der Erbsünde. Und die Neuerer vergessen, daß die Schlange, die das raffinierteste aller Tiere war, die Frau verführte, welche aus Adams Rippen geschaffen war, daß Adam von der verbotenen Frucht aß und Gott die Erde verfluchte, die er gesegnet hatte: ›Maledicta terra in opere tuo; in laboribus comedes.‹ Wissen Sie denn nicht, daß sämtliche Kirchenväter ausnahmslos die christliche Religion auf dieser von Gott selbst ausgesprochenen Verfluchung aufgebaut haben, deren Folgen wir tagtäglich spüren? Die Sozinianer behaupten, die Vorsehung zu verehren, und merken nicht, daß wir geschundene Sünder sind, die ihre Fehler zugeben und ihrer Strafe zustimmen müssen. Diese Ketzer sollen sich hüten, vor meinem Bruder zu erscheinen, er würde ihnen zeigen, wie gut alles ist!

Mit den besten Empfehlungen bin ich Ihr ganz demütiger und ganz gehorsamer Diener

DEMAD

Zu Zastrau, den 1. April 1759.

PS.: Mein Bruder, der Hauptmann, ist der beste Freund von Herrn Ralph, dem bekannten Professor der Akademie von Frankfurt an der Oder, welcher ihm bei der Abfassung seines tiefschürfenden philosophischen Werks viel geholfen hat, und mein Bruder war so bescheiden, es nur eine Übersetzung nach Herrn Ralph zu nennen, welche Bescheidenheit ihn vor vielen anderen Autoren auszeichnet.«

Zur Erläuterung:
In der Rezension des »Candide« im »Journal encyclopédique« war in der Tat die Behauptung kritisiert worden, die Jesuiten übten eine »Königsherrschaft« (»royauté«) in Paraguay aus. Im übrigen wäre zu wünschen, heißt es in dem Blatt, daß der Verfasser mit mehr Respekt von der Religion und den Priestern gesprochen hätte. Daher die scheinfromme Absichtserklärung, die Voltaire dem Bruder des Hauptmanns Demad in den Mund legt – und die auf diese Weise erst recht seiner eigenen christentumskritischen Position Ausdruck gibt. Das Verfahren, sich die Maske eines dümmlichen Apologeten des Christentums, insbesondere eines wortgläubigen Bibellesers, aufzusetzen, um so zu kritisieren, was man zu bewundern vorgibt, ist typisch für Voltaire. Man kann es eine taktische Ironie nennen, insofern die Ironie stets in dieser Absicht verwandt wird, besonders drastisch und wirksam übrigens im etwa gleichzeitig geschriebenen »Essai sur les mœurs«, vor allem dem langen Einleitungsteil, wo Voltaire sich stets scheinheilig als einen naiv-gläubigen Christen und treuen Sohn der Kirche hinstellt, der sämtliche Absurditäten und Gruselgeschichten des Alten Testaments für bare Münze nimmt.

Der Pater *Thomas Werle* kommt tatsächlich bei Charlevoix vor, ebenso alles andere, was der »Bruder des Hauptmanns Demad« in seinem Brief zur Sprache bringt. Diesen nennt Voltaire in seinem Text »le ›Loustik‹ du régiment«. Nach Littré war das die Bezeichnung für die Witzbolde in den Schweizerregimentern, die bis 1792 in französischen Diensten standen. Der Ausdruck ist allerdings hier zum ersten Mal belegt.

Zastrau heißt eine Ortschaft bei Stralsund, eine andere bei Stettin.

Ob die Datierung (1. April 1759) den Brief als Aprilscherz kennzeichnet, mag dahingestellt sein; man müßte wissen, ob es im 18. Jahrhundert schon diesen Brauch gab.

Zur Übersetzung

Voltaires »Candide« ist schon oft – gewiß mehr als zwanzigmal – ins Deutsche übersetzt worden. Vier bis fünf neuere Übersetzungen konkurrieren derzeit auf dem deutschen Buchmarkt miteinander. War es wirklich angebracht, war es notwendig, ihn noch einmal zu übersetzen? Die Frage ist sicher berechtigt. Letztlich kann freilich nur die vorliegende Übersetzung selbst eine Antwort auf sie geben. Aber einige wenige Bemerkungen zu ihr und ein paar Kostproben zum Vergleich mit anderen Übersetzungen können vielleicht dazu dienen, die Richtung anzuzeigen, in die die neue Übersetzung tendiert und inwiefern sie sich von ihren Vorgängern unterscheidet.

Behauptet man, man habe sich mit seiner Wiedergabe so eng an den fremdsprachlichen Text angelehnt, wie es ein gutes Deutsch erlaubt, so sagt man damit nichts Originelles: Alle modernen Übersetzer werden das von sich behaupten. Auseinandergehen dürften die Meinungen erst dort, wo man im einzelnen erklärt, worin die Anlehnungen bestehen, worauf sie zielen und was man unter einem »guten Deutsch« versteht. Hält man es für erforderlich, den Satzbau des Originals beizubehalten? Meint man, einen Begriff des Originals jedesmal mit dem selben deutschen Ausdruck wiedergeben zu müssen, oder hält man es für richtiger, ihn zu variieren? Wie steht es mit den Fremdwörtern: Wo fangen sie an, nicht mehr zu einem »guten Deutsch« zu gehören, wo hingegen sind sie eigentlich geläufiger als die entsprechenden Verdeutschungen? Wie steht es mit den stereotypen Formeln, zum Beispiel dem »dit-il«, das Voltaire ganz ungeniert wiederholt und nur relativ selten abändert? Wie steht es mit den Eigennamen und den Ortsnamen, wie mit den Maßen und Gewichten: Muß, soll, darf man sie verdeutschen und modernisieren, damit der Leser weiß, was gemeint ist, oder gehören sie zur Patina des Textes, von dem natürlich jeder Leser weiß, daß er im Original französisch geschrieben wurde und aus dem 18. Jahrhundert stammt? Wo beginnen überhaupt Modernisierungen, die bei einer Übertragung in ein Deutsch unserer Tage unvermeidlich sind, anachronistisch zu wirken? Wieweit darf man sich da, wo der Autor frech, spritzig, deftig oder gar salopp wird, von einem »literarischen Stil« (so wie wir ihn pflegen) entfernen? Fragen über Fragen!

Die meisten davon sind von der Art, daß sie kaum generell, kaum ein für allemal beantwortet werden können. Denn übersetzen, das ist oft schon gesagt worden, heißt Kompromisse schließen, und diese sehen von Fall zu Fall jeweils anders aus. Was den Satzbau anlangt, so habe ich mich bemüht, ihn wenigstens dort beizubehalten, wo er einen bestimmten stilistischen Wert hat. Folgt beispielsweise nach mehreren kurzen Sätzen eine auffällig lange, komplizierte Periode, packt der Autor, nach knapper Aufzählung in parataktischer Form, mit einemmal einen Sachverhalt mit allen Nebenumständen in einen langen, kunstvoll gegliederten Satz, so geschieht das sicher nicht zufällig, sondern in stilistischer Absicht: Ich versuche dann genauso zu verfahren. Grundsätzlich gilt es jedoch zu bedenken, daß die französische Syntax weit strengeren Regeln unterliegt als die deutsche, so daß es der Eigengesetzlichkeit unserer Sprache zuwiderhandeln hieße, wenn man sie in das Prokrustesbett der französischen Syntax zwänge. Inversionen sind dem Franzosen nur unter ganz bestimmten Bedingungen, also selten, erlaubt, wir können sie ohne weiteres vornehmen und sollten das auch, um unser Deutsch nicht monoton wirken zu lassen. Es hängt also davon ab, wie wir die Sätze der Vorlage einschätzen. »Normalsätze« mögen getrost umgebaut, in bewußter Stilgestaltung geformte dagegen sollten möglichst beibehalten werden. Sind die Anfänge mehrerer Sätze des Originals auffällig gleichlautend, setzen sie »anaphorisch« ein, so habe ich mich daran gebunden gefühlt (Beispiele hierfür finden sich etwa im fünften, elften und neunzehnten Kapitel). Sonst aber variiere ich die Sätze nicht selten, und auch an die Zeichengebung Voltaires halte ich mich nicht immer. (Er gebraucht zum Beispiel das Semikolon viel öfter als im Deutschen üblich.) Ein Spezialproblem stellt die Tempusgebung im »Candide« dar. Voltaire wechselt rasch und häufig von der Vergangenheit in die Gegenwart, und er fällt unter Umständen inmitten einer Satzfolge, die sonst ganz in der Vergangenheitsform gehalten ist, ins Präsens: Fast immer habe ich das auch so gemacht, weil ich es für ein Stilistikum halte, das zu dem Tempo gehört, mit dem Voltaire erzählt. Dieses wollte ich nicht bremsen, sondern unter allen Umständen beibehalten. Hier ging mir also die Anlehnung ans Original, sagen wir: *eine Spur,* über die Forderung nach einem »guten Deutsch«. Ich übersetze in diesem Punkt etwas »verfremdend«.

Sonst aber habe ich mich vor allem darum bemüht, Voltaires Text auf deutsch genauso glatt-lesbar, genauso unauffällig-flüssig zu fassen, wie er im Original ist. Die jeweils gängigste deutsche Wendung zu finden war geradezu mein Haupt-Ehrgeiz. Gelegentlich habe ich dem zuliebe sogar auf kleinere, der Sache nach unwichtige Nebenumstände verzichtet, wenn diese ohne Holprigkeit nicht wiederzugeben waren. »Was machst du da, in diesem schrecklichen Zustand, *wo ich dich sehe*«, sagt Candide zum Beispiel zu dem verkrüppelten Negersklaven, den er im neunzehnten Kapitel vor sich am Boden liegen sieht: Das »wo ich dich sehe« (»où je te vois«) schien mir auf gut deutsch schlechterdings nicht wiedergebbar zu sein. Ich sage statt dessen: »Was machst du da am Boden in diesem schrecklichen Zustand?« Der etwas dümmliche, zu Candides Naivität passende Ton der Frage bleibt bewahrt, das »Sehen«, das ich für eine Übergenauigkeit halte, entfällt (es war zuvor schon gesagt worden, daß Candide den Negersklaven erblickt hat). Oder, um ein anderes Beispiel zu geben: Im sechsundzwanzigsten Kapitel sitzen Candide und Martin mit sechs Fremden um einen Tisch. Im Verlauf des Gesprächs stellt sich heraus, daß es sämtlich entthronte Herrscher sind, die zum Karneval nach Venedig gekommen sind. Französisch enden sie, einer nach dem anderen, ihren Bericht mit eben dieser, stets unveränderten Formel, sie seien hierher gekommen, »pour passer le carnaval à Venise«. In allen Übersetzungen, die ich an der Stelle aufgeschlagen habe, wird dafür »den Karneval verbringen« oder »erleben« gesagt. Es schien mir richtiger, die kurze Formel so wiederzugeben, wie wir auf deutsch normalerweise sagen würden, nämlich: »Ich bin zum Karneval nach Venedig gekommen.«

Die Wendung »dit-il« oder »dit Candide« habe ich in acht oder neun von zehn Fällen beibehalten und mich so wenig gescheut wie Voltaire, einfach »sagte er« oder »sagte Candide« zu schreiben. Immerhin variiere ich dann doch auch hier *eine Spur* mehr, wenn ich – dem größeren Ausdrucksreichtum des Deutschen entsprechend – gelegentlich »sprach er« oder »meinte er« sage, wo im Französischen die selbe Formel steht. – Ist die Wiedergabe von Ortsnamen weitgehend unproblematisch – denn »Lisbonne« ist natürlich »Lissabon«, »Venise« »Venedig« usw. –, so habe ich für das Problem der Eigennamen wieder die Kompromißlösung gesucht, die mir die unauffälligste zu sein schien. Ich sage »Candide« (und nicht etwa »Candid«), aber ich sage »Kunigunde«; im einen Fall habe ich also verdeutscht, im anderen nicht. Der »Held« von Voltaires Roman ist mittlerweile so bekannt geworden, daß jedermann seinen Namen (auch im deutschen Kontext) französisch ausspricht. Jede andere Lösung hätte den Leser zum Stolpern gebracht. Bei »Martin« mag sich der Leser verhalten, wie er will; ob die Endsilbe nasaliert wird oder nicht, ist der Schreibweise nicht zu entnehmen. »Mademoiselle« verdeutsche ich regelmäßig mit »Fräulein«: Candide ist immer respektvoll und höflich, selbst in seinem Denken! Man kann auch sagen, er sei sogar schüchtern oder linkisch. Andere Höflichkeits- oder Respektformeln – wie »Euer Gnaden« oder »Hochwürden« – behalte ich ebenfalls bei, weil sie zu den (von Voltaire leicht parodistisch anvisierten) typisch deutschen Umgangsformen gehören. Auch das »Sie« respektiere ich ebenso durchgängig, wie Voltaire es tut. Schwieriger verhält es sich mit »Monsieur«, was im Französischen ganz und gar geläufig ist, während die entsprechende Formel »mein Herr« im Deutschen eher Seltenheitswert besitzt. Meist lasse ich die Anrede einfach weg.

Fremdwörter gebrauche ich ungeniert, wenn ich den Eindruck habe, sie gehörten in den jeweiligen Kontext. Ich rede also von »die Honneurs machen«, von »räsonnieren« und »plädieren«, etwa so, wie Stephan Hermlin es in seiner Übersetzung tut, die mir in diesem Punkt beispielhaft zu sein scheint. Allerdings folge ich Hermlin nicht in jedem Fall. Wo »Wandteppich« genauso gut paßt, habe ich nicht (wie Hermlin) »Tapisserie« gesagt. Auch sage ich beileibe nicht immer »räsonnieren«, wo bei Voltaire »raisonner« steht. Geht es mehr um ein Debattieren, verwende ich dieses Wort, scheint es mir eher um eine Unterhaltung zu gehen, setze ich »sich unterhalten« dafür.

Die Maße, Gewichte und Münzen schließlich habe ich durchweg so benannt, wie Voltaire es tut: Zoll und Fuß, Zechinen und Piaster gehören zum »Lokalkolorit«, das den »Candide« als einen Reise- und Abenteuerroman kennzeichnet. Die Patina schien mir hier wichtiger als die Leichtverständlichkeit.

Im übrigen habe ich mich natürlich um größtmögliche Genauigkeit bemüht. Die »Bulgaren« etwa habe ich genauso beibehalten wie die »Abaren«; es ist ja klar, wofür Voltaire diese »Schlüsselwörter« gebraucht. Nur einmal habe ich »le grand Bulgare« verdeutscht mit »der lange Kerl«, denn »ein großer Bulgare« wäre gewiß mißverständlich gewesen. So habe ich an dieser Stelle wenigstens »durch die Blume« gesagt, um wen es wirklich ging (achtes Kapitel). Oft gebraucht Voltaire ohne viel Gewicht kleine verstärkende Adjektive wie »assez« oder »très«; nicht immer erschien es mir angebracht, sie beizubehalten – vor allem dann nicht, wenn sie dicht aufeinanderfolgen. Die »beste aller möglichen Welten« dagegen mußte immer so heißen, auch in der verspielten Übertragung am Ende des ersten Kapitels, wo von »le plus beau et le plus agréable des châteaux *possibles*« die Rede ist, also dem »schönsten und angenehmsten aller möglichen Schlösser«. Walter Widmer und Ilse Lehmann lassen das weg, Hanns Studniczka und Stephan Hermlin behalten es bei.

A propos: Die vorliegende Übersetzung wurde natürlich direkt aus dem Urtext gemacht. Aber während weder Ilse Lehmanns noch Ernst Sanders oder Walter Widmers Übersetzung dabei irgend Pate gestanden haben, soll nicht geleugnet werden, daß Stephan Hermlins und Hanns Studniczkas Übersetzungen gelegentlich vergleichend zu Rate gezogen wurden. Warum sollte man es nicht sagen, wenn man seinen Vorgängern Dank schuldet? (Die Unterschiede bleiben immer noch groß genug.) Hermlins Übersetzung aus dem Felde zu schlagen war das Schwerste; hoffentlich ist es gelungen. Immerhin sei ein Fehler erwähnt, der dem »Candide«-Übersetzer aus der DDR unterlaufen ist. Er findet sich gleich im ersten Kapitel. Hermlin schreibt da, die »Füße wurden sichtlich gemacht, um Schuhe zu tragen; und so haben wir Schuhe«. Im Original heißt es aber, die Beine seien dazu gemacht, Hosen zu tragen: »chaussées« und »chausses«! Hermlin mag von »chaussures« auf seine

Übersetzung gekommen sein, die zwar den Sinn nicht verfälscht, aber doch in der Sache unrichtig ist.

Zum Abschluß noch ein Beispiel, das ich mitten aus dem »Candide« herausgreife, um zu zeigen, wie verschieden man ein und dieselbe Stelle übersetzen kann. Candide und sein Gefährte Cacambo sind – im sechzehnten Kapitel des Romans – einem wilden, menschenfressenden Indianerstamm in die Hände gefallen. Voltaire nennt die Indianer, einer spanischen Chronik folgend, »oreillons«; ich sage »Löffelohren« dafür. Es ist ein reiner Phantasiename. Diese »Löffelohren« haben Candide und Cacambo im Schlaf gefesselt, und zwar mit »Baststricken« oder auch »Stricken aus Baumrinde«, wie es heißt. Die Wilden umringen ihre Gefangenen, sie richten Kochkessel und Bratspieße und freuen sich auf die kannibalische Mahlzeit, die Voltaire pointiert als »du jésuite, du jésuite« bezeichnet, so wie man im Französischen »du pain« oder »du poisson« sagt, wenn man Brot oder Fisch essen will. In dem Zusammenhang sagen die »Löffelohren«: »nous ferons bonne chère«, was – nach üblicher Wörterbuchübersetzung – »einen guten Tisch führen« oder »köstlich speisen« heißt. Man kann sich jedoch schwer vorstellen, daß die menschenfressenden Indianer sich so gewählt ausdrückten. Aber nehmen wir einmal die ganze Stelle und vergleichen, wie sie in den vorliegenden »Candide«-Übersetzungen wiedergegeben wird. Zunächst das Original mit einer kleinen Weglassung (die Rede ist von Candide und Cacambo):

»A leur réveil ils sentirent qu'ils ne pouvaient remuer; la raison en était que pendant la nuit les Oreillons [...] les avaient garrottés avec des cordes d'écorces d'arbre. Ils étaient entourés d'une cinquantaine d'Oreillons tout nus, armés de flèches, de massues et de haches de caillou: les uns faisaient bouillir une grande chaudière; les autres préparaient des broches, et tous criaient: C'est un jésuite, c'est un jésuite; nous serons vengés et nous ferons bonne chère; mangeons du jésuite, mangeons du jésuite.«

Hanns Studniczka hat den Absatz in seiner 1957 bei Rowohlt erschienenen »Candide«-Übersetzung so wiedergegeben:

»Im Erwachen fühlten sie, daß sie sich nicht regen konnten. Die Ursache dafür war, daß während der Nacht die Schlitzohr-Indianer [...] sie mit Baststricken geknebelt hatten. Sie waren von Stücker fünfzig splitternackten, mit Pfeilen, Keulen und Steinäxten bewaffneten Schlitzohren umringt. Einige von ihnen brachten einen großen Kessel zum Sieden, die andern legten Bratspieße zurecht, und alle schrien: ›Es ist ein Jesuit! Es ist ein Jesuit! Wir kriegen unsere Rache, köstlich speisen werden wir: 's gibt Jesuitenfleisch, 's gibt Jesuitenfleisch!‹ «

Studniczka war kein einfallsloser Übersetzer. Er sagt zum Beispiel »geknebelt« für »garrottés«, und das ist korrekt, obwohl es unüblich ist, wenn »fesseln« gemeint ist, denn normalerweise denken wir ja bei einem Knebel eher an etwas, das einem in den Mund gestopft wird. *Gesucht* wie diese Wendung klingt auch das »köstlich speisen« in der Folge. Dazu stehen die ein wenig saloppen Ausdrücke »Stücker fünfzig« und »wir kriegen« in einem Kontrast, der durch das Original nicht gerechtfertigt ist. Wenn er schon die Sprechsprache der »Schlitzohren« (das Wort lag nun wiederum etwas zu nahe!) nachmachen wollte, hätte der Übersetzer dabei auch bleiben sollen, möchte man meinen.

Walter Widmer nun, der Schweizer Übersetzer vieler französischer Texte, gibt die Stelle so wieder:

»Als sie wieder aufwachten, spürten sie, daß sie sich nicht rühren konnten. Das kam davon, daß während der Nacht die Ohrlinge [...] *herbeigeschlichen waren* und sie mit Baststricken gefesselt hatten. *Rings* um sie her standen an die fünfzig splitternackte Ohrlinge, mit Pfeil und Bogen, Keulen und Steinäxten bewaffnet. Die einen fachten unter einem *großmächtigen* Kochkessel *ein Höllenfeuer* an, die anderen schnitten Bratspieße zurecht, und alle *miteinander* schrien *in einem fort:* ›Ein Jesuit! Er ist ein Jesuit! Wir sind gerächt! *Ein leckerer Schmaus,* den wollen wir uns schmecken lassen. 's gibt Jesuitenfleisch zu essen! Wir essen Jesuitenfleisch!‹ «

Daß der Übersetzer zu den Pfeilen die Bogen hinzugefügt hat, wird man nicht tadeln wollen: Mit Pfeilen allein kann man eigentlich nicht bewaffnet sein, zudem ist die Wendung »Pfeil und Bogen« im Deutschen derart gang und gäbe, daß sie nicht als eine Verlängerung des Textes ins Gewicht fällt. Wohl aber fällt dann der »großmächtige Kochkessel«, das »Höllenfeuer«, und was in unserer Wiedergabe noch kursiv hervorgehoben wird, ins Gewicht. Widmer macht in seiner »Candide«-

Übersetzung fast immer viel mehr Worte als Voltaire. Er glaubt alles und jedes erläutern zu müssen, und das wirkt sich bei einem Autor, der es stets eilig hat und absichtlich vieles ungesagt läßt, verheerend aus. Wenn, wie nicht nur wir glauben, das »Prestissimo seines Stils« ein Hauptcharakteristikum Voltaires, zumal im »Candide«, ist, so verfehlt Widmer mit seinen Umständlichkeiten dieses ganz entschieden. (Seine »Candide«-Übersetzung erschien zuletzt in der DTV-Bibliothek Kubin 1980.)

In Reclams Universalbibliothek gibt es »Candid oder die beste der Welten« in der Übersetzung von Ernst Sander, die aus dem Jahre 1925 stammt. Unser Abschnitt liest sich darin so:

»Beim Erwachen merkten sie, daß sie sich nicht bewegen konnten; die Ursache davon war, daß während der Nacht die Langohr-Indianer [...] sie mit Baumbaststricken geknebelt hatten. An die fünfzig mit Pfeilen, Keulen und Kieselsteinäxten bewaffnete, splitternackte Langohr-Indianer standen um sie herum; die einen erhitzten einen großen Kessel, andere richteten Bratspieße her, und alle schrien: ›Er ist ein Jesuite, er ist ein Jesuite; jetzt wollen wir uns rächen und gute Mahlzeit halten; wir essen Jesuitenfleisch, wir essen Jesuitenfleisch.‹«

Sanders Übersetzung ist kürzer als diejenige von Walter Widmer. Aber auch sie enthält eine Anzahl Umständlichkeiten, die man »übergenau« nennen könnte: »Baumbaststricke«, »Kieselsteinäxte«. Das ist des Guten zu viel! Zumal »caillou« im Französischen nicht immer ein Kiesel sein muß, sondern auch ein ganz gewöhnlicher Stein sein kann. (Man denkt dabei eher an Feuersteine als an im Bachbett rundgeschliffene »Kiesel«; der Fehler ist sehr häufig.) Und dann der »Jesuite« und die »gute Mahlzeit«! Sollten die »Langohr-Indianer« (auch ein zu kompliziertes Wort für das einfache »oreillons«) wirklich so steif gesprochen oder gedacht haben? Sicher nicht. Mag sein, daß man 1925 noch so sagte – 1984 wirkt es jedenfalls veraltet: Sanders Übersetzung ist überholt!

Der Insel-Verlag hat den »Candide« in einer Übersetzung von Ilse Lehmann herausgebracht (erstmals 1972). Da lautet unsere Stelle folgendermaßen:

»Als sie erwachten, konnten sie kein Glied rühren. Der Grund dafür war, daß die Ohrlappen [...] sie während der Nacht mit Baststricken gefesselt hatten. Sie sahen sich von etwa fünfzig völlig nackten Ohrlappen umringt, die mit Bogen, Keulen und Steinbeilen bewaffnet waren: die einen brachten Wasser in einem großen Kessel zum Sieden, die anderen machten den Bratspieß zurecht, und alle schrien: ›Er ist ein Jesuit, er ist ein Jesuit! Wir wollen uns rächen und uns den Braten gut schmecken lassen. Hurra Jesuitenbraten! Jesuitenbraten!‹«

Der große Vorzug dieser Übersetzung ist ihre Flottheit. Ilse Lehmanns Version ist die kürzeste von den bisher angeführten. Diese Kürze beruht allerdings gelegentlich auf Weglassungen, so hier dem »ils sentirent« im ersten Satz, was bei dem exakt-logisch vorgehenden Aufklärerautor keine Kleinigkeit ist; wenn Voltaire gemeint hätte, man könne das Verb, das die Empfindung wiedergibt, weglassen, hätte er es zweifellos weggelassen. Auf Kosten der Genauigkeit geht auch die Raffung am Schluß, wo nur von dem Braten bzw. dem Jesuitenbraten die Rede ist, während ein Teil des Menschenfleisches doch offenbar gekocht werden sollte (wozu sonst die Kessel?). Und über den »Jesuitenbraten« kann man sich auch streiten; wieder gilt jedenfalls, daß Voltaire auch »du rôti de jésuite« (oder ähnlich) hätte schreiben können, was er nicht tat. Kurz, Ilse Lehmann nimmt sich zu viele Freiheiten heraus; sie tut das durchweg in ihrer Übersetzung und verfehlt dabei gelegentlich geradezu den Sinn. Ihre Flottheit in Ehren, aber ungenau sollte eine Übersetzung doch nicht sein.

Einer idealen Übersetzung des »Candide« ist bisher Stephan Hermlin am nächsten gekommen. Hermlins Übersetzung ist im besten Sinne modern, das heißt, sie scheut weder die gängigen Wendungen unserer Gegenwartssprache noch, wie gesagt, das Fremdwort, wo es geläufig ist. Im allgemeinen ist sie auch genau und korrekt. Unsere Stelle gibt Hermlin so wieder:

»Als sie erwachten, merkten sie, daß sie sich nicht bewegen konnten; und zwar aus dem Grunde, weil die Ohrlöffel [...] sie während der Nacht mit Seilen aus Baumrinde gefesselt hatten. Sie waren von etwa fünfzig völlig nackten, mit Pfeilen, Keulen und Steinäxten bewaffneten Ohrlöffeln umgeben. Einige von diesen brachten einen großen Kessel mit Wasser zum Kochen, andere machten Bratspieße bereit, und alle schrien: ›Ein Jesuit, ein Jesuit! Wir werden uns rächen und prächtig essen! Jesuitenbraten, Jesuitenbraten!‹«

An dieser Übersetzung fällt die starke Anlehnung an den Wortlaut des Originals auf: »ils étaient [...] entourés« ergibt »sie waren [...] umgeben«, »les autres préparaient des broches« ergibt »andere machten Bratspieße bereit«. (»Macht« man Spieße »bereit«?) Über das »prächtig essen« kann man verschiedener Meinung sein; es ist jedenfalls weniger geläufig als »faire bonne chère«. Den Schluß hat Hermlin – nur um das »Hurra!« gekürzt – von Ilse Lehmann übernommen (wogegen grundsätzlich nichts zu sagen wäre, wenn die Sache ganz richtig wäre, was sie aber nicht ist).

Meine Übersetzung lautet:

»Bei ihrem Erwachen merkten sie, daß sie sich nicht rühren konnten; der Grund war, daß die Löffelohren [...] sie nachts mit Baststricken gefesselt hatten. Ungefähr fünfzig splitternackte Löffelohren, die mit Pfeil und Bogen, Keulen und Steinäxten bewaffnet waren, umringten sie. Die einen brachten einen großen Kessel zum Sieden, die anderen richteten Bratspieße, und alle riefen: ›Ein Jesuit, ein Jesuit! Wir werden uns rächen und gut essen, heute gibt es Jesuit, es gibt Jesuit!‹«

»Faire bonne chère« ist in Voltaires Französisch genauso geläufig wie unser schlichtes »gut essen«; eben das dürften die Indianer, ohne viel Federlesens, vermutlich gesagt haben. Ob der Schlußausruf richtig getroffen ist, möge der Leser selbst entscheiden; es ist jedenfalls der unauffälligste und knappste. Und darauf kam es mir hier, wie in der ganzen Übersetzung, insbesondere an.

J. v. St.

Dokumente zur Wirkung Voltaires

MELCHIOR GRIMM

Nachruf auf Voltaire

Nun ist er gefallen, der düstere Schleier; die letzten Strahlen dieses unvergleichlichen Lichts sind soeben erloschen, und die Nacht, die auf diesen schönen Tag folgt, wird vielleicht jahrhundertelang dauern.

Das größte, herrlichste, ach, vielleicht das einzige Denkmal dieser ruhmreichen Epoche, in der sich alle Gaben, alle Fähigkeiten des menschlichen Geistes dem höchsten Grad der Vollendung genähert zu haben scheinen, dieses erhabene Denkmal ist dahin! Ein Stück unbekannte Erde entzieht unseren Blicken seine traurigen Überreste!

Er ist nicht mehr, Frankreichs Ariost und Vergil in einem, der für uns die Meisterwerke eines Sophokles und Euripides wieder zum Leben erweckte, dessen Genius sich abwechselnd zu den hohen Gedanken Corneilles und den erhabenen Gefühlen Racines aufschwang und der, als Herrscher in dem Reich, das diese beiden Bühnenrivalen innehatten, noch ein anderes zu entdecken wußte, das der Eroberung noch würdiger war inmitten der großen Bewegungen der Natur, der schrecklichen Auswüchse des Fanatismus und des eindrucksvollen Streits der Sitten und Meinungen.

Er ist nicht mehr, er, der in seiner gewaltigen Laufbahn die ganze Fülle unserer Kenntnisse überblickte und fast in allen Literaturgattungen Meisterwerke und große Vorbilder hinterließ; er, der als erster Frankreich die Philosophie eines Newton kennen lehrte, dazu die Tugenden des besten unserer Könige und den wahren Wert der Freiheit des Handels und der Literatur.

Er ist nicht mehr, er, der vielleicht als erster Geschichte als Philosoph, Staatsmann und Bürger schrieb, unablässig die dem Glück der Menschen entgegenstehenden Vorurteile bekämpfte, Irrtum und Aberglaube der Schande und Lächerlichkeit preisgab und sich bei Unwissenden wie bei Wissenden, beim Volk wie bei den Königen gleichermaßen Gehör zu verschaffen verstand.

Vom Geiste des Jahrhunderts getragen, das ihn zur Welt kommen sah, gab er allein noch in seinem Verfall dem Zeitalter Halt, das ihn sterben sah, hielt er allein dessen Untergang auf. Nun ist er nicht mehr, und schon wagen Dummheit und Neid seine geliebte Asche zu beleidigen. Man verweigert dem, der Tempel und Altäre verdiente, die Ruhe des Grabes und die schlichten Ehren, die man selbst dem letzten Sterblichen nicht verweigert…

Correspondance littéraire, Juni 1778 (zitiert nach: M. Grimm: Paris zündet die Lichter an. Literarische Korrespondenz. Leipzig 1977. Seite 398/99)

JOHANN WOLFGANG VON GOETHE

Zum Schrecken aller Wohlgesinnten geht die Rede, als sollten die *Memoires* des Voltaire, von denen ich schrieb, gedruckt werden, mir macht es ein großes Vergnügen, damit du sie lesen kannst. Ich soll eins der ersten Exemplare erhalten, und ich schicke dir es gleich.

Du wirst finden, es ist, als wenn ein Gott (etwa Momus), aber eine Canaille von einem Gotte, über einen König und über das Hohe der Welt schriebe. Dies ist überhaupt der Charakter aller Voltairischen Witz-Produkte, der bei diesen Bogen recht auffällt. Kein menschlicher Blutstropfe, kein Funke Mitgefühl und Honettetät. Dagegen eine Leichtigkeit, Höhe des Geistes, Sicherheit, die entzücken. Ich sage Höhe des Geistes, nicht Hoheit. Man kann ihn einem Luftballon vergleichen, der sich durch eine eigne Luftart über alles weg schwingt und da Flächen unter sich sieht, wo wir Berge sehn.

Brief an Frau von Stein, 7. Juni 1784 (zitiert nach: Goethes Werke. IV. Abteilung. Band 6. Weimar 1890. Seite 289)

Wenn Familien sich lange erhalten, so kann man bemerken, daß die Natur endlich ein Individuum hervorbringt, das die Eigenschaften seiner sämtlichen Ahnherren in sich begreift und alle bisher vereinzelten und angedeuteten Anlagen vereinigt und vollkommen ausspricht. Ebenso geht es mit Nationen, deren sämtliche Verdienste sich wohl einmal, wenn es glückt, in einem Individuum aussprechen. So entstand in Ludwig XIV. ein französischer König im höchsten Sinne und ebenso in Voltairen der höchste unter den Franzosen denkbare, der Nation gemäßeste Schriftsteller. Die Eigenschaften sind mannigfaltig, die man von einem geistvollen Manne fordert, die man an ihm bewundert; und die Forderungen der Franzosen sind hierin wo nicht größer, doch mannigfaltiger als die anderer Nationen. Wir setzen den bezeichneten Maßstab, vielleicht nicht ganz vollständig und freilich nicht methodisch genug gereiht, zu heiterer Übersicht hierher: Tiefe, Genie, Anschauung, Erhabenheit, Naturell, Talent, Verdienst, Adel, Geist, schöner Geist, guter Geist, Gefühl, Sensibilität, Geschmack, guter Geschmack, Verstand, Richtigkeit, Schickliches, Ton, guter Ton, Hofton, Mannigfaltigkeit, Fülle, Reichtum, Fruchtbarkeit, Wärme, Magie, Anmut, Grazie, Gefälligkeit, Leichtigkeit, Lebhaftigkeit, Feinheit, Brillantes, Saillantes, Petillantes, Pikantes, Delikates, Ingenioses, Stil, Versifikation, Harmonie, Reinheit, Korrektion, Eleganz, Vollendung. – Von allen diesen Eigenschaften und Geistesäußerungen kann man vielleicht Voltairen nur die erste und letzte, die Tiefe in der Anlage und die Vollendung in der Ausführung, streitig machen. Alles, was übrigens von Fähigkeiten und Fertigkeiten auf eine glänzende Weise die Breite der Welt ausfüllt, hat er besessen und dadurch seinen Ruhm über die Erde ausgedehnt.

Anmerkungen zu »Rameaus Neffe«, 1805 (zitiert nach: H. A. Korff: Voltaire im literarischen Deutschland des 18. Jahrhunderts. Heidelberg 1917. Seite 758/59)

Und eben dieser Voltaire, das Wunder seiner Zeit, war nun selbst bejahrt wie die Literatur, die er beinah ein Jahrhundert hindurch belebt und beherrscht hatte. Neben ihm existierten und vegetierten noch, in mehr oder weniger tätigem und glücklichem Alter, viele Literatoren, die nach und nach verschwanden. Der Einfluß der Sozietät auf die Schriftsteller nahm immer mehr überhand; denn die beste Gesellschaft, bestehend aus Personen von Geburt, Rang und Vermögen, wählte zu einer ihrer Hauptunterhaltungen die Literatur, und diese ward dadurch ganz gesellschaftlich und vornehm. Standespersonen und Literatoren bildeten sich wechselweise und mußten sich wechselweise verbilden; denn alles Vornehme ist eigentlich ablehnend, und ablehnend ward auch die französische Kritik, verneinend, herunterziehend, mißredend. Die höhere Klasse bediente sich solcher Urteile gegen die Schriftsteller, die Schriftsteller, mit etwas weniger Anstand, verfuhren so untereinander, ja gegen ihre Gönner. Konnte man dem Publikum nicht imponieren, so suchte man es zu überraschen oder durch Demut zu gewinnen; und so entsprang, abgesehen davon, was Kirche und Staat im Innersten bewegte, eine solche literarische Gärung, daß Voltaire selbst seiner vollen Tätigkeit, seines ganzen Übergewichts bedurfte, um sich über dem Strome der allgemeinen Nichtachtung emporzuhalten. Schon hieß er laut ein altes eigenwilliges Kind; seine unermüdet fortgesetzten Bemühungen betrachtete man als eitles Bestreben eines abgelebten Alters; gewisse Grundsätze, auf denen er seine ganze Lebenszeit bestanden, deren Ausbreitung er seine Tage gewidmet, wollte man nicht mehr schätzen und ehren; ja seinen Gott, durch dessen Bekenntnis er sich von allem atheistischen Wesen loszusagen fortfuhr, ließ man ihm nicht mehr gelten; und so mußte er selbst, der Altvater und Patriarch, gerade wie sein jüngster Mitbewerber, auf den Augenblick merken, nach neuer Gunst haschen, seinen Freunden zu viel Gutes, seinen Feinden zu viel Übles erzeigen und, unter dem Schein eines leidenschaftlich wahrheitsliebenden Strebens, unwahr und falsch handeln. War es denn wohl der Mühe wert, ein so tätiges großes Leben geführt zu haben, wenn es abhängiger enden sollte, als es angefangen hatte? Wie unerträglich ein solcher Zustand sei, entging seinem hohen Geiste, seiner zarten Reizbarkeit nicht; er machte sich manchmal sprung- und stoßweise Luft, ließ seiner Laune den Zügel schießen und hieb mit ein paar Fechterstreichen über die Schnur, wobei sich meist Freunde und Feinde unwillig gebärdeten; denn jedermann glaubte ihn zu übersehn, obschon niemand es ihm gleich tun konnte. Ein Publikum, das immer nur die Urteile alter Männer hört, wird gar zu leicht altklug, und nichts ist unzulänglicher als ein reifes Urteil, von einem unreifen Geiste aufgenommen.

Uns Jünglingen, denen bei einer deutschen Natur- und Wahrheitsliebe, als beste Führerin im Leben und Lernen, die Redlichkeit gegen uns selbst und andere immer vor Augen schwebte, ward die parteiische Unredlichkeit Voltaires und die Verbildung so vieler würdigen Gegenstände immer mehr zum Verdruß, und wir bestärkten uns täglich in der Abneigung gegen ihn. Er hatte die Religion und die heiligen Bücher, worauf sie gegründet ist, um den sogenannten Pfaffen zu schaden, niemals genug herabsetzen können und mir dadurch manche unangenehme Empfindung erregt. Da ich nun aber gar vernahm, daß er, um die Überlieferung einer Sündflut zu entkräften, alle versteinte Muscheln leugnete und solche nur für Naturspiele gelten ließ, so verlor er gänzlich mein Vertrauen; denn der Augenschein hatte mir auf dem Bastberge deutlich genug gezeigt, daß ich mich auf altem abgetrockneten Meeresgrund, unter den Exuvien seiner Ureinwohner befinde. Ja! diese Berge waren einstmals von Wellen bedeckt; ob vor oder während der Sündflut, das konnte mich nicht rühren, genug, das Rheintal war ein ungeheuerer See, eine unübersehliche Bucht gewesen; das konnte man mir nicht ausreden. Ich gedachte vielmehr in Kenntnis der Länder und Gebirge vorzuschreiten, es möchte sich daraus ergeben, was da wollte.

Bejahrt also und vornehm war an sich selbst und durch Voltairen die französische Literatur. Lasset uns diesem merkwürdigen Manne noch einige Betrachtung widmen!

Auf tätiges und geselliges Leben, auf Politik, auf Erwerb im großen, auf das Verhältnis zu den Herren der Erde und Benutzung dieses Verhältnisses, damit er selbst zu den Herren der Erde gehöre, dahin war von Jugend auf Voltaires Wunsch und Bemühung gewendet. Nicht leicht hat sich jemand so abhängig gemacht, um unabhängig zu sein. Auch gelang es ihm, die Geister zu unterjochen; die Nation fiel ihm zu. Vergebens entwickelten seine Gegner mäßige Talente und einen ungeheueren Haß; nichts gereichte zu seinem Schaden. Den Hof zwar konnte er nie mit sich versöhnen, aber dafür waren ihm fremde Könige zinsbar. Katharina und Friedrich die Großen, Gustav von Schweden, Christian von Dänemark, Poniatowski von Polen, Heinrich von Preußen, Karl von

Braunschweig bekannten sich als seine Vasallen; sogar Päpste glaubten ihn durch einige Nachgiebigkeit kirren zu müssen. Daß Joseph der Zweite sich von ihm abhielt, gereichte diesem Fürsten nicht einmal zum Ruhme; denn es hätte ihm und seinen Unternehmungen nicht geschadet, wenn er, bei so schönem Verstande, bei so herrlichen Gesinnungen, etwas geistreicher, ein besserer Schätzer des Geistes gewesen wäre.

Dichtung und Wahrheit, 11. Buch (zitiert nach: Goethes Werke. Band IX. Hamburg 1955. Seite 484–486)

Sie können sich hierbei nicht denken, was ich mir denke, und haben keinen Begriff von der Bedeutung, die Voltaire und seine großen Zeitgenossen in meiner Jugend hatten und wie sie die ganze sittliche Welt beherrschten. Es geht aus meiner Biographie nicht deutlich hervor, was diese Männer für einen Einfluß auf meine Jugend gehabt und was es mich gekostet, mich gegen sie zu wehren und mich auf eigene Füße in ein wahreres Verhältnis zur Natur zu stellen.

Gespräche mit Eckermann, 3. Januar 1830 (zitiert nach: H. A. Korff, a.a.O., Seite 754)

ARTHUR SCHOPENHAUER

Der Begründer des systematischen *Optimismus* hingegen ist *Leibniz,* dessen Verdienste um die Philosophie zu leugnen ich nicht gesonnen bin, wiewohl mich in die Monadologie, prästabilierte Harmonie und *identitas indiscernibilium* eigentlich hineinzudenken mir nie hat gelingen wollen. Seine *Nouveaux essays sur l'entendement* aber sind bloß ein Exzerpt, mit ausführlicher, auf Berichtigung abgesehener, jedoch schwacher Kritik des mit Recht weltberühmten Werkes *Lockes,* welchem er hier mit ebenso wenig Glück sich entgegenstellt wie, durch sein gegen das Gravitationssystem gerichtetes *Tentamen de motuum coelestium causis,* dem *Neuton.* Gegen diese Leibniz-Wolfische Philosophie ist die Kritik der reinen Vernunft ganz speziell gerichtet und hat zu ihr ein polemisches, ja, vernichtendes Verhältnis; wie zu *Locke* und *Hume* das der Fortsetzung und Weiterbildung. Daß heutzutage die Philosophieprofessoren allseitig bemüht sind, den *Leibniz*, mit seinen Flausen, wieder auf die Beine zu bringen, ja, zu verherrlichen, und andererseits *Kanten* möglichst gering zu schätzen und beiseite zu schieben, hat seinen guten Grund im *primum vivere;* die Kritik der reinen Vernunft läßt nämlich nicht zu, daß man jüdische Mythologie für Philosophie ausgebe, noch auch, daß man, ohne Umstände, von der »Seele« als einer gegebenen Realität, einer wohlbekannten und gut akkreditierten Person, rede, ohne Rechenschaft zu geben, wie man denn zu diesem Begriff gekommen sei und welche Berechtigung man habe, ihn wissenschaftlich zu gebrauchen. Aber *primum vivere, deinde philosophari*! Herunter mit dem Kant, *vivat* unser *Leibniz*! – Auf diesen also zurückzukommen, kann ich der Theodizee, dieser methodischen und breiten Entfaltung des Optimismus, in solcher Eigenschaft, kein anderes Verdienst zugestehen als dieses, daß sie später Anlaß gegeben hat zum unsterblichen *Candide* des großen *Voltaire;* wodurch freilich Leibnizens so oft wiederholte, lahme Exküse für die Übel der Welt, daß nämlich das Schlechte bisweilen das Gute herbeiführt, einen ihm unerwarteten Beleg erhalten hat. Schon durch den Namen seines Helden deutete Voltaire an, daß es nur der Aufrichtigkeit bedarf, um das Gegenteil des Optimismus zu erkennen. Wirklich macht auf diesem Schauplatz der Sünde, des Leidens und des Todes der Optimismus eine so seltsame Figur, daß man ihn für Ironie halten müßte, hätte man nicht an der von *Hume,* wie oben erwähnt, so ergötzlich aufgedeckten geheimen Quelle desselben (nämlich heuchelnde Schmeichelei, mit beleidigendem Vertrauen auf ihren Erfolg) eine hinreichende Erklärung seines Ursprungs.

Sogar aber läßt sich den handgreiflich sophistischen Beweisen *Leibnizens,* daß diese Welt die beste unter den möglichen sei, ernstlich und ehrlich der Beweis entgegenstellen, daß sie die *schlechteste* unter den möglichen sei. Denn möglich heißt nicht, was einer etwan sich vorphantasieren mag, sondern was wirklich existieren und bestehen kann. Nun ist diese Welt so eingerichtet, wie sie sein mußte, um mit genauer Not bestehen zu können; wäre sie aber noch ein wenig schlechter, so könnte sie schon nicht mehr bestehen. Folglich ist eine schlechtere, da sie nicht bestehen könnte, gar nicht möglich, sie selbst also unter den möglichen die schlechteste. Denn nicht bloß wenn die Planeten mit den Köpfen gegeneinander rennten, sondern auch wenn von den wirklich eintretenden Perturbationen ihres Laufes irgendeine, statt sich durch andere allmählich wieder auszugleichen, in der Zunahme beharrte, würde die Welt bald ihr Ende erreichen; die Astronomen wissen, von wie zufälligen Umständen, nämlich zumeist vom irrationalen Verhältnis der Umlaufszeiten zueinander, dieses abhängt, und haben mühsam herausgerechnet, daß es immer noch gut abgehen wird, mithin die Welt so eben stehen und gehen kann. Wir wollen, wiewohl *Neuton* entgegengesetzter Meinung war, hoffen, daß sie sich nicht verrechnet haben und mithin das in so einem Planetensystem verwirklichte mechanische *perpetuum mobile* nicht auch, wie die übrigen, zuletzt in Stillstand geraten werde. – Unter der festen Rinde des Planeten nun wieder hausen die gewaltigen Naturkräfte, welche, sobald ein Zufall ihnen Spielraum gestattet, jene, mit allem Lebenden darauf, zerstören müssen; wie dies auf dem unserigen wenigstens schon dreimal eingetreten ist und wahrscheinlich noch öfter eintreten wird. Ein Erdbeben von Lissabon, von Haiti, eine Verschüttung von Pompeji sind nur kleine, schalkhafte Anspielungen auf die Möglichkeit. – Eine geringe, chemisch gar nicht einmal nachweisbare Alteration der Atmosphäre verursacht Cholera, gelbes Fieber, schwarzen Tod usw., welche Millionen Menschen wegraffen; eine etwas größere würde alles Leben auslöschen. Eine sehr mäßige Erhöhung der Wärme würde alle Flüsse und Quellen austrocknen. – Die Tiere haben an Organen und Kräften genau und knapp so viel erhalten, wie zur Herbeischaffung ihres Lebensunterhalts und Auffütterung der Brut, unter äußerster Anstrengung, ausreicht; daher ein Tier, wenn es ein Glied oder auch nur den vollkommenen Gebrauch desselben verliert, meistens umkommen muß. Selbst vom Menschengeschlecht, so mächtige Werkzeuge es an Verstand und Vernunft auch hat, leben neun Zehntel in beständigem Kampf mit dem Mangel, stets am Rande des Untergangs, sich mit Not und Anstrengung über demselben balancierend. Also durchweg, wie zum Bestande des Ganzen so auch zu dem jedes Einzelwesens sind die Bedingungen knapp und kärglich gegeben, aber nichts darüber; daher geht das individuelle Leben in unaufhörlichem Kampfe um die Existenz selbst hin; während bei jedem Schritt ihm Untergang droht. Eben weil diese Drohung so oft vollzogen wird, mußte, durch den unglaublich großen Überschuß der Keime, dafür gesorgt sein, daß der Untergang der Individuen nicht den der Geschlechter herbeiführe, als an welchen allein der Natur ernstlich gelegen ist. – Die Welt ist folglich so schlecht, wie sie möglicherweise sein kann, wenn sie überhaupt noch sein soll. W. z. b. w. – Die Versteinerungen der den Planeten ehemals bewohnenden, ganz andersartigen Tiergeschlechter liefern uns, als Rechnungsprobe, die Dokumente von Welten, deren Bestand nicht mehr möglich war, die mithin noch etwas schlechter waren als die schlechteste unter den möglichen.

Der Optimismus ist im Grunde das unberechtigte Selbstlob des eigentlichen Urhebers der Welt, des Willens zum Leben, der sich wohlgefällig in seinem Werke spiegelt; und demgemäß ist er nicht nur eine falsche, sondern auch eine verderbliche Lehre. Denn er stellt uns das Leben als einen wünschenswerten Zustand und als Zweck desselben das Glück des Menschen dar. Davon ausgehend glaubt dann jeder den gerechtesten Anspruch auf Glück und Genuß zu haben; werden nun diese, wie es zu geschehen pflegt, ihm nicht zuteil, so glaubt er, ihm geschehe Unrecht, ja, er verfehle den Zweck seines Daseins – während es viel richtiger ist, Arbeit, Entbehrung, Not und Leiden, gekrönt durch den Tod, als Zweck unsers Lebens zu betrachten (wie dies Brahmanismus und Buddhaismus und auch das echte Christentum tun); weil diese es sind, die zur Verneinung des Willens zum Leben leiten. Im Neuen Testamente ist die Welt dargestellt als ein Jammertal, das Leben als ein Läuterungsprozeß, und ein Marterinstrument ist das Symbol des Christentums. Daher beruhte, als *Leibniz, Shaftesbury, Bolingbroke* und *Pope* mit dem *Optimismus* hervortraten, der Anstoß, den man allgemein daran nahm, hauptsächlich darauf, daß der Optimismus mit dem Christentum unvereinbar sei; wie dies *Voltaire,* in der Vorrede zu seinem vortrefflichen Gedichte *Le désastre de Lisbonne,* welches ebenfalls ausdrücklich gegen den Optimismus gerichtet ist, berichtet und erläutert. Was diesen großen Mann, den ich, den Schmähungen feiler deutscher Tintenkleckser gegenüber, so gern lobe, entschieden höher als *Rousseau* stellt, indem es die größere Tiefe seines Denkens bezeugt, sind drei Einsichten, zu denen er gelangt war: 1) die von der überwiegenden Größe des Übels und vom Jammer des Daseins, davon er tief durchdrungen ist; 2) die von der strengen Nezessitation der Willensakte; 3) die von der Wahrheit des *Locke*'schen Satzes, daß möglicherweise das Denkende auch materiell sein könne; während *Rousseau* alles dieses durch Deklamationen bestreitet, in seiner *Profession de foi du vicaire Savoyard*, einer flachen protestantischen Pastorenphilosophie; wie er denn auch, in eben diesem Geiste, gegen das soeben erwähnte, schöne Gedicht Voltaires mit einem schiefen, seichten und logisch falschen Räsonnement, zu Gunsten des Optimismus, polemisiert, in seinem, bloß diesem Zweck gewidmeten, langen Briefe an *Voltaire*, vom 18. August 1756. Ja, der Grundzug und das *πρωτον ψευδος* der ganzen Philosophie *Rousseaus* ist dieses, daß er an die Stelle der christlichen Lehre von der Erbsünde und der ursprünglichen Verderbtheit des Menschengeschlechts eine ursprüngliche Güte und unbegrenzte Perfektibilität desselben setzt, welche bloß durch die Zivilisation und deren Folgen auf Abwege geraten wäre, und nun darauf seinen Optimismus und Humanismus gründet.

Wie gegen den Optimismus *Voltaire*, im *Candide*, den Krieg in seiner scherzhaften Manier führt, so hat es in seiner ernsten und tragischen *Byron* getan, in seinem unsterblichen Meisterwerke *Kain*, weshalb er auch durch die Invektiven des Obskuranten Friedrich Schlegel verherrlicht worden ist.

Die Welt als Wille und Vorstellung. Zweiter Teil. Leipzig o. J. Seite 1385–90

FRANZ MEHRING

Ein Wort über Voltaire

21. November 1894

Am heutigen Tage sind zweihundert Jahre seit Voltaires Geburt verflossen. Er selbst pflegte zu sagen, wenn sein Blick über die Unzahl seiner Schriften schweifte, die nicht weniger als siebzig Bände umfassen, mit solchem Gepäck komme man schwer auf die Nachwelt. Und um auf die

Nachwelt zu kommen, hat Voltaire allerdings sein Gepäck hinter sich lassen müssen. Es ist wenig in all seinen Schriften, das dem Zahn der Zeit widerstanden hat. Seine berühmte Henriade ist heute ungenießbar, ebenso die ganze Fracht seiner Tragödien; seine historischen, philosophischen, naturwissenschaftlichen Schriften stehen am Anfange einer Entwicklung, von deren heute erreichtem Höhepunkt aus sie schon in völligem Dunkel verschwinden; was man um ihrer selbst willen von Voltaires Werken etwa noch lesen mag, das sind einzelne seiner Romane. So hat sich der Spötter Voltaire auch darin als Prophet erwiesen, daß er nicht mit seinem Gepäck auf die Nachwelt gekommen ist; nichts von ihm hat sich unsterblich erwiesen als eben er selbst.

Dafür ist ihm aber die Unsterblichkeit erblüht, die ihm unstreitig die liebste gewesen wäre: Er wird heute noch wie ein Lebender von denen gehaßt und geschmäht, die er bis auf den Tod treffen wollte und auch bis auf den Tod getroffen hat. Niemals hat sich der religiöse Aberglaube von den Schlägen erholt, die Voltaire ihm versetzte. Was er heute noch fortschleppt, ist ein bloßer Schein von Leben. Aber die Priester, die von dem Altare dieses Aberglaubens leben, haben es verstanden, Voltaires Namen in eine Nacht zu tauchen, die für ganze Völker undurchdringlich zu sein schien. Wie Lord Campbell sagt, war seit der Französischen Revolution ein rücksichtsloses Herunterreißen Voltaires zum Prüfstein der Loyalität und Rechtgläubigkeit in England geworden, und erst durch das, was Lord Brougham, Carlyle, namentlich aber Buckle über Voltaire zu sagen hatten, ist darin Wandel geschaffen worden. Und nicht viel besser sah und sieht es noch in Deutschland aus. Von unseren Klassikern hat nur Goethe über Voltaire gerecht zu urteilen gewußt. Er nennt ihn den höchsten unter den Franzosen denkbaren, der Nation gemäßesten Schriftsteller; er spricht ihm Adel und Anmut, Genie und Geist, Gefühl und Geschmack, Fülle und Wärme zu; was er ihm von allen höchsten Eigenschaften des Schriftstellers »vielleicht« abspricht, ist die Tiefe in der Anlage und die Vollendung in der Ausführung; alles, was übrigens von Fähigkeiten und Fertigkeiten auf eine glänzende Weise die Breite der Welt ausfülle, habe Voltaire besessen und dadurch seinen Ruhm über die Erde ausgedehnt. Aber wie philiströs klingt es dann schon wieder, wenn Schiller zu jenen Eigenschaften, die Goethe an

Voltaire vermißt, noch das Gemüt zählt. Voltaire, der von sich sagen durfte, in den drei Jahren, die er für das Recht der Calas kämpfte, sei kein Lächeln über seine Lippen gekommen, das er sich nicht wie ein Verbrechen zum Vorwurf gemacht habe, soll kein »Gemüt« gehabt haben!

Eins freilich gereicht den deutschen Mißurteilen über Voltaire zur Entschuldigung. Frankreich, England, die Schweiz haben ihn als Kämpfer, Deutschland hat ihn nur als Höfling gesehen. Hierin liegt das Berechtigte und Wahre von Lessings tiefer Abneigung gegen Voltaire. Aber es ist unberechtigt und unwahr, diese subjektive Abneigung, wie es seitdem so oft geschehen ist, als eine objektive Verdammung von Voltaires ganzer Person und Wirksamkeit auszubeuten. Dagegen hat sich Lessing selbst schon sehr bestimmt verwahrt, und auch, wenn er es nicht getan hätte, würde ein solcher Trugschluß für eine unbefangene Forschung ganz unzulässig sein. Voltaire hörte als Höfling nicht auf, bürgerlicher Vorkämpfer zu sein; es ist eine bestimmte, historische und ziemlich lange währende Phase der bürgerlichen Bildung, ihre Ziele am Hofe, durch die Fürsten durchsetzen zu wollen. Immer sind ihr Fürsten und Höfe nur Mittel für ihre Zwecke, und wie sehr sie es auch nur für Voltaire waren, zeigt der unheilbare Unfriede, in dem er schließlich mit allen Fürsten und Höfen auseinanderkam.

Damit soll keineswegs bestritten werden, daß die bürgerliche Aufklärung, die sich auf die bürgerliche Klasse selbst stützt, ein historischer Fortschritt ist gegenüber der bürgerlichen Aufklärung, welche die fürstliche Gewalt als einen Hebel für ihre Taten gebrauchen möchte. Insofern steht Lessing unbedingt höher als Voltaire. Aber die höhere Form des Werkzeugs bedingt noch keineswegs seine höhere Tauglichkeit, bei der die besonderen historischen Umstände ein entscheidendes Wort mitsprechen. Was half es Lessing, sich auf die bürgerliche Klasse zu stützen, wenn noch keine bürgerliche Klasse da war, die ihn stützen konnte? Mit einer an sich rückständigeren Form des Kampfes erreichte Voltaire zugleich mehr. Sieht man von allem Mißlichen und Schiefen ab, das solchen historischen Parallelen anzuhaften pflegt, so erinnert das Verhältnis von Lessing und Voltaire an das Verhältnis von Hutten und Erasmus. Unsere Sympathien werden stets bei Lessing und Hutten sein, die daran untergingen, daß jener mit der bürgerlichen Aufklärung, dieser mit der humanistischen Bildung vollen Ernst machen wollte. Aber man darf deshalb nicht übersehen, daß Erasmus und Voltaire im Grunde dasselbe wollten und daß sie den Karren nur um so wirksamer vorwärtsgeschoben haben, je häufiger sie dabei in den Dreck traten, worin er stak.

Höfische Kriecherei und unersättliche Habsucht – das sind die hauptsächlichsten Vorwürfe, die von den Pfaffen und Philistern jeglichen Kalibers gegen Erasmus wie gegen Voltaire erhoben worden sind und noch immer erhoben werden. Trotzdem hatte Erasmus recht, mit seiner »Verachtung des Geldes« großzutun. Er suchte keineswegs Geld um des Geldes willen; das Geld sollte ihm nur ein Piedestal für eine großartige geistige Wirksamkeit bieten. Wie aber konnte er in seiner Zeit Geld erwerben? Honorare für geistige Arbeiten kannte die Zeit nicht. Das Almosensammeln der Bettelmönche hielt Erasmus für unwürdig eines freien Mannes; die Übernahme eines Amts, das ihm mit bestimmten Pflichten auch einen bestimmten Unterhalt geboten hätte, wies er als »unverträglich mit seiner Unabhängigkeit« weit von sich. In dem einen wie in dem anderen hatte er recht; weder ein Bettelmönch noch ein Fürstendiener konnte geistig das sechzehnte Jahrhundert beherrschen. Was Erasmus tun konnte, um eine Macht für sich darzustellen, war das eine, was er wirklich getan und allerdings bis zum peinlichsten Übermaß getan hat: für goldene Worte von den Machthabern seiner Zeit goldenen Lohn einzukassieren. Aber er gewann dadurch die Möglichkeit, eine großartige Einwirkung auf seine Zeit auszuüben. Diese Einwirkung wäre völlig unmöglich gewesen, wenn er sich durch seine bettelhaften Schmeicheleien nicht schließlich eine Stellung geschaffen hätte, die kein Fürst und kein Pfaffe, kein Kaiser und kein Papst antasten konnte. Erasmus durfte in seinem späteren Leben jährlich die nach damaligem Geldwerte außerordentliche Summe von sechshundert Dukaten ausgeben und hinterließ außer einem königlichen Schatz an goldenen und silbernen Geräten nicht weniger als siebentausend Dukaten.

Ganz so schlimm wie Erasmus war Voltaire nicht mehr daran. Zwar Honorare für literarische Arbeiten kannte auch seine Zeit erst in bedingtem Maße, aber finanzielle Spekulationen öffneten die um so breitere Bahn. Lotterien, Seehandel, Kornaufkäufe, Armeelieferungen boten reiche Möglichkeit zu allerlei Gewinsten. Der Ertrag einer Subskription, die der englische Adel auf die in Frankreich verbotene Henriade eröffnet hatte, bildete den Grundstock von Voltaires Vermögen; damit wucherte er auf den angedeuteten Wegen; »man muß«, sagte er, »aufmerksam sein auf alle Operationen, die ein stets verschuldetes und schwankendes Ministerium in den Staatsfinanzen macht.« Eine solche Operation, die der Minister Brühl in den sächsischen Finanzen gemacht hatte, wollte beispielsweise Voltaire in seinem berufenen Handel mit dem Juden Hirsch ausnutzen und fiel dabei, was ihm auch sonst einmal, aber keineswegs immer passierte, tüchtig hinein. Aber so unbedingt Lessing recht hatte, den widrigen Handel mit ätzendem Spotte zu überschütten, so lächerlich ist es, wenn die deutschen Hofgeschichtsschreiber sich vor sittlicher Entrüstung darüber nicht zu lassen wissen. Diese Herren sollten doch erst einmal versuchen, die schmutztriefenden Finanzgeschichten, womit sich die preußischen, sächsischen und sonstigen deutschen Landesväter im achtzehnten Jahrhundert besudelt haben, aus der Welt zu schaffen. Dann wollen wir uns gern mit ihnen über Voltaires Schacherei mit dem Juden Hirsch unterhalten.

Vernünftiger als diese Leute urteilte Carlyle, als er schrieb: »Voltaire verdiente fast nichts mit seinen Schriften, aber durch sein schönes anderweitiges Finanztalent hatte er ein ansehnliches Vermögen zusammengebracht. Er wußte so geschickt darüber zu disponieren, daß er in aller Herren Länder Hilfsquellen besaß, und keine erdenkliche Kombination konfiszierender Jesuiten und finsterer fanatischer Beamten konnte ihn außer Brot setzen, wohin er immer zu entwischen gezwungen sein mochte. Ein Mann, der die Tatsachen ins Auge faßte, was ihm zum Lobe gereicht. Der gemeine Haufe nennt das Geiz, wie das seine Art ist, aber Voltaire ist überzeugt, daß Wirkungen auf Ursachen folgen und daß es einem vereinsamten Ismaeliten, der seinen Weg durch die heulenden Wildnisse und verwirrenden gefräßigen Bevölkerungen dieser Welt entlang jagt, wohl gezieme, Geld in der Tasche zu haben. Er starb im Besitze von einigen 40000 Talern jährlich, vermutlich so gut wie 120000 heute, der reichste Literat, von dem man annoch gehört hat, ebenso wohl als der merkwürdigste in einigen anderen Beziehungen.«

Das »schöne« Finanztalent beiseite, aber Carlyle versteht die historische Berechtigung dieses Talents gut darzustellen. Um eine europäische Wirksamkeit ausüben zu können, wie er sie zum Heile für die gesittete Menschheit ausgeübt hat, mußte Voltaire Finanzpraktiken entfalten, über deren Anmut sich zweifellos streiten läßt, obgleich sie ebenso zweifellos noch unendlich viel anmutiger waren, als die despotische Finanzwirtschaft des vorigen Jahrhunderts zu sein pflegte.

Voltaire erklärte, er lebe mit Königen, um sich selbst zum Könige zu machen, und die Konsequenz, womit er dies Programm durchführte, hat Goethe mit den Worten gezeichnet, nicht leicht habe sich jemand so abhängig gemacht, um unabhängig zu sein. Aber unabhängig ist Voltaire allerdings geworden, und in den beiden letzten Jahrzehnten seines Lebens hat er in Ferney wie ein König der europäischen Aufklärung gewaltet. Es ist unmöglich, in einem Aufsatze von wenigen Seiten auch nur die bedeutendsten Spuren seiner Wirksamkeit aufzuzählen, ohne in phrasenhafte Allgemeinheiten zu verfallen. Deshalb überließen wir diese Art und Weise, seines zweihundertjährigen Geburtstags zu gedenken, der bürgerlichen Presse. Wir zogen es vor, sein Andenken zu ehren, indem wir an einem einzelnen Punkte die Sinnlosigkeit der gegen ihn geschleuderten Anklagen nachwiesen, an einem Punkte, der am ehesten dazu dienen kann, die geistigen und sittlichen Begriffe zu verwirren.

Mit all ihren Lästerungen über Voltaire verkleinern die Pfaffen und Philister nicht die Bedeutung des Mannes, der an der Hoheit seiner Ziele nur um so fester hielt, je erbärmlicher die Mittel waren, womit er in seiner erbärmlichen Zeit ihnen nachtrachten mußte.

Zitiert nach: Vermischte Schriften. Band 12: Aufsätze zur ausländischen Literatur. Berlin 1963. Seite 18–22.

Alle diese Lichter verblassen aber neben dem Stern Voltaires, der, allerdings in einem prononcierten dix-huitième-Sinn, der Heros des Jahrhunderts gewesen ist.

Der Generalrepräsentant des Jahrhunderts

Goethe hat in seinen Anmerkungen zu Diderot den oft zitierten Ausspruch gemacht: »Wenn Familien sich lange erhalten, so kann man bemerken, daß die Natur endlich ein Individuum hervorbringt, das die Eigenschaften seiner sämtlichen Ahnherrn in sich begreift und alle bisher vereinzelten und angedeuteten Anlagen in sich vereinigt und vollkommen ausspricht. Ebenso geht es mit Nationen, deren sämtliche Verdienste sich wohl einmal, wenn es glückt, in einem Individuum aussprechen. So entstand in Ludwig dem Vierzehnten ein französischer König im höchsten Sinne und ebenso in Voltaire der höchste unter den Franzosen denkbare, der Nation gemäßeste Schriftsteller.« Wir haben schon in der Einleitung dieses Werkes hervorgehoben, daß der Genius nichts anderes ist als der Extrakt aus den zahllosen kleinen Wünschen und Werken der großen Masse. Man kann für jedes Volk, für jedes Zeitalter einen solchen Generalrepräsentanten finden, aber auch für kleinere Segmente: für jeden Stamm, jede Stadt, jede Saison. Der Kreis, den Voltaire vertrat, hatte den denkbar größten Radius: Voltaire ist die Essenz ganz Frankreichs und des ganzen achtzehnten Jahrhunderts. Und infolgedessen war er auch ein Kompendium aller Mängel und Irrtümer, Untugenden und Widersprüche seines Volkes und Zeitalters. Wenn er, wie Goethe in seinem schönen Gleichnis andeutet, wirklich alle verstreuten Familienmerkmale in seiner Physiognomie zusammengefaßt hat, so ist es vollkommen unsinnig, ihm einen Vorwurf daraus zu machen, daß sich darunter auch Schönheitsfehler befanden.

Goethe sagt an einer anderen Stelle, in »Dichtung und Wahrheit«: »Voltaire wird immer betrachtet werden als der größte Name der Literatur der neueren Zeit und vielleicht aller Jahrhunderte; wie die erstaunenswerteste Schöpfung der Natur.« Dies empfanden, ein seltener Fall in der Geistesgeschichte, seine Zeitgenossen in fast noch höherem Maße als die Nachwelt, was eben daher kam, daß sie in ihm ihren unvergleichlichen Dolmetsch erblicken mußten. Er war eine Sehenswürdigkeit ersten Ranges; man reiste von weither nach seinem Landsitz Ferney wie zum Anblick eines Bergriesen oder einer Sphinx. Als er einmal einen Engländer, der sich durchaus nicht abweisen lassen wollte, mit einem Scherz loszuwerden suchte, indem er ihm sagen ließ, die Besichtigung koste sechs Pfund, erwiderte dieser augenblicklich: »Hier sind zwölf Pfund, und ich komme morgen wieder.« Wenn er auf Reisen war, verkleideten sich junge Verehrer als Hotelkellner, um in seine Nähe gelangen zu können. Als er kurz vor seinem Tode von der Pariser Aufführung seiner »Irène« nach Hause fuhr, küßte man seine Pferde.

Der Märtyrer des Lebens

Und obgleich seitdem schon fünf Generationen vorübergegangen sind, sind uns noch heute wenige Gestalten der Literaturgeschichte so nah vertraut und intim bekannt wie er. Seine Biographie ist eine Geschichte aus unseren Tagen; aus allen Tagen. Nirgends spürt man eine Distanz, weil er, in Größe und Schwäche, immer ein warmer lebensprühender Mensch war. Er war eine sonderbare Mischung aus einem Epikuräer und einem Asketen der Arbeit. Schon als Knabe hatte er eine große Vorliebe für elegante Kleider und gutes Essen, und sein ganzes Leben lang war er bestrebt, sich mit einem grandseigneuralen Luxus zu umgeben, zu dem er sich aber mehr durch seine Leidenschaft für schöne Form und großartige Verhältnisse als durch wirkliche Genußsucht hingezogen fühlte. Als er auftrat, war ein *homme de lettres* ein gesellschaftlich unmöglicher Mensch, ein Desperado, Taugenichts und outlaw, Schmarotzer, Hungerleider und Trunkenbold. Voltaire war der erste Berufsschriftsteller, der mit dieser festgewurzelten Tradition brach. Er führte von allem Anfang an ein Leben im vornehmen Stil und brachte es zumal in der zweiten Hälfte seines Daseins zu fürstlichem Reichtum. Er besaß zwanzig Herrschaften mit zwölfhundert Untertanen und einem Jahresertrag von 160000 Francs, herrliche Villen und Schlösser mit Äckern und Weinbergen, Gemäldegalerien und Bibliotheken, kostbaren Nippes und seltenen Pflanzen, einen Stab von Lakaien, Postillonen, Sekretären, einen Wagenpark, einen französischen Koch, einen Feuerwerker, ein Haustheater, auf dem berühmte Pariser Künstler gastierten, und sogar eine eigene Kirche mit der Inschrift: *»Deo erexit Voltaire.«* Diesen Wohlstand verdankte er zum Teil Pensionen und Büchererträgnissen (die Henriade zum Beispiel hatte ihm allein 150000 Francs eingebracht, während er die Honorare für seine Theateraufführungen regelmäßig an die Schauspieler verschenkte), zur größeren Hälfte allerlei dubiosen Geldgeschäften, die er mit großem Geschick betrieb: Börsenspekulationen, Kaufvermittlungen, Korntransaktionen, Grundstückschiebungen, Armeelieferungen, hoch verzinsten Darlehen. In Berlin erregte er durch einen derartigen zweideutigen Handel, der ihn in einen skandalösen Konflikt mit dem jüdischen Bankier Abraham Hirschel verwickelte, das Mißfallen Friedrichs des Großen. Lessing fällte sein Urteil über diese Affäre in dem Epigramm: »Und kurz und gut den Grund zu fassen, warum die List dem Juden nicht gelungen ist, so fällt die Antwort ohngefähr: Herr Voltaire war ein größrer Schelm als er.« Es kann als nachgewiesen gelten, daß er damals einige Worte in den Verträgen mit Hirschel nachträglich geändert hat. Auch sonst nahm er es im Privatleben mit der Wahrheit nicht sehr genau. Um an die Stelle des Kardinals Fleury in die Akademie gewählt zu werden, schrieb er an verschiedene Personen Briefe, in denen er versicherte, er sei ein guter Katholik und wisse nicht, was das für »Lettres philosophiques« seien, die man ihm zuschreibe; er habe sie nie in der Hand gehabt. Als er sich später ein zweites Mal, und diesmal erfolgreich, um diese Ehre bewarb, die seinem Ruhme nicht das geringste hinzugefügt hat, verglich er Ludwig den Fünfzehnten mit Trajan. Beim Erscheinen des »Candide« schrieb er an einen Genfer Pastor: »Ich habe jetzt endlich den Candide zu lesen bekommen, und ganz wie bei der Jeanne d'Arc erkläre ich Ihnen, daß man von Vernunft und Sinnen sein muß, um mir eine derartige Schweinerei anzudichten.« In die »Pucelle« mischte er absichtlich Unsinn, damit man sie ihm nicht zutraue. Über seine »Histoire du Parlement de Paris«

schrieb er in einem offenen Brief im »Mercure de France«: »Um ein solches Werk herausgeben zu können, muß man mindestens ein Jahr lang die Archive durchwühlt haben, und wenn man in diesen Abgrund hinabgestiegen ist, ist es noch immer sehr schwierig, aus ihm ein lesbares Buch herauszuholen. Eine solche Arbeit wird eher ein dickes Protokoll werden als eine Geschichte. Sollte ein Buchhändler mich für den Verfasser ausgeben, so erkläre ich ihm, daß er nichts dabei gewinnt. Weit davon entfernt, dadurch ein Exemplar mehr zu verkaufen, würde er umgekehrt dem Ansehen des Buches schaden. Die Behauptung, daß ich, der ich länger als zwanzig Jahre von Frankreich abwesend war, mich derartig in das französische Rechtswesen hätte hineinarbeiten können, wäre vollkommen absurd.« Über das Wörterbuch schrieb er an d'Alembert: »Sowie es die geringste Gefahr damit hat, bitte ich Sie sehr, mir davon Nachricht zu geben, damit ich das Werk in allen öffentlichen Blättern mit meiner gewohnten Ehrlichkeit und Unschuld desavouieren kann.« Und in einem Brief an den Jesuitenpater de la Tour erklärte er sogar, wenn man je unter seinem Namen eine Seite gedruckt habe, die auch nur einem Dorfküster Ärgernis geben könnte, so sei er bereit, sie zu zerreißen; er wolle ruhig leben und sterben, ohne jemand anzugreifen, ohne jemand zu beschädigen, ohne eine Ansicht zu vertreten, die jemand anstößig sein könnte. Man wird wohl sagen dürfen, daß er die Absicht, nirgends anzustoßen, nur sehr unvollkommen erreicht hat.

Man muß allerdings bedenken, daß es zu jener Zeit für einen Schriftsteller äußerst gefährlich war, sich zu Werken zu bekennen, die bei der Kirche oder der Regierung Mißfallen erregen konnten, und daß nahezu alle Kollegen Voltaires in solchen Fällen dieselbe Taktik des Ableugnens und der Anonymität beobachteten. »Ich bin«, sagte er zu d'Alembert, »ein warmer Freund der Wahrheit, aber gar kein Freund des Märtyrertums.« Wir müssen in Voltaire gleichwohl eine neue Form des Heldentums erblicken: An die Stelle der Märtyrer des Todes waren die Märtyrer des Lebens getreten und die Läuterung durch Askese wird nicht mehr in den Klostermauern, sondern mitten im Drängen der Welt gesucht; der Tod erscheint nicht mehr als Glorifikation des Lebens, und als Held gilt nicht mehr, wer dem Leben entsagt, sondern wer im Leben entsagungsvoll weiterkämpft.

Voltaires Charakter

Aus Voltaires überreiztem und hyperaktivem Kämpfertum erklären sich auch seine vielen kleinen Bosheiten, für die sein Verhältnis zu Friedrich dem Großen, der ihm hierin ähnlich war, besonders charakteristisch ist. Durch unvermeidliche Reibung haben diese beiden Genies einander ununterbrochen Funken des Hasses, der Liebe und des Geistes entlockt. Schon die Art, wie sie sich zusammenfanden, war sehr sonderbar. Um Voltaire in Frankreich zu kompromittieren und ihn dadurch an seinen Hof zu bekommen, ließ Friedrich der Große einen sehr ausfälligen Brief des Dichters bei den zahlreichen einflußreichen Personen verbreiten, die darin angegriffen waren; Voltaire wiederum suchte aus der Schwäche, die der König für ihn hatte, möglichst viel Geld herauszuschlagen. Friedrich der Große, der nachträglich fand, daß er Voltaire überzahlt habe, beschränkte ihn im Verbrauch von Licht und Zucker; Voltaire steckte im Salon Kerzen ein. Lamettrie teilte Voltaire mit, der König habe über ihn gesagt: »Man preßt die Orange aus und wirft sie fort«; Maupertuis teilte dem König mit, Voltaire habe über ihn gesagt: »Ich muß seine Verse durchsehen, er schickt mir seine schmutzige Wäsche zum Waschen.« Voltaire richtete gegen Maupertuis einen anonymen und verletzenden Angriff; Friedrich verfaßte eine ebenso anonyme und ebenso verletzende Antwort. Friedrich ließ Voltaire bei seiner Rückreise nach Frankreich in Frankfurt verhaften und auf kompromittierende Schriftstücke untersuchen; Voltaire schrieb, enthaftet, gleichwohl in Frankreich kompromittierende Enthüllungen.

Wir haben absichtlich gerade die bedenklichsten Punkte in der Lebensgeschichte Voltaires hervorgehoben, weil man lange Zeit, und bisweilen noch heute, aus diesen und ähnlichen kleinen Zügen das Bild eines zweideutigen, tückischen, ja schmutzigen Charakters zu kombinieren versucht hat. Von den schlechten Eigenschaften, die man Voltaire vorzuwerfen pflegt, kann ihm nur die Eitelkeit in vollem Maße zugesprochen werden; hierin unterschied er sich sehr unvorteilhaft von Friedrich dem Großen. Aber diese teilte er mit den allermeisten Künstlern und überhaupt mit den allermeisten Menschen, und zudem hatte sie bei ihm eine liebenswürdige, kindliche, ja oft geradezu kindische Note, die versöhnend wirkt. Daß er boshaft und verlogen war, ist schon eine Behauptung, die nur zur Hälfte wahr ist; denn das erstere war er nur im Verteidigungszustand, das letztere nur in kleinen Dingen, wenn seine Eitelkeit oder seine Ängstlichkeit, beide begründet in seiner fast pathologischen Reizbarkeit, mitredeten; in allen großen Fragen war er von der lautersten Aufrichtigkeit. Und daß er maßlos egoistisch gewesen sein soll, ist vollkommen und ohne jede Einschränkung falsch: Er war habgierig nur während der Zeit, wo er seine Reichtümer sammelte, von dem Augenblick an, wo er sie besaß, verwendete er sie in der uneigennützigsten und großartigsten Weise für andere, und was die inkorrekte Art angeht, auf die er sie erwarb, so dürfen wir nicht vergessen, daß wir uns im Rokoko befinden, dessen Décadencecharakter sich unter anderem auch darin äußerte, daß es alle moralischen Maßstäbe verloren hatte; wenn man so oft die Frage aufgeworfen hat, wie es kam, daß dieser große Geist nicht integer war, so lautet die Antwort: weil der Geist des Rokoko nicht integer war. Zu jenen überlebensgroßen Heroen der Sittlichkeit, die, als Gegenspieler der großen Verbrecher, außerhalb der Moralgesetze ihrer Zeit stehen, indem sie sich aus den zeitlosen Tiefen ihrer Seele eine eigene Ethik aufbauen, hat aber Voltaire nicht gehört und niemals gehören wollen.

Für junge aufstrebende Schriftsteller hatte er immer Rat und Geld übrig, trotz fast regelmäßig empfangenem Undank; vermutlich aus einer Art zärtlicher und wehmütiger Pietät gegen seine eigene Jugend. Er ließ die Nichte Corneilles auf seine Kosten erziehen, verschaffte ihr durch die von ihm besorgte und kommentierte Neuausgabe Corneilles eine reiche Mitgift und schenkte ihr bei der Geburt ihres ersten Kindes zwölftausend Livres: »Es gehört sich«, sagte er, »für einen alten Soldaten, der Tochter seines Generals nützlich zu sein.« Als Grundherr übte er die großzügigste Wohltätigkeit; er kämpfte gegen die Leibeigenschaft, trocknete Sümpfe aus, ließ weite Heidestrecken bebauen und rief eine blühende Seiden- und Uhrenindustrie ins Leben, indem er den Arbeitern aus eigenem Besitz Häuser und Betriebskapital zur Verfügung stellte. In den durch ihn berühmt gewordenen religiösen Tendenzprozessen gegen die Hugenotten Jean Calas und Peter Paul Sirven, die beide fälschlich beschuldigt worden waren, eines ihrer Kinder ermordet zu haben, weil es zum Katholizismus übertreten wollte, entwickelte er eine fieberhafte Agitation durch Flugschriften, Essais, Veröffentlichung von Dokumenten und Zeugenaussagen, Verwendung bei allen ihm erreichbaren Machthabern, um der Gerechtigkeit zum Sieg zu verhelfen. Das Grundpathos seines ganzen Lebens war überhaupt ein flammendes Rechtsgefühl, ein heißer, verzehrender, fast trunkener Haß gegen jede Art öffentlicher Willkür, Dummheit, Bosheit, Parteilichkeit. Wenn die Welt heute nur noch zu zwei Fünfteln aus Schurken und zu drei Achteln aus Idioten besteht, so ist das zu einem guten Teil Voltaire zu verdanken.

Voltaires Werk

Er sagt einmal, der Mensch sei ebenso zur Arbeit geschaffen, wie es in der Natur des Feuers liege, emporzusteigen. Als eine solche Feuersäule der Arbeit und des Geistes erhob er sich über der staunenden Welt, immer höher emporschwelend und alles Finstere und Lichtscheue mit seinem unheimlichen Rotlicht erhellend. Er arbeitete oft achtzehn bis zwanzig Stunden am Tage, diktierte so schnell, daß der Sekretär kaum nachkommen konnte, sagte noch in seinem vierundsechzigsten Lebensjahr von sich: »Ich bin schmiegsam wie ein Aal, lebendig wie eine Eidechse und unermüdlich wie ein Eichhörnchen« und ist es noch zwanzig Jahre geblieben. Friedrich der Große schrieb an ihn: »Ich zweifle daran, daß es einen Voltaire gibt, und ich bin im Besitz eines Systems, mit dessen Hilfe ich seine Existenz zu bestreiten vermag. Es ist unmöglich, daß ein einzelner Mensch die ungeheure Arbeit vollbringen kann, die Herrn von Voltaire zugeschrieben wird. Offenbar gibt es in Cirey eine Akademie, aus der Elite der Erde zusammengesetzt: Philosophen, die Newton übersetzen und bearbeiten, Dichter heroischer Epopöen, Corneilles, Catulls, Thukydidesse, und die Arbeiten dieser Akademie werden unter dem Namen Voltaire herausgegeben, wie man die Taten eines Heeres auf den Feldherrn zurückführt.« Kurz vor seinem Tode machte ihm ein Schriftsteller seine Huldigungsvisite und sagte: »Heute bin ich nur gekommen, um Homer zu begrüßen, das nächstemal will ich Sophokles und Euripides begrüßen, dann Tacitus, dann Lucian«; »mein lieber Herr«, erwiderte Voltaire, »ich bin, wie Sie sehen, ein ziemlich alter Mann, könnten Sie nicht alle diese Besuche auf einmal abmachen?« Er war nicht allenthalben schöpferisch wie Leibniz, aber er durchdrang alles und gab vielem durch seine künstlerisch runde und scharfe, lichte und leichte Darstellung erst die klassische Form, was man auch als eine Art Schöpfertätigkeit ansehen muß. Nicht, wie so oft behauptet wird, sein Witz war seine schriftstellerische Kardinaleigenschaft, sondern seine Klarheit und Formvollendung, seine sprudelnde Farbigkeit und federnde Aktivität. Er war, gleich einem Zitterrochen, der bei der geringsten Berührung einen Hagel lähmender Schläge austeilt, voll aufgespeicherter Elektrizität, die nur der Auslösung harrte, um in einem Strom von gefährlichen Kraftentladungen ihre siegreiche Wirkung zu erproben. Sein literarisches Werk ist mit seinen Büchern, die allein eine Bibliothek bilden, noch nicht erschöpft; es umfaßt auch seine zahllosen Briefe, die infolge der damaligen Sitte, interessante Mitteilungen kursieren zu lassen, zu einem großen Teil Öffentlichkeitscharakter hatten. Er zeigte Casanova 1760 in Ferney eine Sammlung von etwa fünfzigtausend an ihn gerichteten Briefen; da er die Gepflogenheit hatte, alle irgendwie bemerkenswerten Zuschriften zu beantworten, läßt sich daraus schließen, welchen Umfang seine Korrespondenz gehabt haben muß. Und dazu kam noch seine Konversation, die nach dem Zeugnis aller, die jemals in seiner Nähe weilen durften, von der bezauberndsten Wirkung gewesen sein muß: »Er ist und bleibt selbst die beste Ausgabe seiner Bücher«, sagte der Chevalier von Boufflers.

Voltaire als Dichter

Seinen ersten großen Erfolg hatte Voltaire mit dem Epos »La Ligue ou Henri le Grand«, das er zur Hälfte in der Bastille verfaßt hatte, indem er den Text mit Bleistift zwischen die Zeilen eines Buches schrieb, und das fünf Jahre später in einer erweiterten Umarbeitung als »Henriade« die Welt eroberte. Gewohnt, bei allen seinen künstlerischen Plänen von verstandesmäßigen Erwägungen auszugehen, hatte er sich gesagt, daß den Franzosen ein großes Epos fehle und er daher verpflichtet sei, ihnen ein solches zu schenken; und seine Landsleute nahmen das Geschenk an. Die Wirkung des Werkes läßt sich nur aus der damaligen geistigen Situation Frankreichs und Europas erklären. Es ist das kühle und blasse Produkt eines virtuosen Kunsthandwerkers und geistreichen Kulturphilosophen, das mit den leeren Attrappen allegorischer Personifikationen wie Liebe, Friede, Zwietracht, Fanatismus arbeitet und sich nicht etwa an Homer, Dante oder Milton orientiert, sondern an Virgil, was aber zu jener Zeit, wo man gelacht hätte, wenn jemand Homer über Virgil gestellt hätte, nur als Vorteil angesehen wurde. Friedrich der Große erklärte, jeder Mann von Geschmack müsse die Henriade der Iliade vorziehen.

Sein zweites Epos »La Pucelle d'Orléans«, eine Parodie auf Jeanne d'Arc, ist eine private Lausbüberei, die er gar nicht für die Veröffentlichung bestimmt hatte; aber der Gedanke, ein Werk Voltaires nicht zu kennen, wäre der damaligen gebildeten Welt unerträglich gewesen, und man wußte sich durch seine Sekretäre heimliche Abschriften zu verschaffen. Das Gedicht besaß übrigens alle Eigenschaften, die es für ein Rokokopublikum zu einer Ideallektüre machen mußten: Es war witzig, schlüpfrig und antiklerikal.

Als Dramatiker hat Voltaire vor allem das Verdienst, daß er mit der pseudoantiken Tradition gebrochen hat: Er brachte amerikanische, afrikanische, asiatische Stoffe auf die Bühne. Von Shakespeare war er nicht ganz so unbeeinflußt, wie man nach Lessings überstrenger Kritik glauben sollte; von ihm hat er das Geistreiche, Bunte, in einem höheren Sinne Aktuelle; in seinen »Briefen über England« rühmt er ihn denn auch als kräftiges, fruchtbares, natürliches und erhabenes Genie von seltsamen und gigantischen Ideen, als alter Mann nannte er ihn allerdings einen Dorfhanswurst, gotischen Koloß und trunkenen Wilden. Als Charakterzeichner und Kompositeur steht er so tief unter Shakespeare, daß er nicht einmal als dessen Schüler angesprochen werden kann. Seine Stärke lag auch bei seinen Dramen in der vollendeten Form. Der Alexandriner, in seiner Eigenschaft als zweigabelig antithetisches und auf den Reim zugespitztes Versmaß, bewirkt, daß alles, was durch ihn gesagt wird, sich unwillkürlich in eine Pointe, ein Epigramm, ein dialektisches Kreuzfeuer, ein melodisches Plaidoyer verwandelt. Hier war nun Voltaire in seinem ureigensten Element, und es ist kein Wunder, daß der souveräne Beherrscher dieser Tiradenpoesie der Lieblingsdramatiker eines Volkes von Rhetorikern und eines Jahrhunderts der Philosophie geworden ist.

Zweck und Hauptthema ist in der Henriade der Kampf gegen Fanatismus und Intoleranz, in der Pucelle die Verhöhnung der Wundersucht und des Aberglaubens, und ebenso dominiert in Voltaires Dramen überall die Tendenz. »Alzire« schildert die Grausamkeit und Unduldsamkeit der Christen, die Peru erobern, »Le Fanatisme ou Mahomet, le prophète« zeigt schon im Titel die polemische Absicht an, und in der Tat ist der Held, wie Voltaire selbst sagt, ein bloßer »Tartuffe mit dem Schwert in der Hand« und sein offen eingestandenes Ziel *»tromper l'univers«*. Selbst in der »Zaïre«, einem der wenigen Stücke Voltaires, in deren Mittelpunkt die Liebe steht, handelt es sich in der Hauptsache doch wiederum um den Fluch der religiösen Vorurteile. Voltaire bezeichnet selber einmal die Bühne als Rivalin der Kanzel. Sie ist für ihn immer nur das Megaphon seiner Ideen: Rostra, Tribunal, Katheder, philosophischer Debattierklub oder pädagogisches Hanswursttheater; aber niemals schafft er Menschen und Schicksale bloß aus dem elementaren Trieb zu gestalten. Darum ist diesem stärksten satirischen Genie des Jahrhunderts auch kein Lustspiel gelungen. Jener geheimnisvolle Vorgang, durch den dem dozierenden Dichter seine Abstraktionen sich unter der Hand mit Blut füllen, seine Zweckgeschöpfe sich plötzlich vom Draht der Tendenz lösen und selbständig machen, trat bei ihm nie ein. Dieser Kaffeetrinker war zu wach, zu luzid, zu beherrscht, um sich von seinen Kreaturen unterkriegen zu lassen.

Voltaire als Historiker

»Ich möchte etwas behaupten, was Ihnen wunderlich erscheinen wird«, schrieb Voltaire 1740 an d'Argenson, »nur wer eine Tragödie schreiben kann, wird unserer trockenen und barbarischen Geschichte Interesse verleihen. Es bedarf, wie auf dem Theater, der Exposition, Verwicklung und Auflösung.« Sein Doppeltalent des Betrachtens und Gestaltens, das ihn auf der Bühne nur zu zeitgebundenen Schöpfungen gelangen ließ, hat ihn als Historiker zu Leistungen befähigt, die der Zeit weit vorauseilten. Während seine Tragödien in Geschichtsphilosophie zerrinnen, verdichten sich seine historischen Darstellungen zu wahren Dramen. Sein »Siècle de Louis Quatorze« und sein »Essai sur les mœurs et l'esprit des nations« sind die ersten modernen Geschichtswerke. Statt der bisher beschriebenen langwierigen und langweiligen Feldzüge, Staatsverhandlungen und Hofintrigen schilderte er zum erstenmal die Kultur und die Sitten, statt der Geschichte der Könige die Schicksale der Völker. Die stupende Beweglichkeit und Energie seines Geistes, die sich für alles interessierte und alles interessant zu machen wußte, kam ihm auf diesem Gebiete besonders zu Hilfe. Allerdings dient auch hier die Darstellung der Polemik gegen den Erbfeind, die Kirche; aber diese tendenziösen Absichten wirken in seinen historischen Gemälden der Natur der Sache nach viel weniger störend als in seinen dramatischen und epischen, und sie treten in ihnen merkwürdigerweise auch viel weniger aufdringlich hervor.

Diesem ruhmvollsten Zweig seiner literarischen Tätigkeit hat er sich erst in der zweiten Hälfte seines Lebens mit voller Intensität gewidmet. In seinen jüngeren Jahren gehörte sein wissenschaftliches Hauptinteresse den exakten Disziplinen. Er schrieb eine klassische Darstellung der Philosophie Newtons, die diesen auf dem Kontinent erst populär machte, und hatte in Cirey ein großes Laboratorium, wo er mit Madame du Châtelet, die ein außergewöhnliches Talent für die mathematischen und physikalischen Fächer besaß, fleißig experimentierte. Lord Brougham sagte von ihm: »Voltaire würde auf der Liste der großen Erfinder stehen, wenn er sich länger mit Experimentalphysik befaßt hätte.«

Voltaire als Philosoph

Im Bewußtsein des achtzehnten Jahrhunderts figurierte er auch als großer Philosoph, obgleich er selbständige Gedanken nicht produziert hat, sondern auch hier wiederum nur das Verdienst der glänzenden Formulierung für sich in Anspruch nehmen kann. Wenn man versucht, seine vielfältigen philosophischen Äußerungen auf ein größtes gemeinschaftliches Maß zu bringen, so dürfte sich die Forderung nach möglichster Freiheit aller Lebensbetätigungen als generelle Grundstimmung ergeben. Er kämpfte gegen den Despotismus, wo immer er ihn fand oder zu finden glaubte, und verteidigte die unbeschränkte Selbstbestimmung des Individuums in allen geistigen und physischen Dingen, sogar das Recht auf Homosexualität und Selbstmord. Die Revolutionsmänner haben ihn daher für sich reklamiert und ließen 1791 an seinem Geburtstag seinen Leichnam unter ungeheuerm Gepränge ins Pantheon überführen. Aber wenn er die Jakobiner noch erlebt hätte, so wäre er vermutlich zur Feier seines hundertsten Geburtstags guillotiniert worden. Er dachte nämlich, wenn er von Freiheit redete, immer nur an die oberen Zehntausend; vom Volke aber sagte er: »Es wird immer dumm und barbarisch sein; es sind Ochsen, die ein Joch, einen Stachel und Heu brauchen.« Er erwartete die Reform von oben, durch eine aufgeklärte Regierung. 1764 schrieb er: »Alles, was ich rings um mich geschehen sehe, legt den Keim zu einer Revolution, die unfehlbar eintreten wird, von der ich aber schwerlich mehr Zeuge sein werde. Die Franzosen erreichen ihr Ziel fast immer zu spät, endlich aber erreichen sie es doch. Wer jung ist, ist glücklich; er wird noch schöne Dinge erleben.« Gibt man den letzten Worten eine falsche Betonung, so können sie in der Tat als Prophezeiung der Revolution gelten.

Da er in allem, was er sprach und schrieb, die Essenz seiner Zeit war, so hat er auch als Religionsphilosoph deren Platitüden geteilt. Er erblickt in Jesus einen »ländlichen Sokrates«, an dem er vor allem den Kampf gegen die Hierarchie schätzt, und in den Wundern, die ihm zugeschrieben werden, teils spätere Erfindungen, teils Täuschungen, die er sich erlaubte, um das abergläubische Volk für seine Lehre zu gewinnen:

»Je genauer wir sein Benehmen betrachten, desto mehr überzeugen wir uns, daß er ein ehrlicher Schwärmer und guter Mensch war, der nur die Schwachheit hatte, von sich reden machen zu wollen.« Die Evangelienkritik gehört zu den wenigen Gebieten, wo Voltaire tatsächlich der Banalität seines biederen Biographen David Friedrich Strauß nahegekommen ist, der im übrigen von ihm so viel Ahnung hat wie ein Oberlehrer von einer Satansmesse. Im kürzesten Auszug hat Voltaire seine Weltanschauung in seiner »Profession de Foi des Théistes« mitgeteilt: »Wir verdammen den Atheismus, wir verabscheuen den Aberglauben, wir lieben Gott und das Menschengeschlecht.« Anfänglich neigte er auch dem leibnizischen Optimismus zu; aber nach dem Erdbeben von Lissabon, das zwei Drittel der Stadt zerstörte und dreißigtausend Menschen tötete, änderte er seine Meinung: In dem Gedicht »Le désastre de Lisbonne« polemisierte er gegen Popes Satz: *»whatever is, is right«* und sprach die bloße Hoffnung aus, daß eines Tages alles gut sein werde; wer aber glaube, daß schon heute alles gut sei, befinde sich in einer Illusion. Die Willensfreiheit hat er ebenfalls anfangs bejaht, später geleugnet; über die Unsterblichkeit hat er sich oft, aber schwankend und widersprechend geäußert. Die Existenz Gottes hat er an keiner einzigen Stelle seiner Schriften in Abrede gestellt, wohl aber seine Erkennbarkeit: »Die Philosophie zeigt uns wohl, daß es einen Gott gibt«, sagt er in seinem »Newton« und ähnlich an vielen anderen Orten, »aber sie ist außerstande, zu sagen, was er ist, warum er handelt, ob er in der Zeit und im Raum ist. Man müßte Gott selbst sein, um es zu wissen.« Sein berühmter Ausspruch »Wenn Gott nicht existierte, so müßte man ihn erfinden« scheint eine skeptische Pointe zu enthalten, weil er fast immer falsch, nämlich halb zitiert wird; aber die zweite Hälfte des Satzes lautet: *»mais toute la nature nous crie qu'il existe.«*

Le jardin

Indes ist es bei einem so sensibeln und desultorischen Geist, der so sehr der künstlerischen Stimmung und dem persönlichen Eindruck jedes Augenblicks unterworfen war, sehr schwer zu sagen, was seine wahre

Meinung über diese Dinge war. Und zudem ist alles, was er öffentlich geäußert hat, nur exoterische Lehre; in den Geheimkammern seines Hirns befanden sich möglicherweise ganz andere und viel radikalere Gedanken. Vielleicht ist sein wahres Glaubensbekenntnis in den Worten an die Marquise du Deffand enthalten, die er sechs Jahre vor seinem Tode schrieb: »Ich habe einen Mann gekannt, der fest überzeugt war, daß das Summen einer Biene nach ihrem Tode nicht fortdaure. Er meinte mit Epikur und Lukrez, daß es lächerlich sei, ein unausgedehntes Wesen vorauszusetzen, das ein ausgedehntes Wesen regiere, und noch dazu so schlecht. [...] Er sagte, die Natur habe es so eingerichtet, daß wir mit dem Kopfe denken, wie wir mit den Füßen gehen. Er verglich uns mit einem musikalischen Instrument, das keinen Ton mehr gibt, wenn es zerbrochen ist. Er behauptete, es sei augenscheinlich, daß der Mensch, wie alle anderen Tiere, alle Pflanzen und vielleicht alle Wesen der Welt überhaupt, gemacht sei, um zu sein und nicht mehr zu sein. [...] Auch pflegte dieser Mann, nachdem er so alt geworden war wie Demokrit, es ebenso zu machen wie Demokrit und über alles zu lachen.« Und schon neun Jahre früher, an der Schwelle seines achten Jahrzehnts, gab er seiner tiefen Resignation in einem Briefe an d'Argenson Ausdruck: *»J'en reviens toujours à Candide: il faut finir par cultiver son jardin; tout le reste, excepté l'amitié, est bien peu de chose; et encore cultiver son jardin n'est pas grande chose.«*

Cultiver son jardin: Diesen Garten, den Voltaire gepflanzt hatte, immer dichter und üppiger zu bebauen, war das Pensum, das die sogenannte »Aufklärung« sich stellte und löste. Voltaire hielt es für eine kleine Sache, sie aber hielt es für eine große.

Kulturgeschichte der Neuzeit. München o. J. Seite 634–647 (Erstauflage 1927–31)

Es geschieht mir recht oft, daß ich von einem eigenartigen Werk träume, das zustande zu bringen schwer, aber nicht unmöglich ist, das irgend jemand irgendeines Tages schreiben wird und das im Schatzhaus unserer Literatur seinen Platz unmittelbar neben der *Menschlichen Komödie* finden würde, deren wünschenswerte Fortsetzung es wäre: ein Werk über die Abenteuer und Leidenschaften des Verstandes. Es wäre dies eine Komödie des Intellekts, das Drama derer, die sich dem Verstehen und dem Erschaffen verschrieben haben. Aus diesem Werk ginge hervor, daß alles, was die Menschheit von den Tieren unterscheidet, was sie ein wenig über die monotonen animalischen Lebensbedingungen erhebt, die Leistung einer beschränkten Zahl einzelner Menschen ist, denen wir verdanken, was wir zum Denken brauchen, wie wir den Bauern verdanken, was wir zum Leben brauchen.

Wir wissen ja sehr wohl, daß *jede zivilisierte Nation, das heißt jede Nation, die dem Gedanken eine größere Bedeutung beimißt, als ihm im praktischen Leben zukommt,* in den Augen aller anderen gleichsam mit dem Kennzeichen der Namen einiger Schriftsteller versehen ist, die der Sprache ihrer Nation die Würde eines Ausdrucksmittels von universalem Rang verliehen haben. Wir sagen *Shakespeare,* wir sagen *Cervantes,* wir sagen *Tolstoi;* und wir meinen: *England, Spanien, Rußland.*

Aber einige dieser großen Namen vergegenwärtigen nicht nur eine Nation und nicht nur die Erinnerung an wunderbare Werke, sondern suggerieren zugleich die Vorstellung von typischen Formen schöpferischen Daseins, gleichsam notwendige Figuren der intellektuellen Komödie, von der ich gesprochen habe.

Frankreich besitzt viele solche herausragende Gestalten, die als Berühmtheiten nicht nur von einer Aura der Unsterblichkeit, sondern auch einer Atmosphäre fast familiärer Gegenwart umgeben sind. Montaigne, Pascal, Rousseau sind gemeinhin ein wenig mehr als nur Autoren: Sie sind verschiedene Beispiele kennzeichnender Lebenshaltungen, so sehr, daß wir nicht an ihr Werk denken können, ohne nicht zugleich an ihr Wesen zu denken. Sogar für den, der kaum etwas von ihnen gelesen hat, ist Montaigne, ist Pascal ein Begriff. Diese Autoren sind als Individuen Begriffe.

Montaigne, Pascal, Voltaire: Diese Liste ist gewiß nicht vollständig. Doch genügt sie in dieser Form, um zu zeigen, wie verschiedenartig die Gesichter eines Volkes sind, das sich keineswegs auf den gemeinsamen Nenner nur einer Rasse bringen läßt, sondern sich als sehr viel feineres Amalgam erweist.

Wie verschiedenartig wir sind, macht Voltaire am deutlichsten. Er besaß, fürchte ich, fast alle Untugenden, die man uns gern zuschreibt; und wenn er nicht alle unsere Vorzüge hatte, so besaß er doch einige von ihnen in höchster Potenz. Wir müssen zugeben oder darauf bestehen – je nach Geschmack –, daß er als typischer Franzose zu gelten hat. Man kann sich ihn unter keinem andern Himmel denken, ja vielleicht sogar unter keinem anderen als dem von Paris. Weshalb denn auch sein Name, nach 250 Jahren, noch immer unter uns sehr heftige und einander äußerst entgegengesetzte Stellungnahmen auslöst. Die einen verabscheuen und fürchten immer noch den, der sich mit Genuß über die Gegenstände ihres Glaubens lustig machte, ihre religiösen Anschauungen mit Spott überhäufte und den Buchstaben der Heiligen Schrift gegen ihren tiefen Sinn und gegen ihren Geist ausbeutete. Die anderen sehen in ihm den Apostel der Gedankenfreiheit und den Verteidiger jener heiligen Rechte, die jeder jedem zuzuerkennen verpflichtet ist.

Im übrigen stimmen das Evangelium und die Menschenrechte schließlich im Wesentlichen überein: dem unendlichen Wert der Person. Es scheint, daß Frankreich auf eine, dem analoge, Scheidung der Ideale und Gegensätzlichkeit der Gefühle nicht gut verzichten kann, weshalb Voltaire, dessen Namen auszusprechen genügt, um sogleich die ewigen und einander widerstreitenden Bestandteile unseres politischen Lebens in Aufruhr zu bringen, mag man ihn verwünschen oder preisen, lebt und die Epochen überdauert. Voltaire bleibt nach wie vor aktuell.

Voltaire ist im Todesjahr Ludwigs XIV. einundzwanzig Jahre alt. Er stirbt vierundachtzigjährig, als König des europäischen Geistes. Er war der erste, der um eine Epoche trauerte, deren ganze Fremdartigkeit und Originalität sich uns entzieht, weil wir schon seit unserer Kindheit allzu sehr mit ihrer Sprache und ihrem eindrucksvollen Ordnungsgefüge vertraut sind. Sie liebt den Pomp und die Vereinfachung, sie bildet die Logik aus und die Willkür, alle Unnachgiebigkeiten des Gedankens, allen Prunk des schönen Scheins; in ihr prägt der Wille alle Formen der Kunst, wird das Natürliche mit künstlichen Mitteln erstrebt und bisweilen durch Abstraktion erreicht. In ihr vereinen sich Nüchternheit und Theatralik. Im Leben des Monarchen selbst verbinden sich eine aufrichtige Frömmigkeit und eine genaue Beachtung der religiösen Pflichten mit einer Folge von Liebesaffären, die allen bekannt sind und zu deren illegitimen Früchten der Monarch sich öffentlich bekennt, um sie in die höchsten Staatsämter einzusetzen.

Voltaire legt dieses Jahrhundert ins Grab. Doch wie groß ist sein Respekt, wie vollkommen ist das Werk, mit dem er es in seinen Ruhm hebt! Er gibt ihm den Namen des Königs. Er stellt als erster fest, daß während der Dauer dieser Herrschaft Europa die Überlegenheit unserer Nation sowohl im Bereich der leitenden Ideen und des allgemeinen Stils der Werke des Geistes als auch in dem der Gesittung anerkannte – eine Überlegenheit, der weder Mißstände noch Rückschläge noch der spätere Erschöpfungszustand des Königreichs Abbruch tun konnten. Und er hat die völlig neue und höchst glückliche Idee, in ein Geschichtswerk eine Beschreibung des Zustandes der Literatur und Kunst der Zeit einzuführen, die es behandelt. Er war es, der fehlerfrei und lückenlos, ohne daß die Nachwelt irgendeinen Namen hätte streichen oder ergänzend hätte hinzufügen müssen, die Liste jener großen Schriftsteller aufgestellt hat, die wir unsere Klassiker nennen.

Er ist unbestreitbar der Erfinder dieses berüchtigten und gebieterischen, dabei völlig französischen Begriffs des Klassischen, er, der in seinen reiferen Jahren mit überaus klarem Blick das nunmehr abgeschlossene und gleichsam zu einem autoritären System der Vollendung gewordene Ganze einer literarischen Produktion erster Ordnung hat überschauen können. In ihren Strukturen und in der Ökonomie ihrer Wirkungen war diese Literatur unmittelbar inspiriert von den reinsten Vorbildern der Antike, doch sie wurde zugleich auch genährt von der heiligen Einfachheit der Vulgata, durchdrungen schließlich von einem Sinn für Genauigkeit, den seit Descartes ein gewisser Geschmack an der Geometrie in mehr als einem Gebildeten entwickelt hatte.

Dennoch setzt Voltaire sein ganzes Leben daran, alles zu vernichten und in dem Feuer, das er war, zu verbrennen, was von dem großen Jahrhundert geblieben war: seine Traditionen, seinen Glauben, seinen Prunk – nicht jedoch seine Werke. Zwischen der Zeit seiner Jugend und der Zeit, die ihn sterben sah, ist der Gegensatz frappierend. Wäre er nur zehn Jahre später gestorben, so hätte dieser Mann, der noch Ludwig XIV. sah, das Ende des Terrors erlebt, sofern er nicht durch ihn, vor dem Thermidor, ums Leben gekommen wäre.

Darin mag er an den Gott Janus erinnern, dem die Römer zwei in verschiedene Richtungen blickende Gesichter gaben: den Gott des Anfangs und des Endes. Doch das Antlitz des jungen Voltaire blickt auf die prunkvoll traurige Dämmerung, in deren dunklem Purpur der Sonnenkönig untergeht – erdrückt unter der Last seines Ruhmes und sich der Nacht überlassend –, wie auf eine festliche Sonne, die nicht wiederkehren wird. Und das andere Antlitz dieses Janus, das Antlitz des alten Voltaire, das sich dem Sonnenaufgang zukehrt, sieht, daß eine fremdartige Morgenröte gewaltige Wolken bestrahlt. Tief am Horizont zucken Blitze... Zwischen den beiden Endpunkten seines Lebens: eine stupende Aktivität.

Er ist der Geistvolle par excellence, der gewandteste, der behendeste, der wachste unter den Menschen. Neben ihm scheinen alle anderen zu schlafen oder dahinzudämmern. Seine Irrtümer berichtigt er ebenso flink, wie er sie begeht; unberührt geht er durch sie hindurch. Er stellt Fragen auf allen Gebieten und gibt Antworten nach allen Seiten. Er äußert sich zu allem, unbesonnen mitunter, doch immer mit einer Lebhaftigkeit, die bei ihm mit dem Alter zuzunehmen scheint. Dieser Mensch ist ein physiologisches Wunder. Er ist die Vitalität selbst, gebraucht und verbraucht dabei einen Körper, der immer kränkelt, voller Beschwerden, Gebrechen, Launen steckt und ihn doch von Krankheit zu Krankheit, von Genesung zu Genesung bis ins höchste Greisenalter bringt, abgemagert bis zum Skelett, aber bis zum letzten Tag mit gleichsam unerschöpflicher Spannkraft reagierend. Kein Antlitz eines berühmten Mannes ist bekannter – ausgenommen vielleicht das Napoleons – als dieses Greisenantlitz mit seinen eingefallenen Wangen, den vortretenden Backenknochen und den so stark vertieften Augenhöhlen, daß das auf diesen Zügen erstarrte anatomische Lächeln an einen Totenschädel denken läßt. Doch in den Schächten dieser Augenhöhlen glänzen Augen, die lebhafter sind als die Augen gewöhnlicher Sterblicher, und keine Lächerlichkeit und Ungerechtigkeit auf dieser Welt, nichts Verabscheuungswertes entgeht ihnen je. Bis zum Ende ist er von einer außergewöhnlichen Reizbarkeit. Begleitet, getragen, belebt und gleichsam berauscht von der Menge, dem Schwarm von Gegnern, die er sich schafft wie aus Freude am Spiel (in Wahrheit aus organischer Notwendigkeit), lebt er buchstäblich von seinen Feinden, lebendigen oder abstrakten, und kein Mensch hat je in stärkerem Maße von dem gezehrt, was an den Sitten und Werken der Menschen und an ihnen selbst verletzbar und Geistesblitzen preisgegeben ist. Er beginnt als bemerkenswert begabter Schilderer geschichtlicher Ereignisse, und er entpuppt sich rasch als genialer Karikaturist. Er zeichnet mit wenigen Worten so fabelhafte Hampelmänner, phantasievoll und zugleich so wahr, Weise, Magier, Richter, Damen oder erstaunliche Deutsche, daß man nicht umhin kann, an unseren großen Daumier zu denken und insgeheim zu bedauern, daß damals niemand daran gedacht hat, diesen kraftvollen Künstler um Illustrationen zu Candide oder Zadig zu bitten. Ein wirkliches Unglück für unsere Kunst, ein Verlust, der wettgemacht werden müßte, eine jener entgangenen Gelegenheiten, die der Geist zu spät entdeckt und die er beklagt.

Voltaires Leben mutet selbst an wie eines jener Märchen, die er schrieb. In seiner Lebensgeschichte gibt es Szenen, die aus einem Vaudeville stammen könnten, und solche wie aus einem Märchenspiel, dramatische Streiflichter und Apotheosen. Er läßt sich bewundern, verabscheuen, hassen und anbeten, prügeln und krönen mit einer Art von enzyklopädischer Meisterschaft in der Kunst, die gegensätzlichsten Gefühle aufzustacheln, sich Todfeinde, Gläubige und fanatische Jünger zu schaffen und niemandem gleichgültig zu sein, während ihm selbst nichts Menschliches fremd ist und eine unersättliche Neugier ihn quält. Alles weckt in ihm die Gier, kennenzulernen, zusammenzufassen, zu bekämpfen; alles ist ihm Nahrung und schürt so die lebendige Flamme, in der ununterbrochene Umschmelzungen vor sich gehen, die Begeisterungen einander ablösen und der Geist der Scheidung jeden bloßen

Schein von Wahrheit auflöste, der sich durch das Jahrhundert schleppt und dessen sich die Trägheit der Geister noch immer nicht entledigt hat.

Die Philosophen nach ihm wollen nicht, daß man ihn einen Philosophen nenne. Sie verweigern ihm einen Titel, den seine ganze Epoche ihm gab. Sie meinen offenbar, daß ein Philosoph ein Mann sei, der bei Begriffen verweilt – als ob Worte mehr Bestand und Tiefe hätten als der geistige Ort und Augenblick, der sie in uns Leben gewinnen läßt. Aber Voltaire fliegt über sie hinweg. Vielleicht fühlt er mit seiner ganzen nervösen Natur allzu sehr, daß ein geistiger Gehalt nur die Dauer eines Aufleuchtens hat, daß der Geist Leben ist und das Wesen des Lebens Übergang.

Nein, er ist kein Philosoph. Er ist ein Mann, der sich in allen Bereichen versucht, der alles angepackt hat: Tragödie, Epigramm, Geschichte, Epos, Märchen, Essay – und die unzähligen Briefe; ein Mann, der Shakespeare in Mode brachte und den Ruhm Racines gesichert und befestigt hat; der Leibniz verspottet und gegen die Religionen eine Art fortwährenden Kleinkriegs geführt hat, der jedoch am Eingang seines Gutes in Ferney Gott eine Kirche errichtete mit der Aufschrift: DEO EREXIT VOLTAIRE.

Ein Mann, der so viel schrieb und über den man so viel schrieb, dem man so viel Schlechtes nachsagen kann – man hat nicht versäumt, es zu tun –, ein Mann, über den Joseph de Maistre voller Bewunderung und Abscheu das antithetische, für seine Lehre und seinen Geschmack charakteristische Urteil fällte: »Ich wünschte ihm eine Statue… von der Hand eines Henkers.« Nein, er ist kein Philosoph, dieser Teufel von einem Menschen, dessen Beweglichkeit, Fähigkeiten und Widersprüchlichkeiten eine Figur ergeben, der nur die Musik, die lebendigste Musik zu folgen vermöchte, zu folgen bis an sein Ende, bis zu jener Stunde, da er, unfähig, seine vierundachtzig Jahre still zu halten, sich nach Paris ins Theater fahren läßt, dorthin, wo ihn der Triumph erwartet. Man krönt ihn. Er stirbt, und dieser Zerbrecher von Idolen ist sterbend selbst ein Idol.

Doch wie die Philosophen ihn aus ihrer Philosophie verbannt haben, so werden auch die Dichter, die bald folgen, die Kinder des neuen Jahrhunderts, ihm die göttliche Gabe der Dichtung absprechen. Seine Trokkenheit, sein Mangel an Wärme und Farbe, sein Skeptizismus – sagt man – seien trostlos. Allerdings scheint uns, daß seine Verse wenig melodisch sind und zu gut zu jenem abscheulichen Dictum d'Alemberts stimmen, der zu sagen wagte, die besten Verse seien die, die sich am meisten einer guten Prosa näherten. Doch wer weiß, wie die Zukunft die Romantiker beurteilen wird? Ronsard befand sich zur Zeit Voltaires in einer hoffnungslosen Lage; und Racine war um 1840 allem Anschein nach recht siech. In der Ewigkeit der Literatur haben diejenigen, die am gründlichsten tot sind, einige Aussichten auf ein neues Leben. Die von ihrer Zeit am meisten geliebt wurden, sind auch am meisten in Gefahr, recht bald in den Bibliotheken des Vergessens zu verschwinden.

Fast alle diese Einwände gegen Voltaire richten sich, alles in allem, gegen das Zuviel an Geist, das er besaß. Er hatte Geist, also war er oberflächlich. Er hatte zuviel Geist, also fehlte es ihm an Herz. So sagen alle. Aber anders als das Sprichwort will, wissen alle durchaus nicht mehr als der eine Voltaire, und es kommt im Gegenteil vor, daß alle recht dumm sind. Die Ereignisse beweisen es leider nur allzu oft, denn sie sind ja schließlich das Ergebnis dessen, was alle allen antun.

Doch dieser Mann von Geist par excellence entdeckt plötzlich, da er ins letzte Drittel seines Lebens eintritt, so als sei all sein Geist ihm nur gegeben worden und als habe er ihn nur deshalb vierzig Jahre lang geübt, geschärft, mit Kenntnissen und mit Giften versehen, um sich aus ihm eine Waffe für den edelsten Kampf zu fertigen – dieser Mann entdeckt plötzlich in sich eine ganz neue Berufung und Leidenschaft. Trokken und oberflächlich nennt man ihn, nun gut! Aber wie viele Menschen mit Tiefe, wie viele mit Gefühl haben für die Menschheit insgesamt so viel getan wie damals dieser skeptische, dieser wetterwendische Voltaire? Man muß schon zugeben, daß sein »scheußliches Lächeln« so manche Scheußlichkeit aufgedeckt und ihre Abschaffung beschleunigt hat.

Für seine Unsterblichkeit ist dies die entscheidende Phase seiner Laufbahn: seine Metamorphose in einen Freund und Verteidiger der Menschheit. In einem Alter, da im allgemeinen ein Leben in der Öffentlichkeit sich dem Ende zuneigt, da er im Vollbesitz des Ruhmes war, den die Literatur jemandem verleihen kann, bewundert allerorts und reich, hätte er sich mit dem Genuß jener unangestrengten geistigen Universalität begnügen können, die in der Atmosphäre seiner Zeit gleichsam spielerisch einhertrieb – jener enzyklopädischen Atmosphäre, die so berauschend ist für den Verstand, dessen goldenes Zeitalter angebrochen war –, doch er, er verwandelte sich in den, den wir heute feiern. Wäre er mit sechzig Jahren gestorben, so hätten wir ihn heute fast vergessen und uns hier nicht feierlich versammelt, um den Autor der *Mérope*, der *Zaïre*, der *Henriade* zu ehren. Wir wissen ja, daß der tiefere Grund dieser Feier weniger der ist, der Geburt eines berühmten Mannes zu gedenken, diesem Mann und seinem Werk Ehre zu erweisen, so beachtenswert und funkelnd es auch sei, als vielmehr der, daß wir, Franzosen, das feiern, was seine beharrlichste und großartigste Leidenschaft erstrebte: die Freiheit des Geistes. Wir wissen, was diese Freiheit wert ist. Wir wissen, was sie kostet. Aber wir sollten vielleicht noch deutlicher erkennen, daß ihr würdigster Gebrauch, ihre Erprobung und die Gewähr ihrer Dauer darin bestehen, daß sie selbst ihrer so kostbaren und so furchtbaren Macht, alle Dinge in Frage zu stellen, Grenzen setzt. Sie ist in Gefahr, diese Freiheit; sie ist verloren, sobald sie diese bisweilen schwer zu erkennenden Grenzen hinter sich läßt.

Voltaire beginnt also mit fast sechzig Jahren eine politische Wirksamkeit auf der Basis einer juristischen zu entfalten. Gerichtsdebatten haben bekanntlich im öffentlichen Leben unseres Landes seit jeher eine große Rolle gespielt. Ausgehend von Irrtümern oder Mißständen in der Justiz, hat er eine Reihe von Affären aufgegriffen, ja buchstäblich geschaffen, und ihnen durch sein Prestige und seine Begabung ein Echo verschafft, das die Zeit keineswegs ersticken konnte. Durch ihn werden einige Fälle bekannt, deren Namen sich noch in unsere heutigen Konflikte mischen. Spät entwickelt er eine tatkräftige Hochherzigkeit, eine unerwartete Empfindlichkeit gegenüber den legalen Erpressungen und Ungerechtigkeiten, die bis dahin als unvermeidbare Nebenwirkungen (wenn nicht als notwendige Bedingungen) der Existenz einer geordneten Gesellschaft galten. Die Strafwürdigkeit mancher Handlungen, die damals mit grausamen Mitteln geahndet wurden, erschien den fortschrittlicheren Geistern mehr und mehr als anfechtbar. Die Folter wurde mit abscheulicher Selbstverständlichkeit angewendet, und die Garantien für die Verteidigung des Angeklagten fehlten in einem erschreckenden Ausmaß. Voltaire greift diese Fälle von neuem auf und geht an ihre Wurzeln; er kommt auf die vorgebrachten Fakten zurück, prüft die Beweise, vergleicht die Geringfügigkeit der inkriminierten Handlungen mit dem exzessiven Maß der verhängten Strafen. Er beruft sich auf die Vernunft, aber er *zielt auf das Herz*. Was könnte der Vereinigung der Wahrheit mit dem Mitleid widerstehen? Beides wendet sich an das Menschlichste im Menschen, an das, was in ihm lebt, wenn er ohne Haß und Furcht ist, wie das Gesetzbuch sagt, wenn er frei ist, er selbst zu sein. Aber das bedeutete einen Eingriff in die geregelte Verwaltung des sozialen Lebens auf Grund einer nur persönlichen, staatlich nicht anerkannten Macht, die es wagt, sich mit der öffentlichen Macht zu messen, die sich selbst legitimiert durch ihr uneigennütziges Ziel und den Erweis einer höheren Notwendigkeit dieser Intervention und die sich auf die eigene Begabung, die Begabung allein verläßt. Ich muß mich verbessern: auf die Begabung im Verein mit dem Mut und dem Glauben. Er entreißt die Fälle, mit denen er sich befaßt, der engstirnigen, fast mechanischen Beurteilung, der Gleichgültigkeit oder der professionellen Gefühllosigkeit der Behörden und bringt sie vor einen Richter, der noch kaum weiß, daß er es in letzter Instanz ist, und der seine Macht und Zuständigkeit noch nicht kennt: den *Menschen*. Er zitiert das Gesetz vor den Menschen. Und das ist freilich Unordnung.

Aber es bedarf im durchschnittlichen Massenbewußtsein eines Volkes sehr wohl eines Elements der Reizung und der Zerstörung, das die abgestorbenen Teile – die Dinge nämlich, die richtig waren und es nicht mehr sind – auflöst oder ausätzt; das den Tod dessen beschleunigt, was nicht sterben will, und das dem zum Leben verhilft, was leben sollte und könnte. Es ist wohl notwendig, das, was in zu gleichmäßigem Wohlbehagen ruht und schläft, bisweilen aufzuschrecken aus seiner Beschaulichkeit und auf die tiefen Unzuträglichkeiten seines Zustandes hinzuweisen; denn es gibt heimtückische Leiden, die lange Zeit gar keine Schmerzen verursachen, und es gibt Schmerzen, die selbst der, der sie spürt, nicht beim Namen nennen und in Worte fassen kann, um über sie zu klagen und sich gegen sie zu wehren. Voltaire brachte der Allgemeinheit als erster und am nachdrücklichsten verabscheuenswerte Praktiken zu Bewußtsein, die man noch gar nicht verabscheuenswert fand und von denen man glaubte, sie seien von der Rechtsordnung selbst nicht zu trennen. Er weckt Skrupel, die noch niemand hatte, und ein noch unartikuliertes Grauen vor gewissen Prozeduren, deren unnütze, ungerechte und scheußliche Strenge hinzunehmen eine lange und ehrfurchtheischende Gewohnheit zwang, und er wird so ein Gesetzgeber einer bis dahin unbekannten Gattung, denn er definiert und formuliert ein bis dahin unbekanntes Verbrechen. Die Strafgesetze verfolgten bis zu diesem Zeitpunkt nur Verunglimpfungen und Verletzungen der sozialen Ordnung, des Staates und der Staatsreligion. Voltaire jedoch verkündet, daß es Verbrechen gegen die Menschlichkeit gibt und solche gegen das Denken, und er verhängt ihre Strafbarkeit. Er verfügt, daß in manchen Fällen die Bestrafung selbst zum Verbrechen wird, denn das Schauspiel grauenhafter Strafen weckt und nährt die verborgene Gewalttätigkeit der einen, während in den Augen der anderen der, der nur ein elender Verbrecher war, sich in ein fast unschuldiges Opfer verwandelt. Wenn die öffentliche Gewalt in Leidenschaft gerät und über den Körper eines Schuldigen herfällt, wenn sie sich dem Zorn überläßt oder eine Art Rache übt, so wird der abstrakte und reine Begriff des rechtsprechenden Staates dadurch verdunkelt und erniedrigt. Man stellt fest, daß der Staat selber von Instinkten beherrscht wird, die ihm fremd sein sollten und denen er sich nur zum Schaden seiner Legitimation hingibt.

Voltaire erreicht es, daß die Kriminalaffären, mit denen er sich beschäftigt, die ganze Menschheit beschäftigen. Einzig durch die Gewalt seiner Feder, mit nichts als Geist, bewegt und erschüttert er seine ganze Epoche. (Denkt man darüber ein wenig nach, so wird einem schwindelig.) Er wiederholt den großen Angriff, von dem das 16. Jahrhundert schon so eindrucksvolle Beispiele gegeben hatte: Ein nur sich selbst vertrauendes Unternehmen des Verstandes, das sich völlig in der Hand der herrschenden Macht befindet und unter ihren Augen handelt, bedroht doch diese Macht in ihrer Substanz selbst: jenes System mehr fiktiver als realer Kräfte, das nur Bestand hat dank der mehr oder weniger bewußten Billigung der Menschen, vor allem jedoch dank ihres Sichbescheidens. Ein soziales Gefüge ist um so solider, je weniger Kraft notwendig ist, es aufrechtzuerhalten.

Man wußte schon seit langem, daß die Literatur auch anderen Zwekken dienen kann als nur dem puren Vergnügen des Lesens. Grundsätzlich ist sie nichts anderes als die der Sprache gegebene Freiheit, ihr Amt zu mißbrauchen, um die Muße der Menschen mit Geschichten auszufüllen oder durch Formen zu verzaubern. Doch unter dem Schein dieser Vorwände und verführerischen Gestaltungen und auf dem Umweg über solche Annehmlichkeiten und Vergnügungen sickert die Kritik an der Zeit, den Gesetzen, den Mächten und den Mächtigen des Tages ein und verbreitet heimlich ihr Gift, das um so ätzender ist, je köstlicher es schmeckt. Zu Beginn des 18. Jahrhunderts gärt der Geist überall; aber noch sind Kunstgriffe unerläßlich. Montesquieu verkleidet sich als Perser. Zum Zweck einer Tarnung, die noch lange notwendig sein wird, erfindet Saint-Simon für seine Memoiren seine ungewöhnliche Sprache, deren Bissigkeit und deren lange, aus erstaunlichen Raffungen gebildete Perioden zukünftige Kenner bewundern werden.

Voltaire jedoch, durch seine unzähligen persönlichen Polemiken geübt in einer Fechtkunst, die behender war, weniger streng und doch ebenso gefährlich wie die des Autors der hundert Jahre zuvor erschienenen Lettres Provinciales, schuf sich eine durchsichtige, angriffslustige und flinke Prosa auf Kosten des großen Stils der gedrängt und klangvoll schreibenden Autoren, die in seiner Jugend seine geistige Nahrung gewesen waren. In den Augen vieler Leser waren diese Schriftsteller schwierige Autoren. Sie verwirrten mit ihren gelehrten Konstruktionen von allzu vornehmem Gefüge die ungeduldigen oder nur durchschnittlich gebildeten Geister, die bei der Entwirrung abstrakter und wohlrhythmisierter Perioden bald den Faden verloren.

Voltaire ersetzt diese wuchtigen Argumentationen durch eine Taktik der Geschwindigkeit, der kurzen Pointen, der Finten und des ironischen Geplänkels. Wechselnd vertauscht er die Logik mit der Komik, die Gescheitheit mit der reinen Phantasie, beutet alle Schwächen seines Gegners aus und hat ihn, wenn er von ihm abläßt, lächerlich oder am Ende ganz und gar verächtlich gemacht.

Und er hat auf diese Weise etwas erreicht, das bisher noch nicht genügend beachtet worden ist. Was man *öffentliche Meinung* nennt, bildete sich bis dahin in der unmittelbaren Umgebung des Hofes von Versailles, breitete sich in der Hauptstadt aus und konnte dann eine recht begrenzte Anzahl von Adligen und Gebildeten in den Provinzen erreichen. Voltaire durchbricht diesen Kreis, erweitert das Wirkungsfeld des geschriebenen Wortes. Sein Stil, das mächtige Interesse, das seinem Eintreten für Gerechtigkeit entgegenschlägt, und die Skandale, die er damit erregt, sichern ihm im ganzen Königreich und über seine Grenzen hinaus eine beträchtliche Leserschaft. Was Ansicht des *Hofes* und der *Stadt* war, wird die Meinung der *Öffentlichkeit.* Man erkennt, ein welch großes Gewicht und eine wie große Bedeutung eine bloße Veränderung der Form haben kann: *Eine leichte Form erschuf die Öffentlichkeit.* Lassen wir die Zahl dieser Leser noch wachsen, lockern wir die Fesseln aller Art, von denen die Sprache noch beengt wird, machen wir diese Sprache den Massen verständlich, entleihen wir diesen Massen einige familiäre und drastische Wendungen – und wir brauchen nicht mehr von der Öffentlichkeit zu reden, wenn wir von der Gesamtheit derer sprechen wollen, an die sich das geschriebene Wort wendet, die es erregen, überzeugen, zum Handeln bringen will. Wir müssen vom *Volk* reden, und *eben das ist die Revolution.*

Voltaire ist, wenn ich recht sehe, der erste jener Literaten, die auf dem Gipfel ihres Ruhmes ihre literarische Autorität gebrauchen oder mißbrauchen, um einen anderen Ruhm zu erstreben, den sie für berauschender und begehrenswerter halten. Sie brennen darauf, in der Welt der Politik eine ganz neue Laufbahn zu beginnen, und sie träumen davon, nach ihren Ideen jene Menschen handeln zu lassen, die zu belehren, zu erregen oder mit Bildern und Gesängen zu versehen sie sich bis dahin begnügt hatten. Wenig später werden Chauteaubriand, Lamartine, Victor Hugo, Zola – jeder auf seine Weise vom Dämon der Politik besessen – sich ihrer Zeitgenossen bemächtigen, um mit ihrer Hilfe die Ereignisse zu manipulieren, wie sie mit den rein literarischen Werken ihres Geistes die Seelen manipuliert hatten.

Er, Voltaire, konnte weder einen Sitz in einer gesetzgebenden Versammlung noch einen Ministersessel erhoffen. Mag man es wollen oder nicht, mag man ihn lieben oder nicht: Es geschah alles so, als habe ihn in diesem letzten Drittel seines Lebens nichts anderes bewegt und getrieben als die Sorge um das öffentliche Wohl. Wenn er heute wiederkehrte… was würde er sehen, was würde er sagen?

Ich sprach vorhin von einer Komödie des Intellekts, die geschrieben werden müßte und Balzacs gewaltige *Menschliche Komödie* ergänzen würde. Aber unsere Epoche wird vielleicht eine grauenhafte Komödie der Bestialität hervorbringen. Was sage ich! Eine Mythologie hätten wir verdient. Wir leben, wir atmen, wir bewegen uns inmitten von Helden und Ungeheuern. Furchtbare Individuen, denen alles menschliche Empfinden fremd zu sein scheint; unbegreifliche Völker, deren Leichtgläubigkeit, Brutalität, Stupidität nunmehr organisiert, armiert, diszipliniert auftritt und – ein völlig neuer Umstand – auf gefährliche Weise verbunden mit den Tugenden der Tapferkeit und dem Bewußtsein, nach allerbesten Kräften all das Unheil anzurichten, das Phantasie und Wissenschaft sich nur erdenken können; Probleme, die nicht ungelöst bleiben dürfen, wenn wir nicht zugrunde gehen wollen, und die an Komplexität alles übertreffen, was unsere besten Köpfe erfassen und berechnen können; das sind unsere Hydren, unsere Sphinxe, Minotauren und Medusen! Aber wir haben auch unsere Theseus und Perseus ... Ihnen, unseren Helden, verdanken wir, daß wir jetzt hier sind und frei, in Freiheit zu reden.

Auch Voltaire war auf seine Weise ein Held. Doch was vermöchte er heute? *Was vermag ein Mann des Geistes?* Welche Stimme wäre heutzutage imstande, alle anderen zu übertönen und sich vernehmbar zu machen trotz des Donners der Explosionen, des Gedröhns der Maschinen, des babylonisch wirren Propagandageschwätzes aus allen Richtungen, zu allen Stunden und in allen Häusern? Wo ist der Voltaire, der die moderne Welt auf die Anklagebank zwingt? Man möchte meinen, daß alle Anstrengung unseres Denkens, all der unerhörte Zuwachs an positiven Kenntnissen zu nichts anderem gut war als dazu, den Möglichkeiten der Menschenvernichtung eine alles zermalmende und wilde Wucht zu geben, und vor allem dazu, der Menschheit die seit Jahrhunderten gehegten Hoffnungen auf Zähmung der eigenen Natur zu zerstören. Müssen wir schließlich doch denen recht geben, die sagen, daß keine Grausamkeit, keine Barbarei, keine kalt berechnete Bösartigkeit je als endgültig ausgerottet und aus der Welt geschafft betrachtet werden kann? Was ist aus der königlichen Verordnung geworden, mit der die Folter abgeschafft wurde? Aber was ist aus den Verträgen und Konventionen geworden, aus den zaghaften Versuchen von Den Haag, den schiedsrichterlichen Gremien und Klauseln, die der einmütige Wunsch der Menschen, ich spreche von den *Menschen mit dem Antlitz von Menschen*, von denen erlangt hatte, die ihre Repräsentanten sind? Wo ist der Voltaire, wo die Stimme, die sich heute erhebt? Und welch gigantischer Voltaire wäre nötig als Widerpart einer in Brand geratenen Welt, um die maßlosen und planetarischen Frevel anzuprangern, zu verfluchen und auf die Dimensionen eines schmutzigen Verbrechens zurückzuführen? Schließlich geht es in unseren Tagen nicht mehr um ein paar unschuldig Hingerichtete, nicht mehr um Opfer, die man zählen könnte... heutzutage zählt man nach Millionen – und die Calas und die Chevalier de la Barre zählt man heute nicht einmal mehr. Schließlich geht es nicht mehr darum, ein paar Gerichtsurteile abzuändern und ein paar Gesetze zu reformieren. Es geht vielmehr um die gesamte Struktur der politischen und wirtschaftlichen Welt, die, schon in Friedenszeiten ungesichert und vom Auftreten völlig neuer Bedürfnisse erschüttert, pendelnd zwischen Überfluß und Mangel, zwischen Beharren auf Gewohnheiten und einmal eingenommenen Positionen einerseits und der ungeordneten Spontaneität schöpferischer Leistungen und ehrgeiziger Bestrebungen andererseits, in der ganzen Welt von den Flammen des Krieges erfaßt worden ist... Und was wir sehen, wenn wir die Augen unseres Verstandes diesem Schauspiel zuwenden (sofern dieser Verstand für einige Augenblicke die Herrschaft über seine Aufmerksamkeit zurückerlangt hat), ist ein Chaos von Widersprüchen und ein unaufhörlicher Wechsel von Unglück und Glück. In wenigen Monaten sehen wir aus Hoffnung Verzweiflung werden und das Gegenteil des Erwarteten geschehen; wir sehen, daß engste Partnerschaft sich in Gegnerschaft verkehrt; daß ein Sieg zerbricht, um sich in Niederlage zu verwandeln; daß eine Niederlage sich erholt, um zu einem Sieg zu werden.

Ob Voltaire bei dieser Lage der menschlichen Dinge, in der der Mensch immer weniger sich selbst begreift – wie er die Natur um so weniger zu begreifen scheint, je größer die Wirkungsmöglichkeiten sind, die er in ihr entdeckt –, ob er vor diesem phantastischen Gemälde noch jenes berüchtigte Lächeln aufsetzen könnte, das wir an ihm kennen? Vielleicht – wenn es mir gestattet ist, Ausführungen über einen Menschen, der ohne Pietät war, so zu beenden – vielleicht besänne er sich auf jenes letzte und göttliche Wort, das tiefste, einfachste und wahrste, das je über die Menschen gesagt worden ist, und damit über ihre Politik, über den Fortschritt ihrer Wissenschaften, über ihre Lehren und über ihre Konflikte – vielleicht sagte er leise jenen so offenkundig wahren Satz: *Sie wissen nicht, was sie tun.*

Gedenkrede auf Voltaire (1944), deutsch von D. Steland.
Aus: Jürgen von Stackelberg: Drei Dichter als Kritiker.
Göttingen 1965. Seite 195–207

PAUL HAZARD

Würde das Jahrhundert denselben Charakter gehabt haben, wenn Voltaire nicht gelebt hätte?

Er hat dem Deismus seinen unauslöschlichen Stempel aufgeprägt. Er war es, der ihn neu geformt hat; oder, wenn man ein anderes Bild vorzieht, er war es, der den Trank gefiltert hat; und als er mit seiner Arbeit fertig war, blieb nur eine kristallklare Flüssigkeit zurück. Um sich davon zu überzeugen, lese man nur eins der Handbücher des englischen Deismus, die *Religion of nature delineated* von Wollaston. Dies im Jahre 1722 zum erstenmal veröffentlichte Werk hatte im Urtext und in den Übersetzungen großen Erfolg. Vergleicht man es aber mit der Knappheit Voltaires, so wirkt es wie Geschwätz und Wortschwall. An die Stelle von Wollastons langen Auseinandersetzungen treten bei Voltaire ein paar rasche Schlußfolgerungen, ein paar geschickte Formulierungen, die so einfach sind, daß sogar ein Kind sie behalten könnte; treten zwingende Urteile, die Gesetzeskraft gewinnen.

Voltaire war es, der das Argument der ersten Ursachen eindringlich hervorhob; dank ihm fühlte sich der Mensch dem höchsten Wesen verpflichtet, das sich nicht begnügt hatte, ihn auf den rechten Platz zu stellen, sondern ihm auch die Freude geschenkt hatte:

Mortels, venez à lui, mais par reconnaissance;
La nature, attentive à remplir nos désirs,
Vous appelle à ce Dieu par la voie des plaisirs.
Nul encore n'a chanté sa bonté tout entière:

Par le seul mouvement il conduit la matière:
Mais c'est par le plaisir qu'il conduit les humains.[1]

Er war es aber auch, der angab, was man ablehnen müsse: Glauben wir an Gott, aber weigern wir uns, von seinem Wesen zu sprechen; weigern wir uns, von der Art und Weise seines Wirkens zu sprechen. Eine Grille, die vor einem kaiserlichen Palaste sitzt, erkennt, daß der Bau jemandem seine Entstehung verdankt, der mächtiger ist als die Grillen; sie ist jedoch nicht so närrisch, sich über diesen jemand zu äußern[2]: Dieses weise Verhalten wollen wir nachahmen.

Soit qu'un être inconnu, par lui seul existant
Ait tiré depuis peu l'univers du néant;
Soit qu'il ait arrangé la matière éternelle,
Qu'elle nage en son sein, ou qu'il règne loin d'elle;
Que l'âme, ce flambeau si souvent ténébreux,
Ou soit un de nos sens, ou subsiste sans eux,
Vous êtes sous la main de cet Être invisible...[3]

Man wird es sich also versagen, über die Seele zu urteilen; denn was weiß man von ihr? Über das Jenseits; denn was weiß man darüber? Jedesmal wenn man etwas behaupten will, stellt man als grundlegende Tatsache dasselbe unzweifelhafte Unvermögen fest.

1 *Cinquième Discours sur l'Homme, 1739.*
Kommt zu ihm, Sterbliche, aber aus Dankbarkeit;
auf unsres Sehnens Erfüllung bedacht, ruft die Natur
zu Gott euch auf den Weg der Freuden.
Keiner noch hat seine Güte ausgesungen:
Die Materie lenkt er allein durch die Bewegung,
die Menschen aber lenkt er durch die Freuden.

2 Voltaire, *Catéchisme chinois.* Im *Dictionnaire philosophique*, 1764.

3 Ebda. *Poème sur la loi naturelle*, 1756. Erster Teil. Anfang.
Mag ein unbekanntes, durch sich selbst bestehendes Wesen
das Universum vor kurzem aus dem Nichts gezogen haben;
mag es die ewige Materie geordnet haben,
mag sie in seinem Schoße enthalten sein, mag es fern von ihr herrschen;
und mag die Seele, diese oft so düstre Fackel,
unsrer Sinne einer sein, oder ohne sie bestehn,
ihr seid in den Händen dieses unsichtbaren Wesens.

Voltaire war es, der das Glaubensbekenntnis der Lehre verfaßte; es hat auf einer einzigen Seite Platz; im *Dictionnaire philosophique*, Artikel *Théiste*, heißt es:

Der Theist ist ein Mensch, der von dem Dasein eines ebenso gütigen wie mächtigen höchsten Wesens fest überzeugt ist, das alle ausgedehnten, lebenden, fühlenden, denkenden Wesen geschaffen hat; das ihre Gattung immerwährend erhält, die Verbrechen ohne Grausamkeit bestraft und tugendhafte Handlungen mit Güte belohnt.

Der Theist weiß nicht, wie Gott bestraft, wie er Gunst erweist, wie er verzeiht; denn er ist nicht vermessen genug, sich einzubilden, daß er erkennen könne, wie Gott wirkt; aber er weiß, daß Gott wirkt und daß er gerecht ist. Die Schwierigkeiten, die der Gedanke der Vorsehung bietet, erschüttern seinen Glauben nicht, weil sie nur große Schwierigkeiten, aber keine Beweise sind; er ist der Vorsehung untertan, obwohl er von ihr nur einige Wirkungen und einige äußere Erscheinungen wahrnimmt; und da er die Dinge, die er nicht sieht, nach denen beurteilt, die er sieht, denkt er, daß die Vorsehung sich auf alle Orte und alle Jahrhunderte erstreckt.

Durch dies Prinzip dem ganzen übrigen Universum verbunden, schließt er sich keiner der Sekten an, die sich alle widersprechen. Seine Religion ist die älteste und verbreitetste: denn die einfache Verehrung eines Gottes ist allen Systemen der Welt vorausgegangen. Er spricht eine Sprache, die alle Völker verstehen, während sie sich untereinander nicht verstehen. Er hat Brüder von Peking bis Cayenne und hält alle Weisen für seine Brüder. Er glaubt, daß die Religion weder in den Lehrmeinungen einer unverständlichen Metaphysik besteht noch in eitlem Gepränge, sondern in der Anbetung und in der Gerechtigkeit. Das Gute zu tun, ist sein Kultus, sich Gott zu unterwerfen, seine Lehre. Der Mohammedaner ruft ihm zu: »Hüte dich, wenn du nicht nach Mekka pilgerst!« – »Wehe dir«, warnt ihn der Barfüßer, »wenn du keine Wallfahrt nach Notre-Dame de Lorette machst!« Er lacht über Loretto und Mekka; er hilft aber dem Armen und tritt für den Unterdrückten ein.

Voltaire hat dem Deismus die Unterstützung seiner Kunst angedeihen lassen, indem er ihn anschaulich machte. Erklärt, daß ihr allen Anthropomorphismus ablehnt, und ihr habt wenig Aussicht, von den gewöhnlichen Lesern verstanden zu werden. Ihr werdet sie aber belustigen, wenn ihr schreibt: »Ich muß euch erzählen, was mir eines Tages zugestoßen ist. Ich hatte am Ende meines Gartens eine Laube bauen lassen; da hörte ich, wie ein Maulwurf mit einem Maikäfer diskutierte. ›Das ist ein schöner Bau‹, sagte der Maulwurf, ›das muß ein sehr mächtiger Maulwurf gewesen sein, der dies Werk aufgeführt hat.‹ – ›Sie scherzen‹, sagte der Maikäfer, ›ein ganz genialer Maikäfer ist der Erbauer dieses Gebäudes.‹ Seitdem habe ich beschlossen, niemals zu disputieren.«[4] Wenn ihr sagt, daß der Deismus nach eurer Ansicht von universeller Geltung sei, bleibt ihr im Abstrakten, ihr werdet aber gegenständlich und anschaulich, wenn ihr schreibt: »Ich zog alle jene Stellen zu Rate, durch die man überzeugend zu beweisen pflegt, daß alle, die nicht im Sorbonne-Viertel gewohnt haben, wie zum Beispiel die Chinesen, die Inder, die Skythen, die Griechen, die Römer, die Germanen, die Afrikaner, die Amerikaner, die Weißen, die Schwarzen, die Gelben, die Roten, die Wollköpfe, die langhaarigen Köpfe, die bärtigen und die bartlosen Kinne, daß sie alle, wie nur recht und billig, ohne Erbarmen verdammt seien; und daß nur eine grausame und abscheuliche Seele jemals denken könne, daß Gott mit einem einzigen von diesen guten Leuten Mitleid haben könnte.«[5]

Voltaire war es vor allem, der Wahrheit für gleichbedeutend mit Klarheit erklärte. Philosoph war er insofern, als seine Kunst von Gedanken durchtränkt war und er sich unablässig fragte:

Ce que c'est l'esprit, l'espace, la matière,
L'éternité, le temps, le ressort, la lumière,
Étranges questions…[6]

Philosoph war er auch insofern, als es keine Philosophie gab, weder eine weit zurück- noch eine naheliegende, weder eine antike noch eine

4 *Dictionnaire philosophique,* 1764, Artikel *Dieu.*
5 *Seconde anecdote sur Bélisaire,* 1767.
6 Deuxième discours sur l'homme, 1739:
Was der Geist ist, der Raum, die Materie,
die Ewigkeit, die Zeit, die Kraft, das Licht,
Seltsame Fragen…

moderne, die nicht seine Wißbegierde erregte und die ihm nicht der Beachtung würdig erschien. Wenn man aber unter Philosophen die verwegenen Geister versteht, die es wagen, aus ihren Hypothesen eine Schöpfung gleich der des Universums zu machen, die in die Mauern unseres Gefängnisses Öffnungen mit dem Blick auf das Unbekannte und Unerhörte zu brechen versuchen und die uns eine vollständige Erklärung des Mysteriums zu liefern vorgeben, dann gehört Voltaire nicht zur Zunft. Er ist immer noch der Denker, der am ausdrücklichsten die entschiedene Ablehnung der Metaphysik ausgesprochen hat. Er hat sich Spinoza genähert und ist dann zurückgewichen: Baruch Spinoza, ich weiß sehr wohl, daß du, was auch deine Verleumder darüber sagen mögen, ein vorbildliches Leben geführt hast; ich weiß sehr wohl, daß du in dem plumpen Sinne, den man für gewöhnlich dem Wort gibt, kein Atheist gewesen bist; ich weiß sehr wohl, daß du schwindelnde Gedankenflüge unternommen hast; ich weigere mich jedoch, dir zu folgen, und ich lehne dich ab, weil du nicht klar bist. Leibniz, ich weiß sehr wohl, daß du ein Genie warst; daß du überall die Harmonie gesucht und überall die Kontinuität gesehen hast; daß du nicht davor zurückgeschreckt bist, sogar das Übel anzupacken, um es zu erklären; aber ich mag dich nicht und behaupte sogar, daß du ein wenig lächerlich und ein wenig Charlatan bist und dich selbst nicht verstanden hast; ich mache mich über dich lustig, weil du von dunklen Wahrnehmungen gesprochen hast und weil deine Monaden nicht klar sind. Wolff, du bist weitschweifig, wortreich, schwerfällig; ich lehne es ab, dich in Betracht zu ziehen, weil du nicht klar bist, mag auch der Kronprinz von Preußen dir einige Achtung erweisen. Aber Locke ist einfach und klar, und darum werde ich mich an Lockes Weisheit halten...

In dieser Richtung ging er so weit, daß er zusammenhanglos wurde, da es ihm genügte, wenn jedes Stück seiner Sammlung für sich durchsichtig war, mochte es sich auch nicht besonders gut mit den benachbarten Stücken vertragen. Als Lockianer behauptete er, daß unsere Seele nichts Eingeborenes enthalte, es sei denn, daß es angeborene Anlagen gebe, wodurch alles wieder in Frage gestellt wurde. Er glaubte fest an die Kraft einer moralischen Ordnung, je weiter er aber in seinen Überlegungen gelangte, um so weniger gewiß war er der Freiheit; Moralität und Fatum erschienen ihm als zwei gleichermaßen klare Prinzipien; wenn sie sich schlecht miteinander vertrugen, ließ es sich nicht ändern. Der unbekannte Gott, auf den er vertraute, würde die Guten belohnen und die Bösen bestrafen; aber er bezweifelte, daß es ein Leben nach dem Tode gebe, in dem die Guten belohnt und die Bösen bestraft werden würden. Als wahr galt ihm einzig und allein die Tatsache, die durch die Analyse so lange vereinfacht wurde, bis ihr kaum mehr ein anderes Merkmal als die Klarheit blieb. »Ein Chaos von klaren Ideen« bleibt daher eine der treffendsten Bemerkungen, durch die man die Gesamtheit seiner Gedanken gekennzeichnet hat.

So wie er sich unbehaglich fühlte, sobald er sich dem Bereich des Wirren, des Nichtwahrnehmbaren, des Unbewußten näherte, ebenso wußte er auch nichts von den langsamen Entwicklungen, dem dunklen Zwang der Zeit und den Mühen des Werdens. Erkennbar ist, was unveränderlich ist; daher mußten die Sprachen, die Gattungen, die Natur unveränderlich sein. Die Vernunft war für ihn unveränderlich; sie hatte niemals andere Formen als die gehabt, die seine Zeitgenossen und er selbst ihr gegeben hatten, und sie würde niemals andere haben; die Gegenwart durchleuchtete die Vergangenheit. Wenn es jemals zwei miteinander unverträgliche Arten zu sprechen gegeben hat, dann waren es die von Vico und von Voltaire.

Voltaire hat dem Deismus den aristokratischen und gewissermaßen skeptischen Charakter genommen, den ihm Bolingbroke, und den poetischen Charakter, den ihm Pope gegeben hatte, dafür hat er ihn innig mit dem Leben und Handeln verbunden. Er gab sich keinen Täuschungen über das Leben hin und betrachtete es häufig ganz ergriffen von seiner Unvollkommenheit. *Quid est felicitas*? Was ist Glück? Feinde wüten gegen euch, Freunde verraten euch, Frauen, die ihr liebt, betrügen euch oder sterben. Man kann die Geschichte des Menschengeschlechts nur mit Schaudern betrachten; faßt man einige der Wendungen zusammen, die der Verfasser des *Essai sur les mœurs* zu ihrer Schilderung verwandt hat, so erhält man folgenden Steckbrief: Schlächtereien im Morgenland, Schlächtereien in der Neuen Welt; Kriege jeder Art, und unter den schlimmsten die Religionskriege. »Ist es die Geschichte der Schlangen und der Tiger, die ich eben geschrieben habe? Nein, es ist die Geschichte der Menschen. Die Tiger und die Schlangen behandeln ihresgleichen nicht so.« – »Es gibt Zeiten, in denen die ganze Erde nur der Schauplatz für ein einziges Gemetzel ist, und diese Zeiten sind allzu häufig.« – »Die Geschichte der großen Ereignisse auf dieser Erde ist nichts als die Geschichte von Verbrechen.« – »Das ist das Bedauerliche an der Lage der Menschen, daß die göttlichsten Heilmittel in Gift verwandelt worden sind.« – *Quid est justitia?* Was ist Gerechtigkeit? Die Verbrecher werden belohnt, die Gerechten leiden; die jungen Leute, die Kinder sterben, ohne daß man sagen könnte, warum; die Greise sind elend. Das Mißverhältnis zwischen Wirkungen und Ursachen hat etwas Possenhaftes, o Eitelkeit der Eitelkeiten.

Quid est veritas? Was ist Wahrheit? Ewige Unwissenheit. Die Grenzen unseres Geistes liegen schon bei unserer Nasenspitze; die Flüsse eilen nicht mit solcher Geschwindigkeit zum Meer wie die Menschen zum Irrtum. »Was ist Wahrheit? sagte Pilatus zu Jesus; und nach diesen Worten ging er hinaus. Es ist traurig für das Menschengeschlecht, daß Pilatus hinausging, ohne die Antwort abzuwarten; wir würden sonst wissen, was Wahrheit ist.«[7] *De las cosas mas seguras, la mas segura es dudar:* Von allen sichern Dingen ist das sicherste das Zweifeln. Aber Zweifel sind traurig. Kurz, wenn ihm die Natur nicht in der Arbeitsfreude und der Heiterkeit zwei ausgezeichnete Gegengifte gegeben hätte, würde er längst vor Verzweiflung gestorben sein.

Da wir aber an den Übeln, für die wir nicht verantwortlich sind, nichts ändern können, so wollen wir wenigstens die lindern, die wir uns selbst zufügen; schützen wir uns durch Klugheit und Mäßigung und nutzen wir gewissenhafter das uns dargebotene Gute: die Verfeinerungen der Kultur, die geistige Unabhängigkeit. Und hier greift er – was seine Vorläufer nicht getan hatten – unmittelbar in die Lebensgestaltung ein. Er kämpft zugleich für seine allgemeinen Grundsätze und für ihre Anwendung in konkreten Fällen, in denen sie ihre Wirksamkeit und ihren Wert zu beweisen haben; er glaubt seine Pflicht nicht getan zu haben, wenn er sich nicht um eine bessere Erzeugung des Reichtums, um eine weniger schlechte Verwaltung und um gerechtere Gesetze bemüht;

7 *Questions sur l'Encyclopédie*, Artikel *Vérité*, 1772.

wenn er die unglücklichen zu Unrecht Verurteilten nicht rettet oder ihr Andenken nicht wieder zu Ehren bringt. Er benutzt ein drittes Gegengift: das Handeln.

Voltaire war es, der Pascal offen anzugreifen wagte[8]; nicht bloß im Vorbeigehen, wie es die andern machten, die es sich nicht versagten, Pascal als »einen jener traurigen Moralisten« anzuprangern, »die uns fortwährend unser Glück vorwerfen«[9], sondern in einem Zweikampf auf Leben und Tod. Von den Stößen, die man ihm versetzt hatte, war Pascal nicht gestorben; Voltaire aber wollte ihn jetzt töten, und das sollte sein Ruhm sein. Innerhalb der Turnierschranken wollte er ihm Trotz bieten, und ganz Europa sollte Zuschauer und Richter sein. Er wollte Pascal auf diesen Kampfplatz führen, ihn zu Boden strecken und erledigen. »Es gilt, es gilt, Pascal, laß mich nur machen!« Er wußte, daß Pascal sehr groß war; um so besser; mit seiner Schleuder wollte er diesen Goliath zu Boden werfen.

Er nähert sich dem Gegner, tänzelt und springt ihn an. Vergebens sucht er seine Leidenschaftlichkeit zu bezähmen, die von scheinbarer Achtung bald zur Beschimpfung übergeht. Zunächst bemüht er sich, behutsam zu reden: er werde sich nur erlauben, einige der *Pensées* zu verbessern, die bekanntlich im Zustand einer gewissen Unvollkommenheit gelassen worden sind; indem er sie verbessere, werde er dem Verfasser, ja sogar der Religion einen Dienst erweisen. Diese Haltung vermag er nicht aufrecht zu erhalten; jedes Argument, das er anführt, läßt ihn erbeben und reizt seinen Zorn; mit seiner scheinbaren Ruhe ist es vorbei. Nicht lange, so widerspricht er Pascal Wort für Wort. Das ist gegen alle Ordnung, sagt Pascal; das entspricht aller Ordnung, antwortet Voltaire. Montaignes törichte Absicht, ein Bild von sich selbst zu entwerfen, sagt Pascal; Montaignes reizende Absicht, sich in so naiver Weise selbst zu schildern, wie er es getan hat, erwidert Voltaire. Er stellt seinen Gegner zur Rede: Wie habe ein Mann wie Pascal auf einen so üblen Gemeinplatz wie den da verfallen können? Er greift Pascals Stil an: Das sei

8 *Lettres philosophiques,* 1734. Brief XXV, *Remarques sur les Pensées de M. Pascal.*
9 Adam Smith zählt Pascal zu jenen »melancholy moralists, who are perpetually reproaching us with our happiness«. *The Theory of moral sentiments,* 1759, 3. Teil.

ja Gewäsch! Er macht sich über die Ideen her: Diese Idee sei ebenso widersinnig wie metaphysisch, jene andere etwas indezent und kindisch, jene dritte fanatisch. Der Mensch ist weder Engel noch Tier, und das Unglück ist, daß zum Tier wird, wer den Engel spielen will, sagt Pascal. Wer die Leidenschaften mäßigen will, anstatt sie in die rechte Bahn zu lenken, will den Engel spielen, sagt Voltaire, und er deutet damit spöttisch an, daß Pascal das Tier spiele.

Erschütternd enthüllt sich nach und nach die innere Notwendigkeit dieses Spannungsverhältnisses. Auf der einen Seite die *Pensées,* die noch die Spuren der Qual und des Schreckens tragen, aus denen sie geboren wurden; diese Fragmente, die ihre Dichte dem ganzen Bereich menschlicher Erfahrung verdanken, dem ausschweifenden Leben, der inneren Unruhe, dem Suchen, der Krankheit, der Bekehrung und der Wissenschaft und Bildung, die dem Glauben zu Hilfe kommen; und dazu die Freude dessen, der endlich gefunden hat, sich voll Vertrauen in die ihn innig umschließenden Arme Christi wirft und von nun an die ewige Gewißheit festhält. Auf der einen Seite der Neubekehrte, der seinen Brüdern die Lösung bietet, die seiner Seele durch die schmerzliche und überwältigende Erfahrung zuteil geworden ist und sie vom Zweifel befreit hat. Auf der einen Seite der Mann, der den Todeskampf auf dem Ölberg nacherlebt hat und den Hang nach Golgatha hinaufgestiegen ist. Auf der einen Seite eine religiöse Erklärung der Welt: das Elend in uns; der Tod, der uns ruft und uns, wie wir als Gefangene aus unserm Kerker treten, einen nach dem andern erwürgt; die Erbsünde, die uns verdirbt; unser Unvermögen, diese in der Tiefe unseres Wesens verwurzelte Verderbnis zu heilen oder auch nur abzuschwächen, so daß uns kein anderer Ausweg bleibt, als den Kopf abzuwenden und Zerstreuung zu suchen, um zu vergessen. Unsere Größe, die Erinnerung ist und Sehnsucht.

Die einzige Erklärung, die uns diese Widersprüche aufzulösen und dieses Geheimnis aufzuhellen erlaubt, gibt die christliche Religion: unser glücklicher Zustand im Augenblick, wo wir aus den Händen Gottes hervorgingen, die uns verliehene Freiheit der Wahl, die Wahl der Sünde und die Erlösung. Die einzige Religion, die uns die Gewißheit der Wahrheit gibt, weil sie allen Gegebenheiten des Problems Rechnung trägt; weil sie zugleich durch die Vernunft und die Intuition bewiesen, weil sie schließlich durch die Prophezeiungen und die Wunder bestätigt wird. Ein Ganzes, dessen sämtliche Teile sich gegenseitig stützen; eine Lösung, die unserm Schicksal wieder einen Sinn verleiht.

Alles nur Träumereien eines »großartigen Menschenfeindes«, antwortet von der andern Seite der Gegner, der selbst seinen Widerpart gespielt hat. Das Gefühl der Sünde ist nur ein Vorurteil unter andern. Gewiß, wir leiden manchmal; aber das ist kein derartig zwingendes Gesetz, daß man es nicht abzuschwächen vermöchte. Die Eigenliebe ist uns zur Erhaltung unserer Existenz auferlegt; anmutige Genüsse erwarten uns: Gleichen Paris und London, diese reichen und zivilisierten Städte, einem Gefängnis oder einer wüsten Insel? Wieso Rätsel? Steht doch der Mensch in der Schöpfungsordnung an seinem rechten Platz; ist er doch dann unvernünftig, wenn er aus ihr auszubrechen sucht; er muß seine Lage als eine Tatsache hinnehmen: Der Weise wird sich nicht aufhängen, weil er nicht weiß, wie man Gott von Angesicht zu Angesicht erblickt, und weil er das Geheimnis der Dreifaltigkeit nicht entwirren kann. Ebenso gut könnte man verzweifeln, weil man nicht vier Füße und zwei Flügel hat. Kein geheimer Instinkt wohnt uns inne, der uns aus einer größeren ursprünglichen Veranlagung verblieben ist und uns antreibt, die Zerstreuung zu suchen; viel eher ein durchaus nicht geheimer Instinkt, der uns antreibt, die andern Menschen aufzusuchen, um mit ihnen eine Gesellschaft zu gründen. Es besteht also keine Notwendigkeit, eine Entartung, einen Sündenfall anzunehmen; es sei denn, daß die Kümmernisse eines Droschkengauls bewiesen, daß alle Pferde ehemals dick und fett waren und niemals Peitschenhiebe bekamen; und daß, seitdem eins von ihnen es sich einfallen ließ, zu viel Hafer zu fressen, alle seine Nachkommen dazu verdammt wurden, Droschken zu ziehen. Wir wollen nicht alles auf eine Karte setzen und uns so unter der Begründung, daß wir nur das Absolute wollen, der Gefahr aussetzen, alles zu verlieren. Was ist das Absolute? Es gibt nur das Relative. Wenn wir so alles auf eine Karte setzten, würden nur wenige Auserwählte gut davon haben; wenn Gott nur für eine kleine Anzahl von Menschen erschienen wäre, würde es besser sein, nicht an Gott zu glauben. Weit erhabener als der Gott der Christen ist der Gott, der keinen Zorn kennt, den das Weltall verehrt, und zu dem man durch die Anwendung der Vernunft gelangt. In einem Gehirn, das sich in vollkommenem Gleichgewicht befindet, ist kein Raum für Intuitionen, Verzückungen und Ekstasen; es ist widersinnig zu sagen, daß das Herz seine eigenen Vernunftgründe habe, welche die Vernunft nicht kennt; das enthielte schon in den Worten einen Widerspruch. Es gibt keine Tradition außer der eines groben und törichten Volkes; es gibt keine Prophezeiungen und erst recht keine Wunder. Gestärkt durch diese Überzeugungen, die einzigen, die unsere beschränkten Geisteskräfte und die realen Gegebenheiten unseres Daseins uns gerade noch gestatten, werden wir den wahren Sinn unseres Schicksals verstehen.

Von nun ab gab es keine möglichen Ausflüchte mehr. Es gab zwei Geistesrichtungen, und man mußte wissen, welcher man angehören wollte. Es gab zwei Arten, das Leben auszulegen, und man mußte wählen. Da es nun einmal um Erleuchtung (Aufklärung) ging, mußte man sich mit Voltaire für die natürliche oder mit Pascal für die übernatürliche Erleuchtung entschließen.

Er schien ewig jung zu bleiben. Er war siebzig, er war achtzig Jahre alt und machte am Rande des Grabes immer noch Luftsprünge. »Ich bin biegsam wie ein Aal und lebhaft wie eine Eidechse und arbeite immer noch wie ein Eichhörnchen.«[10] Sein Charakter blieb ebenso biegsam, ebenso lebendig; und das Rad drehte sich unentwegt weiter. Er sah »mager aus wie der Tod und häßlich wie die Sünde«: aber von »der Beweglichkeit seiner Feuerseele« hatte er nichts eingebüßt. »Pigalle[11]«, so schrieb er selbst, »kommt bald, mein Gesicht modellieren; aber ich müßte erst einmal ein Gesicht haben; man kann jedoch kaum erraten, wo es sich befindet. Meine Augen sind um drei Zoll eingesunken, meine Backen sind wie altes Pergament, das man auf Knochen geklebt hat, die an nichts haften; die wenigen Zähne, die ich noch hatte, sind ver-

10 Voltaire an den Grafen d'Argental, 26. Oktober 1739. Charles Augustin de Ferriol comte d'Argental (1700–1788), war parlamentarischer Rat und Diplomat. Er ist hauptsächlich durch seine Freundschaft mit Voltaire bekannt, der ihn oft zu Rate zog. (Anmerkung des Übersetzers.)

11 Jean-Baptiste Pigalle (1714–1785), französischer Bildhauer. (Anmerkung des Übersetzers.)

schwunden.« Trotzdem bewahrte er seine Kampfkraft und seinen Willen zur Führung; er lenkte die Philosophen, predigte ihnen Eintracht und gab ihnen die Taktik an. »Er war Seigneur von Ferney mit Lehnsgeld, Zehnten, Lehnsleuten, Lehnshuldigung, Erbzinsleuten, war Eigentümer eines Freigutes und Herr der gesamten hohen, mittleren und niederen Gerichtsbarkeit mit dem Recht der Todesstrafe«; und er war nicht wenig stolz darauf. Vor allem aber war er stolz darauf, sich als einer der europäischen Geistesfürsten zu fühlen. Keinen Brief schrieb er, der nicht von Hand zu Hand ging, keine Seite, die nicht auf die Geister wirkte, kein Buch, das nicht berühmt wurde. Er vermaß sich, den Königstrumpf unter seinen Karten zu haben, und war sicher, die Partie gegen die Zeit zu gewinnen. Wer reiste, fühlte sich verpflichtet, ihm seine Aufwartung zu machen; die Väter führten ihm ihre Kinder zu, damit sie einst erzählen könnten, daß sie die Ehre gehabt hätten, den großen Mann zu betrachten. Wenn einer diese Pilgerfahrten versäumte, wenn der Graf von Falkenstein – hinter welchem Namen sich kein Geringerer als der künftige Kaiser Joseph II. verbarg – an Ferney eilig vorbeifuhr, ärgerte Voltaire sich darüber wie über einen Mangel an Ehrerbietung. Wer war jemals sicherer, unsterblich zu sein?

In seinem Geiste ging jedoch eine Art Kristallisation vor sich. Man hat treffend bemerkt[12], daß er um 1760 eine Gewissensprüfung vornahm, deren Ergebnis aber nicht war, daß er sich änderte, sondern daß er sich verhärtete. Er verschloß sich, konzentrierte sich. Als Richardson an das Gefühl appellierte, verschloß Voltaire ihm sein Ohr. Den Wandel der englischen Geisteshaltung, den er vor dreißig Jahren selbst eingeleitet hatte, verfolgte er nicht mehr; der methodistischen Bewegung Wesleys schenkte er keine Beachtung. Ja, sogar Shakespeare war jetzt für ihn kein barbarisches Genie mehr, sondern nur noch ein Barbar. Dante, von dem er einst gemeint hatte, er sei aus einem groben Stoff, in dem jedoch Gold und Diamanten glänzten, war jetzt für ihn nichts als eine Art Narr. Unter den Italienern seiner Zeit sah er nur noch ein paar verdienstvolle Schriftsteller, die wie Bettinelli den guten Geschmack hatten, so wie er zu denken, und ein paar einfältige Kritiker, die ihn zu Unrecht kritisier-

12 Norman L. Torrey, *Voltaire and the English Deists*, 1938.

ten, wie Baretti, der ihm seine Schwenkung in der Beurteilung Shakespeares vorwarf. Um die gewaltige Anstrengung Italiens, das den Weg suchte, der zu einer Auferstehung führen sollte, kümmerte er sich in keiner Weise. Das Erwachen der deutschen Dichtung ahnte er nicht einmal.

Gleichzeitig wurde seine Gegnerschaft gegen das Christentum betonter und erbitterter und entwickelte sich zur fixen Idee. Der so bezaubernde, feine und gemäßigte Geist war jetzt eitel Heftigkeit und Übermaß, sobald es darum ging, *d'écraser l'infâme:* die Verruchte zu zerschmettern, wie er sich ausdrückte. Mag ihn die Tatsache, daß er den endgültigen Triumph seiner Sache nahe glaubte, kühn gemacht und erregt, mag ihn der hartnäckige Widerstand, den er immer noch wahrnahm, gereizt haben; mag dieser Widerstand auch in der Tiefe seines eigenen Herzens stärker gewesen sein, so daß er, nachdem er abends erklärte hatte, der Feind sei hoffnungslos geschlagen, jeden Morgen das Bedürfnis empfand, den Kampf wieder aufzunehmen, um den Feind zu besiegen – jedenfalls hat er die Feindseligkeit, die seit seiner Jugend in ihm lebendig war, jetzt bis zur Raserei gesteigert und zur Manie werden lassen. Aus der Werkstatt in Ferney, welche die Gläubigen mehr fürchteten als die Werkstätten in Amsterdam, London, Paris und Berlin, gingen unaufhörlich Schmähschriften hervor, in denen zugleich der Genius des Künstlers und der Eifer des Sektierers zutage traten. Seine Verneinung brachte er nicht bloß zehn-, nicht bloß hundertmal zum Ausdruck, sondern in tausenderlei verschiedenen Formen, so daß das allgemeine Merkmal des Jahrhunderts, die Besessenheit, bei ihm zu einem Bestandteil seines Wesens wurde: Er wollte sich nicht und er konnte sich auch nicht mehr von ihr befreien. Die Bibel sei ohne jede Größe und Schönheit; das Evangelium habe nur Unglück über die Erde gebracht; die Kirche sei Verderbnis oder Wahnsinn, ganz und gar und ohne Ausnahme; kein einziger Bekenner des Glaubens, der nicht Fanatiker gewesen sei. Die Reinsten und Edelsten wurden durch den Schmutz gezogen; selbst der heilige Franz von Assisi wurde seines sanften Heiligenscheines beraubt und als armer Narr hingestellt. Eine verzerrende Vereinfachung; eine Entschlossenheit, niemals auf die Gründe des Gegners einzugehen, sondern sie stillschweigend zu übergehen oder zu entstellen;

unaufhörliche Wiederholungen: Das war so ungefähr sein Verfahren. Wenn man die eine oder die andere der Predigten, Reden oder Erzählungen, einen der Katechismen oder Dialoge liest, die er aus vollen Händen über die Erde ausstreute, bewundert man die zunehmende Leichtigkeit seiner Schreibweise, einen immer größeren malerischen Reiz, wachsende Natürlichkeit des Stils; liest man aber zehn oder zwanzig, so durchschaut man die Technik des Propagandisten. Er hat jenes seiner so ganz unwürdige Verfahren eingeführt, das darin besteht zu erklären, man brauche schon deshalb nicht zu glauben, weil in der Heiligen Schrift berichtet werde, daß der böse Geist Christus auf einen Berg gebracht und ihm von dort alle Reiche der Welt gezeigt habe, obwohl es doch unmöglich sei, alle Reiche der Erde von einem Berge aus zu sehen; oder auch deshalb nicht, weil die Kirche von den Gläubigen verlange, daß sie am Freitag fasten sollten. Wenn es ihm nötig schien, ging er bis zur Gemeinheit, wofür sich leicht Beispiele anführen ließen, wenn man sich dadurch nicht selbst beschmutzte. Indem er sich derart selbst erniedrigte, wurde er dem Gedächtnis seines Lehrers Bayle untreu, der sich der Tradition, der Autorität und dem Glauben nicht minder feindlich gezeigt hatte, dabei aber nie kleinlich gewesen war.

»Wieviel verschiedene Rollen hat er gespielt, um uns zu belehren?« schrieb Mably[13]. »Da er fast niemals unter seinem Namen auftrat, war er bald ein Theologe, bald ein Philosoph, ein Chinese, ein Feldprediger des Königs von Preußen, ein Inder, ein Atheist, ein Deist; was war er nicht? Er schreibt für alle Arten von Intelligenzen, sogar für die, auf welche ein Scherz, ein fauler Witz mehr wirkt als ein vernünftiger Grund.«[14] Seine Lieblingswaffe, die Ironie, war so beschaffen, und er handhabte sie so, daß ihm niemand darin gleichkam und vielleicht niemand ihm je darin gleichkommen wird; er bediente sich ihrer sehr mit Recht, wenn es Übertreibungen zu bekämpfen galt; schließlich aber bediente er sich ihrer ganz wahllos gegen alles, nicht nur gegen Götzenbilder, sondern auch gegen die Werte, durch deren Verschwinden die Menschheit erbärmlich und arm wird, gegen den Schwung und gegen jegliche In-

13 Abbé Mably (1709–1785), französischer Schriftsteller, Verfasser des *Droit public de l'Europe* und der *Observations sur l'histoire de France.* (Anmerkung des Übersetzers.)
14 *Du développement, des progrès et des bornes de la raison.* Œuvres, Bd. XV, S. 7.

brunst. Diese Ironie vermachte er einem ungeschlachten und groben Geschlecht, das es sich zur Gewohnheit werden ließ, über das zu lachen, was es nicht verstand.

Voltaire wurde zur übermenschlichen Erscheinung; er wurde – Diderot nennt ihn so – zum Antichrist. Aber bis dahin folgte ihm ein Teil Europas nicht mehr und sah in ihm nur noch »das Genie des Hasses«[15]. Nicht nur die Menschen, welche vom Herzen Freuden forderten, die ihnen der Verstand verweigerte; nicht nur seine unzähligen Feinde, sondern auch einige seiner Freunde verließen ihn entsetzt. Von den Verfechtern der Aufklärung warf ihm ein Genovesi vor, daß er die Menschen zu einer Gewalttätigkeit reize, die im Widerspruch zu der von ihm gepredigten Maxime stehe: Liebt euch untereinander. Alessandro Verri sprach von jenen französischen Philosophen, die, wenn sie gekonnt hätten, gegen die Menschen, die nicht ihrer Ansicht waren, die Inquisition eingeführt haben würden; Nicolai, Mendelssohn, Johann Elias Schlegel und Johann August Eberhardt meinten, Voltaire sei nahe daran, ihre Sache zu verderben; Voltaire wurde ihnen allmählich unheimlich.

D'Alembert träumte eines schönen Tages davon, dem alten, von einem Kreuze gekrönten Gebäude gegenüber, in das die Menschen vor den Plagen des Lebens zu flüchten pflegten, ein anderes Gebäude zu errichten. Er würde dessen Vorteile darlegen, die Zweckmäßigkeit seines Planes ins rechte Licht setzen und das Wohlbefinden hervorheben, das man in diesen neuen Wohnungen genießen werde, und dann die Wahl frei lassen; wer wollte, würde in das eine, wer wollte, in das andere Haus gehen; man würde auf die Vergangenheit keinen Bannfluch werfen, man würde sich nicht zerfleischen, würde der Entscheidung des Gewissens folgen und die Gewissensentscheidung des andern achten. Das war aber zweifellos zu schön; es war eine Haltung, die von den Gewohnheiten unseres Geschlechts allzu sehr abweicht. Der französische Deismus, der über Pope hinweg auf den Deismus von Toland und Collins zurückgriff, war seinem ganzen Wesen nach aggressiv. Für die Tatsache, daß im

15 »Voltaire ist das Genie des Hasses«, H. A. Korff, *Voltaire im literarischen Deutschland des 18. Jahrhunderts,* Heidelberg, 1917. II, S. 235ff.

18. Jahrhundert ein Geschlecht von Menschen geboren wurde und sich dann fortpflanzte, das als geistige Nahrung nur den Antiklerikalismus hatte und diesen zu seinem einzigen Programm machte, ein Geschlecht, das glaubte, daß der Antiklerikalismus genüge, die Regierungen umzuschmelzen, die Gesellschaft vollkommen zu machen und zum Glück zu führen, für diese Tatsache sind viele verantwortlich, und nicht alle standen im Lager der Enzyklopädisten. Aber keiner ist dafür in dem Maße verantwortlich wie Voltaire.

Die Herrschaft der Vernunft. Deutsch von H. Wegener und K. Linnebach. Hamburg 1949. Seite 542–559

Bibliographische Hinweise

Voltaire-Bibliographien

M. P. Alekseev und T. K. Kopreeva (Herausgeber): Bibliothèque de Voltaire; catalogue des livres. Moskau 1961 [Verzeichnis der Bücher Voltaires, die nach seinem Tode von der Zarin Katharina gekauft und nach Petersburg gebrachte wurden]

M. M. Barr: A Century of Voltaire Studies. A Bibliography of Writings on Voltaire (1825–1925). New York 1929

Derselbe: Bibliographical Data on Voltaire from 1926–1930. In: Modern Language Notes 1933, Seite 292–307

Derselbe: Bibliographical Data on Voltaire from 1931–1940. In: Modern Language Notes 1941, Seite 563–582

Derselbe: Quarante années d'études Voltairiennes. Bibliographie analytique des livres et articles sur Voltaire, 1926–1965. Paris 1968

G. Bengesco: Voltaire: Bibliographie de ses œuvres. 4 Bände. Paris 1882–1890. Ergänzt von J. Malcolm. 1953

Werkausgaben

Œuvres de Voltaire. Herausgegeben von A. Beuchot. 72 Bände. Paris 1829–1840

Œuvres complètes. Herausgegeben von L. Moland. 52 Bände. Paris 1877–1885

The Complete Works of Voltaire. Herausgegeben von Th. Besterman, W. Barber, J. Érard, R. Pomeau u. a. Oxford 1968 ff. [Im Erscheinen begriffen]

Voltaire's Correspondence. Herausgegeben von Th. Besterman. 51 Bände. Genf 1953–1965

Voltaire's Notebooks. Herausgegeben von Th. Besterman. 2 Bände. Genf 1952

Sekundärliteratur allgemein

H. Baader (Herausgeber): Voltaire. Wege der Forschung 286. Darmstadt 1980

Th. Besterman: Studies on Voltaire and the 18th Century. Herausgegeben von Th. Besterman. Bisher 216 Bände. Genf 1955ff.

Th. Besterman: Voltaire. A Biography. London 1969. Deutsche Übersetzung München 1971

H. N. Brailsford: Voltaire. Oxford 1963

G. Brandes: Voltaire und sein Jahrhundert. 2 Bände. Berlin 1923, ^{2}1929

G. Desnoiresterres: Voltaire et la société au 18e siècle. 8 Bände. Paris 1867–1876

G. Lanson: Voltaire. Paris 1906. Revidiert und erweitert von R. Pomeau. Paris 1960

H. Mason: Voltaire. London 1975

R. Naves: Le Goût de Voltaire. Paris 1938

Derselbe: Voltaire, l'homme et l'œuvre. Paris 1942

A Noyes: Voltaire. New York 1936

J. Orieux: Voltaire ou la royauté de l'esprit. Paris 1966. Deutsch Frankfurt am Main 1978 [Biographie]

R. Pomeau: La Religion de Voltaire. Paris 1956 [Mit ausführlicher Bibliographie]

Derselbe: La Politique de Voltaire. Paris 1963

Revue d'Histoire Littéraire de la France. Sonderheft Voltaire und Rousseau. Nr. 2/3. Paris 1979

C. Rihs: Voltaire. Recherches sur les origines du matérialisme historique. Genf 1962

P. Sakman: Voltaires Geistesart und Gedankenwelt. Stuttgart 1910

D. F. Strauß: Voltaire. Sechs Vorträge. 1870. Neuausgabe Leipzig 1924

J. Sareil: Voltaire et la critique. Englewood Cliffs, N. J. 1966

V. Topazio: Voltaire. New York 1967

I. O. Wade: The Search for a New Voltaire. Philadelphia 1958
Derselbe: The Intellectual Development of Voltaire. Princeton 1969

Voltaire in Deutschland

H. A. Korff: Voltaire im literarischen Deutschland des 18. Jahrhunderts. Ein Beitrag zur Geschichte des deutschen Geistes von Gottsched bis Goethe. 2 Bände. Heidelberg 1917
H. von Müller: Die deutsche Voltaire-Literatur des 18. Jahrhunderts. 1921
Voltaire und Deutschland. Vorträge des Kolloquiums der Universität Mannheim zum 200. Todestag Voltaires. Herausgegeben von P. Brockmeier, R. Desné und J. Voss. Stuttgart 1979
Voltaire – Friedrich der Große. Eine Auswahl aus dem Briefwechsel. Herausgegeben, vorgestellt und übersetzt von H. Pleschinski. Zürich 1992

Voltaires »Romane«

Ausgaben

Romans et Contes. Herausgegeben von H. Bénac. Paris 1960 u. ö. (Classiques Garnier)
Sämtliche Romane und Erzählungen. Deutsch von L. Ronte und W. Widmer. München ^{4}1977
Sämtliche Romane und Erzählungen. Deutsch von I. Lehmann. 2 Bände. Leipzig 1948 und 1950. Frankfurt am Main ^{3}1981
Erzählungen. Deutsch von Ch. Gersch, S. Hermlin und B. Wildenhahn. Berlin 1981

Sekundärliteratur

H. Friedrich: Voltaire und seine Romane. In: Romanische Literaturen I. Frankfurt am Main 1972. Seite 203–226
J. van den Heuvel: Voltaire dans ses contes. Paris 1967
U. Schick: Zur Erzähltechnik in Voltaires »Contes«. München 1968

»Candide«

Ausgaben

Candide. Kritische Ausgabe von A. Morize. Paris 1913. Neuausgaben 1931 und 1957

Candide. Kritische Ausgabe von R. Pomeau. Paris 1959. Neuausgabe 1989

Candide. Kritische Ausgabe von R. Pomeau. Band 40 der »Complete Works«. Oxford 1980 [Der vorliegenden Taschenbuchausgabe zugrunde gelegt, darin Spezialbibliographie zum »Candide«, Seite 269–275]

Übersetzungen

Candide oder der Optimismus. Deutsch von S. Hermlin. Frankfurt am Main 1981

Candide oder der Optimismus. Deutsch von I. Lehmann. Frankfurt am Main 1973

Candid oder die beste der Welten. Deutsch von E. Sander. Erstmals 1925, zuletzt Stuttgart 1980

Candide. Deutsch von H. Studniczka. Hamburg 1957

Candide oder der Glaube an die beste der Welten. Deutsch von W. Widmer. DTV-Bibliothek Kubin 1980

Sekundärliteratur

W. H. Barber: Voltaire: Candide. London 1960

W. F. Bottiglia: Voltaire's *Candide:* Analysis of a Classic. In: Studies on Voltaire 7, 1959. Genf 1959

A. Magnan: Voltaire: Candide ou l'optimisme. Paris 1987

I. O. Wade: Voltaire and *Candide.* A Study in the Fusion of History, Art, and Philosophy. Princeton 1959

ANTHOLOGIEN

Des Mordes schwere Tat.

Kriminalerzählungen. Inhalt: Jakob Michael Reinhold Lenz: Zerbin oder die neuere Philosophie; Friedrich Schiller: Der Verbrecher aus verlorener Ehre; Heinrich von Kleist: Der Findling; Johann Peter Hebel: Schreckliche Mordtat; E.T.A. Hoffmann: Die Marquise de la Pivardiere; Friedrich Hebbel: Die Kuh; Wilhelm Häring (Willibald Alexis): Constantin Weise; Wilhelm Ludwig Demme: Der Fluch des Bordells; Eduard Mörike: Lucie Gelmeroth; Theodor Storm: Ein Bekenntnis; Gerhart Hauptmann: Bahnwärter Thiel; Jakob Julius David: Ruzena Capek; Georg Heym: Der Irre. Auswahl der Texte, Nachwort, Erläuterungen und bibliographische Hinweise: Joachim Linder, München. (7627)

Die schöne Seele.

Die Entdeckung der Weiblichkeit um 1800. Erzähltexte. Inhalt: Friedrich Schlegel: Lehrjahre der Männlichkeit; Johann Wolfgang von Goethe: Bekenntnisse einer schönen Seele; Christoph Martin Wieland: Die Novelle ohne Titel; Brüder Grimm: Der Froschkönig oder der eiserne Heinrich, König Drosselbart, Die sechs Schwäne, Dornröschen, Aschenputtel, Allerleirauh; Johann Wolfgang von Goethe: Die neue Melusine; Ludwig Tieck: Der Runenberg; Heinrich Heine: Der Doktor Faust; E. T. A. Hoffmann: Der Sandmann; Achim von Arnim: Melück Maria Blainville, die Hausprophetin aus Arabien; Ludwig Tieck: Der blonde Eckbert; Heinrich von Kleist: Die Marquise von O ...; Adalbert Stifter: Der Condor. Auswahl der Texte, Nachwort, Erläuterungen und bibliographische Hinweise: Professor Dr. Elisabeth Bronfen, Universität Zürich. (7677)

Werde, die du bist!

Zwischen Anpassung und Selbstbestimmung: Texte deutschsprachiger Schriftstellerinnen des 19. Jahrhunderts. Inhalt: Karoline von Günderrode: Die Einzige; Rahel Levin, verheiratete Varnhagen von Ense: Briefe; Karoline Auguste Fischer: Justine; Annette von Droste-Hülshoff: Ledwina, Am Turme; Bettine von Arnim: Die Günderode (Auszug); Louise Aston: Aus dem Leben einer Frau (Auszug); Fanny Lewald: Meine Lebensgeschichte (Auszüge); Louise Otto-Peters: Für alle; Louise von François: Fräulein Muthchen und ihr Hausmeier; Ottilie Wildermuth: Ein ungerächtes Opfer; Marie von Ebner-Eschenbach: Wieder die alte; Hedwig Dohm: Werde, die du bist!; Lou Andreas-Salomé: Mädchenreigen. Auswahl der Texte, Nachwort, Erläuterungen und bibliographische Hinweise: Dr. Gisela Henckmann, Universität München. (7615)